80년 5·18 당시 광주시 중심가 요도

80년 5·18 당시 광주시 요도

임·철·우·장·편·소·설

임철우 장편소설
봄날 2

초판 1쇄 발행 1997년 11월 20일
초판 14쇄 발행 2025년 7월 25일

지은이 임철우
펴낸이 이광호
펴낸곳 ㈜**문학과지성사**
등록번호 제1993-000098호
주소 04034 서울 마포구 잔다리로7길 18(서교동 377-20)
전화 02) 338-7224
팩스 02) 323-4180(편집) / 02) 338-7221(영업)
전자우편 moonji@moonji.com
홈페이지 www.moonji.com

ⓒ 임철우, 1997. Printed in Seoul, Korea
ISBN 89-320-0964-3
ISBN 89-320-0962-7(세트)

이 책의 판권은 지은이와 ㈜문학과지성사에 있습니다.
양측의 서면 동의 없는 무단 전재 및 복제를 금합니다.

> 새들과 하늘 첫사랑의 광주로 갑니다
> 논밭마다 깊이깊이 쟁기질하는 아버지
> 항아리마다 씨앗을 가득 채우는 어머니
> 우리 이제 그리운 광주로 갑니다
> ── 김준태, 「광주로 가는 길」에서

5월 18일 19 : 00, 서울 청량리역

거리엔 하오의 햇살이 차츰 사위어가고 있었다. 꼬리를 물고 이어지는 트럭의 행렬은 D대학의 정문을 통과해서 일차 집결지인 청량리역을 향해 달렸다.

수송 차량들은 신호등을 아예 무시했다. 무심코 횡단보도를 건너려던 수많은 행인들은 속도를 조금도 늦추지 않고 질주해오는 대규모의 군용 트럭에 놀라 황급히 인도로 다시 뛰어올라갔다. 시민들은 잔뜩 주눅들린 표정으로, 자신들의 얼굴에 부옇게 먼지를 불어올리며 거침없이 빠르게 지나쳐가는 그 칙칙한 빛깔의 차량들과 그 위에 가득 실려가고 있는 낯선 병사들을 멀거니 올려다보며 서 있었다.

퇴근 시간이라 그런지, 버스 정류장마다 사람들이 몰려 있었고 저마다 집으로 향하는 걸음들이 바빠 보였다. 하지만 거리의 표정은 어딘가 활기를 잃은 듯한 느낌이었다. 계엄령이 내려졌다는 사실 때문일까. 전체적인 거리의 풍경은 무겁고 답답하게 가라앉아 있었다.
　네거리 모퉁이며 큰 빌딩의 주변마다 몇 명씩 조를 이루어 경계 근무를 서고 있는 군인들의 모습이 자주 눈에 띄었다. 이따금 행인들을 세워 신분증을 조사하고 있는 광경도 보였고, 그들 앞을 지나쳐가는 행인들은 연신 흘금흘금 곁눈질을 하며 금방 누군가 불러세우기라도 할까봐 서둘러 불안한 걸음을 떼어놓고 있었다.
　"저런 쌍년들이…… 칫."
　강상병이 고개를 되돌리며 혼자 그렇게 씨부렁거렸다. 차가 횡단보도를 지날 때 인도 위에 나란히 서 있던 처녀 둘을 보고 슬쩍 익살스런 손짓을 해보였는데, 무슨 징그러운 벌레라도 대하듯 여자들이 이마를 잔뜩 찌푸리며 얼른 외면을 하고 말았던 것이다. 명치도 그것을 보았다.
　"이 새끼, 까불지 말고 자빠져 있어 임마. 군기가 빠졌어……"
　명치는 강상병의 어깨를 툭 치며 눈을 부라려 보이고는, 추상사 쪽을 힐금 돌아다보았다. 추상사는 다른 쪽을 보고 있는 참이었다. 강상병이 목을 집어넣으며 끽소리 없이 입을 다물었다.
　"니기미, 윗대가리들 하는 짓거리를 보면 원, 좆도 맘에 안 든단 말씸야."
　명치는 하품을 하며 작게 투덜거렸다.
　"뭐가."

곁에서 오하사가 무표정한 시선을 보냈다.
"도대체가 바람난 년 궁둥이짝 흔들어대듯이 이랬다저랬다 종잡을 수가 없다 이 말씀야. 무슨 놈의 이동 명령이 불과 몇 시간 만에 또 떨어지냐?"
"그러기에 어차피 쫄따구는 소모품이라잖든. 할 수 없잖아. 우리야 시키는 대로 하는 수밖에."
"아무리 이럴 때 써먹으려고 훈련시켜놓은 개새끼들이나 마찬가지라고 해도 그렇지, 쓰발, 좆이 불나게 맨날 이랬다저랬다 하는 통에 죽어나는 건 우리들이니 원……"
명치는 앞니로 침을 찍 내쏘았다.
"1대대 짜식들은 수송기로 이동했으니 지금쯤 광주에 도착했겠는데요. 우리 대댄 어째서 항상 찬밥 신센지 몰라."
정일병의 말에 이번엔 임상병이 대꾸했다.
"얌마, 수송기로 가봤자 좋을 게 뭐 있는 줄 알아? 도착하면 뭐, 늘어지게 잠이라도 재워줄까봐. 차라리 열차 안에서는 한숨 붙일 수 있을 테니, 이 편이 훨씬 더 팔자 좋은 셈이라구."
"참말, 어디 자빠져서 잠 한 볼때기 실컷 때렸으면 좋겠습니다 임상병님. 취침 시간 제대로 찾아먹어본 것이 언제였는지 기억도 안 나네. 어젯밤엔 두 시간도 채 자지 못했잖아."
"새끼, 배부른 소리 허구 자빠졌네. 나랑 유이병은 임마, 그 두 시간도 못 찾아먹고 경계 근무 나갔다구. 지금 골통 속이 짠밥통 같단 말이다. 알어?"
임상병이 공연히 엉뚱한 쪽에 신경질을 부린다. 누군가 하품을 했고, 돌림병처럼 덩달아 몇이 또 하품을 했다. 명치는 무릎 사이에 소총을 끼고 앉은 채 눈을 감았다. 머릿속이 텅 빈 것처

봄 날 7

럼 멍멍하고 눈앞이 어질어질해옴을 느꼈다. 오래 누적된 수면 부족 현상이었다.
 간밤, D대학교에 도착해서 한바탕 수색을 끝내고 돌아와, 취침 점호를 대충 마친 뒤 텐트 속에 드러누웠을 때는 새벽 네시가 다되어서였다. 그러나 고작 두 시간 만에 기상하자마자 아침 구보까지 했다. 웃통을 홀랑 벗고 대열을 만들어 쩌렁쩌렁 고함을 질러대며 교정을 돌았다. 휴교령이 내려진 교정은 일시에 병영으로 변해버린 듯했다. 밤사이 혼쭐이 난 탓으로 잔뜩 겁을 먹은 수위들이 건물 현관 앞에서 엉거주춤 지켜보고 서 있을 뿐, 을씨년스러울 만치 교정은 텅 비어 있었다.
 식사 후엔 다시금 학교 주변에 대한 수색을 실시했다. 명치네 지역대는 정문 경비를 맡았는데, 담을 타고 넘어 학교를 빠져나가려는 네댓 명의 남학생들을 붙잡았다. 밤새 용케 어디엔가 숨어 있다가 그제서야 몰래 도망을 치려 했던 모양이다.
 수위실로 끌려온 그들은 반쯤 얼이 빠져나가도록 두들겨맞았다. 그 중 한 녀석은 군홧발에 차여 앞니가 서너 개 부러져버렸다. 얼굴이 온통 피범벅이 된 학생들의 험악한 꼴을 보고는, 부중대장 김중위가 너무 지나쳤다며 화를 냈을 정도였다.
 특전사령관의 지프가 나타난 건 오후 세시 조금 전이었다. 번쩍이는 성판을 단 사령관 차량이 정문을 통과하자마자 명치는 즉시 본부로 무전 연락을 취했고, 이내 지휘관급 이상 전장교들이 본부로 부산하게 집결하는 눈치였다. 그리고 나서 십여 분쯤 뒤에 느닷없이 부대 이동 명령이 하달되었던 것이다.
 교정에 주둔한 병력 전체가 때마침 숙영지 편성을 거의 다 마쳤을 무렵이었으므로, 하루종일 이리저리 분주히 뛰어다니던 대원들은 의외의 이동 명령에 하나같이 맥이 탁 풀렸다. 가까스로 마무리해놓은 숙영지 천막을 불과 몇 시간도 채 지나지 않아서 다시금 철거해야만 한다는 건 어처구니없는 일이었다. 일관성 없는 작전 계획에 대해 사병들은 물론이고 장교들까지 내심 불만스러운 기색이 역력했다.

그러나 지시대로 이동 준비는 신속하고 일사불란하게 이루어졌다. 전병력과 장비를 실은 수송 차량의 행렬이 D대학교의 정문을 빠져나오기 시작한 것은 네시가 조금 지난 시각이었다.

"광주 쪽이 시끄러운 모양이지? 서울에 있는 병력까지 이렇게 투입시키는 걸 보면 말야."

오하사가 명치 쪽을 돌아다보며 말했다. 트럭은 꽤 높은 빌딩의 측면을 막 돌아가고 있었다. 횡단보도를 지날 때 맨 앞의 선도 차량이 경계 사이렌을 요란스레 울렸다.

"그러게…… 니기미, 7여단 자식들은 뭘 하고 있었기에 즈이들 책임 구역조차 제대로 진압 못 하고 우리까지 이 고생을 시키는 거야?"

명치는 또 침을 쏘았다. 곁에서 강상병과 임상병이 말을 받았다.

"전라도 광주라니. 어휴, 거기가 예서 어디냐? 아무리 빨라도 열차로 대여섯 시간은 더 걸릴 텐데. 게다가, 염병할, 또 그 지긋지긋한 야간 이동이잖아. 오늘도 취침 시간 찾아먹기는 애시당초 글러먹은 거로구만."

"혹시 이거, 전번 부마 사태 때 꼴 되는 게 아닌가 몰라."

"제발 좀 그렇게만 되었으면 좋겠다 쓰발. 안 그래도 열받쳐 죽겠는데, 화끈하게 분풀이라도 해보게 말씀야. 대학생 개자식들이 설치지만 않았으면 우리가 이 지랄을 치며 좆빠지게 고생하지 않아도 될 거 아니냐구. 쌍놈의 간나아들!"

"하여간 세상은 불공평해. 어떤 놈들은 팔자 좋아 대학까지 보내줘도 불만이라고 날마다 데모나 하고, 또 어떤 놈들은 짠밥 씹어가며 뺑이만 치다가 그런 자식들 뒤치다꺼리나 하겠다고 왔다리갔다리 이 고생이야."

"그나저나 내무반장님만은 기분이 째지겠구만요. 호남선 열차 타고 고향으로 내려가는 길 아닙니까. 안 그래요, 반장님?"

명치 쪽을 돌아보며 강상병이 히죽 웃어보였다. 새꺄, 아가리 좀 닥치고 있으란 말야. 버럭 고함이라도 질러주려다가 명치는 그만두었다. 아까부터 그는 까닭 모르게 신경이 날카로워져 있는 참이었다.

우리 여단은 지금부터 전라남도 광주로 이동한다. 1대대는 수송기로 이동하고, 우리 대대를 포함한 나머지 병력은 청량리역에서 열차 편으로 이동할 것이다……

지역대장 최소령의 입에서 맨 처음 그 지시가 떨어졌을 때, 명치는 내심 놀랐다. 하필이면 광주란 말인가. 불현듯 아버지와 식구들 그리고 무석형의 얼굴이 눈앞을 스쳐갔다. 그러나 그건 반가움은커녕 마음만 무겁게 만들 뿐이었다.

대대장은 더 이상 자세한 얘기는 하지 않았으나, 광주가 지금 한참 시끄러운 모양이라는 소문이 돌았다. 그쪽 지역엔 공수특전사 7여단 2개 대대가 계엄군으로 나가 있는 참인데, 소요 진압 작전을 위한 증파 명령이 우리 여단까지 내려온 걸 보면 사태가 심상찮게 돌아가고 있음에 틀림없을 거라는 둥, 어쩌면 지난번 부산과 마산에서 벌어졌던 것과 비슷한 사태가 벌어지게 될 모양이라는 둥 떠들어댔다.

　대원들의 분위기는 어딘가 들떠 있었다. 지금껏 몇 달 동안이나 줄곧 반복해온 지겨운 훈련이 이제는 실제 상황으로 바뀌었다는 사실 때문이기도 하겠지만, 낯설고 새로운 지역으로의 부대 장거리 이동은 으레 대원들에게 은근한 호기심을 불러일으키게 마련이었다.

　문득 선도 차량의 사이렌 소리가 멎었다. 청량리역이라고 씌어진 건물이 시야에 들어왔다. 차량 대열의 선두는 벌써 역 광장으로 진입하고 있었다.

　수십 대의 트럭들은 질서 정연하게 광장 안으로 들어서서 차례로 멎었다. 트럭에 실려온 대원들이 무기와 군장을 메고 신속히 뛰어내려 중대별로 정렬했다. 헌병들이 연신 날카롭게 호루라기를 불어제치며 주변의 민간인들을 밖으로 몰아내고 있었다.

　갑자기 들이닥친 대규모 병력 때문에 통행이 차단되어 잠시 일대가 혼잡해졌다. 행인들은 걸음을 멈춘 채 병력이 광장 안쪽으로 다 빠져나갈 때까지 엉거주춤 기다리고 있었다.

　"공수부대다. 저거 봐. 낙하산 부대란 말야."

　"알아. 나도 봤어. 국군의 날에 비행기에서 고공 낙하 묘기 부리는 거. 진짜 멋있드라."

　젊은이들 몇이 행인들 틈에서 주고받았다. 하나같이 구릿빛으로 그을린 얼굴과 팔뚝, 단단히 다져진 허벅지며 하체의 근육, 그리고 특이하게 앞축이 뱀 대가리처럼 뾰족하게 각이 진 전투화와 얼룩무늬 군복 차림의 병사들을 사람들은 저마다 호기심과 함께 은밀한 불안과 두려움이 섞인 눈빛으로 바라보고 있었다.

　구경꾼들의 시선이 지금 자신들에게 일제히 쏠리고 있다는 사실을 병사들은 누구나 의식하고 있었고, 때문에 저마다 우쭐해지는 기분이었다. 국군 최정예 부대로 일컬어지는 특전용사라는 자부심과 긍지를 과시해보이기라도 하듯 대원들은 의식적으로 척척척척 발소리를 울리며 절도 있게 움직였다.

광장 좌측의 병력 전용 출입문을 통과한 그들은 역 구내의 제법 널찍한 공터 안으로 들어섰다. 그곳에서 또 한번 간단한 인원 및 장비 점검을 했다. 그들을 태우고 갈 열차는 이미 플랫폼에 대기하고 있는 참이었다.

무수한 레일 가닥들이 복잡하게 얽혀 있는 구내에는 어디서나 비릿한 쇠붙이 내음과 기름 냄새가 풍겼다. 건너편 플랫폼엔 열차를 기다리고 있는 민간인들의 모습이 보였다. 얼마 전까지만 해도 강원도 후미진 산악 지대의 병영에서 줄곧 생활해왔던 병사들의 눈에는 여자들의 화려한 봄 차림새며 옷 색깔이 왠지 낯설고 기이하게 보이기까지 했다.

"어이구, 저기 저 노랑 치마 입은 년 젖퉁이 좀 봐. 이쪽을 빤히 쳐다보고 있는 게, 거, 쌕 한번 끝내주게 쓰겠는데?"

"야야, 관둬라. 쪽팔리게 물오른 봄××구경만 해봤자 뭘 하냐. 괜히 꼴리기만 하지."

"어따, 뭘 그러슈. 추상사님도 벌써부터 눈이 핑핑 돌아가고 있으면서. 히힛."

강상병이 이죽거리며 낄낄거렸다.

"탑승!"

마침내 대대장 최소령의 구령에 따라 2대대 선두부터 플랫폼을 향해 움직여가기 시작했다. 잠시 바닥에 내려놓았던 개인용 군장을 명치는 다시 짊어졌다. 명치네 4지역대는 앞에서부터 다섯번째 칸이었다.
"햐! 이거 봐라. 기똥차게 좋은 열찬데?"
"이건 완전히 특급 열차데이. 여단장님 끗발이 오늘은 조까 서는갑네. 우짤라고 이리 뻬까번쩍한 객차를 다 얻어냈는고."
"얌마, 그게 어디 여단장 끗발 탓인 줄 아나? 계엄령 떨어졌다 하면 그때부터는 우리 군바리 끗발 서는 날이다 이 말씸이야."
"하기사, 총 가진 놈이 군바린데, 어뜬 놈이 감히 큰소리치고 나설끼고. 히힛."
"어허, 계엄령이 좋기는 좋구나. 오래간만에 우리같이 짠밥내 풀풀 나는 군바리들도 제법 사람 대접까지 받아보게 되었으니 말이다. 안 그러냐?"
　객차 안으로 들어서자마자 병사들은 저마다 낄낄거리며 떠들어댔다. 뜻밖에도 객실 내부는 대단히 깨끗하고 환했다. 지금껏 부대 이동시 동원되는 것은 언제나 완행열차였다. 그것들은 하나같이 더럽고 지저분했으며, 한겨울에는 난방 장치도 제대로 작동되지 않는 것들조차 있었던 것이다.
　그러나 이번 경우는 너무나 달랐다. 바닥이며 천장은 깨끗하게 단장되어 있고 푹신한 의자와 등받이엔 하얀 시트까지 씌워져 있어서, 지나치게 호사스러운 느낌마저 들 지경이었다. 아마 경부선 특급 열차쯤으로나 운행해오던 차량을 임시 차출해온 것인지도 모른다.
　명치는 창 쪽에 자리를 잡았다. 오하사가 군장을 선반 위에 올려놓은 다음 그의 옆자리에 앉았다. 선반은 좁았으므로 대부분의 병사들은 각자의 군장을 의자 사이에 끼워넣고 앉거나 통로에 내어놓았고, 개인 화기는 창가에 비스듬히 걸쳐놓고 있었다.

중대장과 선임하사관들이 최종 인원 점검을 하느라고 부지런히 통로를 오락가락했다.

오 분 후, 차체가 한번 덜컹 흔들리더니 마침내 움직이기 시작했다.

퇴락한 역사 건물이 차창 뒤편으로 천천히 밀려나가고 있었다. 석탄을 가득 실은 화물차와 삽질하는 인부들, 어지럽게 얽힌 채 뻗어나간 레일 가닥들이 나타났다가 지워졌다. 이제 막 열차가 도착한 건너편 하행선 플랫폼에서 한 무리의 민간인들이 우르르 쏟아져나오고 있는 게 보였다. 그들을 향해 차 안에서 대원들 몇이 휘익 휘파람을 불어대기도 하고 손짓을 보내기도 하면서 키득거렸다.

"동작 그만! 야, 이 씨팔놈의 시키들아! 지금 어디 야유회 가는 줄 알아? 아가리 닥치란 말야, 이 씹닭거리 같은 새꺄!"

상사 하나가 고함을 빽 질렀다. 열차는 이미 역 구내를 완전히 빠져나와, 시가지를 통과하고 있었다.

오하사가 바지 주머니를 뒤적이더니, 여러 겹으로 접힌 신문을 꺼내어 펼쳐들었다.

"어디서 난 거야?"

"아까 역 앞에서 한 장 얻었다. 어떤 사람이 들고 있기에, 좀 보여달라고 했더니 그냥 주던걸."

오하사가 대답했다. 명치는 곁눈질로 그것을 슬쩍 훔쳐보았다. 동아일보였다. '김종필 김대중씨 등 26명 연행'이라는 표제와 함께 '정치 활동 중지, 대학 휴교' '비상계엄 전국 확대' '옥내외 집회 시위·前現 원수 비방 금지. 직장 이탈 태업 등 불허. 언론 사전 검열' 등등의 큰 활자들이 얼핏 눈에 들어왔다. 그리고 권력 축재, 소요 조종 혐의로 연행된 정치인들의 명단이 역시 크고 굵은 활자로 박혀 있었다.

그것들을 잠자코 읽어내려가는 오하사의 이마가 가늘게 찌푸려져 있었다. 뭔가 불만스러워 보이는 듯한 그 표정에서 명치는 또 한번 까닭 모를 짜증이 일어남을 느끼며 고개를 돌려버렸다.

명치는 매사에 너무 침착하고 신중한 녀석의 성격 자체가 이따금 싫어질 때가 있었다. 더구나 지금처럼 혼자서 뭔가에 대해 꽤 심각한 표정으로 골똘해 있는 듯한 모습을 대할 땐 거북하고 낯설어 보이기까지 했다.

'본디 입이 무거운 편이기는 하지만, 좀처럼 제 마음속의 이야기를 털어놓지 않는 건 어쩌면 나 정도는 뭐든 진지하게 얘기를 나눌 만한 상대가 아니라고 무시하기 때문인지도 몰라.'

명치는 가끔 혼자 그런 의심이 들기도 했던 것이다.

"야, 오하사. 니한테 담배 하나 얻어 피우자."

누군가 등뒤로 다가오며 오하사의 어깨를 툭 쳤다. 추상사였다. 오하사가 주머니에서 담배를 꺼냈다.

"짜식, 그 맛탱가리 없는 '화랑' 말고 사제 담배 없나."

"사제가 어딨습니까, 추상사님."

"쪼다 같은! 임마, 그키 쓴 거를 우찌 피우노. 김일병, 니는 저쪽으로 가라."

그러면서도 추상사는 별수없다는 듯이 오하사의 손에서 한 개비를 빼내면서, 김일병을 밀어냈다. 김일병이 일어나 뒤편 자리를 찾아 옮겨갔다.

"신문에 뭐가 나 있노?"

맞은편 자리에 털썩 주저앉자마자 거꾸로 고개를 들이미는 추상사에게 오하사는 신문 한 장을 아예 건네주었다. 대충 이리저리 되짚어가며 건성으로 훑어보다 말고 추상사는 그걸 도로 돌려주었다.

"광주에서 으쨌다는 기사는 없는 거 같은데."

"없는데요."

오하사가 신문에서 눈을 떼지 않은 채 무심히 대답했다.

"전라도 따블백들, 김대중이 잡아넣었다고 난리 아우성들이라 카잖나. 대학생 아새끼들이 시내로 쏟아져나와가꼬 어저께 종일 한바탕 붙었능갑더라. 7공수 여단장, 틀림없이 징계 좀 묵을 기라. 특전대 명예가 있제, 고까짓 한 주먹도 안 되는 대학생놈들 시위 진압조차 지대로 못 했다믄야, 아, 말이 되나."

담배를 어금니로 깨문 채 추상사가 특유의 쨍쨍 울리는 소리로 말했다.

"시위 규모가 컸던 모양이죠? 어디서 들으셨습니까?"

"이제 막 지역대장이 중대장들 모아놓고 저쪽 칸에서 상황 설명을 대충 해준 모양이드라. 중대장이 돌아와서 우리들한테 그러든데. 아까 사령관님도 그래서 왔든 모양이고…… 잘은 몰라도 좀 시끌시끌한 거 아닌가? 꽤나 다급했으니끼네, 선발대를 수송기에 태워가꼬 데리고 간 기제."

"지금쯤 상황이 끝났을 수도 있잖습니까. 가자마자 또 이동 명령 떨어지는 건 아닌가 몰라."

"거, 듣고 보이 되게 웃기는 기라. 계엄군으로 내려온 부대가 전부 경상도 병력으로만 돼 있어가꼬, 일부러 전라도놈들 씨를 말릴라꼬 내려왔다더라 카는 소문이 광주 시내에 쫙 퍼져 있다는 기라. 그런 유언비어 때문에 경상도 번호판이 붙은 차만 보면

막 불을 질러대는 판이라대. 그놈들은 필시 빨갱이라. 김대중이 겉은 빨갱이시키를 풀어주라고 날뛰는 놈들이 진짜 빨갱이가 아니믄 누구란 말이가. 쌔애키들. 지끔이 어느 때라꼬 겁 없이 설치는지 몰라. 계엄령이 떨어졌다 하믄 그때부터는 준전시야, 전시. 여차했다 하믄 발포 명령이 떨어질 판인데, 겁대가리 없이······."

추상사는 마치 무슨 신나는 일이라도 당장 벌어지기를 바라는 투로 말했다. 본디 목청이 큰 사람이었다.

미친개라는 별명이 붙어 있는 추상사의 얼굴을 명치는 쳐다보았다. 깨알같이 자잘한 천연두 자국이 박혀 있는 그의 뺨이 말을 할 때마다 실룩거리고 있었다.

"참, 한하사도 따블백이제? 야, 니도 김대중이 편이가, 응?"

이번엔 명치를 향해 추상사가 한마디 던졌다. 순간 명치는 울컥 화가 치밀어올랐지만 참았다. 미친개는 전부터 명치를 고운 눈으로 보지 않았다. 그걸 모르는 명치가 아니었다. 내무반장이 되고 나서부터는 드러내놓고 건드리지는 않게 되었지만, 한동안 그 깨곰보에게 명치와 오하사는 어지간히 시달림을 받아야 했었다.

물론 추상사의 고약한 성깔머리에 아직 시달려보지 않은 병사는 별로 없었다. 오하사의 경우야 필시 대학 물을 먹었다는 사실 때문이겠지만, 자신을 유달리 고깝게 대하면서 사사건건 은근히 부아를 돋우곤 하는 추상사의 의도를 명치는 알 수가 없었다.

"김대중이가 누군지 내가 알 게 뭡니까. 워낙 배운 게 없어노니 정치 같은 건 관심 없습니다."

"짜아식. 그래도 같은 따블백이라고, 내 말이 고깝다 이거제?"

문득 독기 어린 시선으로 묘하게 빙글빙글 웃으며 건너다보는 추상사를 명치는 슬그머니 외면했다. 그리고 말없이 담배를 피워물고 창밖으로 눈길을 던졌다.
'개자식. 야, 이 무식헌 새끼야. 따블백이니 뭐니 잘 지껄여봐라. 언제고 한번 개새끼 밟듯이 밟아줄 테니까.'
명치는 속으로 욕을 짓씹었다.
사실 정치니 뭐니 하는 골치 아픈 따위야 명치로서는 관심도 흥미도 없었다. 그건 부대 안의 다른 병사들 역시 마찬가지일 터였다. 또 그런 따위에 관심을 가질 만한 여유도 필요성도 없었다. 어차피 그것이 군대였다. 세상이 어찌 되어가건 누가 정권을 잡았건간에 매일매일 자신들의 눈앞에 닥치는 일에 적응하고 견디내는 것보다 더 중요하고 절실한 건 없었다.
병사들로서는 지휘관의 입에서 떨어지는 명령과 지시에 철두철미하게 복종하고 그것을 직접 행동으로 옮기는 것만이 오로지 주어진 임무였다. 선택도 권리도 오직 상관의 명령으로부터만 가능한 것이었으므로, 그 이외의 일 따위에야 신경을 쓸 필요도 없었다.
그러므로 병사들에겐 정치니 뭐니 하는 따윈 언제나 병영의 철조망 밖 저쪽 세상의 일일 뿐이었다. 철조망 바깥의 저쪽 세상은 다만 어쩌다 한번씩 허용되는 외출 외박 혹은 휴가 때나 잠시 관계를 맺을 수 있을 뿐, 그들 일개 이름없는 병사들로서야 간섭할 수도 또 결코 간섭해서도 안 되는 이방의 세계였다. 병영 생활 중엔 병사 개인이 절대로 라디오를 휴대할 수 없었고, 전우신문 외에는 어떤 일간 신문도 읽도록 허용되지 않는 까닭도 필시 그래서일 것이다.

언젠가 휴가 때 구해온 트랜지스터를 관물함에 감춰두고 몰래 심야 음악 방송을 듣곤 했다는 죄로 영창에 끌려간 고참병의 경우를 명치는 기억하고 있다. 제대를 불과 한 달 남겨놓았던 대원이었다.

그것이 바로 군대고 병사들의 생활이었다. 때문에, 어차피 부대 철조망 바깥의 세상에서 무슨 일이 일어나고 있는지는 대부분의 병사들은 까맣게 모르고 지낼 수밖에 없는 것이다.

"기분 상했어? 놔둬라. 저 작잔 버르장머리가 원래 그렇잖아."

명치를 돌아다보며 오하사가 달래듯 말했다. 추상사는 자리를 뜨고 없었다.

"누가 뭐래. 미친 개새끼, 두고 보라지……"

명치는 코웃음을 치며 다시 담배를 피워물었다. 하지만 여전히 짜증은 벌컥벌컥 끓어올랐다. 문득 불쾌한 기억 하나가 떠올랐다.

"너희들. 옛날부터 군대에서 왜 전라도놈들을 따블백이라고 부르는 줄 알아? 몇 가지 설이 있지. 손버릇이 좋지 못해서, 여차하면 따블백 속에다가 뭘 훔쳐 담는 기술 하나는 끝내준다는 뜻으로 붙여진 별명이라고들 일반적으로 알고 있는 모양인데, 진짜는 따로 있단 말씀야. 허긴 머, 그런 뜻도 전혀 틀린 건 아닐 테지만."

그게 언제였더라. 자대 배치 받기 직전, 교육단에서 훈련을 받을 때였을 것이다. 지뢰 및 부비 트랩에 대한 교육 시간에 교관 녀석이 그렇게 말했었다. 무엇 때문엔가 한나절 내내 지독한 단체 기합을 받고 나서, 명치네 중대 훈련병 전원이 다시 교육장에 집합했을 때였다. 훈련병 중엔 묘하게 전라도에서 지원한 인원이 가장 많았다. 스스로를 육사 출신이라고 밝힌 그 교관은 꽤 큰 키에 당당한 몸집을 한 사내였다. 보기 드물게 준수한 용모였지만, 어딘가 불만에 차 있는 듯한 눈을 가지고 있었다.

"따블빽이라는 말의 진짜 뜻은 따로 있다구. 내, 그걸 가르쳐주지. 야, 너희들 중에서 대학 나온 놈 있나? 다니다가 온 놈은? 그래, 좋아. 너, 빽이란 말이 영어로 무슨 뜻야? 이런 병신새끼. 가방이 아니고 빽 말야. 비, 에이, 시, 케이. 그래 '뒤' 라는 뜻도 있고, '등뒤' 라는 뜻도 있지. 따블은 둘, 혹은 이중이라는 뜻이구. 그러니까 따블빽이란 말을 풀이하자면 등이 두 개란 말야. 즉 이중성격자. 겉으로는 전혀 아닌 것처럼 페인트 모션을 쓰지만, 돌아서면 이내 배신을 잘하는 족속들이다, 라는 뜻이란 말씀야. 이제 무슨 뜻인지 알겠나? 호오, 어때. 내 말에 불만이나 이의가 있으면 누구나 말해봐. 염려 마, 아무리 군대지만, 그리고 내가 교관이고 네놈들은 훈련병이긴 하지만, 너희들 중에 누가 나서서 따진다면 일 대 일로 동등한 입장에서 내가 받아줄 테니까. 어때, 말해보란 말야…… 짜식들. 왜 말 못 하나? 보라구. 그래서 너희 같은 녀석들 보고 따블빽이라고 부르는 거란 말씀야. 알어? 솔직히 말해서, 난 따블빽이 싫다. 체질적으로. 알아들었으면, 그 얘긴 그만 하겠어……"

한여름날의 지독한 땡볕이 내리쬐던 한낮이었다. 햇볕은 알철모를 통째로 구워삶을 듯 지글지글 끓어오르게 만들고, 그 달궈진 철모 속에서 머리 가죽은 벗겨져나갈 것만 같았다. 몇 시간 동안 줄곧 끔찍한 기합을 받고 난 직후여서 전신은 한꺼번에 부서져내리는 것 같았고, 무엇보다 목줄기를 태우는 갈증과 고통에 금방 앞으로 고꾸라져버릴 듯한 전신을 필사적으로 버티며,

모두들 부동 자세로 서 있어야 했다.
 그때 명치는 막상 별다른 느낌조차 없이 그 교관녀석을 응시하고만 있었다. 그자가 그렇듯 노골적으로 모욕을 주려는 이유가 무엇인지는 알 수 없었다. 체질적으로, 라고 그자는 말했을 뿐이었다. 그자의 큰 몸집, 어깨 위의 대위 계급장 그리고 그 불쾌하고 구역질나는 순간을 사뭇 혼자 즐기기라도 하는 양, 입술 가장자리에 시종 묻어 있던 그 기묘하고 기분 나쁜 웃음은 그 후 오래도록 명치의 뇌리에 불쾌한 기억으로 남았다.
 "말해봐. 교관과 피교육생이라는 관계를 비겁하게 이용해먹진 않을 테니까."
 느리고 착 가라앉은 음성에 짙은 경상도 사투리의 억양을 지닌 그자가 몇 번이나 나서기를 종용했지만, 훈련병 가운데서 누구 하나 섣불리 입을 여는 사람은 없었다. 당연히 그럴 수밖에 없었다. 그 교관녀석이야말로 참으로 비겁하고 치사한 놈이었다.
 열차는 빠른 속도로 달리고 있었다. 철교를 지날 때 바퀴 소리가 요란하게 울렸다. 제법 큰 규모의 역 건물이 창밖으로 나타났다. '천안'이라고 씌어진 간판이 건물 지붕 위에 걸려 있었다. 그러나 열차는 조금도 속도를 줄이지 않았다. 하행선에 야간 열차가 길다랗게 꼬리를 달고 서 있었다. 병력 수송 열차가 지나가기를 기다리며 거기 정차해 있는 눈치였다. 불이 환하게 켜진 그쪽 열차의 유리창이 줄을 이어 뒤쪽으로 밀려갔다. 수송 열차는 깜깜한 어둠 속으로 쿵쾅쿵쾅 내달려가고 있다.
 명치는 차창에서 눈을 뗐다. 객차 내부는 조용했다. 벌써 모두들 정신없이 곯아떨어져버린 지 오래였다. 한동안 저마다 떠들어대며 주고받던 말소리도 그치고, 철길 위를 달리는 바퀴 소리만 규칙적으로 울리고 있을 뿐이다.

입을 반쯤 벌린 채 하나같이 불편한 자세로 등을 기대고 잠들어 있는 병사들의 모습을 명치는 한동안 말없이 둘러보았다.

곤하기도 하리라. 그 지긋지긋한 반복 훈련에 시달릴 대로 시달려온 데다가, 어젯밤에도 고작 두 시간밖에 눈을 붙이지 못한 병사들이었다. 고개를 처박거나 꺾은 채 저마다 아무렇게나 흐트러진 몰골을 하고 잠들어 있는 대원들의 얼굴 위로 희뿌연 형광등의 불빛이 쏟아져내리고 있었다. 얼핏 그들의 모습이 유령처럼 보인다고 명치는 생각했다.

"한하사, 눈 좀 붙이지 그래. 고향으로 내려간다니까 가슴이 설레서 잠이 안 오는 모양이군."

잠든 줄 알았던 오하사가 문득 졸린 눈을 뜨고 말했다. 명치는 작게 쓴웃음을 짓고 말았다.

"고향? 츳, 고향 같은 건 애당초 없다, 나한테는……"

"짜아식, 웃기고 있네. 고향 없는 놈도 세상에 다 있냐……"

그러면서 오하사는 다시 눈을 감고 잠을 청하고 있었다.

명치는 무심코 작게 한숨을 내쉬었다. 차창 밖으로는 먹물 같은 어둠이 짙게 배어 있었다. 아직도 잠들지 않고 있는 사람이 있는 것일까. 멀리 어둠 저편에서 인가의 불빛 몇이 반짝이다가 언뜻언뜻 지워져버리곤 했다.

명치는 뒷머리를 등받이에 기대고 눈을 감았다. 이내 폭포처럼 잠이 쏟아져내렸다.

> 베냐민 사람들아 도망쳐라. 예루살렘에서 빠져
> 나가거라…… 북녘에서 재앙이 밀어닥친다. 대살육
> 이 임박하였다. 수도 시온은 아름다운 목장이었지
> 만, 목동들이 짐승떼를 몰고 와 천막을 둘러치고 멋
> 대로 풀을 뜯는 꼴이 되리라.
> ——「예레미야」, 6 : 1

5월 19일 01 : 05, 광주역

이윽고 열차가 멎었다. 서울에서 광주까지의 먼 거리를 열차는 거의 단숨에 달려왔다. 기관차를 교체하기 위해 대전역에서 꼭 한차례 잠시 정거했을 뿐, 열차는 수많은 역을 숨가쁘게 스쳐 지나왔던 것이다.

규칙적으로 흔들리던 차체가 마침내 멎었을 때, 병력은 수송 열차에서 일제히 쏟아져내리기 시작했다. 별의별 잡다한 개인 장비와 군장을 휴대한 채 그들은 플랫폼으로 내려섰다. 장시간의 여행에 하나같이 지치고 피곤한 모습이었다.

정상적인 수면과 휴식을 취하지 못한 게 벌써 여러 날째였으므로 서울에서 열차에 오르자마자 정신없이 곯아떨어졌던 터였다. 피곤에 지친 몸을 이끌고 어수선하게 플랫폼을 빠져나오는 그들의 눈꺼풀엔 채 지워내지 못한 졸음기가 무겁게 눌어붙어 있었다. 갖가지 잡다한 개인 장비는 무겁고 거추장스러웠으며,

쉴새없이 지껄여대는 지휘관들의 고함과 잔소리가 그들을 한없이 짜증나게 만들었다.

병력은 역 대합실을 빠져나왔다. 잔뜩 주눅든 표정으로 몇 명의 역 직원들이 쭈뼛쭈뼛 비켜서서 지켜보고 있을 뿐, 형광등 불빛이 하얗게 쏟아져내리고 있는 대합실 내부는 온통 군인들만으로 북적거렸다. 미리 선발대로 내려와 있던 1대대 장교들이 마중을 나와 있는 참이다.

병력은 곧 역 광장으로 나섰다. 텅 빈 역 앞 광장엔 수십여 대의 군용 트럭이 대기하고 있었다. 또 한번의 간략한 인원 점검이 실시되는 동안 병사들은 광장에서 대오를 갖추고 기다려야 했다. 야간이었지만 도시의 대기는 아직 엷은 훈기가 배어 있었다.

"1지역대, 인원 이상 없나? 쓰발. 두 놈이 비잖아. 빨랑 채워. 새끼들."

지휘관들이 부산하게 돌아다니며 욕설을 씨부렁거렸다.

병사들은 무표정하게 서서 저만치 눈앞에 펼쳐져 있는 낯선 도시의 밤풍경을 바라보았다. 광주역 광장을 중심으로 다섯 가닥의 도로가 부챗살처럼 길게 뻗어 있었고, 광장 바로 앞 로터리 한가운데엔 원형의 분수대가 보였다.

도시는 뜻밖에 조용했다. 길 양쪽으로 띄엄띄엄 늘어서 있는 가로등이 창백한 불빛을 쏘아대며 길바닥을 드러내고 있을 뿐이었다. 그 희뿌연 불빛과 텅 빈 도로 저편으로는 크고 작은 건물들의 음영이 잿빛으로 도사리고 있었다.

뭔가 소란스럽고 심상치 않은 상황이 기다리고 있으리라고 여겼던 병사들에게 그 풍경은 퍽 의외였다. 문득 한줄기 바람이 마주 불어왔다. 후끈한 열기를 품은 바람이었다. 얼굴을 훔치고 지나가는 그 바람 속에서 그들은 메마른 먼지와 하수구 냄새 그리고 매캐한 최루탄 냄새를 맡았다.

"씹좆겉은 새키들. 잔소리할 틈 있으면 빨랑 차에 태우기나 허지, 무슨 개지랄들야. 쓰발 더러워서……"

누군가 작게 씨부렁거렸다. 그들은 아무데나 주저앉고 싶었다. 잠시 동안의 기다림이었지만, 피곤에 지친 그들에겐 무척 긴 시간처럼 여겨졌다.

그들은 벌써 그 낯선 도시를 증오하기 시작하고 있었다. 팔려 가는 개돼지처럼 이리저리 끌려다니며 눈 한번 제대로 붙여보지 못하고 있는 동안에도, 정작 자신들을 여기까지 끌려 내려오도록 만든 그 도시의 시민들은 아늑한 이부자리 속에 편안히 잠들어 있는 것이었다. 그 사실은 별안간 굉장한 분노와 적개심을 그들에게 불러일으켰다. 그것은 까닭 모를 배신감과 함께 스스로를 한없이 비참하게 느끼게 만들고 있었다.

병사들의 뇌리엔 벌써 몇 달째 반복되어온 그 지긋지긋한 훈련과 고통스러운 일과들이 언뜻언뜻 떠올랐다가 지워졌다. 작년 부마 사태 이후로 모든 외출·외박은 금지된 상태였다. 부마 사태가 진압된 뒤 조금 안정이 되어 병영 생활이 제자리로 돌아오나보다 싶은 상황이 되자 이번엔 10·26 사건이 터지고 계엄령이 내려졌다. 또 이어 12·12 사태가 잇달아 터지는 바람에 외출·외박은 고사하고 정기 휴가마저 일체 금지되어버리고 말았다. 게다가 그때부터 불과 이틀 전까지 끝없이 계속되기만 하던 훈련 또 훈련…… 자그마치 육개월이 넘는 그 기간이 마치도 지옥처럼 느껴질 지경이었다. 그리고 이젠 이 낯선 도시까지 끌려 내려오게 된 그들이었다.

병사들은 눈앞에 웅크리고 있는 시가지를 충혈된 눈빛으로 쏘아보았다. 불현듯 그들의 가슴속엔 증오와 분노 그리고 적의가 부글부글 끓어오르기 시작하고 있었다. 그것은 유독한 가스처럼 금방이라도 폭발할 듯 위험하고 난폭스러웠다.
　그들은 머리를 짓누르고 있는 철모와 등에 짊어진 군장의 무게를 증오하고, 지휘관들의 잔소리, 전신의 피로, 폭포처럼 쏟아지는 졸음, 그리고 그 엄청난 졸음의 유혹을 한사코 거부하도록 강요하고 있는 고약한 현실을 마음속으로 끝없이 증오했다. 그리고 자신들에게 그 모든 고통과 참담한 생활을 강요해온 실체가 바로 그 도시 전체이기라도 하는 양, 그들은 저마다 입을 다문 채 그 도시의 거리와 집들을 충혈된 눈으로 쏘아보고 있었다.
　이윽고 탑승 명령이 내려졌다.
　병사들은 대기중인 트럭 위에 신속하게 올라탔다. 삼십여 대의 수송 차량은 호위 지프를 선두로 출발했다. 텅 빈 거리를 달리는 차량의 소음은 빠르고 둔중하게 울렸다. 적막하게만 여겨지던 거리 곳곳엔 경계 근무중인 계엄군의 모습이 눈에 띄었다. 7공수여단 병력 같았다. 소총을 든 그들은 도로 양켠의 으슥한 골목이나 빌딩 주변에 몸을 숨기고 있다가 증원 부대의 수송 차량을 보고 걸어나와 손을 흔들어보이기도 했다. 트럭 위에서 몇은 그들을 향해 마주 손을 저어보이기도 했지만, 대개는 깊숙이 눌러 쓴 철모의 그늘에 눈길을 묻은 채 입을 다물고 있을 뿐이었다.
　차량은 도시의 남쪽을 향해 사차선 도로를 따라 로터리를 꺾어돌았다. 도로 여기저기에 돌멩이며 벽돌 조각이 흩어져 있었고, 최루탄의 흰 분말이 눈에 띄었다. 몇이 쿨럭쿨럭 재채기를 토해냈다. 그러나 도시는 생각했던 것보다 평화롭고 조용해 보였다.
 이십여 분쯤 달렸을까. 수송 차량 대열은 열차 건널목을 지나서 교문을 통과했다. 조선대학교였다. 키 큰 소나무들이 늘어서 있는 진입로를 돌아 차량이 운동장에 도착했을 때는 새벽 두시가 가까워오고 있었다. 보기 드물게 넓은 운동장이었다.
 군데군데 가설해놓은 경계용 임시 외등의 불빛에 운동장 한쪽에 정연하게 늘어서 있는 수많은 천막들이 드러나보였다. 지역부대인 31사단 병력이 그들을 위하여 전날 낮에 미리 설치해놓았던 것이다. 그것들을 보자 증원 부대의 병사들은 우선 반가웠다. 어제 서울에서처럼 도착하자마자 숙영지 설치 작업을 위해 시간을 허비하지 않아도 좋을 터였다.
 차에서 내린 병사들은 곧 각 중대별로 텐트 한 동씩을 할당받았고, 새벽 세시쯤 취침에 들어갔다.
 그러나 이내 여단장 긴급 지시 사항이 있다는 전갈이 들어왔다. 지휘관급 이상의 장교들은 부랴부랴 지정된 막사로 모여들었다. 몇 개의 테이블을 길다랗게 붙여놓은 자리엔 영관급 장교들이 착석했고, 나머지는 뒤편에 서서 회의가 시작되기를 기다렸다.
 잠시 후 여단장이 나타났다. 좌중엔 돌연 긴장감이 감돌았다. 중앙에 자리잡은 여단장이 부하들의 노고에 대한 치사를 간략하게 한 다음, 예정된 순서대로 작전참모가 일어났다.
 "작전에 들어가기 전에, 당 부대의 작전 지역인 이곳 광주 지역의 상황에 대해 간략하게 보고하겠습니다. 앞서 선발대로 도착한 1대대 지휘관들에겐 이미 했습니다만, 다른 대대를 위해 다시 설명합니다. 한마디로 표현하자면, 지금 이곳 상황은 무척 심각합니다. 필요하다면 메모를 하십시오……"

작전참모는 미리 준비해두었던 작은 상황판을 불빛이 잘 드는 쪽을 향해 약간 돌려세웠다. 모두들 수첩과 필기구를 꺼내들고 작전참모의 손에 들려 있는 지시봉을 주시했다.

전국 계엄 이전까지의 광주 지역 상황

1) 주요 사태

ㄱ. 5·13 이전 교내 시위: 어용 교수 퇴진, 총장 사퇴, 병영 집체 훈련 거부 등 주로 교내 문제로 농성. 점차 가열되어 '계엄 해제' '유신 잔당 물러가라'는 구호를 내걸고 교외로 진출, 경찰과 투석전을 벌였으며 일부 학생들은 단식 투쟁도 벌였음.

ㄴ. 5·15: 전남대(6,000) 조선대(1,000) 광주교대(600) 동신공전(1,000) 조대공전(1,000) 계 9,600명이 도청 앞 광장에 모여 농성.

ㄷ. 5·16: 조대(2,000) 광주교대(100) 전남대(1,000) 등 계 5,400명이 도청 앞 집결 농성하였으며, 야간에는 횃불 시위도 벌였음.

2) 주요 조치

- 경찰 기동대에 의한 진압(저지 및 해산).
- 군 충정부대 비상 대기 및 자체 훈련.
* 경찰: 소요 사태의 근원인 불순 주동자 검거 활동 소극적이었음.

계엄령 선포 이후 상황

1) 5·17 야간

주요 사태/전국 계엄령 선포(5·18, 00:01).

주요 조치/2군 사령부 충정 작전 지시(80-1)에 의거, 학교 점령.
- 전북: 18일 01:30 이전, 전남: 18일 02:30 이전 완료함.
- 군 추가 지시에 의거: 학교내 단순 기숙 인원 선별 귀가 조치(익일 07:00), 학교내 주모자 전원 체포함.

학교 병력 배치
- 전북 14개 학교, 전남 20개 학교.
- 주모자 검거: 전북(46명 대상 중 6명), 전남(22명 중 8명).

학교 구내에서의 체포 인원: 전남대 69, 조선대 43, 전북대 34, 원광대 23.

2) 5·18

주요 사태
- 11:00   전남대 정문 앞 200명 운집.
- 11:30   금남로 가톨릭센터 앞에서 '김대중 석방하라' 구호와 함께 난동.
          7공수 33대대, 31사단 98연대 출동 데모 진압. 산수동 파출소 피습.
- 14:42   도청 앞, 금남로, 충장로 일대 3천 명 이상 군중 데모 시작. 경찰 진압 실패.
- 15:00   계엄군 38/294명(장교/사병) 투입, 시내 진압 작전 실시(7공수). 시위 군중 해산(체포 337명).
          페퍼 포그 차량 1대 전소.

- 15:10 충장로, 금남로 일대 군중 2천여 명으로 증가.
  7공수 도로 차단, 군중 해산(273명 체포, 연행).
- 16:00 노동청, 장동, 유동, 공용터미널, 광주공원, 계림동 일대로 시위대 확산, 난동 가열화, 현재까지 3개 파출소 피습.

주요 조치
- 16:48 증원 부대 제11여단 선발대 도착, 시내 투입 배치.
- 통행 금지 시간 연장 조치(21:00~익일 04:00까지).
- 23:20 야간 배치 완료/18개 경찰서 파출소 및 도로 교차 지점: 36개 지점.
- 광주 시내 전역과 직장 예비군 무기 및 탄약 회수, 군부대 보관 (무기: 4717정 탄약: 115만 발).
- 분산 무기고 탄약, 군부대 및 경찰서에 보관: 55만 발
- 무기고 접근자 발포 승인 건의/ * 군인 복무 규율에 의거, 비상시 지휘관 재량 실시토록 지시함……

　상황판의 마지막 페이지까지 읽어내린 작전참모는 지시봉으로 괘도를 말아 덮었다. 일순 막사 내부엔 침묵이 감돌았다. 상황 보고는 꽤 오래 걸렸지만, 그곳에 모인 장교들은 시종일관 절도 있는 자세를 유지했다.
　물컵을 손에 쥐고 마시고 있는 작전참모의 동작을 그들은 말없이 지켜보았다. 그들의 표정은 하나같이 긴장되어 있었다. 생각했던 것보다 이곳의 상황이 훨씬 더 심각하다는 사실을 그 도표에 나타난 내용만으로도 충분히 실감할 수 있었다.

"이상, 상황 보고를 마치겠습니다."

작전참모가 지시봉을 테이블 밑으로 내려놓으며 착석했다. 장교들의 시선이 일제히 중앙의 여단장 쪽으로 모아졌다.

여단장은 자리에 앉은 채 문득 가슴을 잔뜩 부풀리는 듯한 제스처를 해보였다. 그는 중키의 단단한 몸집을 한 사내였다. 무엇인가 생각을 정리하려는 듯 그는 입술을 굳게 다문 채 부하들을 잠시 휘둘러보았다. 그의 앙다문 입 모양과 어딘지 차갑고 비정해 보이는 시선은 그들에게 일순 숨막힐 듯한 위압감을 주었다.

그들은 저마다 인형처럼 빳빳하게 굳은 부동 자세로 앉거나 서서 여단장의 얼굴을 응시했다. 검고 선이 굵은 얼굴과 양어깨 위에서 또렷하게 반짝이고 있는 별 모양의 계급장을 바라보며, 그들은 그 사내가 수없이 치러냈을 베트남 정글 속의 치열한 전투들, 여러 차례의 혁혁한 승리에 대한 보답으로 내려졌을 갖가지 휘황찬란한 훈장들, 그리고 화려하고도 웅장한 고관들의 모임에 나가 수많은 장군과 정치가들을 만나 악수를 나누며 환담하는 모습 따위를 얼핏 눈앞에 떠올려보기도 했다.

"귀관들. 여기까지 이동해오느라 대단히 수고가 많았다……"

마침내 여단장이 입을 열었다. 약간 쉰 듯하면서도 카랑카랑하게 힘이 들어 있는 음성이었다.

"귀관들. 대한민국은 지금 백척간두에 서 있다. 건국 이래 오늘 우리가 처해 있는 이 시간보다 더 위급하고 절대절명의 난국은 일찍이 한번도 없었다. 귀관들도 물론 너무나 잘 알고 있으리라 믿는다. 작년 시월, 대통령 각하께서 불의의 총탄에 서거하신 엄청난 사건 이후, 대한민국은 그야말로 풍전등화의 위기에 처해 있는 것이다. 당연히, 북괴는 지금의 이 상황을 절호의 기회로 여기고, 일거에 남침해 내려올 태세를 갖추고 있다."
 여단장은 말을 멈추고 잠시 부하들을 둘러본 다음, 다시 입을 열었다.
 "그러나 지금 이 사회는 어떻게 돌아가고 있는가. 사회 각 요소 요소마다 불순 세력들이 침투하여 암약하고 있는 상황임에도 불구하고, 노동자들은 파업과 태업을 일삼고, 철딱서니 없는 대학생 아이들은 거리로 뛰쳐나와 바야흐로 국가의 존립과 운명을 뿌리째 뒤흔들려 하고 있다. 그럼에도 불구하고, 소위 정치한다는 일부 썩어빠진 작자들은 거기에 부화뇌동, 저마다의 정권욕에 눈이 뒤집혀서, 오히려 철없는 학생들과 무지한 노동자들의 소요를 선동하고 부추기고 있지 않은가 말이다…… 그러나 귀관들. 불행히도 지금의 과도 정부에겐 이 엄청난 난국을 해결할 만한 능력을 기대할 수 없는 것이 솔직한 실정이다…… 그렇다면, 과연 이 시점에서 그 일을 누가 맡고 나서야 하겠는가. 바로 우리 군밖에는 아무도 없다. 우리 군대가 무너지면, 우리 대한민국이 무너지고 만다. 우리 군은 대한민국의 마지막 보루이자 운명인 것이다. 지금 무엇 때문에 나와 귀관들이 여기에 내려와 있는 것인가. 계엄령조차도 완전히 무시한 채 철딱서니 없는 대학생 아이들이 거리로 뛰쳐나와 제멋대로 난동을 부리고 있는, 이 혼란과 무질서가 판치는 비상 사태를 극복하고, 아울러 호시탐탐 남침을 획책하고 있는 김일성의 도발 망상을 깨부숨으로써 대한민국을 구출해내야만 하는, 실로 막중한 임무가 바로 우리 군의 어깨에 주어졌다는 사실을 명심하기 바란다……"
 여단장은 사뭇 비장한 어조로, 연설하듯 말을 이어나갔다. 때로는 분노에 찬 표정으로 주먹을 불끈 쥐어 흔들어보이기도 했는데, 그 순간엔 자신의 말에 스스로 도취해 있는 듯한 인상을 주기도 했다.
 한바탕 훈시를 마친 여단장이 자리를 뜨고 나자 이날의 회의는 비로소 끝났다. 장교들은 텐트 밖으로 쏟아져나왔다.
 어느새 하늘엔 동이 터오기 시작하고 있었다. 장교들은 저마다의 막사를 찾아 흩어졌다. 기상은 평상시와 마찬가지로 여섯시로 예정되어 있었고, 그때까진 불과 반시간도 채 남아 있지 않았다. 그나마의 취침 시간마저 고스란히 놓쳐버리고 말았다는 사실에 또 한번 분노하면서 그들은 군화를 신은 채 각자의 침대로 찾아들어가 몸을 눕혔다. 잠시라도 눈을 붙이는 일이 지금 그들로서는 무엇보다 절실했다.

봄날이었지
소식은 오고 잔치처럼 새벽이 열렸지
당신의 흰 살에서 아이는 배냇짓을 하고
들을 지나 강물을 건너
우리는 달디단 바람 속을 가고 있었지
―― 나해철, 「광주천」에서

5월 19일 07：30, 조선대학교

    정문 앞에 나 있는 철길로 열차가 지나가고 있었다. 그다지 많지 않은 객차를 꽁무니에 단 그 완행열차는 아마 순천이나 여수행 열차일 것이다. 정문을 지나면 가까운 거리에 남광주역이 있다. 그곳은 이맘때쯤이면 근교의 통학생들, 인근 시장에 내다 팔 푸성귀나 생선 따위를 함지박에 인 시골 아낙네들로 한참 붐비고 있을 터이다.

    명치는 오줌을 눈 다음 화단 나무 뒤에서 바지섶을 올리며 돌아섰다. 근무 교대 시각까지는 삼십 분이 남아 있었다. 배가 고팠다. 다른 대원들은 벌써 아침을 먹어치웠을 터이다. 일곱시부터 명치네 중대는 정문 경계 근무중이었다.

    "빌어먹을. 재수가 없으려니까, 오자마자 쫄쫄 굶는구만."

    명치는 침을 찍 뱉어내며 동료들을 향해 걸어갔다.

    "야, 꼬마! 저쪽으로 돌아가란 말야."

    교문 앞에서 임상병이 소리를 질렀다. 무심코 걸어오던 여중생 하나가 깜짝 놀라 옆으로 비켜났다. 근처의 다른 학생들도 잔뜩 겁을 집어먹은 표정으로 슬슬 눈치를 살피며 그들 앞을 지나쳐가고 있었다.

    여고생들은 제법 처녀티가 흘렀다. 슬며시 눈을 내리깔고 모르는 척 그들의 앞을 지나고 있었지만, 하나같이 겁에 질린 모습이었다. 어쩌다 눈길이 슬쩍 스치기라도 하면 금방 파랗게 질릴 듯한 얼굴을 하고 허둥지둥 걸음을 옮겼다.

    여덟시가 가까워질수록 등교하는 학생들의 숫자가 훨씬 많아졌다. 철도 건널목을 넘어 정문으로 이르는 통로가 거의 뒤덮일 정도였다. 꽤 넓은 정문 양쪽을 병사들이 지키고 서 있었다. 그나마 절반은 철제 바리케이드를 쳐놓았으므로 꽤 북적거렸다. 휴교령이 내려졌으므로 당연히 대학생들은 눈에 띄지 않았다. 모두가 그 대학 부속 중고등학교 학생들이었다. 교복 차림의 남학생들, 하얀 상의에 검은색 치마를 입은 여학생들이 무리를 이루어 끊임없이 들어가는 광경을 지켜보고 있노라니, 얼핏 명치는 묘한 기분이 들었다.
"헤이, 거기. 이리 좀 와보슈."
명치가 손짓을 해 불렀다. 학생들 틈에 끼여들어가던 양복 차림의 사내, 그리고 젊은 여자 둘이 멈칫 고개를 돌렸다. 일순 그들의 표정이 딱딱하게 굳었다.
"우리 말입니까."
사내가 다가오며 어정쩡하니 반문했다. 그 뒤편에서 여자들이 잔뜩 겁먹은 표정으로 서 있었다. 명치는 뒤늦게야 후회했다. 그 사내의 얼굴을 알고 있었던 것이다. 중학교 때의 수학 선생이었다. 하지만, 그가 이쪽의 얼굴을 알아보지는 못할 것이다. 그에게 직접 수업을 받아본 적은 없었으니까.
"당신들, 뭐요?"
"우린 교사들입니다. 출근하는 길인데……"
"신분증."
명치는 냉랭하게 말했다. 사내가 저고리를 뒤적이고 여자들은 손가방을 들여다보았다. 여자들한테서 화장품 냄새가 풍겼다. 핸드백에서 신분증을 꺼내는 여자의 손이 유난히 희고 가늘었다. 그 손끝이 떨리고 있었다.
명치는 여자의 얼굴을 힐끗 쏘아보았다. 겁에 질린 여자는 마치 끔찍하고 징그러운 괴물을 대하고 있는 표정이었다. 그 표정 때문에 명치는 화가 벌컥 치밀었다.
"뭐야, 한하사."
부중대장 김중위가 뒤에서 다가오며 물었다.
"교사들이랍니다."
"그냥 보내!"
명치는 신분증을 돌려주었다. 약간 불만스러운 기색과 함께 안도의 표정을 지으며 그들은 서둘러 사라져버렸다.
학생들의 숫자가 차츰 줄어들었다. 지각하지 않으려고 종종걸음을 하다가도 학생들은 교문 앞에 버티고 선 얼룩무늬 병사들 앞에서는 갑자기 발걸음을 죽이고 조심스레 지나치곤 했다. 병사들은 은근히 우쭐해졌다. 교문 맨 앞에서 허리총 자세로 버티고 서 있는 강상병과 임상병은 한껏 근엄하고 단호한 얼굴로 딱딱하게 굳어 있는 참이었다. 그들을 보고 명치는 혼자 웃었다.
"여단장님 차량이 나온답니다."
무전기에 귀를 대고 있다가 김일병이 외쳤다. 김중위가 교문 중앙으로 부리나케 튀어나갔다. 모두들 바짝 긴장한 채 제 위치에서 부동 자세를 취했다. 잠시 후 두 대의 호위 차량과 함께 여단장의 지프가 정문을 통과했다. 명치는 앞자리에 앉아 경례를 받으며 지나치는 여단장의 옆모습을 언뜻 보았다. 두 눈을 새까맣게 가린 검은 선글라스 때문에 그의 얼굴은 해골처럼 보였다.
잠시 후, 어디선가 차임벨 소리가 커다랗게 울려퍼졌다. 바로 뒤편 건물에서였다. 첫 수업 시작을 알리는 신호인 모양이었다. 하얀 페인트칠을 한 그 사층 건물은 부속 여자 중고등학교 교사였다. 뒤늦게 도착한 여학생 몇이 종종걸음으로 병사들의 앞을 지나갔다. 그리고는 이내 학생들의 발길이 뚝 끊어져버렸다.
"교문을 막아버려. 지금부터는 저쪽 작은 옆문으로만 통과시켜라. 대학생 차림은 철저히 검문 검색하도록."

김중위의 지시에 따라 명치는 정일병과 함께 차량용 바리케이드를 옮겨와 일단 정문을 폐쇄했다. 그러나 갑자기 뻔질나게 드나들기 시작하는 군용 차량들 때문에 결국 차도 한가운데의 바리케이드는 치워버렸다.

명치는 정문 한가운데 서서 시가지 쪽을 바라보았다. 맞은편 가까이로는 공업고등학교의 뒷담이 보이고, 그 너머로는 노동청과 세무서, 그리고 도청 건물이 한눈에 들어왔다. 왼편으로 도톰하게 솟아 있는 봉우리는 사직공원과 광주공원이었다. 공원 꼭대기의 팔각정 지붕이 조금 비칠 뿐, 그 두 개의 공원은 이제 한창 물이 오르기 시작하는 나무들의 초록빛으로 뒤덮여가고 있었다.

그 모두가 명치에겐 하나같이 눈에 익은 모습들이었다. 이 도시에서 그는 십여 년 동안을 살아왔다. 어느 거리 어느 골목 하나 기억 속에 남아 있지 않은 곳이 없었다. 더구나 지금 자신이 서 있는 이 교문을 통해 그는 이 년 동안 중학교를 다녔다. 명치는 잠시 묘한 감회를 느끼며 서 있었다.

그곳에서 내려다보이는 거리의 풍경은 얼핏 조용하고 평온해 보이기만 했다. 바로 전날 상당한 소요가 벌어졌다는 소문이 거짓말만 같았다. 도로엔 차량들이 통행하고, 문을 연 상점 앞으로 행인들이 지나다니고 있었다. 이따금 걸음을 멈추고 서너 명씩 모여서 명치네 쪽을 조심스레 살펴보기도 했지만, 그곳까지는 꽤 먼 거리여서 표정은 알 수가 없었다. 그 동안에도 이따금 민간인들이 정문으로 들어왔다. 대부분 학교 직원이거나, 산 위쪽의 대학병원을 찾아가는 사람들이었는데, 그들은 일일이 검문을 받은 뒤에야 들어가도록 허락되었다.
"이 새끼들! 너, 대학생 맞지."
"아, 아닙니다. 재수생인데, 이 근처가 집이라서……"
건너편에서 강상병과 김일병이 청년 둘을 불러세워놓고 닦달하고 있었다. 아직 앳된 티가 남아 있는 그 둘은 정문 앞쪽 길을 지나가려던 참이었다. 둘은 대번에 누렇게 질린 얼굴로 부인했다. 김일병이 가방을 열어보았다.
"이 새끼. 이거 책 아냐. 겁대가리 읎이 어디서 사길 칠려구."
강상병이 대뜸 둘의 얼굴을 주먹으로 후려쳤다. 억, 비명을 내지르며 주저앉자 이번에 김일병의 군화가 번갈아 걷어찼다.
"아니어라우. 진짜로 우, 우리는 대학생이……"
팔을 허우적거리며 둘은 땅바닥에 나뒹굴었다. 쓰러진 몸뚱이 위로 연거푸 떨어지는 군홧발과 소총의 개머리판. 또 다른 병사가 거기에 가세했다. 청년 하나는 배를 움켜쥔 채 억억 비명을 내지르며 뒹굴고, 다른 쪽은 코피가 터져 하늘색 티셔츠가 뻘겋게 젖어버렸다.
한바탕 발길질이 끝나자 강상병이 소리쳤다.
"옷 벗어, 새꺄. 혁띠 풀어. 빨랑!"
피범벅이 된 꼴로 둘은 엉거주춤 일어나 티셔츠와 러닝 셔츠를 벗었다. 왜소한 상체가 발가숭이로 드러났다.
"바지도 벗어!"
둘은 바지까지 마저 벗었다. 이제 그들의 몸에 붙어 있는 것이라곤 팬티와 양말뿐이었다. 그들의 앙상한 몸뚱이가 와들와들 떨렸다. 이미 넋이 반쯤 달아나버린 듯 두 눈이 무섭게 허둥거리고 있었다. 강상병이 둘을 땅바닥에 꿇어앉혔다.
"대갈통, 땅바닥에 처박아. 어, 울어? 이 빙신새끼, 아가리 닥치란 말야."
강상병이 또 한번 둘을 번갈아 걷어찼다. 모로 쓰러졌던 몸뚱이들이 이내 오뚜기처럼 발딱 일어났다.
명치는 무심히 그 광경을 지켜보았다. 오하사가 곁으로 다가왔다. 명치는 오하사의 얼굴이 발갛게 상기되어 있음을 알았다. 뭔가 잔뜩 화가 난 표정으로 오하사는 그쪽을 노려보고 있었다.
"이 아새끼들은 누구고? 어쭈, 대학생놈들이구마."
추상사가 어정어정 그쪽으로 건너가더니, 꿇어앉아 있는 둘의 맨살 허벅지를 군홧발로 지근지근 짓밟기 시작했다.
"으아아악."
동시에 터져나오는 고통스런 비명. 추상사의 군홧발이 둘의 맨가슴을 세차게 후려찼다. 털버덕 쓰러지자마자 이번엔 머리를 아스팔트 바닥 위에 대고 짓밟아버렸다. 명치는 저도 모르게 눈을 돌리고 말았다.
"저, 개새끼를 그냥……"
곁에서 오하사가 신음처럼 내뱉는 소리를 명치는 들었다. 다시 고개를 들었을 때, 두 청년은 죽은 듯 널브러져 있었다. 그러나 이내 그들은 거짓말처럼 상체를 일으켜세웠다. 온통 피투성이가 된 얼굴에서 다만 알아볼 수 있는 건 흰자위를 허옇게 드러낸 채로 무섭게 허둥거리고 있는 두 눈뿐이었다.
"오메오메, 저걸 어쨰사 쓰까이! 세상에, 사람 죽네에! 저러다 사람 죽이겠네에."

정문 길 건너편에서 대여섯 명의 아낙네들이 발을 동동 구르고 있었다. 몇 여자는 눈물을 훔쳤다.
"야, 이 쌍년들아! 빨랑 안 없어질 거얏!"
강상병이 금방 쫓아나갈 듯 총대를 휘둘러보이자 그녀들은 일제히 비명을 질러대며 흩어져버렸다. 그러나 몇 걸음 달려가다가 다시 멈춰섰다.
"야, 이 나쁜 놈들아. 느그들도 대한민국 군대냐. 이놈들아. 아이고, 이 짐승 같은 놈들아!"
뚱뚱한 몸집의 여자가 발을 동동 구르며 고함을 치기 시작했다. 덩달아 다른 여자들도 손을 흔들며 떠들어댔다.
"저 쌍년이! 아가리를 찢어버려!"
강상병이 뛰쳐나가려 하자 누군가 팔을 낚아채어 세웠다. 추상사였다.
"그냥 놔둬 임마. 저깐 거, 악을 쓰든 말든 상관 말어. 알간."
그러면서, 마치 여길 잘 보라는 듯 추상사는 아낙네들 쪽을 향해 히죽 웃어보였다. 입술이 한쪽으로 기묘하게 비틀리는 웃음이었다.
하필 그때였다. 왼쪽 담 모퉁이에서 누군가 자전거를 끌고 교문 앞을 지나가려 했다. 삼십대의 사내였다.
"이봐, 거기 서."
김일병이 재빨리 자전거 앞을 가로막았다.
"넌 뭐야. 대학생이지."
다짜고짜 김일병이 사내의 어깨를 진압봉으로 내리쳤다.
"어이쿠."
사내가 풀썩 주저앉았고, 자전거가 나동그라졌다.

"아, 아뇨. 대학생이라니, 난 자식까지 있는……"
 사내는 어처구니없다는 표정으로 김일병을 쳐다보았다.
"저 새낀 뭐꼬."
 추상사가 히죽 웃음을 흘리며 이쪽으로 건너오려 했을 때였다. 갑자기 오하사가 먼저 사내 앞으로 재빨리 다가가고 있었다.
"비켜!"
 오하사가 김일병을 옆으로 밀어내며 사내에게 물었다.
"당신 뭐 하는 사람이야?"
 나동그라져 있던 사내가 다급하게 오하사의 다리를 끌어안고 우는 소리를 질렀다.
"사, 살려주시오. 장교님. 아니, 하, 하사님. 나, 나는 정말 아무것도 몰라라우. 그저 공장에 출근하는 길이란 말요. 물어보면 아, 알 것입니다. 나, 나는 의자공장에 다니는, 저그 저 학동 사, 삼거리 공장에 다니는 사람이랑께요. 아이구우, 제발."
 누렇게 질린 얼굴로 사내가 두 손을 싹싹 빌었다.
 자전거 뒤에 실린 검은 비닐 가방을 오하사가 집어들었다. 그 속에 들어 있는 건 도시락이었다. 오하사가 사내를 일으켜세웠다.
"어서 돌아가시오."
 오하사의 말이 떨어지자마자 사내는 자전거를 일으켜세우더니, 부리나케 반대쪽 담 모퉁이 뒤로 달아나버렸다.
"오하사, 어째서 저 새낄 그냥 보내는 기야!"
 추상사가 성큼성큼 다가오며 호통을 쳤다.
"저 사람은 노동잡니다. 가방에 도시락만 들어 있잖습니까."
"이 짜아식이 증말……"

봄 날 41

추상사가 오하사를 험악하게 째려보았고, 오하사는 그런 그의 눈길을 어정쩡하게 피해버렸다. 명치는 일순 긴장했다. 전부터 추상사가 유난히 오하사를 못마땅히 여겨왔음을 명치는 알고 있었다. 그러나 추상사는 말없이 등을 돌렸다.
"2중대 정렬. 교대조가 왔다."
김중위가 소리쳤다. 3중대 병력이 이미 도착해 있었다. 명치네 대원들은 이내 대오를 지어 숙영지를 향해 걷기 시작했다.
"김일병, 이 새끼들 끌고 가."
추상사의 명령에 김일병이 예의 두 청년을 앞세우고 대열의 후미에 따라붙었다.
"머리에 손 올려. 짜샤."
옷이며 가방을 고스란히 내버려둔 채 그들은 벌거숭이 상태로 머리를 푹 숙인 채 끌려가기 시작했다. 교사 앞을 지날 때, 명치는 이층 창문 너머로 여학생들이 이쪽을 내려다보고 있음을 알았다. 눈길이 마주치자마자 유리창에 매달려 있던 공포에 질린 얼굴들이 후닥닥 사라져버렸다.
대학 운동장은 완전히 군대의 숙영지로 변해 있었다. 드넓은 운동장을 거의 메워버릴 만큼 빽빽이 들어찬 백여 개의 군용 천막. 쉴새없이 들락거리는 군용 트럭과 지프. 그 사이로 수많은 얼룩무늬 병사들이 움직이고 있었다.
명치는 막사로 들어가 철모와 소총을 벗어놓고 밖으로 나왔다. 유이병이 미리 그들의 식사를 받아놓고 기다리고 있었다. 식기를 하나씩 챙겨들고 명치와 오하사는 막사 뒤쪽의 풀밭으로 가 나란히 앉았다. 어묵을 넣어 끓인 국은 오래 전에 식어 있었다. 반찬은 고작 깍두기 서너 쪽과 비린내 풍기는 생선튀김 조각

뿐이었다.
"염병할! 이것도 밥이라고 주는 거야."
 명치는 숟가락을 뽑아들고 투덜거렸다. 벌써 몇 달째 그 꼴이었다. 공수단의 식사는 원래 일반 보병부대의 그것에 비해 훨씬 좋았다. 특수부대였으므로, 교육 훈련의 강도나 내용이 특별한 만큼 그 정도의 혜택이야 당연한 것일 수 있었다. 하지만 자대를 떠나 이동해온 후로부터는 보병부대와 똑같은 식사가 지급되었다. 그것은 너무 형편없었고, 그 때문에 대원들은 하나같이 불만이었다. 그 지긋지긋한 충정 훈련에 시달려온 데다가 늘상 허기와 수면 부족을 느껴야 한다는 건 정말이지 참기 어려운 고역이었다.
"으아아-앗! 아으으-엇……"
 돌연 엄청난 함성이 터져나오기 시작했다. 운동장 중앙에서 전체 여단 병력이 정연하게 대열을 갖춘 채 이제 막 체력 단련을 시작하고 있는 참이다. 상체를 완전히 벗어제친 채 수백 명의 병사들이 기계처럼 똑같은 몸짓으로 절도 있게 움직인다.
"아으으-엇. 야아아-앗."
 일제히 터뜨리는 위압적인 함성이 드넓은 교정을 쩌렁쩌렁 뒤흔든다. 그것은 날마다 아침 식사를 마치자마자 어김없이 실시하는 체력 단련 훈련의 하나였다. 상의를 벗는 건 한겨울에도 마찬가지였다.
 체력 단련은 주로 피티 체조와 특전 무술로 되어 있었다. 특전 무술이란 일종의 태권도와 합기도 동작을 종합시킨 무술인데, 그것 외에도 병사들로서는 누구나 일정 기간 내에 초단 이상의 태권도 실력을 갖추는 것이 의무였다. 그 목표를 달성할 때까지

신병들은 수없이 많은 반복 훈련을 치러내야만 했다.
"그것 먹고 어떻게 견딜라구 그래?"
반쯤 남긴 채 오하사가 숟가락을 놓았다.
"밥맛이 없는걸. 입 안이 깔깔해서……"
"팔자 좋은 소리 하구 자빠졌네. 얌마, 군바리가 밥맛 떨어지면 그날로 골로 가는 거라구."
오하사가 말없이 밀어내는 식기를 받아들고 명치는 그것마저 먹어치웠다. 몹시 배가 고팠던 터였다. 수통의 물을 마시고 나서 담배를 하나씩 빼어 물었다.
"야아아—앗."
병사들의 동작은 특전 무술로 바뀌고 있었다. 둘은 풀밭에 주저앉아 그 모습을 잠시 건너다보았다. 성능 좋은 톱니바퀴처럼 절도 있고 정연하게 그들이 움직일 때마다 발 밑에서 먼지가 뿌옇게 솟아오르곤 했다.
"캠퍼스 규모가 굉장한데. 이 정도로 넓은 대학은 드물 거야. 저렇게 많은 건물들이 모두 대학교 건물이냐?"
주변을 휘둘러보며 오하사가 놀랍다는 표정을 지었다. 맞은편 산 중턱에 높다랗게 솟아 있는 거대한 칠층 건물 꼭대기가 첨탑처럼 뾰족하게 솟아 있었다.
"아니, 대학 건물은 아마 그리 많진 않을걸. 저 흰 건물하고 이쪽 두어 개말고는 중고등학교, 전문대학이야. 땅도 넓어 뵈지만, 부속 학교의 학생들까지 모두 합하면 엄청난 숫자지. 이 대학 산하의 학생들이 없다면 광주 시내 하숙집들이 굶어죽을 거라는 말까지 있을 정도니까. 실은 나도 저 중학교를 다닌 적이 있지."
"그랬어? 그럼, 모교 아냐?"

"모교는 무슨 니미럴. 이학년 때 퇴학당했지 뭐냐."
"왜?"
"상급생 한 놈을 반쯤 죽여놨지. 규율부 짜식이라고 지랄치지 뭐냐. 학교 파하고 나서 길목에 숨어 지키고 있다가, 벽돌로 뒤통수를 찍어버렸지. 그 새끼, 눈깔 하나가 빠졌다고 엄살을 치더라."

명치는 코웃음을 쳤다. 입학할 때부터 웃기는 일이 있었다. 입학 시험을 아무렇게나 치르고 나서 합격자 발표를 보러 갔더니, 역시 자신의 이름은 보이지 않았다. 그런데 집에 돌아오니, 엉뚱하게도 합격 통지서가 와 있는 거였다. 입학 후에야 알았는데, 정식으로 인가가 난 건 열 개 학급이었음에도 불구하고 정원 외 무려 세 학급을 따로 더 뽑았던 것이다. 말하자면 불법 입학생을 받아들인 셈이었다.

이학년 때인가는 더 웃기는 일이 벌어졌다. 아침에 등교하자마자 그 세 학급의 학생들은 담임 선생 인솔하에 교실을 비워둔 채 일제히 대학 건물 뒤편의 산으로 올라가 숲속에 한나절이나 숨어 있어야 했는데, 심할 때는 한 학기에 두어 차례나 그런 일이 벌어졌다. 뒤에 알게 된 일이었지만, 그런 날은 교육청에서 감사를 한답시고 찾아오기로 되어 있는 날이었던 것이다.

"한하사. 집에 전화해봤냐?"
오하사가 담배를 비벼 끄면서 물었다. 명치는 대뜸 이마를 찡그렸다.
"부모님들께선 모르고 계실 거 아냐? 네가 광주에 내려와 있다는 걸."
"전화할 새가 어딨었냐?"

봄 날 45

"아까 보니깐 저쪽 건물 옆에 공중전화가 있더라. 슬쩍 다녀오면 누가 뭐라겠어?"
"관둬라. 우리 꼰대…… 내가 내려왔다는 소릴 들으면 대문부터 걸어잠그라고 난리를 칠 거다."
"하여간 너도 참……"
오하사는 뭔가 말하려다가 입을 다물어버렸다. 그의 표정이 우울하게 가라앉고 있음을 명치는 느꼈다.
난 말이다. 고아란 말야. 알아들었냐. 아버지도 어머니도 나한텐 처음부터 없었어. 지금껏 단 한번도 내게 그 따위 것들이 있다고 생각해본 적이 없단 말이다. 한번도. 진짜라구.
언젠가 명치는 오하사에게 처음으로 그렇게 넋두리를 했었다. 특전대 훈련 과정중에 가장 힘들다는 생존 도피 및 탈출 훈련을 마치고 나서 처음으로 외박을 나갔을 때였을 것이다. 그날 명치는 잔뜩 취한 상태였다.
그러나 지금껏 명치는 오하사로부터 자신의 가족 얘기를 한번도 들어본 기억이 없었다. 그의 아버지가 무슨 중소기업을 가지고 있으며 여동생이 하나 있다는 사실 정도만 얼핏 얘기했을 뿐이다.

죽음이 두려우랴 겁낼 것이랴
사나이 한 번 죽지 두 번 죽느냐……

군가 소리가 들려왔다. 체력 단련이 끝날 모양이었다. 허리에 두 손을 걸친 자세로 몸을 좌우로 흔들며 병사들은 고래고래 소리를 질러대고 있었다. 교정의 건물들 벽에 부딪혀 되돌아오는 함성이 거대한 메아리를 만들고 있었다. 그것은 노래가 아니라 분노의 절규처럼 들렸다.

"그만 가지."

둘은 일어나 임시 취사장 쪽으로 걸어갔다. 십여 개의 거대한 솥이 한 줄로 나란히 설치되어 있고, 그 곁에 음수대가 있었다. 둘은 수도꼭지를 틀어 식기를 닦았다. 하수구 주변엔 씻겨나간 밥알이 허옇게 흩어져 있었다.

"저건 또 뭐냐. 대학생들이잖아?"

저만치 운동장 구석에 한떼의 벌거숭이들이 땅바닥 위에서 뒹굴고 있는 모습을 명치는 발견했다. 하나같이 팬티만 걸친 알몸뚱이 꼴이었다. 전신이 온통 흙투성이가 된 그들의 몰골은 얼핏 짐승들처럼 보였다. 삼사십 명 가량 될까.

일조 점호를 마치자마자 일부 병력은 교내 및 학교 주변에 대한 수색을 했었다. 그때 잡혀온 사람들일 것이다. 거꾸로 머리통을 땅바닥에 처박고 두 팔은 허리 뒤에 붙인, 원산폭격 자세. 더러는 머리며 얼굴에 흥건한 핏자국이 있었다.

"이 쌍간나새끼! 똑바로 안 할 끼가!"

얼룩무늬 칠팔 명이 이리저리 달려다닌다. 진압봉으로 등짝을 마구 갈겨대며 악을 썼다. 고통에 찬 신음 소리. 누군가 엉엉 울음을 터뜨렸다.

"이 새꺄. 아가리 닥쳐. 이 빨갱이새끼들앗."

퍽퍽 내리치는 몽둥이. 풀썩 나동그라지면 이내 미친 듯 쏟아져내리는 군홧발. 그들은 이미 비명을 지를 기력조차 없어 보였다. 대부분 이십대의 청년들이었지만, 의외로 삼사십대도 더러 끼여 있었다. 머리를 두들겨맞았는지, 더러는 아직도 핏물이 얼굴 위로 줄줄 흘러내리고 있기도 했다. 이마가 반쯤 벗겨진 한 중년 사내는 알몸으로 뒹굴면서 계속 쿵쿵 울음 소리를 냈다. 조금 전에 정문 앞에서 끌고 왔던 그 재수생 둘의 모습도 눈에 띄었다. 둘 다 피범벅된 얼굴이 퉁퉁 부어올라 있었다.

"동작 그마안. 일어섯. 뒤로 취침. 앞으로 취침. 앞엣놈 무르팍 새에다가 모가지 걸어……"

상병 하나가 이번에 통닭 굴리기를 시켰다.

"개자식들이!"

잔뜩 찌푸린 얼굴로 오하사가 내뱉었다.

"뭐가."

"저렇게까지 해야 할 필요가 있는 거냐? 한하사, 네 눈엔 저런 나이 많은 사람들도 대학생으로 보이냔 말야."

"야야, 감상은 집어쳐라. 다 똑같은 놈들야. 저 새끼들 땜에 우리가 이렇게 좆뺑이치고 있다는 거, 너 몰라?"

명치는 아무렇지도 않다는 듯 웃었다. 오하사는 대꾸하지 않았다. 잔뜩 화가 난 표정이었다. 둘은 막사를 향해 돌아오기 시작했다.

다른 막사에서는 이제 막 체력 단련을 마치고 돌아온 병사들이 옷을 찾아 입느라 어수선했다. 잠시 후 부대 집합이 있으리라는 전갈이 왔다.

명치는 군화를 신은 채 매트리스 위에 드러누웠다. 단 몇 분간이나마 휴식을 취하고 싶었다. 딱딱한 매트리스의 촉감. 그러나 지금은 그것이 한없이 포근하고 아늑하게만 느껴졌다. 전신의 피로가 일시에 몰려들었다. 벌써 며칠째 잠 한번 제대로 자보지 못했다. 누적된 피로와 수면 부족 때문에 눈꺼풀이 쇳덩이처럼 무겁고 껄끄러웠다. 깜박 눈을 감기만 하면 한 순간 까마득한 잠속으로 굴러떨어져버릴 것 같았다. 쉬고 싶었다. 그건 그들 모두 마찬가지일 거였다. 막사 안엔 여기저기 드러눕거나 주저앉은 병사들의 모습이 보였다. 하나같이 벌겋게 충혈된 눈과 누르께하게 부어오른 얼굴들.

"전다알! 대대 집합. 단독 군장으로 1분 이내에 연병장에 집합한다. 이상!"

밖에서 누군가 명령을 전달 복창했다. 갑자기 주위가 소란스러워지기 시작했다.

"옘병할! 또 시작이로구나."

"단 십 분도 놀려주지 않는구만. 쓰가발, 좆같은 군바리 신세."

"아으, 생각할수록 미치고 환장허겄네. 데모허는 놈의 새끼덜, 아무 놈이나 사그리 총으로 드르륵 갈겨버리고 후딱 끝내버렸으면 속이 다 시원허겄구마는."

여기저기 대원들이 욕을 퍼부어대며 저마다 무거운 몸을 일으켜세우고 있었다. 명치는 일부러 잠시 그대로 누운 채 기다렸다. 스물아홉 스물여덟…… 속으로 삼십 초를 헤아리고 나서야 일어났다. 개인 장비를 챙겨들었다. 방탄 헬멧과 소총, 탄띠와 탄입대 하나. 탄창 네 개, 그리고 진압봉……

그것들을 모조리 걸치고 나니 몸이 천근 만근 무거웠다. 니미럴. 한숨과 욕설이 저절로 터져나왔다. 머리는 텅 비어 있는 것 같았고, 눈앞이 어질거렸다. 수면 부족 탓이다. 하나같이 오만상을 찌푸린 얼굴로 어정어정 몰려나가는 동료들의 몰골이 얼핏 유령처럼 보였다. 거울이 필요없었다. 자신의 몰골도 똑같으리라고 명치는 생각했다. 그러고 보니 아직 세수도 하지 않았다.

봄 날 49

이젠 아예 얼굴을 씻는다는 수고조차 귀찮았던 것이다.
　병력은 각 대대별로 집합했다.
　인원 보고 절차가 끝나자 대대장인 중령은 병력을 모두 땅바닥에 앉도록 지시했다. 중령은 선글라스를 꺼내어 썼다. 그의 얼굴에서 남은 것은 뭉툭한 코와 뱀처럼 옆으로 찢어진 입뿐이었다. 오늘따라 중령의 태도가 어딘지 긴장되어 보였다. 모두의 시선이 일제히 중령의 입술에 집중되었다.
　"제군들. 노고가 많다. 제군들의 고충을 나 역시 그 누구보다도 잘 알고 있다. 그러나 제군들은 결코 제군들 혼자만의 몸이 아니다. 국가와 민족을 위해서라면 기꺼이 한 목숨을 바쳐야 하는 것이 우리의 사명이자 운명인 것이다……"
　중령은 부동 자세로 버티고 선 채 서두를 꺼냈다. 그리고 나서는 몇 시간 전 지휘관 회의에서 여단장이 했던 말을 거의 그대로 반복했다. 그 다음은 지난 여러 달 동안 병사들의 귀에 못이 박이도록 되풀이해온 폭동 진압 작전에 대한 것이었다.
　허리를 곧추세운 채 정렬해 있는 병사들에게 그것들은 지겹도록 들어온 말이었다.

　〈진압의 삼대 원칙〉
　하나, 신속한 해산. 둘, 주모자 체포. 셋, 재집결 방지.
　〈다섯 가지 행동 수칙〉
　지휘관의 통제하에서 모든 행동에 있어 철저한 규율을 확립하라.
　일반 시민과 데모 군중을 신속히 분리, 합세 가능성을 차단하라.
　행동은 과감하게.
　투석 정도가 있다고 하여 위축되거나 기가 죽으면 진압은 실패한다.

개인 행동은 엄금하라.
진압 작전중 개인 행동으로 부대를 이탈 후퇴 및 전진하다가는 포위 고립되어 치명타를 당할 수 있다……

대대장은 무엇보다 진압 작전의 행동 지침을 새삼 강조했다.

초전박살. 다중에게 최대한의 공포심을 유발시켜라.
소규모로 편성한 다수 진압 부대를 효과적으로 운용, 바둑판식 분할 점령하라.
대대 단위별로 기동 타격대를 보유, 조기에 분할, 타격, 체포하라.
군중 십 인 이상 집결할 시는 무조건 공격, 철저하고 신속하게 궤멸하라.
타격은 과감하게 하라.
무자비하고 위압적인 위력을 적극적으로 시위하라……
시위 군중으로부터 최대한 공포 효과를 유발할 것.
군중 심리는 공포심을 느끼면 일순간에 허물어지게 마련이다. 고로, 타격은 과감하게 하고, 일단 체포한 범법자는 다중의 목격하에 무자비하게 응징, 시위해보여라……

그것은 바로 지난 겨울, 부마 사태 진압 작전에서 얻은 교훈이었다. 그 작전에 투입된 특전사 병력은 물론 다른 부대였다. 그러나 소요를 진정시킨 절대적인 공적은 특전대원들의 몫이었다는 사실, 그리고 그들의 과감하고 용맹스런 진압 작전이 얼마나, 어떻게 시민의 공포심을 불러일으키는 데에 성공했는가를 병사들은 너무나 잘 알고 있었다. 그것은 참으로 감격스럽고 통쾌한 일이었으며, 그들로 하여금 자신이 특전용사라는 사실에 대한 자부심과 긍지를 새삼 만끽하도록 만들기에 충분했다.
그런데 이제 드디어 자신들에게도 차례가 온 것이었다. 그러므로 부산·마산 사태에 투입되어 성공을 거둔 다른 부대에 조금도 뒤지지 않는 성과를 거두어야 한다는 사실을 대대장은 힘주어 강조했다. 그건 너무나 쉬운 일이었다. 병사들은 그걸 알고 있었다.
"……제군들. 우리 특전용사들은 천하무적, 세계 제일의 용사들이다. 특전용사 일개 지역대는 북괴군 일개 연대, 아니 일개 사단과 대적해도 필승을 거둘 수 있는 막강한 전력을 보유하고 있다…… 그러므로 제군들. 그 동안 제군들이 피와 땀으로 연마해온 훈련대로 지금부터 본격적인 작전을 개시한다. 자랑스런 특전부대의 명예와 특전용사의 명예를 위해 최선을 다해주리라 믿어 의심치 않는다. 이상."
대대장의 훈시가 끝났다. 구령에 따라 병사들은 일제히 일어났다.
드디어 본격적인 출동이었다. 긴장감과 함께 야릇한 흥분과 설렘으로 그들의 가슴은 뛰어오르기 시작했다. 눈앞엔 벌써 수십 대의 트럭이 일렬로 정연하게 대기하고 있었다. 그들을 태우고 갈 수송 차량이었다.
그들은 하나같이 충혈된 시선을 들어 저만치 둔중하게 엎드려 있는 그 낯선 도시의 건물과 거리들을 노려보았다.
지금껏 수없이 되풀이해온 그 지긋지긋한 훈련들, 지휘관들의 욕설과 고함과 기합, 지겹고 고통스러운 일과의 반복 등등의 불쾌한 기억들이 한 순간 그들의 뇌리를 스쳐지나갔다. 그들은 마침내 자신들의 그 모든 분노와 팽팽하게 차오른 파괴의 욕구를 발산할 확실하고 정당한 대상을 찾아낸 것 같은 느낌이었다.
"야, 1대대부터 승차햇!"
지휘관이 커다랗게 고함을 질렀다. 수백 명의 얼룩무늬들이 용수철처럼 날렵하고 민첩한 동작으로 일제히 트럭 위로 뛰어오르기 시작했다.

> 원수가 먹구름처럼 밀려옵니다. 병거가 폭풍처럼 휩쓸어오고 기마가 독수리보다 빠르게 덮쳐옵니다. 어찌하면 좋습니까? 우리는 이제 모두 망하였습니다.
> ——「에레미야」, 4:13

5월 19일 09:30, 금남로

삼십여 대의 트럭 행렬은 일제히 엔진을 걸고 출발하기 시작했다. 배기 가스와 희부연 흙먼지가 삽시간에 운동장 주변을 자욱하게 뒤덮었다. 선도 차량의 뒤를 따라 그것들은 흡사 거대한 파충류처럼 길다랗게 꿈틀거리며 운동장을 빠져나가고 있었다.

이내 차량 대열은 교문을 빠져나와 철도 건널목을 넘었다. 거기서부터는 시가지였다.

대열의 맨 선두엔 A. P. C. 장갑차가 나서고, 이어 지휘관 차량과 병력 수송 차량이 뒤를 따랐다. 트럭 뒤칸 맨 후미에 앉은 명치는 하늘을 올려다보았다. 잔뜩 흐린 날씨였다. 오후쯤엔 한줄금 비라도 흩뿌릴 것 같았다. 해는 보이지 않았다. 더러운 솜이불을 아무렇게나 펼쳐놓은 듯한 잿빛 구름들이 칙칙하게 하늘을 가리고 있을 뿐.

광주공고 앞 삼거리를 우측으로 꺾어돌았다. 차량 행렬은 신호등을 무시하고 직진했다. 난데없이 나타난 대규모의 군용 트럭의 대열에 막힌 민간인 차량들이 차도 한켠으로 밀려나 정지한 채 그들이 통과할 때까지 기다리고 있었다.

거리는 의외로 평온해 보였다. 가로수들은 저마다 무성한 이파리를 달고 있었고, 자동차도 자유롭게 통행하고 있었다. 더러 셔터를 내린 점포들도 있었지만, 문을 연 집이 더 많았다.

무심히 한길을 건너려던 사람들 몇이 깜짝 놀라 차도 한쪽으로 비켜서고 있었다. 행인들은 갑자기 제자리에 엉거주춤 굳어서 있거나, 더러는 골목이나 가까운 건물의 그늘 쪽을 향해 뒷걸음질을 치기도 했다.

세무서 옆 구멍가게 앞에서 여자 하나가 쇳소리 같은 비명을 내지르며 튀어나왔다. 여자는 인도에서 세발 자전거를 굴리고 있는 꼬마를 안아들자마자 허둥지둥 가게 안으로 달려들어갔다. 도망치듯 사라지는 여자의 겁에 질린 얼굴을 명치는 언뜻 보았다.

'여기에서 어제 정말 그렇듯 굉장한 시위가 벌어졌을까.'

트럭에 탄 병사들은 왠지 맥이 풀리는 기분이었다. 빠르게 스쳐지나가는 낯선 거리의 풍경은 바로 몇 시간 전에 그들이 보았던 서울의 그것과 특별히 달라 보이지 않았다.

제7공수여단 병력만으로도 부족해서 또 다른 1개 여단 병력을 급히 서울로부터 이동 투입시켜야 할 정도라면 꽤나 심각한 상황이리라고 믿었었다. 지난번 부마 사태 때 물론 그들은 투입되지 않았다. 그러나 당시 그쪽의 상황이며 분위기에 대해서는 대강 전해듣고 있었으므로, 아마도 광주에서도 그와 비슷한 상황이 벌어지고 있으리라고 막연히 짐작하고 있던 터였다.

하지만 거리는 뜻밖에 평온해 보였고, 시위대 따윈 아직 눈에 비치지 않았다. 소총을 움켜쥔 채 앉아 있는 병사들의 얼굴은 차츰 호기심과 긴장감을 지워내고 있었다. 어쩌면 생각보다는 쉽사리 별다른 일 없이 임무가 끝나게 될지도 모른다. 하루나 이틀, 길어야 사나흘 후엔 다시 서울로 이동 명령이 하달될 것이다.

그런 생각들이 오히려 그들을 왠지 허전하게 만들었다. 고작 이까짓 정도의 시시한 임무를 위해 지금껏 그 지랄을 쳐야 했단 말인가. 지난 반년 동안 수없이 반복해왔던 그 지겹고도 혹독한 진압 훈련, 장교와 하사관들의 더러운 욕설과 기합, 형편없는 식사, 불편한 잠자리, 만성화된 수면 부족, 장기간 금지된 외출 외박…… 그런 지긋지긋하고도 고약한 기억들이 되살아났다.

그 지루하고 고통스러운 시간들을 그들은 거의 악에 받친 오기와 독기로 버티고 인내해왔었다. 그것은 당연히 무엇인가로부터 보상받아야만 했다. 만약에 그 모든 것들이 끝내 고스란히 헛수고로만 그치고 만다면 너무나 억울하지 않은가 말이다. 그러자 또다시 예의 그 까닭도 대상도 분명치 않은 격렬한 증오와 짜증스러운 권태감이 그들의 가슴속에서 유독한 기포처럼 부글부글 끓어오르기 시작했다.

노동청 앞 사거리에서 차량 대열은 둘로 나누어졌다. 일개 대대 병력은 도청 쪽으로 꺾어들었고, 7공수 소속의 일개 지역대를 포함한 나머지 병력은 전남여고 방향으로 나아갔다. 말하자면 그건 무력 시위였다. 시의 중심가를 돌아다니면서 시민들에게 공포감을 불러일으킴으로써 사전에 시위 기도를 봉쇄하자는 빤한 의도.

명치네 대대 병력은 문화방송 앞을 지나 시민관에서부터 공용터미널에 이르는 차도를 느린 속도로 달려나아갔다. 어디에고 시위대의 흔적 따위는 아직 눈에 띄지 않았다. 행인들이 걸음을 멈춘 채 그들의 행렬을 말없이 지켜보고 있었다. 차도 한켠으로 밀려나 정차해 있는 시내버스 안의 겁먹은 시선들……

병사들의 눈에 비치는 시민들의 모습은 하나같이 초라하고 무력해 보였다. 그런 무력한 사람들이 자신들에게 감히 대항할 수 있으리라고는 믿어지지 않았다. 그건 가소로운 일일 것이다. 병사들은 저마다 우쭐해지는 느낌이었다. 힘을 지녔다는 건 통쾌한 일이었다. 그들은 그 우월한 힘을 한껏 과시할 기회가 어서 오기를 바라고 있었다.

'우리가 누군가. 대한민국 국군의 최정예 부대. 이름만 들어도 소름이 끼친다는 일당백의 공수특전단 용사들이 아닌가.'

그 순간 그들은 자신들의 얼룩무늬 군복과 자신들이 속한 부대에 대한 자부심과 자랑스러움을 저마다 확인하고 있었다.

공용터미널 부근 광장에서 후미의 트럭 예닐곱 대가 다시 떨어져나갔다. 작전 계획대로 그 일대에 배치될 병력이었다. 명치네 대대는 금남로를 접어들어 우측으로 꺾어졌다. 광주일고 입구를 지나 아세아극장 앞에 이르렀을 때였다. 무전기를 귀에 대고 끊임없이 이어지는 교신 내용을 듣고 있던 김일병이 소리를 질렀다.
"선임하사님. 전병력 진압 장비 착용하랍니다."
"뭐야! 드디어 한탕 시작이구마. 야, 전원 헬멧 착용해!"
뭔가 기분 좋은 일이라도 만난 듯 추상사가 꽥 소리를 쳤다. 그들은 재빨리 방석 헬멧을 뒤집어썼다. 어디선가 시위대가 출현한 모양이다. 그것은 마침내 한바탕 벌어지게 되리라는 신호이기도 했다.
선임 탑승자인 중대장 변대위가 차창 밖으로 고개를 빼내더니 뒤를 돌아보며 악을 썼다.
"야, 한하사. 앞쪽 자리에 앉아!"
웬일인가 싶어 명치는 적재칸의 맨 앞자리로 옮겨 앉았다.
"왜 그러십니까?"
"너, 광주놈이라 지리를 잘 알 거 아냐. 안 그래?"
"선도 차량에 광주 출신 사병이 타고 있잖습니까."
"짜샤, 누가 그걸 몰라? 만일의 사태에 대비하는 거야."
변대위의 목이 안으로 쑥 들어갔다.
'씹새끼. 놈자는 왜 붙여.'
명치는 낮게 씨부렁거렸다. 차량 대열은 이내 양동 복개 상가에서 왼쪽으로 꺾어들더니 곧장 금남로를 향해 빠르게 직진했다. 광주천을 달리던 민간인 차량들이 놀라 한켠으로 황급히 비켜났다.

도청 앞엔 꽤 많은 수의 계엄군과 경찰 병력이 이미 대기하고 있었다. 도청 정문으로부터 분수대 앞까지 이르는 넓은 광장은 바리케이드가 설치되어 있고, 광장을 중심으로 퍼져나간 각 도로의 길목마다 허리에총을 한 병사들이 경계 근무중이었다. 경찰 병력은 진압복 차림에 방석모·방패·가스탄 발사기 따위를 휴대한 거추장스런 몰골로 전면에 포진하고 있었으므로 쉽사리 식별되었다. 총을 든 경계 근무자들은 31사단 병력인 듯싶었다.

수백 명의 얼룩무늬 병력을 태운 차량들은 관광호텔 앞에서 급정거했다. 이내 하달될 다음 명령을 기다리며 병사들은 바짝 긴장했다. 잘 훈련된 그들은 성능 좋은 용수철처럼 전신의 신경과 근육을 잔뜩 수축시킨 채 트럭 위에서 날카롭게 주위를 살폈다.

사차선 도로 양편으로는 도시의 중심가답게 제법 높은 빌딩들이 들어서 있다. 셔터가 내려진 채로인 일층 상가 건물들. 금남로 일대의 교통이 완전 통제된 까닭에, 거리엔 그들의 작전 차량 외엔 자동차라곤 전혀 눈에 띄지 않는다. 몇백 미터 전방에 이르기까지 텅 비어 있는 차도엔 시위대의 모습 같은 건 보이지 않는다. 관광호텔 앞 도로 위에 여기저기 돌멩이며 부서진 벽돌 조각, 최루탄의 파편, 흰 분말들이 어수선하게 널려 있을 뿐.

인도 위에 행인들이 보인다. 어딘가 겁에 질린 기색으로 주변을 곁눈질하며 서둘러 걸음을 옮기는 사람들. 골목 어귀나 가로수 뒤편에 웅성웅성 모여서서 고개를 기웃거리는 사람들도 있다.

장교들이 먼저 신속하게 뛰어내려갔다. 여단장과 작전참모의 모습이 보였다. 각 지역대의 지휘관들이 여단장을 에워싸고 부동 자세를 취했다. 하급 지휘관들과 병사들은 트럭 위에서 대기 중이다. 중위 하나가 차량 사이를 돌아다니며 연락 사항을 전달했다.

"야, 강상병. 뭐라 카는 기고?"

"명령 떨어질 때까지 대기하랍니다. 시위대가 모두 도망쳐버렸답니다."

"도망치기는 어딜. 근방에 쥐새끼겉이 숨어 있다가 잠잠해지믄 또 튀어나올 낀데, 그때꺼정 죽치고 기다리란 말이가. 니기미……."

추상사가 콧구멍에 손가락을 쑤셔넣은 채 툴툴거렸다.

명치는 대원들을 돌아다보았다. 하나같이 무표정한 얼굴들. 은회색으로 표면을 칠한 헬멧을 단단히 눌러쓴 그들의 그을린 얼굴 한가운데서 긴장된 두 개의 눈빛만 기묘하게 빛나고 있었다. 그러나 그 긴장감은 두려움이나 공포심이 아니었다. 어떤 호기심과 기대감이 뒤섞인 은근한 설렘.

문득 이쪽을 돌아다보는 오하사의 눈길과 명치는 마주쳤다. 왠지 복잡하고 우울한 그의 시선을 명치는 슬몃 외면해버리고 말았다. 한동안 병사들은 그대로 차 위에서 대기했다.

"전원 하차!"

마침내 명령이 떨어졌다. 병사들은 개인 화기와 진압 장비를 휴대하고 일제히 트럭 꽁무니로부터 쏟아져내리기 시작했다. 민첩하고 신속하게 그들은 단위 부대별로 대오를 갖추었다. 수백 명의 얼룩무늬들로 일대의 거리는 순식간에 뒤덮였다.

지휘관들이 작전을 지시했다.

"너희들은 이쪽. 너희는 저쪽 건물. 샅샅이 수색해. 대학생으로 보이는 놈들은 모두 잡아와."

지시 내용은 무척 간단했다. 설명은 불필요했다. 병사들은 자신들에게 부여된 임무가 무엇인가를 익히 습득하고 있었다.

3, 4지역대에겐 전남일보 옆으로 뚫린 좁은 길 부근 일대가 할당되었다. 그들은 소총을 등뒤에 비스듬히 비껴 메고, 진압봉을 움켜쥔 채 민첩하게 사방으로 일제히 흩어졌다.

우두두두두.

포도를 달리는 군홧발 소리. 얼룩무늬들은 호텔 건물과 다방, 점포 그리고 인근의 크고 작은 건물 안으로 뛰어들어가고 있었다.

인도와 골목 어귀에서 지켜보고 있던 행인들이 겁에 질려 멈칫거렸다. 얼결에 뒷걸음질을 치려는 젊은이들의 목덜미를 병사들이 거칠게 나꿔챘다. 병사들의 손에서 진압봉이 춤을 추었다. 그들은 맥없이 길바닥 위에 푹푹 고꾸라졌다. 순식간에 여기저기서 고함 소리와 비명이 터져나오기 시작했다.

명치는 다방 안으로 뛰어들었다. 강상병과 임상병, 정일병이 뒤를 따랐다. 절반 가량 탁자를 차지하고 있던 사람들의 당황한 시선이 한꺼번에 쏠렸다. 대충 이십대쯤으로 보이는 서너 명을 찾아냈다.

"넌 뭐야! 너, 대학생이지?"

"아닙니다. 우, 우린 회사원이오."

"신분증 내!"

손에 든 커피잔을 놓을 생각도 못 한 채 핼쑥하게 질려버리는 청년들. 그들이 허둥대며 호주머니를 더듬는 순간, 강상병이 진압봉으로 그들의 어깨를 닥치는 대로 내리쳤다. 엄마야앗! 비명 소리.
"야, 이 씹할년아. 아가리 닥쳐! 너네 애비가 돼졌나!"
 강상병이 탁자를 쿠당탕 걷어차며, 옆자리의 여자를 향해 욕을 퍼부었다. 아수라장이 된 다방 유리문을 발로 탕 걷어차며 명치와 강상병은 청년 셋을 끌고 나왔다.
"여, 여보시오. 이거 왜 이래. 내가 대학생으로 보여? 나, 난 서른 살이 넘었소. 저, 정말 여기……"
 임상병에게 잡혀나오는 잠바 차림 사내의 다급한 외침. 그러나 다방 문을 나서자마자 사내는 임상병의 발길질에 발랑 나동그라졌다.
"새꺄, 웃기지 마. 너도 똑같은 놈야. 여차하면 돌아서서 돌멩이나 던지고 달아날 새끼가!"
"아, 아이고오! 사, 사람 죽네에!"
"어, 이게 죽을라고. 어딜 잡어 새꺄!"
 쓰러져 허우적거리는 사내의 등허리를 또 다른 대원이 달겨들어 짓이겼다. 종아리를 붙잡힌 임상병이 진압봉을 내리쳤다. 퍽 소리와 함께 사내의 이마에 핏물이 죽 흘렀다. 명치는 반대쪽으로 몸을 돌렸다. 대원들이 벌써 여기저기서 젊은이들을 끌고 나와, 그들을 땅바닥에 주저앉히고 있었다.
"허리띠 풀어."
"구두 벗고 꿇어앉아."
"머리 뒤로 양손 껴. 빨랑."
 이미 반쯤 정신이 나가버린 십여 명의 청년들은 허겁지겁 명령에 따랐다. 신발과 허리띠를 풀어낸 채 사색으로 변해 두 줄로 엉켜 앉혀진 그들의 몰골은 초라하고 추해 보였다.

병사들은 자신들의 희한한 위력에 감동했다. 앉아. 일어서. 앉아. 옆엣놈과 어깨 껴. 앞으로 취침. 뒤로 취침…… 공포에 질린 십여 개의 몸뚱이가 명령에 따라 길바닥 위를 뒹굴었다. 엎어졌다가 다시 일어나 앞으로 고꾸라지고, 다시 일어나 벌렁 나자빠지고.
 대원들 중 누군가가 킬킬거렸다. 전남일보 건물 후문 계단 입구 구석에서 중년 여자 둘이 서로 껴안 듯 붙어서서 몸을 떨고 있다. 길가던 사람들 역시 놀란 얼굴로 지켜보며 그 자리에 굳어 있다.
 "우우, 물러가라! 공수부대 물러가라."
 "야, 이 나쁜 놈들아. 죄 없는 사람을 때리긴 왜 때려!"
 명치는 고개를 홱 쳐들었다. 맞은편 오층 건물. 길 쪽으로 난 사오층의 유리창 밖으로 몇 개의 머리통이 불거져 있다가 이내 사라져버렸다. 고시학원이란 간판이 건물 측면에 붙어 있다.
 "저런 쌍놈의 시키들이!"
 십여 명의 대원들이 일제히 그 고시학원 건물 안으로 다투어 달려들어갔다. 단숨에 층계를 뛰어올라 목제 출입구 문짝을 와당탕 걷어차며 교실 안으로 뛰어들었다. 삼사십 명의 학원생들이 파랗게 질린 채 한데 몰려 우왕좌왕하고 있다.
 "이 쌍놈의 새끼들! 다 쥑여버린다!"
 "어떤 새끼야! 너지!"
 병사들이 달겨들어 진압봉을 무차별로 휘둘러대기 시작한다. 퍽퍽 내리치는 소리. 악악 비명 소리. 머리를 감싼 채 나뒹구는 몸뚱이. 아이고 어머니이. 아니어라우. 으아아. 수십 명이 한꺼번에 한덩어리로 엉켜 교실 바닥을 필사적으로 기어다녔다. 나뒹구는 책상과 의자. 사방으로 어지러이 흩어진 책이며 가방, 도시락. 병사들이 그들을 교실 밖으로 몰아내었다.
"새꺄, 고개 처박앗! 앞엣놈 머리 위에 두 손 올려!"
숨쉴 틈 없이 터져나오는 고함 소리와 진압봉의 둔탁한 타격음. 아예 얼이 빠져버린 채 삼사십 명의 청년들은 함부로 꿰인 굴비 두름처럼 한덩어리로 뒤엉킨 채 비좁은 복도 층계를 허둥지둥 무릎으로 기어내린다.
위층에서도 한떼의 청년들이 거의 몸뚱이로 굴러내리듯 끌려내려왔다. 신음 소리와 비명, 울음 소리의 대열은 이내 건물 밖까지 끌려나갔다. 층계 바닥 여기저기 구두짝과 책가방, 깨진 안경 따위가 뒹굴었다.
명치는 맨 나중에야 계단을 내려왔다. 여기저기 뽑혀진 머리카락이며 핏방울이 발에 밟혔다.
건물 앞 도로에선 본격적인 분풀이가 시작되고 있었다. 어깨와 어깨를 깍지끼워놓고 포위하듯 빙 둘러선 병사들.
"앞으로 취침. 뒤로 취침. 우로 굴러. 좌로 굴러."
정신없이 몰아세우는 얼룩무늬들의 고함과 욕설에 따라 앞뒤좌우로 엎어졌다 일어서고 누웠다가 일어서기를 반복하며 아무렇게나 굴러다녔다.
얼핏 그들은 인간이 아닌 것처럼 보였다. 그것은 한 무리의 가축이거나 혹은 벌레 같았다. 자존심도 체면도 빼앗겨버린 채 다만 공포만으로 허옇게 질려 이리 뒹굴고 저리 나자빠지기를 되풀이하고 있는 그것들의 몰골은 추하고 비열해 보였다. 병사들은 그 볼품없고 추해빠진 몸뚱이를 향해 마치 장난처럼 군홧발로 걷어차고, 짓이기고 또 진압봉을 휘둘러댔다.

"오메에, 저, 저걸 어쩔끄나! 젊은 사람들 다 쥑이네엣!"
약국 모퉁이의 구경꾼들 틈에서 중년 여자가 발을 동동 굴렀다.
"야! 어떤 년이야! 아가리를 칵 찢어버릴라!"
병사 하나가 진압봉을 치켜들고 서너 걸음 달려갔다. 아이고머니. 구경꾼들이 도망쳤다. 여자가 제풀에 풀썩 주저앉았다.
"오메멧, 안 되라우, 엄니잇."
곁에서 처녀 하나가 여자를 두 팔로 그러안고 외쳤다.
"이것들이, 우리가 누군 줄 알고 지랄야!"
쫓아간 병사가 젊은 여자의 허리를 퍽 걷어찼다. 한덩어리로 벌렁 넘어지는 여자들을 내려다보며 씨부렁거리고는 병사가 되돌아왔다.
"야, 이 살인마들아! 차라리 광주 사람들 다 쥑여라아!"
"우우. 네놈들도 대한민국 군대냐!"
여기저기서 야유가 터져나온다. 맞은편 YWCA 건물 이층 창가에 몇 개의 얼굴이 보였다. 칠팔 명의 대원들이 그쪽으로 뛰어들어갔다. 저만치 물러나 있던 구경꾼들 틈에서도 누군가 소리쳤다. 또 다른 대원들이 달려갔다. 우르르 사방으로 흩어져 도망치는 사람들. 덩달아 도망치던 몇이 붙잡혀 길바닥에 쓰러졌다. 끝까지 뒤쫓아간 대원들의 손에 잡힌 청년 둘은 피투성이가 되어 질질 끌려왔다.
'이 악질놈의 빨갱이시키!'
병사 대여섯이 한꺼번에 달겨들어 발길로 짓이겼다. 둘의 몸뚱이가 길바닥에 축 늘어졌다. 의식을 잃은 모양이다.
"야, 이중대! 저쪽 길루 가봐. 시위대가 튄 게 그쪽야!"

삼중대장이 맞은편 길 어귀 쪽을 손으로 가리키며 말했다. 뚱뚱한 체구의 그는 벌겋게 상기된 얼굴로 숨을 헐떡이고 있었다.
"똥돼지 겉은 시키! 지가 누구라고 이래라저래라 지랄이고?"
추상사가 돌아서며 씨부렁거린다. 추상사와 삼중대장은 오랜 앙숙이었다. 명치는 칠팔 명의 중대원들과 함께 약국 앞을 돌아 동구청 뒷길로 접어들었다. 추상사가 앞장을 섰다.
점포 앞에 모여 불안한 시선으로 훔쳐보고 있던 사람들이 슬금슬금 등을 돌려 가게 안으로 숨어버렸다. 드륵 드르륵. 이내 길 양편의 즐비한 점포들이 황급히 셔터를 내리는 소리가 들려왔다.
동구청 골목 일대는 소란스러웠다. 이삼십여 명의 얼룩무늬 대원들이 한참 수색 작전을 벌이고 있었다. 삼중대와 사중대 병력 같았다. 진압봉 대신 대검을 움켜쥐고 있는 병사들도 눈에 띄었다. 행인들 가운데서 이십대로 보이는 사람들은 무조건 연행했다. 비명 소리. 욕설 소리. 내리치는 진압봉과 발길질. 아수라장이었다. 한쪽에선 한덩어리로 뒤엉킨 채 길바닥을 데굴데굴 굴러다니는 몸뚱이들.
또 다른 골목엔 수십 명의 민간인들이 무릎을 꿇고 앉아 있다. 한바탕 끝난 참인지 그쪽 사람들의 몰골은 엉망이다. 찢어져 너덜거리는 옷. 아예 팬티 한 장만 걸친 채 맨몸뚱이로 늘어져 있는 청년. 몇은 얼굴이며 상체가 온통 피로 흥건하게 젖어 있다.
명치는 주변 건물들과 골목을 수색하며 앞으로 전진했다. 그때였다. 갑자기 도로 저편의 시민들 쪽에서 짝짝짝 박수 소리가 들렸다. 명치는 고개를 돌렸다. 십여 미터쯤 떨어진 지점에 전투복 차림의 경찰관 한 명이 서 있고, 방금 전까지 붙잡혀 있던 십여 명 가량의 민간인들이 구경꾼들 틈으로 허둥지둥 도망치고 있는 참이다.
 삼중대 대원들이 달려갔다. 그 경찰관을 빙 둘러쌌다. 추상사와 강상병이 끼여들었다. 명치도 그쪽으로 다가갔다.
 "뭐꼬? 무슨 일이야?"
 추상사가 물었다.
 "우리가 잡아다놓은 대학생새끼들을 이 자식이 도망시켜줬지 뭡니까!"
 삼중대 상병 하나가 대답했다.
 "뭐가 으쨌다꼬!"
 으르렁대며 추상사는 상병의 어깨를 거칠게 밀치고 경찰관 앞으로 다가섰다. 경위 견장을 단 사십대의 사내. 사내의 낯빛이 허옇게 질려 있다.
 "이봐. 당신 뭐야?"
 "경찰국에 근무하는 사람이오. 마, 마침 여길 지나가던 참인데……"
 "경찰? 이게 누구 좆 꼴리는 대로 저 새끼들을 풀어주는 기고? 쓰발."
 "내 말 좀 들어보시오. 아까 그 사람들은 대학생들이 아니라 그저 지나가던 시민들입니다. 여자도 함께 있던데, 무고한 시민들을 이렇게 마구잡이로 잡아가는 법이 어딨습니까."
 "허쭈. 이 간나시키, 나발통 까는 거 봐라. 이거, 순 빨갱이시키 아니가?"
 "마, 말 조심하쇼. 나도 경찰이오. 아무리……"
 사내의 말이 채 끝나기도 전에 추상사의 주먹이 퍽, 하고 사내의 얼굴을 후려쳤다. 짧게 신음을 토하며 비틀거리는 사내. 추상사의 발이 또 한번 사내의 옆구리를 내질렀다. 저항도 못 하고 엉겁결에 사내가 두어 걸음 물러서 몸을 가리는 시늉을 했다. 추상사는 침방울을 튀기며 악을 썼다.
"야, 이 새꺄! 너 겉은 누므시키들이 경찰이라꼬? 엉. 우리가 지금 너 시키들 좆 뽈라꼬 여기까지 내려와가꼬 이 고생 하는 줄 아나? 알고 보이, 경찰이고 대학생놈들이고간에 이 쌍누므시키들이 모조리 빨갱이 한통속이구마. 야, 이 새꺄! 우리가 으째 왔는 줄 아나. 느덜, 전라도놈덜은……"
순간, 우우 하는 짧은 함성과 함께 어디선가 몇 개의 돌멩이가 날아들었다. 억, 소리를 지르며 명치는 몸을 구부렸다. 왼쪽 어깨에 전해오는 둔탁한 통증. 깨어진 벽돌 조각이 발치에 떨어져 굴렀다. 그것이 날아온 건 앞쪽이었다. 어디서 나타났을까. 저만치 웅성거리는 행인들 뒤쪽으로부터 칠팔 명이 후닥닥 도망치고 있다.
"대학생놈들. 바로 저놈들이다!"
"저 새끼들 잡아앗!"
"놓치지 마! 저쪽으로 튄다앗!"
악에 받친 병사들의 고함이 날카롭게 터져나왔다. 수십 명의 얼룩무늬들이 용수철처럼 일제히 우두두두 뛰어나갔다. 명치도 달렸다. 으아아아. 구경꾼들이 덩달아 뿔뿔이 흩어졌다. 몇이 자전거에 걸려 한꺼번에 넘어졌다. 넘어진 몸뚱이들을 겨냥하고 진압봉이 정확히 퍽퍽 떨어졌다. 또 쓰러지는 몇.
"사람 살려. 아이고오."
도망치기를 포기한 사내 몇이 비명을 내지르며, 점포의 닫혀진 셔터 문을 미친 듯 쾅쾅 두들겨댔다. 처녀 하나가 풀썩 길바닥에 주저앉았다. 얼룩무늬의 팔뚝이 여자의 뒷머리채를 홱 나꿔채 질질 끌고 다닌다. 와장창, 쇼윈도를 때려부수는 소리. 목청을 찢는 듯한 여자들의 외마디 비명. 정신없이 도망치는 행인들을 명치는 그냥 지나쳤다. 이를 악물고 전속력으로 앞으로만 달려나갔다. 명치의 충혈된 시야엔 다른 아무것도 보이지 않았다. 다만 이삼십여 미터 전방에서 필사적으로 도망치고 있는 대학생들. 그 목표물들만 보였다.

"잡아! 잡아 죽여버렷!"

숨가쁘게 뒤쫓는 대원들의 어지러운 발소리. 고함 소리. 도망치는 목표물과의 거리가 점점 가까워졌다. 등을 돌린 목표물 중 두 놈이 우측으로 꺾어졌다. 명치는 그들을 다른 대원들의 손에 맡기기로 했다. 나머지 대여섯 놈 가운데서도 흰 점퍼와 녹색 티셔츠를 그는 처음부터 점찍었었다. 그들은 곧장 앞쪽으로 튀고 있다.

"저거 봐! 저쪽야! 호텔로 들어간다! 잡아!"

대검을 뽑아든 추상사가 선두에서 외쳤다. 이십여 명의 얼룩무늬들이 엉켜 뛰었다. 호텔 현관 앞에서 종업원이 뛰어나와 막 철문을 내려 닫으려는 참이다.

"이 새끼!"

계단을 뛰어넘은 병사의 발길질에 종업원이 나가떨어졌다. 우지끈. 현관의 대형 유리문을 박차고 병사들이 한덩어리로 뛰어들었다. 입구에 놓인 커다란 화분들이 쓰러졌다.

"아이고. 이거 왜, 왜 이러십니까."

프런트에 앉아 있던 종업원 청년이 벌떡 일어나 비명을 질렀다. 쟁반을 들고 내려오던 처녀가 아아, 소리쳤다. 와르르. 유리컵이 복도에 떨어지며 깨졌다.
"어디 갔어! 말해!"
"뭘, 뭘 말입니까."
멱살을 잡힌 종업원의 흰 셔츠 단추가 후두둑 떨어져나갔다.
"새꺄! 대학생놈들 말야! 금방 일루 들어왔잖아!"
"모, 모릅니다. 나, 나는……"
"뭐, 몰라? 이 새끼가!"
병사가 힘껏 대검을 내리찍었다.
"으아아!"
허벅지를 움켜쥔 채 청년의 몸뚱이가 복도에 굴렀다. 현관으로부터 또 다른 종업원이 끌려들어와 청년의 몸뚱이 위로 내팽개쳐졌다. 그 역시 얼굴과 머리가 이미 피투성이다. 일층 복도 안쪽에서 양복 차림의 중년 사내 하나가 팔을 휘저으며 허둥지둥 쫓아나왔다.
"왜, 왜들 이러슈? 아이고, 제발 살려주시오. 우리 애들이 뭘 어쨌다고 이러시는 거요, 군인 아저씨드을."
"이 새낀 또 뭐야!"
사내의 멱살이 추상사의 손아귀에 간단히 잡혔다.
"나, 나는 이 호텔 사장이오. 애들은 우리 종업원 아이들이고……"
"사장? 새꺄! 좆까지 말고 비켜!"
사장의 몸이 세차게 튕겨나가 바닥에 엎어졌다. 또 한 무리의 대원들이 현관 안으로 뛰어들어왔다.
"이 개새끼덜. 모조리 쥑여버려야 해!"

그들 역시 닥치는 대로 기물을 부수기 시작했다. 추상사가 명령했다.
"야, 건물 안을 샅샅이 뒤져! 젊은 놈은 무조건 끌고 내려와!"
병사들이 일제히 사방으로 흩어졌다. 이미 앞서 올라간 병사들의 뒤를 쫓아 그들도 계단을 뛰어올라가고 있었다.
명치는 오층으로 뛰어들었다. 객실 출입문을 발길로 박차고 들어가 안을 확인했다. 대부분 비어 있는 방. 여기저기서 비명 소리가 들려나왔다. 아래층에서도 위층에서도 어지러운 군홧발 소리. 우지끈 퉁탕. 부서지고 깨어지는 소리. 한 객실 문을 박차고 들어갔을 때 중년 여자 하나가 빗자루를 든 채 방 한켠에서 벌벌 떨고 서 있었다. 청소부였다. 명치는 돌아나왔다. 다음 객실의 문은 안에서 잠겨 있었다.
"열어! 빨랑 안 열어!"
발길로 서너 차례 미친 듯 걷어찼다.
"비키세요, 반장님."
임상병이 소총을 움켜쥐고 개머리판으로 연거푸 내리치다 말고 씨근덕거렸다.
"이 개새끼들. 차라리 총으로 드르륵 갈겨버리고 말 테다! 열어! 안 열 거야!"
얼핏 안에서 목소리가 새어나온다. 그리고 문이 열렸다. 와당탕. 문짝을 걷어차면서 둘은 안으로 뛰어들었다. 창문 옆에서 처녀 하나가 옷가지를 부둥켜안은 채 새파랗게 질려 웅크리고 있다. 속치마 차림이다.
"야, 이 쌍년아! 창자를 확 긁어버릴라! 이리 나와!"
여자의 노란 퍼머머리를 홱 나꿔채며 명치는 소리쳤다.

"에그머니잇! 살려주세요. 나, 나는 아무것도 몰라라우."
"이 새끼. 너, 이리 나와!"
 임상병이 욕실 안에서 누군가를 끌고 나오자마자 방바닥에 내동댕이쳤다. 퍽퍽. 사십대 후반의 대머리 사내. 퍽퍽. 연달아 등과 어깨를 두어 차례 진압봉으로 후려갈기자 사내는 죽어가는 시늉으로 소릴 질러대기 시작한다. 임상병이 흠칫 몽둥이질을 그쳤다.
"이건 또 뭐야. 뭐라고 그러는 거지?"
"이 자식, 일본놈 쪽발이 같은데요."
"뭐?"
 대머리는 연신 두 손바닥을 싹싹 빌며 뭐라고 이상한 소리를 다급하게 외치고 있다. 명치는 여자를 내려다보았다.
"야, 이 자식이 일본놈이냐?"
 어깨를 덜덜 떨어대며 웅크리고 앉은 채 여자가 고개를 끄덕였다. 머리를 노랗게 물들인 여자의 얼굴은 화장도 채 지우지 않아 지저분하고 추해 보인다. 방바닥에 빈 양주병이며 음식 부스러기가 나뒹굴고 있다. 진탕 처마시고 취해 곯아떨어져 있다가 엉겁결에 놀라 일어난 꼬락서니다.
"이게, 알고 보니 순 똥치 아냐?"
 임상병이 진압봉 끝으로 여자의 얼굴을 툭툭 건드리며 킬킬 웃는다.
"이것들은 어떻게 하죠, 반장님."
"그냥 두고 가자."
 명치는 돌아서서 먼저 방을 빠져나와버렸다.
"잡아! 저 새끼, 튄다!"

복도 끝 쪽에서 고함 소리. 명치는 그쪽으로 달려갔다. 마악 모퉁이를 돌아섰을 때, 한 녀석이 위쪽에서 후다닥 계단을 뛰어 내려오고 있었다. 반사적으로 몸을 날려 녀석의 다리를 걸었다. 녀석의 몸뚱이가 계단 위를 데굴데굴 굴러 구석에 처박혔다. 팔을 허우적거리며 녀석이 상체를 일으키는 순간, 명치는 쥐고 있던 진압봉으로 힘껏 갈겨버리고 말았다. 퍽, 소리와 함께 녀석이 머리통을 움켜쥔 채 푹 고꾸라졌다. 훅 번지는 비릿한 피내음. 감싸쥔 녀석의 두 손등이 벌써 핏물로 흥건히 젖어 있다. 으으. 녀석의 얼굴이 스르르 미끄러지며 얼핏 드러났다. 이마로부터 콧잔등을 타고 주루룩 흘러내리는 한 줄기의 굵은 핏물. 이미 반쯤 힘없이 감긴 눈꺼풀 사이로 흰자위를 본 것 같았다.

순간 명치는 저도 모르게 흠칫 뒤로 한걸음 물러섰다. 흰 잠바. 조금 전, 돌멩이를 던지고 이쪽으로 도망쳐왔던 바로 그 대학생이었다.

'이러려고 했던 건 아닌데. 머리를 치려고 했던 건 아니었는데……'

명치는 일순 멍하니 그 자리에 서 있었다.

"이 새끼. 니까짓 게 튀긴 어딜 튄다꼬?"

"어, 뒈진 거 아냐?"

"엄살이야. 이런 놈들은 아주 쥑여뻐려야 해."

"짜샤, 일어낫!"

뒤쫓아온 대원들이 청년을 일으켜세웠다. 그러나 이내 상체가 힘없이 앞으로 꺾여버렸다. 으으으. 신음 소리가 낮게 흘러나왔다. 강상병과 일중대의 일병 하나가 청년의 팔을 하나씩 잡아 끌고 내려가기 시작했다. 돌아앉은 자세로 끌려가는 청년의 두 다리가 계단 모서리에 스칠 때마다 건들거렸다. 통로 난간에 허리를 기대고 서 있다가 명치는 천천히 내려오기 시작했다.
 일층 로비엔 사람들이 끌려나와 있었다. 스무 명 남짓. 그들은 바닥에 한데 주저앉혀졌다. 절반은 호텔의 종업원. 나머지는 투숙객들. 객실내에 있다가 불시에 끌려나온 까닭에 차림새가 각양각색이다. 대부분 이삼십대의 젊은이들이지만, 사십대로 보이는 남자도 여럿 보인다. 여자도 서너 명 끼여 있다. 한복 차림에 짙은 화장을 한 앳된 얼굴의 여자 그리고 노랑머리의 여자. 그중 머리를 노랗게 물들인 쪽은 아까 명치가 보았던 바로 그 여자다.
 하나같이 흙빛으로 질려 있는 모습들. 턱까지 부들부들 떨어대는 사내들도 있다. 팥죽을 뒤집어쓴 듯 피로 범벅이 된 얼굴. 피가 연신 흘러내리는 머리를 손수건으로 누른 채 탈진해 있는 사내. 너덜너덜 찢겨나간 셔츠를 걸레쪽처럼 걸치고 있는 사람. 핸드백을 껴안고 미친 듯 울고 있는 여자. 겁에 질려 허둥거리는 눈빛들.
 "고개 처박아! 이 새끼가 진짜루 뒈지고 싶나!"
 그들을 에워싼 채 병사들은 마치 심심풀이하듯 번갈아 욕설과 발길질을 퍼부어댄다.
 "이 노랑머리 계집년이 똥치란 말야? 어디 세숫대야 구경 좀 하자. 야, 고개 쳐들어봐!"
 "허쭈, 꽤통 반반하데이."
 "야, 이년아. 너는 자존심도 없냐. 엽전이 이렇게 쌔고 쌨는데, 저런 쪽발이놈한테 밑구녕 장사를 하냐?"
 "씹새끼. 자존심 좋아허네. 얌마, 똥치한테 괜히 문자 쓰지 마.

봄 날 73

왜, 그러믄 한 코 줄 것 같나? 흐흐흐."
"어따, 강상병님도 참. 사람을 뭘루 보슈."
병사들이 킬킬거렸다. 한켠에선 연신 비명 소리가 터져나온다. 한덩어리로 엉켜 바닥을 뒹구는 칠팔 명의 사내들. 대부분 종업원들이다. 도망쳐왔던 두 명의 대학생도 끼여 있다. 조금 전 명치에게 맞아 끌려내려온 흰 잠바의 대학생은 의식을 차린 모양이다. 볼을 타고 흘러내리는 핏물을 그냥 내버려둔 채 연신 날아드는 얼룩무늬들의 군홧발과 진압봉을 피해보려고 팔다리를 마구 허우적거리고 있다.

중대장 변대위가 현관으로 들어왔다.
"이 자식들을 끌고 가."
변대위는 사내들 쪽을 턱으로 가리키며 명령했다. 대원들이 그들을 일으켜 끌고 나가기 시작했다.
"자, 장교님!"
끌려나가던 사내 하나가 대위의 팔에 와락 매달렸다.
"이건 또 뭐얏!"
"자, 장교님. 우리는 신혼 부붑니다. 어저께 결혼했는디, 참말이요. 오늘 낮 비행기로 신혼 여행을 떠날 참이란 말입니다."
"놔. 이 손 안 치워?"
"제발 좀 봐주십시오. 우리는 아무것도 모릅니다. 신부가 저, 저기 있는디……"
사내가 울상을 하며, 뒤켠에 주저앉아 있는 사람들 쪽을 가리킨다. 한복 차림의 여자가 눈물로 어룽진 얼굴을 들어 애원하듯 장교와 사내를 번갈아 바라보고 있다. 대위의 입술에 얼핏 기묘한 웃음이 떠오르는 듯했다. 그러나 그는 이내 차갑게 말했다.

"웃기지 마. 개새끼!"

대위의 손에서 진압봉이 퍽 하고 날았다. 어이쿠. 비명을 내지르며 비틀거리는 사내의 목덜미를 잡아챈 병사가 사내를 현관 쪽으로 거칠게 밀어냈다. 한복 차림의 여자가 제풀에 털썩 엉덩방아를 찧으며 와락 울음을 터뜨렸다. 남겨진 사람들은 십여 명. 그들을 휙 둘러보고는 대위가 추상사에게 명령했다.

"철수해!"

대위는 돌아서서 뚜벅뚜벅 나가버렸다. 병사들이 뒤따라 뛰어나갔다.

"쌍누므간나아들."

혼자 씨부렁거리며 돌아서던 추상사가 문득 현관 입구의 수족관 어항 앞에서 멈추었다. 순간 추상사의 몸이 휙 원을 그리며 이단옆차기로 수족관을 강타했다. 와장창. 유리가 박살나면서 한꺼번에 물이 와르르 쏟아져내렸다. 사장은 입을 쩍 벌린 채 구석에 비켜서서 떨고만 있다.

명치는 임상병과 함께 맨 마지막으로 현관을 나섰다. 흥건히 적셔진 카펫 위에서 손바닥만한 금붕어들이 퍼덕퍼덕 뛰어오르고 있다. 그것을 군홧발로 쿡 짓이기며 임상병이 혼자 킬킬 웃었다.

얼룩무늬들이 거리를 누비고 있었다. 진압봉 대신 대검을 뽑아들고 있는 병사도 있다. 행인들의 모습은 거의 보이지 않는다. 대여섯 명의 시민들이 병사들에게 끌려 명치의 바로 앞을 지나가고 있다. 머리에 두 손을 올린 그들 중 넷은 팬티 하나만 걸친 반벌거숭이다. 맨 뒤의 청년은 부러진 팔 하나를 딜룽거리며 연신 흐느끼는 소리를 냈다.

"새꺄, 아가리 닥치란 말야."

뒤따르는 병사가 그의 등짝을 후려갈기며 악을 썼고, 청년은 허둥지둥 앞으로 따라붙었다.

명치는 호텔 입구에서 잠시 서 있었다. 맞은편 건물 안에서 시끄러운 소리가 터져나왔다. 무엇인가 함부로 깨어지고 넘어지는 소리. 여자의 날카로운 목소리도 들렸다. 건물 너머로 보이는 하늘은 흐렸다. 짙은 구름장은 추한 잿빛이었다.

또 한 무리가 그의 앞을 지나쳐갔다. 온통 피로 떡칠을 한 얼굴의 청년이 또 다른 청년을 부축하며 비틀비틀 걷는다. 대검에 찔린 것일까. 동료의 몸에 쓰러질 듯 기댄 청년의 허벅지로부터 검붉은 피가 물큰물큰 솟구쳐나오고 있다. 질질 끌며 걷는 청년의 허벅지 아래쪽은 피로 완전히 젖어 있다. 아스팔트 바닥 위로 청년의 맨발이 남겨놓은 핏자국을 명치는 물끄러미 내려다보았다. 울컥 구토증이 일었다. 윗도리의 주머니를 더듬었다. 한 개비 남은 담배를 조금 전에 마저 피워버렸음을 깨달았다. 맞은편에서 오하사가 그를 향해 다가오고 있었다. 지금껏 어디에 있었던 것일까. 호텔 안에서 오하사를 본 기억이 없다.

"담배 있나?"

명치는 오하사 쪽을 외면한 채 말했다. 오하사가 담배를 꺼내려는 시늉을 했을 때, 명치는 말없이 앞장서서 길을 건넜다. 작전중에 흡연은 금물이다.

명치는 '예식장' 간판이 붙어 있는 맞은편 오층 건물로 향했다. 오하사도 잠자코 따라왔다. 현관을 들어서니 옆방 문짝이 활짝 열어제쳐져 있었다. 텅 빈 방. 아마도 미용실인 모양이다. 그곳 역시 한바탕 쓸고 지나갔는지, 실내는 엉망이다. 모로 나자빠진 의자와 갖가지 기물들. 깨어진 화장품이며 유리 조각들. 신부용 하얀 드레스 한 벌이 엉망으로 짓이겨진 채 바닥에 널려 있다. 명치는 돌아섰다. 오하사가 담배를 내밀었다.
"피 아냐? 얼굴에도 묻었잖아."
 라이터를 켜 불을 붙여주려다가 오하사가 말했다. 명치는 담배를 쥔 자신의 손등이 붉게 젖어 있음을 그제서야 깨달았다. 어디서 묻었을까. 머리를 감싸쥔 채 거꾸로 처박혀 있던 대학생의 허연 눈자위.
 명치는 흠칫 돌아섰다. 거기, 대형 거울 속에 누군가의 모습이 보였다. 헬멧에 소총을 멘 얼룩무늬 제복의 사내. 구릿빛으로 그을린 사내의 각진 광대뼈와 턱 그리고 콧등에까지 핏방울은 묻어 있다.
'저게 누군가.'
 명치는 그 흉측한 몰골의 사내를 노려보았다. 그 얼굴 위로 불현듯 아버지 한원구의 얼굴이 떠올랐다. 산발한 머리채를 펄렁이며 화포리 선창 끝으로 허둥지둥 달아나던 어머니 귀단의 모습. 일송리 마을 낭떠러지 아래로 헝겊 조각처럼 펄렁 날아 떨어져내리던 동생. 아아, 명수가 떨어졌어. 명수야아 명수야아. 절벽 위에서 하얗게 질려 외치던 형 무석의 얼굴…… 그것들이 한 덩어리로 엉켜 명치의 시야로 어지럽게 떠올랐다가 이내 지워졌다. 거기 예의 그 사내의 모습이 재빨리 돌아와 있었다.
"아으으……"
 갑자기 기괴한 신음 소리를 토해내며 명치는 진압봉을 머리 위로 번쩍 쳐들었다. 그리고 거울 속의 사내를 겨누고 미친 듯 내리치기 시작했다. 쨍그렁. 쨍그렁…… 무수한 파편이 어지러이 쏟아져내리고 있었다. 명치는 멈추지 않았다.
"개새끼! 죽여버릴 테다! 죽어! 죽어버려!"
명치는 저도 모르게 악을 쓰고 있었다.
"오메엣, 엄마야아."
이층 어디에선가 여자들의 비명이 터져나왔다. 명치는 손을 멈추었다. 거울은 사라져버렸다. 숨을 헐떡이면서 명치는 천천히 돌아섰다. 벽에 등을 기댄 채 오하사가 천장을 멀거니 올려다보고 있었다.
"미쳤어. 모두 다…… 미쳐버린 거야……"
오하사가 뇌까렸다.

오메, 미친년 오네
넋나간 오월 미친년 오네
쓸쓸한 쓸쓸한 미친년 오네
산발한 미친년 오네
젖가슴 도려낸 미친년 오네
눈물 핏물 뒤집어쓴 미친년 오네
—— 고정희,「프라하의 봄」에서

5월 19일 10 : 30, 금남로

군인들이 호텔을 빠져나가자마자 은숙은 허겁지겁 방으로 되돌아왔다. 엘리베이터가 있었지만, 오층 계단을 어떻게 올랐는지 모르게 정신없이 뛰어올랐다. 문을 열고 객실 안으로 들어서려던 그녀는 소스라치게 놀랐다. 놀란 건 방안에 있던 남자도 마찬가지였다. 은숙은 벌렁거리는 가슴을 겨우 진정했다. 양사장인가 후쿠다상인가 하는 그 배불뚝이 사내였다.
"아이구, 아야…… 어깨뼈가 부서진 모양이네. 으으."
놀란 눈을 하고 돌아보던 사내는 다시 침대 위에 구부정하니 엎드려 신음을 내질렀다. 파자마 바람으로 끌려나갔던 사내의 꼴도 말이 아니다. 단추가 모조리 떨어져나간 윗도리가 엉망으로 구겨졌고, 헤벌어진 깃 사이로 개구리같이 툭 불거진 뱃가죽과 배꼽이 훤히 드러나보인다.

은숙은 소파에 털썩 주저앉았다. 비로소 격렬한 울음이 터져나왔다. 그녀는 엉엉 소리내어 울었다. 전신이 와들와들 떨려왔다. 어금니를 악물었지만 턱까지 덜덜 떨렸다. 엄청난 공포가 아직도 그녀를 놓아주지 않고 있었다.

'어떻게 된 일일까. 도대체 밖에선 무슨 난리가 벌어지고 있는 것인가. 세상에 그런 짐승 같은 놈들이 어디서 느닷없이 몰려왔단 말인가. 아아, 그놈들도 진짜 인간일까. 어쩌면 사람을 그 지경으로……'

은숙은 좀처럼 울음을 그칠 수가 없다. 그 끔찍한 현장으로부터 풀려났다는 안도감 때문일 것이다. 오히려 처음보다 더 눈물이 펑펑 쏟아져내리기 시작했다. 그녀는 핸드백에서 손수건을 꺼내 눈물 콧물을 훔쳐가면서 연신 울고 또 울었다. 조금 전 아래층으로 끌려가던 그 절박한 순간에도 은숙은 용케 그 핸드백만은 잽싸게 챙겨들었던 것이다. 끌려가서 갇히는 곳이 유치장이건 감옥이건간에 무엇보다 수중에 돈이 있어야만 한다는 생각이 머리를 스쳤기 때문이다.

밖에서 누군가 문짝을 발로 걷어차면서 문을 따라고 소릴 질렀을 때까지만 해도 은숙은 무슨 일이 일어나고 있는지 전혀 몰랐다. 처음엔 아마 임검 나온 경찰관일 거라고 생각했다. 하지만 여긴 싸구려 여관이나 여인숙도 아닌 고급 호텔이 아닌가. 게다가 한밤중도 아닌 대낮에 무슨 임검을 나온 것일까. 덜컥 겁이 나면서도 의아한 생각이 들었다.

손가락을 후들후들 떨면서 문을 열어주었을 때 불쑥 들어서던 사내. 그 순간엔 건장한 몸집에 험악한 얼굴의 그 사내가 군인이라는 사실조차도 미처 깨닫지 못했었다. 이상스런 헬멧과 총을 멘 모습은 경찰관 같기도 했지만, 손에 든 몽둥이 그리고 뒤이어 대검을 치켜들고 방으로 뛰어든 또 한 명의 사내를 보는 순간엔 퍼뜩 그들이 강도일지도 모른다고 생각했을 정도였으니까.

"이봐. 울지 마. 그치란 말야."

배불뚝이 사내가 신경질적으로 말했다. 사내는 아직도 겁에 질려 있었다. 침대에서 벌떡 일어나더니, 창가로 다가가 몸을 벽 쪽에 숨긴 채 커튼 사이로 주저주저 바깥을 살폈다. 그러다가는 이내 주저앉아 어깨며 옆구리를 움켜잡고 아이구, 소리를 내지르곤 한다.

"전쟁이 터졌어! 밤사이 전쟁이 일어난 게 틀림없어! 아이고오. 이 일을 어찌할꼬. 하필이면 이럴 때 한국으로 건너올 게 뭐란 말야. 아이고……"
 배불뚝이 사내는 안절부절, 이리저리 서성거리며 징징 우는 소리를 내지른다. 엉망으로 어질러진 바닥에 전화통이 엎어져 있었다. 사내는 그걸 집어들고 허둥거렸다.
 "여보세요. 아, 교환. 교환. 이런 고약한 일이 있나. 전화도 안 받고 무슨 지랄을 하고 있는 거람. 아구구, 옆구리야. 가만. 내 안경. 내 안경이 어딜 갔어."
 배불뚝이 사내는 갑자기 안경을 찾느라고 법석을 떨기 시작한다. 그것은 방문 안쪽에 박살이 난 채 뒹굴고 있었다. 사내는 그걸 집어들고 또 징징 우는 소리를 냈다.
 은숙은 사내를 남겨두고 욕실로 들어갔다. 세면대의 수도꼭지를 틀었다. 거울에 비추어본 그녀의 몰골은 끔찍스러웠다. 한쪽 볼이 시뻘겋게 부어올라 있다. 야, 이 똥치년아, 어쩌고 하면서 그 짐승 같은 병사는 계단에서 머리채를 휘어잡더니 등을 걷어차고 뺨을 후려쳤다. 눈앞에 번갯불이 튀었지만 그 순간엔 아픈 줄도 몰랐었다. 고막이라도 터진 건 아닐까. 아직도 골이 멍멍했다. 머리 꼬락서니는 더 엉망이었다. 제멋대로 헝클어진 머리채를 무심코 쓸어보다가 은숙은 기겁을 했다. 생머리가 한 움큼이나 뽑혀나왔다. 은숙은 또다시 울음을 터뜨리고 말았다. 이번엔 무서움 때문만은 아니었다. 서러웠다.
 "내가 왜 이런 꼴을 당해야 하나. 어쩌다가 내가 이 지경까지 오게 되었는고. 아아. 엄마. 아부지이."
 새삼스레 그녀는 스스로에 대한 연민과 슬픔으로 끅끅 느껴 울었다.
 은숙은 이틀째 집에 들어가지 못했다. 외박이 처음은 아니지만, 이번 경우는 달랐다. 맥주집에서 손님 치르는 일이야 당연한 거였지만, 밖으로 따라나서서 몸을 파는 것까지는 한사코 거절해온 그녀였다. 하지만 이번엔 고향의 먼 친척뻘인 언니조차 놀랐을 정도로, 은숙은 이틀 전 양사장인가 후쿠다상인가 하는 배불뚝이 중년 사내의 노골적인 제의를 흔쾌히 받아들였던 것이다. 스스로도 믿어지지 않는 일이었으나, 이미 엎질러진 물이었다.

어째서였을까. 이틀 전 미순이가 그 얘기만 해주지 않았더라면, 최인영, 그 비열한 자식의 결혼식 이야기를 듣지만 않았더라면…… 하지만 누굴 탓할 수도 없다는 걸 은숙은 알고 있었다. 흐으, 그러고 보니 이년, 순 똥치잖아. 머리채를 잡고 얼굴을 들여다보며 킬킬거리던 군인의 웃음 소리. 은숙은 입술을 악물었다.

그녀는 물로 얼굴을 조심조심 씻어냈다. 부풀어오른 자리가 쓰리고 화끈거린다. 원피스는 어디랄 것 없이 온통 걸레쪽처럼 구겨지고 더럽혀져 있다. 옆구리가 욱신거린다. 발길에 걷어차인 자리엔 군홧발 자국이 선명하게 찍혀 있다. 물에 적셔 여러 번 비벼보았지만 옷 위에 찍힌 검은 자국은 지워지지 않았다. 은숙은 욕실 밖으로 나왔다.

"전쟁이야. 전쟁이 터졌다니까! 틀림없어. 이 한심한 놈의 나라, 내 이럴 줄 진즉부터 알았지. 해필 이럴 때 한국에 들어왔으니, 아이구, 왜 이리 재수가 없을꼬."

연신 중얼거리며 배불뚝이 사내는 가방을 들고 일어섰다. 그리고는 은숙의 얼굴을 한번 힐끔 쳐다보더니 허둥지둥 방을 빠져나가버렸다. 은숙은 사내의 벗겨진 뒷머리가 문밖으로 사라지는 걸 멍하니 지켜보며 서 있었다. 침대 위에 떨어져 있는 몇 장의 지폐가 눈에 들어왔다.
"돼지 같은 놈……"
은숙은 뇌까렸다. 그 배불뚝이 사내와 보냈던 이틀 밤의 기억이 울컥 구역질을 일으키게 만들었다. 끔찍하고 혐오스럽기 그지없는 사내였다. 늘어져 처진 살덩이를 비벼대며 끊임없이 헐떡이던 사내의 숨소리.
"이봐, 대답해봐. 대답해보라니까. 기분이 어때. 조, 좋지. 이만하면 그, 그래도 아, 아직은 쓰, 쓸 만하지. 안 그래?"
거대한 비곗덩어리를 출렁거리며 헉헉거리던 사내. 별의별 지저분한 짓들을 해달라고 요구하기도 했었다. 은숙은 자신의 몸뚱이 구석구석에 아직도 그 구역질나는 사내의 구취와 끈적한 땀이 질펀하게 묻어 있는 듯한 느낌에 새삼 진저리를 쳤다.
은숙은 돈을 집어들어 부욱 찢어버렸다. 그러나 바보 같은 짓이었다. 흐흥. 그녀는 자조하듯 코웃음을 쳤다. 그리고 찢어진 돈을 재빨리 핸드백 속에 챙기고 일어섰다.
문 앞에 이르렀을 때에야 그녀는 자신이 맨발이라는 사실을 비로소 깨달았다. 아까 그놈들에게 질질 끌려내려갈 때 어디선가 구두가 벗겨져나갔을 것이다.
실내용 슬리퍼를 찾아 신고 그녀는 복도로 나간다. 복도 구석에 뒤집혀져 있는 재떨이 근처에서 샌들 한 짝을 찾아냈다. 또다른 한 짝은 이층 계단에 떨어져 있었다. 그러나 그 샌들은 이미 신을 수가 없었다. 발목에 걸치도록 된 끈이 끊어진 데다가 뒷굽은 어디로 달아났는지 보이지 않았다. 간신히 한쪽 끈을 풀어 억지로 얽어맸다. 우스꽝스런 꼬락서니였지만 별도리가 없다. 그걸 발에 꿰고 걸어보았다. 한쪽 뒷굽이 떨어져나간 탓에 저절로 다리가 절룩거렸다.
　일층은 폭탄이라도 맞은 자리 같다. 온통 뒤집히고 깨진 기물들을 종업원들이 치우고 나르느라 한참 어수선한 참이다. 프런트 데스크 주변에도 칠팔 명이 모여 수군거리고 있다.
　"그러니까, 우리 직원들만 해서 모두 몇 명이냔 말여! 이계장하고 성수, 또 기남이……"
　"보일러실 기사도 안 보인다는데요, 사장님."
　"뭣이여? 언제?"
　"양재가 봤답니다. 머리가 깨져서 피범벅이 되가꼬 끌려가더랍니다."
　"아이구, 이거 미치겠구마이. 그러믄 일곱 명이 아닌가."
　"개새끼들! 우리가 뭘 어쨌길래. 아무것도 모르고 근무중인 사람들까지……"
　"객실 손님들은? 몇이나 끌려갔제?"
　"정확히는 몰라라우. 이, 삼층하고 오층 손님들이 대부분 그때까장 남아 있었는디."
　"아이구, 환장허겠네! 그나저나 그 대학생 두 놈은 어째서 해필이면 우리 호텔로 도망쳐왔단 말이냐. 응."
　"이층 칠호실 욕실에 숨어 있다가 잽혔다니께요. 그 중 하나는 숨이 안 끊어졌는가 몰라. 머리를 정통으로 맞아가꼬 쭉 뻗어버리드란 말요."
　"이놈아, 지금 저놈들한테 맞아죽은 사람이 한둘이겄냐. 온 광주 시내가 난리다 난리! 저 공수부대놈들은 데모 막겠다고 온 놈들이 아니라, 애초부터 광주 사람들 모조리 몰살시켜버릴 작정을 하고 출동한 것이 틀림없단 말이다!"
"전화를 안 받는데요? 임기사님 전화번호도 틀리는 모양인디."
"얌마! 직원들 집에 전화는 좀 있다 하란 말야! 일단 상황 파악부터 한 담에."
 은숙은 그들을 지나쳐서 현관 앞으로 갔다. 그러나 문은 이미 셔터가 내려져 있었다.
"어, 아가씬 뭐요. 아직도 객실에 남은 손님이 있었등갑네."
"이보쇼. 거긴 닫혔응께, 뒷문으로 돌아나가시오."
 그들이 등뒤에서 말했다.
 은숙은 몸을 돌려 복도 반대편으로 절뚝이며 걷기 시작했다. 종업원 여자 하나가 물이 질펀한 복도 바닥에서 유리 조각을 쓸어내고 있다. 깨진 유리 사이로 뱃가죽을 드러낸 채 몇 마리의 커다란 금붕어들이 죽어 나자빠져 있었다.
"아가씨, 많이 다쳤소?"
 절뚝이며 지나치는 그녀를 보고 종업원 여자가 물었다.
"아, 아뇨. 저기, 구두가 망가져놔서······"
"가만, 여기 있어보시오. 그걸 신고 어떻게 가겠소?"
 아낙은 빗자루를 내려놓고 급히 옆방으로 들어가더니, 슬리퍼 한 켤레를 가져다주었다. 지독하게 낡아빠진, 플라스틱으로 만든 싸구려 청색 슬리퍼였지만 그나마도 감지덕지였다. 은숙은 고맙다는 인사를 하고 밖으로 빠져나왔다.
 호텔 앞길에 군인들의 모습은 보이지 않았다. 불안한 표정의 시민들이 수군거리며 오가고 있다. 그녀의 몰골이 심상찮아 보였던지, 이따금 흘금거리며 지나가기도 했다.
 은숙은 어디로 갈까 잠시 망설인다. 광천동 집으로 가야 했지만, 옷이며 신발을 그 꼴로 하고 갈 수는 없었다. 일단 금동 가게를 들러 가기로 작정하고, 그녀는 호텔을 돌아 광주은행 쪽으로 걸음을 옮겼다. 어째선지 오가는 차량이 전혀 보이지 않는다고 생각하며 무심코 원각사 쪽으로 길을 횡단해 우성빌딩 앞에 이르렀을 때였다. 갑자기 귀청을 찢는 듯한 굉장한 폭음이 연달아 터져나왔다. 거기서부터 금남로 3가였고, 사차선 도로 맞은편은 중앙교회였다. 은숙은 덜컥 가슴이 내려앉았다.

바로 코앞에 전투경찰들의 뒷모습이 보이고, 그들의 뒤편에 약간 떨어져서 헬멧과 얼룩무늬 군복들이 횡대로 정연하게 포진해 있는 참이다. 전투경찰 맞은편엔 사오백 명의 시민들이 대치하고 있다. 양측 사이엔 오십여 미터의 간격. 대부분 젊은 청년들인 시민들은 최루탄에 쫓겨 우루루 밀려났다가도 이내 다시 몰려들곤 했다. 뭐라고 구호를 외쳐대기도 하고, 더러 돌맹이를 던지기도 하는 시민들. 퍼퍼펑. 펑펑. 그때마다 무수한 최루탄들이 시민들의 머리 위로 어지럽게 떨어져 폭발했다. 그러나 후미의 얼룩무늬들은 저만치 떨어져서 지켜보며 제자리를 지키고 있을 뿐이다. 은빛나는 이상한 헬멧에 소총을 든 그들 얼룩무늬 군복들이 바로 조금 전 호텔에 들어왔던 사람들이라는 걸 은숙은 그제서야 깨달았다.

은숙은 급히 등을 돌려 오던 길을 되돌아가기 시작했다. 어차피 금남로를 지나가기란 틀린 일이었다. 그런데도 행인들은 인도 이쪽으로 끊임없이 몰려들고 있었다.

"어디야 어디. 중앙교회 앞에서 한바탕 붙었능갑다."

호기심과 두려움이 뒤섞인 표정을 하고 사람들은 금남로 쪽으로 잰걸음을 하고 있다. 그녀가 원각사 앞을 마악 지나칠 때였다. 돌연 등뒤에서 엄청난 비명 소리와 함께 우루루 뛰어오는 어지러운 발소리가 들려왔다.
"아앗! 온다! 공수놈들이 쫓아온다앗!"
"엄마아앗!"
얼결에 은숙은 고개를 돌렸다.
"이아아아앗!"
소름끼치는 괴성을 내지르며 수백 명의 얼룩무늬들이 진압봉을 치켜든 채 시위대를 향해 일제히 무서운 속도로 돌진하고 있었다. 그들 중 일부는 이쪽 도로로 뛰어왔다. 와아아아. 공포에 질려 비명을 터뜨리며 인도를 되돌아 쫓겨오고 있는 행인들. 은숙은 뛰었다. 신발 한 짝이 벗겨져나갔다. 뒤돌아가 허겁지겁 집어들었다. 십여 명의 얼룩무늬들이 바짝 따라왔다. 시민들 몇이 거꾸러졌다. 진압봉이 춤을 추었다. 맨 먼저 앞장서서 달려오는 얼룩무늬. 그자의 손에 쥐어진 대검을 은숙은 보았다.
슬리퍼를 움켜쥔 채 그녀는 사람들 틈에 섞여 달렸다. 눈앞이 캄캄했다. 아무것도 보이지 않았다. 죽는다. 잡히면 죽는다. 얼마나 달렸을까. 앞장서 도망치던 사람들이 하나둘 멈추어서고 있었다. 은숙은 어느 병원 옆 골목 모퉁이에 이르러서야 걸음을 멈추었다. 끊어질 듯 숨이 가빠왔다. 돌아보니 얼룩무늬들은 저만치에 있었다. 몇 사람인가 잡혀 금남로 쪽으로 끌려가고 있는 모습이 보인다. 분홍색 스커트를 입은 여자 한 명도 끼여 있다.
"저 인간 백정놈들 봐. 대검을 뽑아들고 쫓아오다니."
"어쩌까이! 저 학생, 죽었능갑서."
"찔렀어! 대검으로. 도망치다가 넘어진 남자 옆구리를 대번에 푹푹 찔러버리드란 말여!"

"으마으마. 저 사람 죽었네에! 땅바닥에 머리를 질질 끌고 가는 것 좀 보란 말이요옷!"

"어쩌까아! 어째사 쓰까아! 아까운 젊은 사람들 다 죽어가네 엣!"

도망쳐온 사람들이 기웃기웃 고개를 뽑아내며 안타깝게 소리를 질러댄다.

"아이고, 아이고오. 이것이 무신 난리란가."

오십대 여자가 손바닥을 두드리고 발을 동동 굴러가며 징징 울음을 터뜨렸다. 조금 전까지의 호기심 대신, 이제 사람들은 저마다 하얗게 바랜 입술을 바들바들 떨며 금남로 쪽을 바라보고 서 있을 뿐이다.

은숙은 슬리퍼를 꿰어신고 시민관 사거리 쪽을 향해 걷기 시작했다. 문득 목이 컥 막혀왔다. 눈물이 줄줄 뺨을 타고 흘러내렸다. 그녀는 보았던 것이다. 벗겨진 슬리퍼 한 짝을 집어들려는 그 다급한 순간, 저만치 몇 걸음 앞에서 남자 하나가 차도에서 넘어지자마자 얼룩무늬의 검은 군화가 정확히 그의 얼굴을 향해 콱 내리밟았다. 동시에 얼룩무늬가 무엇인가로 사내의 등짝을 단번에 내리찍었다. 그건 분명 짧고 날카로운 대검이었다.

"세상에! 아아, 하느님……"

은숙은 낮게 부르짖었다. 손수건으로 연신 눈물을 훑어냈다. 자꾸 걸음이 뒤엉켰다. 양무릎이 허깨비처럼 후들거렸다. 꿈을 꾸고 있는 것만 같았다.

"어찌 된 일일까. 대관절 밤새 무슨 난리가 터진 것일까. 참말, 아까 그 배불뚝이 재일교포 말마따나 전쟁이 일어났는지도 몰라. 밤사이에 김일성이가 쳐내려왔을까. 그럼 개구리같이 생긴 얼룩덜룩한 군복을 입은 그놈들은…… 아냐, 공수부대라고 그러든데. 인민군은 분명 아닌 성싶든데…… 세상에, 뭐가 뭔지. 이럴 수가, 어쩌면 세상에."

은숙은 전혀 이해할 수가 없었다. 그 호텔에 든 것은 그제 밤이었다. 그리고 어제 아침 식사를 마치자마자 은숙은 배불뚝이의 일행과 함께 승용차를 타고 순천 송광사를 거쳐 구례 화엄사 일대를 돌아다니다가 저녁 무렵에야 광주로 돌아왔던 것이다. 낮에 시내에서 무슨 일이 벌어졌는지 알 도리가 없었다. 거리마다 군인들이 보였지만, 계엄령 때문이려니 여겼을 뿐이다. 때문에 좀 전 호텔에서의 봉변도 그랬고, 지금 눈앞에서 벌어지고 있는 끔찍한 상황조차도 도대체 어찌 된 까닭인지 몰라 혼란스럽기만 했다.

네거리의 모퉁이를 돌아섰다. 금남로와는 달리 그 부근은 얼핏 평온해 보였다. 차량 통행이 이어지고 있었고, 인도의 오가는 행인들도 많았다. 그러나 은숙은 이내 그곳 역시 마찬가지임을 깨달았다.

'시민다방' 앞 길바닥에 또 한 무리의 시민들이 붙잡혀 있었다. 아스팔트 바닥에 머리를 거꾸로 처박고, 엉덩이는 위로 들어올린 이상스런 자세. 거의가 젊은 청년들로 보이는 그들은 대략 스무 명, 아니 스물대여섯 명쯤. 몇은 팬티만 걸친 반벌거숭이. 이마가 깨진 청년. 온통 피반죽을 뒤집어쓴 듯한 얼굴도 몇. 얼마나 두들겨맞았는지, 그들 모두는 하나같이 녹초가 되어 있었다.

그들의 앞뒤를 에워싸고 공수부대원 오륙 명이 무장을 한 채 지키고 있었다. 계림동과 서석동 쪽에서 빠져나오는 차량들이 그들의 곁을 조심스런 속도로 지나갔다. 얼룩무늬들이 진압봉을 휘둘러대며 뭐라고 소리를 질렀다. 청년들이 몸을 일으켰다. 네거리 건너 중앙초등학교 후문 앞에 군용트럭 서너 대가 정차해 있고, 그 위쪽 도로에서도 또 다른 시민들이 끌려내려오고 있는 광경이 보였다.

은숙은 얼른 다방 옆 골목 담벼락에 몸을 붙였다. 구경하던 인도의 시민들이 우루루 뒷걸음질로 물러났다. 잡힌 청년들이 머리에 두 손을 올린 채 엉거주춤 끌려오고 있었다.

"새꺄! 따라붙어!"

얼룩무늬가 뒤처진 청년들의 등짝을 진압봉으로 퍽퍽 후려갈겼다. 비명도 없이 그들은 허겁지겁 대열에 따라붙었다. 은숙은 숨쉬는 것도 잊은 채, 눈앞으로 지나가는 그들을 지켜보았다. 공포에 사로잡혀 허둥대는 눈빛들. 삼십대 중반의 사내, 교련복 차림의 고교생도 보였다. 팬티만 남기고 옷을 모두 벗어 뭉뚱그려서 머리 위에 이고 가는 청년. 몇은 양말만 신은 맨발이다.

"오메에. 피. 저 피 조까 봐아. 어쩌까. 어째사 쓰까아. 저 사람 금방 죽게 생겼네엣."

인도의 구경꾼들 속에서 안타까운 비명이 터져나왔다. 그런 목소리들 역시 겁에 질려 있었다.

끌려간 사람들은 이내 대기중인 트럭에 실려지고 있었다. 먼저 끌려온 사람들에 더해져서 트럭 두 대가 순식간에 다 채워졌다. 몇 명의 얼룩무늬들이 훌쩍 올라타더니 닥치는 대로 그들의 몸뚱이 위를 밟고 뛰어다니기 시작했다. 내리치는 진압봉과 소총 개머리판의 타격음. 고통스런 비명과 울음 소리가 은숙의 귀에까지 또렷하게 들려왔다.

먼발치로 시종 지켜보고 있던 구경꾼들의 분노와 안타까움에 젖은 아우성. 그러나 트럭은 곧장 출발하지 않았다. 네거리 주변엔 아직도 백여 명의 얼룩무늬들이 차도와 인도를 활보하며 행인들을 검색, 젊은 청년들이면 무조건 두들겨팬 다음 트럭으로 끌고 가 태우고 있다.
"투투투투투……"
불현듯 머리 위에서 들려오는 둔중한 소리. 은숙은 고개를 젖혔다. 짙푸른 빛깔을 칠한 군용 헬리콥터 한 대가 허공에 떠 있다. 그것은 건물 옥상 위로 스칠 듯이 낮게 맴을 돌았다. 둥근 앞유리 안쪽에 앉아 발 밑을 내려다보고 있는 두 명의 군인들이 얼핏 보였다.
행인들의 틈에 끼여 은숙은 서둘러 차도를 건넜다. 소방서 쪽에서 또 다른 얼룩무늬들이 다가오고 있었으므로 그녀는 일단 대인시장 골목으로 접어들었다. 집이 있는 광천동하고는 더 멀어지는 셈이었지만, 어쩔 수가 없었다.
여느 날보다는 덜 붐비긴 해도, 시장 안엔 의외로 사람들이 많았다. 입구 양켠으로 어수선하게 늘어앉은 좌판 행상들도 여전했고, 푸성귀며 싸구려 옷가지, 과일 따위를 담아 끌고 다니는 손수레들도 자리를 잡고 있다. 하지만 시장 안의 공기는 불안한 흥분으로 들떠 있음이 역력하다. 물건을 사려는 사람도, 팔려는 사람도, 정작 다른 쪽에 정신이 팔려 있다. 행상하는 아낙네들은 좌판을 비워둔 채 아예 시장 길목 큰길 주변까지 몰려나와, 거리에서 벌어지고 있는 공수부대 병사들의 움직임을 시종 눈으로 좇으며 안타깝게 발을 동동 구르기도 하고 삿대질을 해가며 야유와 욕설을 퍼붓는다. 그러다가 얼룩무늬들이 달겨들 기색이라도 보일라치면 등을 돌려 우르르 도망쳐 들어오곤 한다.
"으마 으마. 저놈들이 참말로 한국놈들이까? 저건 인간들이 아니여. 사람 때려죽이는 개백정들 아닌가 말여!"
"벌써 어제오늘 저놈들헌테 맞아죽고 찔려죽은 사람들이 열 명은 될 것이라고 그럽디다."
"허, 열 명? 이 사람아, 수십 명도 넘을 것이네. 어저께 오후에 공용터미날 지하도에서만도 대검에 찔려 죽은 사람이 대여섯이나 생겼다드라여!"
"이번에 이리 내려온 공수부대놈들이 모조리 경상도 병력이라 잖든갑네."
"전두환인가 개새낀가 허는 놈이 일부러 그리 시켰다드라고! 이 판에 김대중이도 쥑이고 광주 시민들까장 사그리 때려잡을라고 작정을 했능갑서."
"전라도 사람은 만 명도 좋고, 이만 명도 좋은께, 아예 몰살을 시켜버릴 참이라데."
"내가 들었소. 이 두 귓구멍으로 똑똑히 들었단 말이라우. 아까 구역 앞에서 공수부대 한 놈이 대검을 뽑아들고 뛰어댕기면서 허는 말이, 느그 전라도새끼들은 전부 쥑여불란다, 아, 그러드란 말이요. 그 개새끼 같은 놈이!"
"말도 마시요 아줌마. 아까 신역 앞에서 공수부대가 지나가는 여대생 유방을 대검으로 오려내가꼬 죽여버렸어라우."
"아이고오! 세, 세상에, 그것이 참말이여!"
"관광호텔 앞에서는 여학생들을 닥치는 대로 붙잡아다가는, 빤쓰랑 부라자만 냄겨놓고 옷을 찢어 벗기드니, 길 가운데 꿇어앉혀놓고 별 미친 개지랄을 했다여. 손으로 젖통을 주무르고 부라자를 잡아당기고, 즈그들끼리 낄낄댐서 희롱을 했다드랑께. 사람들이 빤히 보고 있는 앞에서 말이여!"

"오메오메, 어째사 쓰꼬! 시민들이 빤히 눈깔 뜨고 그걸 구경만 하고 있었단 말이여? 한꺼번에 우우 달라들어꼬 그, 그 개백정놈들 사지를 쫙쫙 찢어 쥑여불고 말 일이제! 아이고오 분하고 원통해서 못 살겄네에!"

"어쩌까! 우리가 이러고 있어서야 쓰겄는가라우. 예에? 이러다가 우리 광주 사람들, 저놈들 손에 모조리 죽게 생겼소. 너도나도 나서야잖겄는가 말요!"

"허어, 그렇지만 어쩌겄어! 우리는 빈손이고, 저놈들한테는 총이랑 탱크, 헬리콥터까장 다 있는디."

"아니, 어째 우리가 빈손이라요! 총이 없으믄 식칼이라도 들고 나서야제. 하다못해 연탄집게라도 치켜들고 팔십만 시민이 동시에 와하고 일어나서, 죽기 살기로 저놈들을 때려쥑여부러야 할 것 아녀! 안 그래!"

"으마마! 저기 저것 조까 봐! 또 한 사람 잽혔네엣! 미리 도망을 쳐불 것이제, 어쩌자고 또 그쪽으로 건너갈 것이여어!"

아낙네들이 비명을 지른다. 발을 동동동 구르며 징징 울음을 터뜨리는 여자도 있다.

은숙은 사람들을 헤치고 걸었다. 질척한 시장 길바닥 위로 걸음을 옮길 때마다 슬리퍼 뒤축이 구정물을 그녀의 종아리에 뿜어올렸다. 그러나 그것을 닦을 경황조차 없다. 은숙은 어서 집으로 가서 몸을 숨겨야겠다는 생각뿐이다. 어디에서나 웅성웅성 모여 나누는 얘기가 모두 그런 얘기들뿐이다. 벌써 눈치 빠른 사람들은 점포 앞에 내놓은 물건들을 안으로 옮기기 시작했고, 셔터를 내려 닫는 집도 여기저기 눈에 띄었다.
 동양종합학원 앞을 지나 시장의 다른 쪽 입구로 나왔다. 정류장에 사람들이 모여 있었다. 아무 버스나 타고 일단 집 가까운 쪽으로 가야겠다는 생각을 하고 있는데, 뜻밖에도 9번 시내버스가 다가왔다. 광천동 종점인 그 버스는 원래 금남로로 다니는 노선이었다. 금남로의 차량 통행이 차단된 까닭에 임의로 노선을 바꾸어 운행중인 모양이었다.
 은숙은 버스에 올랐다. 승객은 그다지 많지 않아서 맨 뒷줄의 창 쪽 좌석을 용케 찾아 앉았다. 버스가 출발했다. 불안한 눈빛으로 창밖을 두리번거리며 수군대는 승객들. 그녀는 비로소 맘이 놓인다. 긴장이 가신 탓인지 갑자기 전신의 맥이 탁 풀리면서 옆구리와 등이 결려왔다. 핸드백에서 손거울을 꺼내어 비쳐보니, 아까 호텔에서 얻어맞은 한쪽 뺨이 한층 더 부어오른 듯하다. 발갛던 손자국은 그새 푸르스름한 멍으로 변해가고 있다.
 거울을 집어넣고 은숙은 피곤에 지쳐 이마를 창유리에 기댄 채 눈을 감았다. 그대로 까마득히 잠에 떨어져 몇 시간이고 잠들고 싶었다. 그러나 그도 잠시뿐이었다.
 문득 버스가 멎었다. 불과 사오백 미터나 갔을 때였다. 불안스레 수군대는 승객들의 목소리. 퍼뜩 눈을 떴다. 소방서를 지나 공용터미널 부근이다. 앞쪽에 서너 대의 버스가 멎어 있고, 얼룩무늬 제복들이 몇 보인다. 별안간 운전사가 뒤를 돌아보더니 다급하게 소리쳤다.
 "공수부대가 차를 세워놓고 대학생들은 무조건 잡아가고 있어! 젊은 사람들은 얼릉 의자 밑으로 엎드리쇼!"
 몇이 재빨리 의자 사이로 낮게 엎드렸다.

"아이구머. 빨리 숨으랑께 뭣 하고 있으까잇!"
머뭇거리며 서 있는 청년에게 중년여자들이 와락 팔을 잡으며 소릴 지른다. 청년이 엉거주춤 주저앉았다. 앞차에서 오륙 명의 젊은이들이 끌려나오는 게 보였다. 내리자마자 무자비한 구타가 시작된다. 얼룩무늬 서너 명이 이쪽 버스로 다가오는 걸 은숙은 보았다. 얼결에 의자 밑으로 내려앉으려다 말고 은숙은 그대로 자리에 눌러앉는다. 설마, 날 대학생으로 보지는 않겠지. 그녀는 자신의 물들인 노랑머리와 얻어 신은 싸구려 슬리퍼에게 감사하고 싶다.
"야, 새꺄! 빨랑 안 열어!"
부서져라 문짝을 쾅쾅 걷어차며 악을 쓰는 공수.
"이 쌍년아, 뭘 꾸물거려."
문이 채 열리기도 전에 왈칵 열어제치며 들어서더니, 벌벌 떨고 있는 안내양에게 눈알을 부라렸다. 등에 총을 멘 세 명의 병사. 진압봉을 꼬나쥔 팔뚝이 땀으로 번들거렸다.
"너, 그리고 너. 이리 나와!"
"왜, 왜 그러는 거요."
"어쭈, 이 새끼가 따져!"
병사가 머리채를 움켜쥐고 문 쪽으로 청년을 밀어뜨렸다. 밖에서 지키고 있던 얼룩무늬가 둘을 간단히 끌어내려 몽둥이로 얼을 뺀다. 또 한 청년이 끌려나간다. 공포에 질려 허둥거리는 승객들. 아무도 감히 말리지 못한다.
얼룩무늬 하나가 은숙 앞으로 왔다. 쓱 휘둘러보는 병사의 눈길이 은숙과 마주쳤다. 그녀는 헉 호흡을 삼켰다. 헬멧 아래 시커멓게 그을린 얼굴. 기묘하게 번들거리는 두 개의 눈알. 핏줄이라도 터진 듯 시뻘겋게 충혈된 그 두 개의 눈알이 얼핏 은숙의 얼굴에 멎는 순간, 사내의 입술이 묘한 비웃음기로 비틀렸다. 이내 사내가 홱 돌아섰다. 은숙은 훅 숨을 토해냈다.
"고개 들어! 너, 대학생이지!"
병사가 은숙의 앞 두번째 자리에서 멎는다. 어딘가 귀에 익은 전라도 억양. 고개를 처박은 처녀의 흰색 블라우스 어깨가 바들바들 떨리는 걸 은숙은 보았다.
"아, 아니에요."
"쌍년. 사기치지 마! 이건 뭐야!"
사내의 검은 팔뚝이 처녀의 긴 머리카락을 홱 나꿔챈다.
"엄마야앗."
자지러지는 비명을 터뜨리며 처녀의 몸이 옆으로 쓰러진다. 무릎에서 와르르 쏟아지는 몇 권의 책과 손지갑. 순간 은숙의 바로 앞자리에 앉은 중년 여자의 몸뚱이가 처녀의 가슴을 와락 감싸안고 엉켰다.
"오메메엣! 이건 내 딸이여! 왜 이런당가아! 왜……"
"놔! 이년은 또 뭐얏!"
"뭐? 이년? 아이고, 이런 호로상놈의 자식이! 이, 이놈아, 나한테 너보다 큰 자식이 있다이! 오냐, 차라리 쥑여라! 쥑여! 이, 이 짐승만또 못한 누므새끼들아아!"
"어, 어, 이년이 진짜……"
여자가 이번엔 필사적으로 병사의 어깨를 껴안고 버둥거리며 소리를 질러댔다. 얼핏 당황한 얼룩무늬가 진압봉을 쥔 채 팔꿈치로 중년 여자의 등을 내리쳤고, 아이고머닛, 여자의 몸이 바닥으로 무너져내렸다.

"왜 이랫! 죄 없는 사람을 왜 쳐! 아이고오, 사람 죽이네……"
 승객들이 한꺼번에 비명을 내질렀다. 의외의 기세에 놀란 듯, 차 안의 얼룩무늬 셋이 멈칫한다.
"여보쇼! 해도 너무하잖소. 나도 육군 중사 출신이오. 대한민국 국군이 무고한 시민한테 이래도 되는 거요!"
 운전사가 벌떡 일어나 외쳤다.
"허, 그래. 오냐, 너 한번 잘 빠졌다. 이 새끼가 우리가 누군 줄 알고. 배때기를 칵 긁어줄 테니 너, 이리 내려와."
 공수 하나가 운전사의 멱살을 움켜잡고 버스 밖으로 질질 끌고 나간다. 뒤따라 나머지 둘도 내려갔다. 이내 미친 듯 퍼부어지는 몽둥이질. 길바닥에 엎어진 운전사의 몸뚱이가 버스 안에선 잘 뵈지 않는다. 춤을 추듯 셋에서 번갈아 진압봉을 퍽퍽 내리치고, 군홧발로 걷어차고 짓밟고 짓뭉개는 광경만 보일 뿐.
"아아, 저 아저씨 죽네에."
"피. 아이고 저 피. 하느님."
"아아, 어쩌까. 어째사 쓸꼬오……"
 여자들이 창밖을 내다보며 울음을 터뜨렸다. 은숙은 차마 눈을 돌리지 못했다. 의자만 꽈악 움켜쥐고 부들부들 떨고 있었다.
 이윽고 병사들이 뒤쪽으로 멀어져갔다. 앞쪽에 멎어 있던 몇 대의 차량은 보이지 않았다. 승객들과 함께 은숙은 버스에서 내렸다. 버스 앞쪽 길바닥에 운전사가 쓰러져 있었다. 여자들이 비명을 질렀고, 남자들 몇이 달려가 운전사를 안아 일으켰다. 의식이 없었다. 피투성이로 변한 얼굴. 짓뭉개진 콧등과 이마에서 연신 피가 쏟아져내린다.
"안 되겠소. 얼릉 병원으로 옮겨야제. 누구 나 좀 거들어줄 사람 없소?"

사십대의 남자가 운전사를 들쳐업기 위해 쭈그려앉으며 말했다. 사람들이 머뭇거렸다.

"제가 할게요."

은숙은 앞으로 나섰다. 중년 남자가 그를 등에 업었고, 은숙과 안내양, 또 다른 남자가 뒤를 받치고 소방서 쪽으로 서둘러 걷기 시작했다. 운전사의 팔이 빗자루처럼 출렁거렸다.

"아아, 피!"

은숙은 외쳤다. 핏물이 중년 남자의 등으로 흥건히 번지고 있었다. 은숙은 손수건으로 운전사의 얼굴을 훔쳐주려고 했다. 피는 끊임없이 흘러나왔다. 안내양은 엉엉 울며 뛰었다.

"이리 업혀주세요, 아저씨. 우리가 업겠습니다."

길모퉁이를 돌았을 때, 청년 서넛이 달려나와 운전사를 바꿔 업었다. 은숙은 걸음을 멈추었다. 또다시 울음이 터져나오기 시작했다. 청년들과 중년 남자가 운전사를 업고 저만치 뛰어가고 있었다.

"어떻게 된 거요 아가씨. 저 사람, 아는 사람이오?"

"오메메. 암만해도 숨이 끊어진 거 같은디……"

행인들이 다가와 물었다. 그녀는 말없이 울기만 했다. 줄줄 눈물이 쏟아졌다. 울면서 은숙은 걸음을 옮기기 시작했다.

그녀는 꿈을 꾸고 있는 것만 같았다. 땅바닥 위로 내딛는 자신의 두 발이 밑도끝도없는 허공을 둥둥 떠다니고 있는 느낌이었다. 걷는다는 실감도 없이, 두 다리와 두 팔을 움직이고 있다는 생각조차 까맣게 잊어버린 채 그녀는 다만 그렇게 흐느적거리며 앞으로 앞으로 걸어가고만 있었다. 거리마다 사람들이 허둥지둥 몰려다니고 있었다. 골목 어귀, 주택가 앞이나 구멍가게 앞에 사람들이 무리를 지어 불안에 찬 목소리로 수런거렸다.
 그래도 은숙은 걸었다. 넋이 빠진 여자처럼 흐느적흐느적 걷기만 했다. 수없이 많은 골목과 주택가를 지났다. 꽤 넓은 도로를 따라 걷기도 하고, 때로는 횡단보도도 아닌 네거리 한가운데를 허청허청 가로질러 건넜다. 몇 대인지도 모를 군용 트럭이 병력을 가득 실은 채 그녀의 곁을 휙휙 지나갔다. 차도 한가운데를 점령한 채 수백 명의 얼룩무늬들이 포진하고 있었다. 진압봉을 움켜쥐었거나 대검을 꽂은 총을 든 얼룩무늬들의 바로 곁을 그녀는 느린 걸음으로 지나쳤다. 그런데도 그녀는 조금도 두렵지 않았다.
 "어, 저년은 또 뭐야. 또라이 아냐?"
 헬멧을 쓴 얼룩무늬들의 킬킬대는 웃음 소리가 등 너머로 들렸다.
 펑 퍼퍼펑…… 비 오듯 터지는 최루탄의 폭음. 하얗게 퍼지는 최루탄 가스 속을 콜록거리면서도 그녀는 걸음을 멈추지 않았다. 수많은 시민들이 비명을 지르며 우루루 흩어지고 있었다. 그녀는 달리지 않았다. 이젠 눈물도 흐르지 않았다.
 "야, 이 미친년아. 죽을라고 환장을 했냐."
 방직공장 옆 사거리에서 화물차 한 대가 급정거를 하더니 운전사가 머리를 내밀고 욕을 퍼부었다.
 그래도 그녀는 멍하니 앞만 보고 걸었다. 방직공장의 높은 울타리를 지나고, 서림교회 앞을 지나고, 발산부락이 건너다보이는 천변도로를 따라 걷고 또 걸었다. 여전히 그녀는 꿈을 꾸고 있는 것만 같았다. 아무것도, 아무도 그녀의 시야엔 보이지 않았다. 꿈이었다. 꿈을 꾸고 있는 것이라고 생각하면서도, 그녀는 다만 집이 있는 방향을 멀거니 찾아가고 있을 뿐이었다.
 이윽고 광천교 다리를 건넜다. 다리 건너 공단 입구로 들어가는 길목을 한 무리의 얼룩무늬들이 지키고 서서 오가는 사람들마다 일일이 검문을 하고 있었다. 길바닥에 머리를 거꾸로 처박은 채 잡혀 있는 남자들. 한쪽에선 또 몇이 얻어맞고 있다.
 "아으으윽. 살려주시요. 제발, 나는 아무것도 몰라라우. 공장에서 집에 가라고 그러길래 시방 돌아가는 참이란 말요. 저, 정말이랑께요. 아악. 아저씨……"
 청년 하나가 코피를 흘리며 은숙의 바로 앞에서 질질 끌려가고 있었다. 그래도 그녀는 흐느적거리며 걸어갔다.
 "야, 너 거기 서봐!"
 얼룩무늬가 등뒤에서 그녀를 불러세웠다. 은숙은 멈추지 않았다. 그냥 앞만 보고 허청허청 걷기만 했다.
 "놔둬 임마. 저거, 또라이 같은데."
 "히힛. 미친년치고는 괜찮은데. 머리까지 노랗게 물을 디랬고마. 신발은 어따 벗어뿔고 맨발로 저 지랄이고."
 은숙은 시장으로 들어섰다. 좌판을 벌여놓은 채 여자들이 모여서 수군거리고 있었다.
 "공수부대한테 맞아죽고 칼에 찔려 죽은 시민이 벌써 삼사십명도 넘었다드랑께."
 "신역 앞에서는 만삭이 된 임산부를 대검으로 찔러 죽였다잖은가. 한 스물대여섯 살쯤 묵은 새댁이라든디, 그놈들이 대번에 칼로 배를 갈라가꼬는 태아를 끄집어냈다여! 시뻘건 피가 줄줄 흐르는 것이, 그때까장 살아서 꿈틀꿈틀 움직이드라는디, 아, 그 미친 짐승놈이 그 핏덩이를 아스팔트 바닥에 퍽 하고 내리쳐서……"
"우메엣! 저런 쳐죽일 놈들이!"
"어쩌까나! 이 일을 대체 어쨰사 쓰까아아!"
"가만가만. 저 여자, 어째 저런다요?"
"누구 말여? 으마, 참말로…… 아이고, 피 좀 보소! 그놈들헌테 당했는갑네야."
"오메, 저 큰애기. 우리 아파트 삼층에 사는 처녀 같은디. 맞어!"
 여자들이 은숙을 에워쌌다.
"무슨 일인가 아가씨. 어쩌다가 이렇게 됐냐니께."
 은숙은 여자들을 지나쳤다.
"아이고. 완전히 넋이 빠져부렀구만."
"으마마. 어쩌사 쓰꼬. 저러다가 영 미쳐버리는 건 아닌가 몰라. 쯔쯔쯧. 아, 누가 아는 사람 있으면 조까 얼릉 뒤를 따라가 봐……"
 은숙은 아파트 마당으로 들어섰다. 놀던 아이들이 일제히 그녀를 돌아다보았다. 갑자기 누군가 허겁지겁 그녀의 앞으로 뛰어든다.
"얘, 은숙아! 이, 이게 어떻게 된 거냐. 세상에!"
 미순이었다. 놀라서 미순의 낯빛이 금방 하얗게 변해버렸다.
"이, 이럴 수가! 으, 은숙아, 얘……"
 미순은 경악했다. 벌겋게 퉁퉁 부어오른 얼굴에 엉망으로 짓이겨진 땟국물과 눈물 자국. 단추가 떨어져나가 브래지어가 훤히 드러나보일 만큼 펄렁거리는 블라우스. 핏물로 얼룩진 두 손과 팔목. 게다가 구두는 어떻게 했는지, 두 발은 완전한 맨발이다.

미순은 눈앞에 서 있는 그 끔찍스런 몰골의 여자가 은숙이라고 믿어지지 않는다.

"말 좀 해봐. 은숙아. 으응."

미순은 그녀의 어깨를 움켜잡고 안타깝게 외쳤다. 그러나 그녀가 아직 제정신이 아니라는 사실을 미순은 이내 깨달았다. 헐겁게 반쯤 헤벌어진 입술을 하고 멀거니 이쪽을 바라보고 있는 은숙은 정말 완전히 넋이 빠져버린 모습이었다.

미순은 은숙을 부축해서 허둥지둥 계단을 오르기 시작했다. 그러나 삼층을 채 다 오르기도 전에 은숙의 몸뚱이가 앞으로 푹 고꾸라져버렸다.

바람이 지는 풀잎으로
오월을 노래하지 말아라
오월은 바람처럼 그렇게
오월은 풀잎처럼 그렇게
서정적으로 오지는 않았다
—— 김남주, 「바람에 지는 풀잎으로……」에서

5월 19일 11:00, 산수동 오거리

　명기는 방바닥에 엎드려 라디오 다이얼을 돌렸다.
　이럴 수가! 뉴스 시간에도 광주에 관한 보도는 단 한마디도 없다. 전날 오후 대통령이 5·17 조처와 관련하여 발표했다는 '대통령 특별성명'에 관한 보도. 그리고 전두환 정보부장서리가 『타임』지와의 단독 회견에서, 한국은 한국 자체의 조건에 부합되는 정치 제도를 개발해야 하며 한국 자체의 국가 발전에 기여할 민주주의를 건설해야 한다고 말했다는, 거의 똑같은 내용의 보도만 매번 반복할 뿐.
　"국민 여러분. 작금의 국제 정세는 동서간 긴장이 고조되고…… 국내적으로는 계속되는 사회 혼란을 이용한 북한 공산집단의 대남 적화 책동이 날로 격증되고 우리 사회 교란을 목적으로 한 무장 간첩의 계속적인 침투가 예상되고 있습니다. 그들은 우리 학원의 소요 사태 등을 고무·찬양·선동함으로써 남침의 결정적 시기 조성을 획책하고 있습니……"
　녹음된 대통령의 컬컬한 육성.
　"개 같은 놈들!"
　명기는 욕을 내뱉으며 다이얼을 돌려버렸다.
　"여름이 온다. 눈같이 희고 촉촉한 백색 피부 효과. 아모레 파운데이션…… 주부 여러분 안녕하십니까, 안녕하십니까. 여성음악실 김광덕 인사드립니다. 자아, 다시 새로운 한 주일이 시작되는 월요일 아침인데요. 조금 전 제가 방송을 위해 종로에서 차를 타고 오면서 보니까, 벌써 짧은 팔 옷을 입고 외출하신 분들이 더러 눈에 띄더라구요……"

다시 다이얼을 돌렸다. 빠른 템포의 음악이 흘러나온다. 귀에 익은 서부영화의 주제곡. 라디오를 꺼버렸다. 후우. 한숨이 새어 나왔다. 가슴이 답답했다. 방바닥에 벌렁 드러누웠다.

어떻게 된 걸까. 계엄령의 시퍼런 서슬에 묶인 상황이니, 어차피 언론이 맨 먼저 입을 틀어막힐 수밖에 없을 것이다. 그러나 하다못해 조그만 기미라도 짐작해낼 보도쯤은 있으리라 여겼다. 그런데 아니었다. 벌써 이틀째 벌어지고 있는 이 도시의 엄청난 상황에 관해서는 단 한마디의 미미한 언급조차도 들을 수 없는 것이다.

물론 그건 당연할지도 모른다. 자신들에게 불리한 정보를 저들은 철저하게 차단시켜야만 할 테니까. 하지만 무엇보다도 궁금한 건 다른 지역의 상황이다. 서울이나 부산에선 일이 어찌 돌아가고 있는 것인가? 서울이나 부산·대구·인천 같은 대도시에서도 역시 이 도시에서 지금 벌어지고 있는 것과 똑같은 상황이 전개되고 있는 것일까?

그런데…… 만약 그게 사실이라면, 어떻게 모든 방송·신문들이 이렇듯 시종 평온할 수가 있을까. 지금 이렇게 눈앞에서 벌어지고 있는 무차별한 살육과 폭력의 실상이 거의 전국적인 것이라면, 아니 최소한 서울의 상황이라면 이처럼 철저하게 모든 언론이 침묵하기는 어려울 게 아닌가. 아니, 설사 그렇다더라도 계엄령을 내린 자들 쪽에서도 최소한, 예상되는 국민들의 동요를 무마하고 반대 세력을 진압하기 위한 어떤 조작된 정보, 그리고 보다 위협적이고 강경한 조치의 내용을 담은 또 다른 포고령이나 하다못해 성명서 따위라도 발표했을 것이 아닌가. 그렇지만 너무나 조용하다. 대관절 어떻게 된 걸까. 서울! 서울에선 무슨 일이 벌어지고 있단 말인가!
 명기는 몸을 일으켰다. 아야. 문득 얼굴을 찡그리며 작게 신음을 내질렀다. 옆구리가 결려왔다. 어제 학교 앞에서 공수부대 병사에게 맞은 자리였다. 처음엔 대단찮게 여겼는데, 저녁에 집에 돌아와서부터 통증이 심해지기 시작했다. 얼굴에 난 상처를 감추려고 애썼지만, 결국 식구들한테 들키고 말았다. 이마의 상처를 보자마자 아버지는 노발대발했다.
 "저놈의 자식. 어디 가서 개 목줄이라도 가져와! 겁대가리 없이 아무데나 발발거림서 싸돌아다니지 못하도록 목을 묶어놔야 정신을 차리제."
 입 안이 깔깔하고 써서 밥맛도 없었다. 몇 술 뜨는 시늉만 하고는 방으로 돌아와 이불을 둘러쓰고 누워 있는데, 어머니 청산댁이 약국에서 파스를 사들고 들어왔다. 그걸 옆구리에 붙였지만 통증은 쉽게 가시지 않았다. 무릎이며 왼쪽 어깻죽지까지 시큰거려 밤새 내내 깊은 잠을 자지 못했다. 아침이 되자 그런대로 견딜 만해졌지만, 여전히 다친 부위가 불편한 상태였다.
 명기는 일어나 창가로 다가간다. 이층인 그의 방에서는 길 쪽으로 난 유리창을 통해 멀리 도시의 음영이 바라다보였다. 찌무룩하게 흐린 하늘. 금방 가느다란 빗발이라도 한 줄금 뿌릴 듯하다. 흐린 하늘 밑으로 무겁게 웅크리고 있는 시가지의 풍경. 맞은편 집 지붕 사이로 좁다랗게 엿보이는 오거리의 한 모퉁이. 오가는 행인들의 모습이 언뜻언뜻 비칠 뿐 얼룩무늬 병사의 모습은 이제 보이지 않는다. 조금 전까지만 해도 거기엔 허리에총 자세를 하고 서 있는 병사들이 보였었다. 검은 베레모를 쓴 그들은 차도 한가운데에 한 명, 그리고 양쪽 인도에 서너 명씩 지키고 서 있었는데, 행인들을 일일이 검문하는 것 같은 눈치는 아니었다. 아마 경계 근무중인 듯싶었다.
"이 녀석, 창문 너머로 바깥을 내다보거나 어른거리지도 말어. 알았냐? 커튼 꽉꽉 내려놓고 방구석에 죽은 디끼 처박혀 있으란 말이다."
조금 전, 아버지 한원구씨는 이층까지 올라와 그렇게 말했다. 아버지는 겁을 먹은 게 분명했다. 명기는 그런 아버지의 표정을 지금껏 한번도 본 적이 없었으므로, 오히려 어리둥절했다. 언제나 차갑고 딱딱하게 굳어 있는 아버지의 얼굴에서는 좀처럼 어떤 감정의 동요나 그것의 미미한 흔적조차 읽어내기 어려웠다. 신경질을 터뜨리거나 자식들에게 무섭게 화를 낼 때를 제외한다면, 차라리 그는 감정을 드러낼 줄 모르는 냉혈한처럼 보이기까지 했다. 항상 찌푸려 있는 어둡고 음습한 이마. 혼자서만 아는 어둠 속 어딘가에 홀로 은밀히 시선을 고정한 채 살아가고 있는 듯한, 그 지독하게도 음울하고 쓸쓸해 보이는 눈빛…… 그것이 명기가 알고 있는 아버지 한원구씨의 모습이었던 것이다.
그러나 어젯밤과 오늘 아침 아버지의 태도는 낯설고 생경하기만 했다. 지나치리만큼 불안에 질려 허둥대는 기색이 역력했고, 말투와 표정, 행동까지 모두 평정을 잃고 있었다.
명기는 창문을 조금 열었다. 큰길 쪽에서 갑자기 둔중한 소음이 들려왔다. 수많은 군용 트럭이 시내 방향으로 줄을 이어 달려가고 있었다. 트럭 뒤칸마다 가득 실린 군인들의 철모가 보였다. 얼룩무늬 제복은 아닌 듯했다. 31사단이 있는 북쪽으로부터 이동해오는 병력일 것이다.
'참, 태영인 어떻게 되었을까.'

비로소 명기는 태영의 일을 떠올린다. 아직껏 태영의 행방에 관해 아무것도 모르고 있는 참이었다. 그의 아버지의 영향력이라면 아들을 무사히 빼내올 수 있을 것이라고 민태는 말했었다. 제발 그렇게만 되었으면……

태영의 집에 전화를 하고 싶었지만 전화기는 아버지 방에 있었다. 명기는 담배를 꺼내 물었다.

"명기야. 명기야, 전화 받어라."

아버지의 신경질 섞인 목소리. 후닥닥 담배를 비벼 끄고 명기는 아래층으로 내려갔다. 아버지는 방 한가운데 혼자 우두커니 앉아 담배를 태우고 있었다. 재떨이 안에 꽁초가 그득하다.

"나야. 너 지금 뭘 하고 있나?"

민태였다.

"으응, 그냥. 조금 전에야 늦게 일어났어."

"짜식, 너야말로 태평이구나. 누군 지옥에서 막 빠져나온 참인데."

"왜? 무슨 일 있었냐?"

"말도 마라. 하마터면 나, 개죽음당할 뻔했다. 임마. 너, 그렇게 집에 죽치고 있을래. 시내는 지금 난리가 벌어졌는데. 빨랑 나와!"

"근데, 난 지금은 안 돼. 집에서……"

"그럼 내가 그리로 갈게. 여기, 서방 삼거리야. 기다려."

"알았어."

수화기를 내렸다. 민태의 음성이 꽤나 들떠 있었다. 일어나 방문을 나서려는데, 아버지가 불러세웠다.

"누구야?"

"친구예요. 민태가 우리집에 온대요."
"이 녀석, 집에서 한 발짝도 나갈 생각 하지 마. 알았냐!"
"예."

명기는 마당으로 나왔다. 오늘 처음 현관 밖으로 나서보는 참이다. 마당가에 서서 명기는 하늘을 올려다보았다. 잔뜩 찌푸린 하늘이었다. 문득 아침나절 한바탕 법석을 피웠던 일이 떠올라 명기는 쓴웃음을 지었다. 아버지가 전에 없이 그처럼 허둥대던 까닭을 아무래도 이해하기 어려웠다.

아홉시쯤이었을까. 늦게야 일어나 혼자 아침을 먹고 있을 때 전화벨이 울렸다. 명기가 수화기를 들었더니, 멀지 않은 거리에 살고 있는 고모에게서였다.

"아이고, 명기야. 너 빨랑 숨어라! 어서!"

숨넘어갈 듯 다짜고짜 고모가 소릴 질렀다.

"숨어요? 왜……"

"이놈아, 시방 요 근방은 난리여 난리! 공수부대가 집집마다 들이닥쳐서 대학생은 무조건 잡아가고 있단 말여!"

"에이, 설마요."

"아이구메. 이 녀석아! 느그 집으로도 당장 들이닥칠 것이여! 오거리 쪽으로 수십 명이 몰려가는 걸 방금 내 눈으로 똑똑히 보았단 말이다. 얼릉 숨어! 빨리!"

그때 아버지가 수화기를 뺏아들었다.

"그래, 나다. 무슨 일이 났냐? 뭐? 그거이 참말이냐?"

아버지의 낯빛이 허옇게 질렸다. 수화기를 덜컥 내려놓자마자 아버지는 밖으로 달려나갔다. 뒤따라나간 어머니가 먼저 새파랗게 질려 방으로 돌아왔다.

"오메메. 이 일을 어쩔끄나. 고, 공수부대여. 공수부대가, 우리 집 고, 골목 앞에까장 와, 왔어. 아이고, 명기 아부지. 어, 어짠다요."
어머니가 발을 동동 굴렀다.
"아, 아가리 닥쳐. 침착해. 대문 잠갔제?"
"자, 잠갔어라우. 시방 가서 보고 왔단 말이라우."
아버지가 명기의 어깨를 잡아 일으키더니 안방 다락 쪽으로 밀어 세웠다.
"숨어라 빨리! 들어가서 숨소리도 내지 말고 죽은 디끼 엎드려 있어!"
다락문을 열고 아버지가 등을 떠밀어넣으며 말했다. 어깨를 잡은 아버지의 손이 바들바들 떨리고 있음을 명기는 깨달았다.
"아이 참, 어떻게. 설마 여기까지야……"
어리둥절, 명기는 피식 웃음을 터뜨렸다. 순간 아버지의 손바닥이 명기의 목덜미를 세차게 후려쳤다.
"이놈의 새끼가 시방 장난인 줄 알어? 죽어, 이놈아. 너까짓 놈이 뭘 안다고 그래? 죽는단 말이다! 빨리!"
명기는 얼결에 다락 위로 기어올라갔다.
"병풍. 병풍 어딨어."
두 사람이 병풍을 꺼내와 다락문 앞을 가리는 모양이었다. 엉겁결에 떠밀려 들어왔지만, 명기는, 어느새 제 가슴이 툭탁툭탁 튀어오르고 있음을 알았다.
다락은 좁았다. 헌 책이며 낡은 가방 사이를 비집고 기어들어가, 손바닥만한 통풍구에 얼굴을 바짝 들이댔다. 담 너머로 골목이 내다보였다. 공수부대는 보이지 않았다. 삐익 삐이익. 호루라기 소리. 어디선가 뭐라고 다급하게 질러대는 고함 소리도 들려왔다. 발소리. 쾅. 어느 집에선가 철문이 거칠게 닫히는 소리. 언뜻 맞은편 이층집의 유리창 너머로 겁에 질린 몇 개의 얼굴이 나타났다가 황급히 숨어버렸다. 순간 골목 어귀 쪽을 마악 돌아서려는 검은 군화. 그리고 얼룩무늬의 다리가 보였다. 명기는 후닥닥 벽 쪽으로 엎드렸다. 손끝이 덜덜 떨려오기 시작했다. 공포. 엄청난 공포가 전신을 찍어누르고 있었다.

얼마나 그렇게 엎드려 있었을까. 한동안 골목에선 아무런 기척이 들리지 않았다. 이윽고 두런거리는 사람들의 목소리. 이웃 여자들이 골목에 나와 주고받는 이야기 소리가 들렸다. 다락문이 열리더니 어머니의 얼굴이 나타났다.

"인제 내려와라이. 그놈들이 간 모양이다. 길 건너 이층집에서 전남대생 둘을 끌고 갔다고 안 하냐. 아이구머, 그 짐승 같은 놈들이……"

방으로 내려섰다. 밥상이 먹다 만 그대로 놓여 있었지만, 수저를 들 생각조차 없었다. 입 안이 소태처럼 쓰고 가슴은 아직 두근거렸다. 찌르르릉. 전화벨이 울렸다. 아버지가 받았다.

"이거이 대관절 어찌 돼가는 판국이다냐. 도처에서 집집마다 수색하는 모양이다. 법원 근처에서도 집집마다 들어가 대학생은 무조건 끌고 간다잖냐."

전화는 어머니의 성당 교우에게서였다. 그러고도 전화벨은 서너 번이나 더 울렸다.

"풍향동에서도 집을 뒤지고 댕기는 참이라고 안 하요."

광주고등학교 앞에서도 그랬노라고 어머니의 교우가 알려왔다. 어머니 청산댁도 여기저기 다이얼을 돌려댔다.

"어쩌까라우. 우리 동네도 그랬단 말이라우. 길 건너 이층집에서 자취하는 전남대생 둘을 그놈들이 개 패듯 패가꼬는 질질 끌고 갔단 말이오. 그런께 말이오. 부모가 곁에 있었다면야 죽기 살기로 대들어서라도, 그놈들한테 끌려가도록 놔뒀겠소? 시골에서 올라와 즈그들끼리 자취하는 아이들이라, 주인집 식구들이나 이웃집 사람들도 몇 번 말리다가는 공수부대가 무서운께 그냥 더는 어찌 못 해보고 구경만 하고 있었능갑습니다. 아이고, 데레사 씨도 집에 조대 댕기는 아이들이 둘이나 있담서라우. 아이고, 절대로 못 나가게 하셔야제라우. 시방 온 시내에 공수부대가 쫙 깔려 있다고 안 허요. 그놈들이 인제는 대학생뿐만 아니라 젊은 사람이면 남자건 여자건 그 자리에서 죽도록 뛰디레패갖고 트럭에 실어서 끌고 간다드란 말이오 글씨. 아이고, 이거이 무신 난리라요……"

그러고 나서도 어머니와 아버지는 불안에 떨며 번갈아 대문 밖으로 나가, 네거리에 공수부대가 있는지 없는지를 확인하느라 들락거렸다. 그렇게 한바탕 법석을 치르고 난 뒤에야 비로소 명기는 이층 제 방으로 올라갈 수 있었던 것이다.

문득 골목에서 소란한 기척이 들려온다. 명기는 대문을 열고 고개를 내밀었다.

"빨갱이 세상이 어쨌느니 허지만, 천만에 말씸이시! 6·25 때도 이런 무지막지헌 짓은 없었단 말여! 인민군 치하에서도 살아본 나여. 저놈들은 공산당보다도 더 악독하고 잔인무도헌 짐승들이여, 짐승!"

깡마른 칠순 노인 하나가 바로 집 앞 골목에 서서 혼자 고함을 질러대고 있다. 명기네 뒷집 영감이었다. 구부정한 허리로 늘상 지팡이를 짚고 다니는 노인은 무엇 때문인지 잔뜩 화가 나 있었다. 골목 어귀에 모여 수군거리고 있던 칠팔 명의 동네 여자들이 노인을 에워쌌다. 명기의 어머니 청산댁도 끼여 있었다.
"혜순이네 할아부지. 웬일로 그러세요. 누구하고 싸우시기라도 하셨능가라우."
"으마, 양복 어깨가 찢어졌네요."
"싸우다니! 아이고, 내가 그놈들헌테 다, 당헌 일을 생각허면, 아이고오……"
노인은 분에 겨운 듯 지팡이를 움켜쥔 손을 부들부들 떨며 소리를 질러댄다.
"내가 말여, 시방 시내서 기맥힌 꼴을 당하고 돌아오는 참여! 돈을 찾을라고, 아침에, 국민은행으로 갔는디, 은행 앞에서 데모가 벌어졌드란 말여. 길 옆에 서서 보고 있을라니께, 아, 뜬금 없이 어디서 그 뭐드라, 공수부댄가 미친개 뗀가 허는 놈들이 들이닥치등마는 길 가는 사람들을 닥치는 대로 개 패디끼 뛰디레패고 밟아, 생사람을 눈앞에서 아조 반송장을 맨들어버리는 것이여! 남녀가 없고 노소가 없어! 그냥 도살장 개백정놈들, 꼭 그대로란 말이시. 그런디, 대학생인지 뭔지는 몰라도, 은행에서 막 나오는 어떤 처녀를 붙잡등마는 다짜고짜 머리끄댕이를 질질 끌고 댕기기 시작허는디, 시상에 원, 윗도리를 홀랑 벳게갖고설랑 한길 바닥에다가 꿇어앉혀놓드란 말여. 하도하도 기가 맥혀서, 내가 나서서, 이거이 대체 무신 짓들이냐, 느그들도 어미 아비 둔 사람새끼들이냐, 하고 악을 썼제. 아, 그랬더니 한 놈이 대뜸 쫓아오등마는, 이 영감탱이가 디질라고 뭐, 뭐라드라, 디질라고 지랄한다고, 아, 그럼서 대번에 내 먹살을 잡아채드란 말이시!

아이고, 이, 이런 천하에 개, 개만도 못헌 놈들이 대명천지에 어, 어디가 있당가!"
지팡이를 거꾸로 들고 흔들어대며 노인은 소리를 질렀다.
"오메오메. 어째사 쓰꼬. 그런 놈들이 세상에 어디가 있다요. 혜순이 할아부지, 어서 병원에라도 가보시제 그러고 계시요?"
여자들이 덩달아 안타까운 위로와 걱정을 해준다.
"세상이 뒤집어져부렀어! 아이고, 이놈의 나라가 인제야말로 진짜로 망할 모양이란께. 차라리 망해야 돼! 아암, 사람 탈을 쓴 저런 개백정보다 못헌 놈들이 무고헌 국민을 사냥질허고 다니는 나라라믄야, 백번 천번 망해야 마땅허고 말고! 아아믄! 공산당도 이렇게까지는 못 해! 이건 미친 짐승들이란께!"
끝끝내 분을 삭이지 못하겠는지, 노인은 소리소리 지르며 자기 집으로 돌아가고 있었다.
"아이구머, 저 노인양반 큰일날 뻔 보셨네 그래. 저만하기 천만다행이여!"
"세상에, 그것들이 대관절 인간이까! 저런 노인네한테까장 손찌검이라니."
"미친놈들이란 말요. 처음에는 대학생한테만 그러는갑다 했등만, 인제는 아가씨건, 고등학생이건, 눈에 띄는 족족 피곤죽을 만들어분다드란 말요. 맞아죽고 칼맞아죽은 사람이 벌써 수도 없이 늘어났다드란께."
"아이고, 참말로 세상이 망하기는 망할라는갑서. 대체 이 난리가 벌어진 판국에 나라에서는 뭣을 하고 자빠졌다요. 처내려와서 저놈들을 사그리 쏴쥑이든지 안 하고?"
"뭔 소리 하요 시방? 나라가 어딨다요? 광주 사람을 모조리 몰

봄 날 113

살시켜버릴라고 공수부대를 내려보낸 놈들이 바로 정권 잡은 군인놈들인디. 아, 나라는 무신 나라며 또 저놈들 쏴죽일 놈들은 누구라고 그런 한심헌 소릴 하고 있으까이. 내 참."
"그런디, 그놈들이 몽땅 무슨 약을 묵었다고 합디다. 흥분제를."
"맞아! 그랬다여. 흥분제를 물에 타 묵고, 약 기운에 취하면 눈에 뵈는 게 없다여."
"으마마마. 그러면 그렇제. 인간이라믄 제정신 가지고서야 어떻게 그렇게 잔인할 수가 있겄소? 저놈들이 인두겁 쓴 살인마여, 살인마."
"흥분젠가 뭔가 마셨다는 말이 틀림없을 거여. 아까 길 건너 이층집서 대학생들 잡아간 놈들 있지라우? 그 집 주인댁이 그러는디, 공수부대놈들 얼굴이 하나같이 술 취한 것맨키로 시뻘겋드라요, 글씨. 눈알까지 핏발이 벌겋게 서고 이상스럽게 번들번들한 것이, 아무래도 성한 정신 가진 놈들이 아니더라고 하더라니께!"
"그나저나 어쩌까, 인제부터는 집집마다 뒤져서 대학생들은 무조건 잡아들일 거라고 난리들인디, 아이고, 이 일을 어째사 쓰까라우!"
"젊은 아이들은 절대로 시내에다 냅겨둬서는 안 돼라우! 얼릉 어디 다른 데로 피신을 시키든지 해야제. 저놈들 하는 짓을 보믄 진짜로 우리 광주 사람 씨를 말려불 작정이 분명하단께요."
"맞어. 집집마다 대학생 둔 집에서는 아이들 피신시키느라고 야단인 모양이데. 공장 직공맨키로 보일라고 다 떨어진 헌옷을 입혀가꼬 말여. 그래서 시방 화순이랑 장성으로 빠지는 길목에는 시내를 빠져나가는 사람들로 무슨 장이라도 들어선 것맨키로 바글바글하다여."

명기는 방으로 돌아왔다. 무섭고도 흉흉한 소문들. 차라리 떠도는 소문이기를 명기는 바랐다. 그 모두가 거짓이기를. 밑도끝도없이 과장되고 덧붙여진 헛소문이기를. 아니, 이 모두가 꿈이기를. 지금 이 순간 지긋지긋하기만 한 악몽을 꾸고 있는 것이기를 그는 바랐다. 그러나 현실이었다. 그리고 그 현실을 어떻게 받아들여야 할지 아직도 갈팡질팡하고 있을 뿐이었다.

담배를 피워물었다. 가벼운 현기증에 눈을 감았다. 배운 지 겨우 한 달째인 담배였다. 어딘가 불쾌감을 동반하는 이 어지러움증 때문에 사람들은 담배를 피우는 것일까. 하지만 이 순간 그 기이한 현기증이 묘하게도 곤두선 신경을 가라앉혀주는 듯했다. 그러다가 불현듯 명기는 울음이 터질 것 같은 충동을 가까스로 억눌렀다. 견디기 어려운 엄청난 절망과 분노의 덩어리가 가슴속에서 터져나올 듯 일렁거리고 있었다. 명기는 이를 악물었다.

"명기야. 명기야."

밖에서 부르는 소리가 났다. 민태의 음성이었다. 내려가보니 민태가 마당으로 들어서고 있었다. 민태는 혼자가 아니었다. 농대에 다니는 윤기섭. 민태의 고향 친구라는 그를 명기도 전에 만난 적이 있었다. 골목에 나가 있던 청산댁이 놀란 눈을 하고 이내 뒤쫓아 들어왔다.

"안녕하세요, 명기 어머님."

"아아구머, 민태학생 아녀? 세상에, 시방이 어느 판국이라고 이렇게 돌아댕기고 있는 거라냐. 온 시내가 공수부대 천지라는디, 잽히믄 어짤라고 이리 몰켜댕기냔 말여!"

"괜찮습니다."
민태가 멋쩍게 웃었다. 갑자기 안방문이 벌컥 열렸다.
"괜찮다니! 이 녀석들이 지금 어느 때라고 싸돌아댕기는 거냐. 아무리 철모르는 나이라고, 죽을 둥 살 둥 몰라!"
한원구씨는 무섭게 화를 내고 있었다. 셋은 고개를 떨어뜨린 채 서 있었다.
"이 녀석들아, 이건 전쟁이다. 난리가 터졌단 말이다. 너희들은 아직 모른다. 난리가 터지면 그때부터 사람들은 너나없이 짐승이 된단 말이다. 사람 목숨이 개돼지만큼도 못하게 되는 법이라고. 허어, 이런 속창아지 빠진 녀석들 좀 보게. 어서 당장 명기 방으로 올라가서 죽은 디기 처박혀 있어! 이 집 밖으로 단 한 발짝도 나가지 말어! 어서!"
셋은 허둥지둥 이층으로 쫓겨 올라갔다. 들어서자마자 방바닥에 벌렁 주저앉았다.
"어휴, 명기 느이 아버지 무섭구나. 몰랐는걸."
"말도 마라. 어제 저녁부터 옴짝달싹 못 하고 이렇게 갇혀 있는 판이다. 어, 그런데 바지 꼴이 너 그게 뭐냐. 무슨 일 있었어?"
민태의 바짓가랑이며 무릎, 양말까지가 온통 진흙투성이다. 그건 기섭 쪽도 마찬가지다.
"야, 하마터면 골로 갈 뻔했다 임마. 보리밭, 시궁창 가릴 것 없이 북북 기어서 사선을 통과해온 몸이라구. 어휴, 아슬아슬했다 정말."
"아니, 공수부대놈들한테 잡혔어?"
"그랬으면 진짜로 죽었게? 하기야, 주인집 아저씨 아녔으면 진즉 그랬을 테지만."

"뭐어? 그럼 또 네 자취방으로 갔었단 말이냐? 너, 진짜 죽을라고 작정했구나."

"설마 했지. 어제 너희들이랑 헤어져서 선배들하고 돌아다니다가, 충장로에서 기섭일 우연히 만났지 뭐냐. 시내 상황 좀 구경한다고 돌아다니다 보니 신역 근방까지 왔길래, 기섭이랑 둘이 농대 뒷길을 타고 반룡부락으로 갔었어. 솔직히 우리 둘이 들어가서 잘 만한 데도 마땅찮고, 또 등잔 밑이 어둡다는 생각도 했지. 차라리 시내보다는 학교랑 붙어 있는 우리 동네가 안전할지도 모른다고 말이다. 그런데 아침 일찍 주인집 아저씨가 느닷없이 우리를 두들겨 깨우지 뭐냐⋯⋯"

"큰일났네, 이 사람들아. 당장 피신을 하란 말여."

집주인 양씨는 숨을 헐떡이며 말했다. 조금 전 공수부대 몇 명이 가게 안으로 들어와 라면을 끓여달라고 하더니, 이것저것 캐묻다가는 '야, 이 동네부터 한번 쑤셔봐야겠어' 하더라는 거였다. 아무래도 눈치가 금방 되돌아와 덮칠 것 같으니 도망치라고 양씨는 말했다.

둘은 집을 빠져나와 동네 사람들이 시키는 대로 마을 꼭대기 언덕 기슭에 있는 정자로 올라갔다. 청음정(淸音亭)이라고 부르는 그 낡은 정자엔 작은 방이 하나 있었다. 그 방 천장에 붙은 좁다란 다락 위로 올라가 숨고 나자, 동네 사람들이 밖에서 문을 닫아걸고 묵은 볏짚단을 마루 위에 쌓아 가려주었다. 다락 위에 숨은 사람은 모두 넷이었다. 마을에 살고 있던 대학생들 대부분은 전날 미리 빠져나가버렸는데, 명기와 기섭 외에도 아직 남아 있던 자취생 둘을 동네 사람들이 정자로 피신시킨 거였다. 이내 멀리서 뭔가 소동이 벌어지는 기척이 들려왔다. 집주인의 말대

봄 날 117

로, 학교 안에 주둔해 있던 공수대원 한 무리가 마을을 수색하고 있었다.

얼마나 그렇게 다락 위에 엎드려 숨을 죽이고 있었을까. 마을 사람 하나가 달려왔다. 어서 나와 마을을 빠져나가라고 말했다. 공수놈들이 마을의 젊은 사람 몇을 피곤죽을 만들어 끌고 갔다고 했다.

"그걸 말리겠다고 앞으로 나선 강씨를 그놈들이 대번에 칼로 쑤셔부렀단 말여. 옆구리하고 허벅지를 세 군데나 찔렸어."

"아이고메, 그놈들이 가자마자 사람들이 강씨를 리어카에 싣고 병원에 간다고 나갔는디, 숨이 안 끊어졌능가 몰라. 피를 한 바께쓰는 더 흘렸단 말여."

그 말에 그들 넷은 사색이 되어, 정신없이 언덕 풀섶을 기다시피 해서 마을을 빠져나왔다. 들판 건너 고속도로에 이십여 미터 간격으로 무장한 얼룩무늬들이 늘어서 있었다. 넷은 농대 연습지 뒤편 하수구 고랑을 무릎으로 엉금엉금 기어서 간신히 신안동으로 빠져나와, 농대 후문의 다리 부근에서 두 패로 나뉘어 헤어졌다. 그러나 신안동에서부터 중흥동·풍향동·산수동에 이르는 길목 요소마다 어김없이 공수부대 병사들이 막고 있었으므로, 민태와 기섭은 일부러 골목길만을 찾아 먼 거리를 돌아온 참이라고 했다.

"참, 너 태영이 풀려난 거 알고 있어?"

민태의 말에 명기는 놀랐다.

"풀려났대?"

"지금 집에 있는 모양야. 궁금해서 내가 아까 전화해봤더니, 태영이 어머니가 그러시더라. 어제 점심 때 경찰서에서 태영이 아버지가 데려왔다고."

"경찰서에서? 어떻게?"

"글쎄, 그것까진 잘 모르겠지만, 어제 누구한테 듣기로는, 그저께 밤에 학교 구내에서 잡힌 학생들은 모두 본부 건물로 끌려갔는데, 시위 주동자를 가려내려고 경찰서 학원 담당 형사들이 왔다더라. 아마 그 과정에서 태영이 아버지가 어떻게 손을 썼을 거야. 하지만, 정작 태영이랑은 통화도 못 해봤어."

"집에 있다면서?"

"태영이 어머니가 전화를 바꿔주지 않더라. 앞으로 당분간은 전화하지 말라면서 그냥 끊어버리시지 뭐냐. 친척집으로 보냈다고 하시더라만, 거짓말일 거야."

"그랬었구나. 어쨌든 천만다행이다. 난 또……"

얼핏 대문 여닫는 기척이 들리는 것 같았으므로, 명기는 일어나 창밖을 살폈다. 아버지 한원구씨였다. 복덕방에라도 잠깐 들르려는 참인가. 네거리 맞은편 길목에 있는 그 복덕방에서 아침에 전화가 온 것 같았다. 지난번 계약한 이층 전당포의 소개비를 어서 달라고 하는 눈치였다.

"저거 봐. 어디서 불이 난 거 아닌가?"

화장실에 다녀오던 기섭이 방안으로 들어서며 말했다.

"어디?"

명기와 민태는 동시에 벌떡 일어나 창가로 갔다. 시내 중심가였다. 한 가닥 검은 연기가 허공으로 날아오르고 있고, 그 주변으로 서너 대의 군용 헬리콥터가 높이 떠서 분주하게 맴을 돌고 있는 모습이 보인다.

"도청 근방 맞지?"

"가톨릭센터 같기도 한데…… 금남로 쪽인 건 틀림없어."
"불이 난 것일까?"
"자동차가 타고 있는지도 몰라. 연기가 새까만 걸 보면 무슨 기름이나 고무 같은 게 타고 있는 모양이다."

셋은 서로의 얼굴을 번갈아 쳐다보았다. 하나같이 엷은 두려움과 불안, 그리고 호기심에 사로잡혀 있는 눈빛. 문득 민태가 굳은 표정으로 말했다.

"나가보자, 우리. 여기서 이러고 있을 수만은 없어. 아침에 금남로 일대에서 시민들과 공수부대가 한바탕 충돌했다는 소문을 들었어."
"하지만 조금 기다려보는 게 어떨까. 공수부대가 거리에 쫙 깔려 있는 모양인데, 시내까지 나가기가 쉽지 않을 거야."
"그렇다고 언제까지 이렇게 숨어 있을 수야 없잖아. 좀 전에 이리 오면서 보니까, 공수놈들은 큰 도로의 길목이나 네거리를 지키고 있을 뿐, 소로나 주택가 골목엔 뵈지 않더라. 골목으로만 돌아서 가면 금남로까진 쉽게 갈 수 있을 거다."

명기는 잠시 망설였다. 어쩔 수 없이 두려움이 되살아났다. 성난 아버지의 얼굴이 떠올랐지만, 그건 다음 문제였다. 명기는 벽에 걸어둔 잠바를 걸쳐입었다.

"좋아, 나가보자."
"야, 근데 느이 아버지께서 우릴 나가도록 놔두시겠냐?"
"괜찮아. 방금 전 밖에 나가시는 걸 봤어. 지금이 기회라구."

명기는 앞장서서 계단을 재빨리 내려왔다. 그들이 마당으로 나섰을 때, 수돗가에서 푸성귀를 다듬고 있던 청산댁이 깜짝 놀라 소릴 질렀다.

"너, 또 어딜 나갈라고! 명기야. 명기야아."
"염려 마세요. 잠깐 나갔다가, 곧 돌아온다니까요."
 명기는 대문을 닫고 골목을 뛰어내려가기 시작했다. 등뒤에서 청산댁의 다급한 외침이 들려왔다.

"벗을 위하여 제 목숨 바치는 것보다 더 큰 사랑은 없다."
— 고 홍비오의 묘비명(망월동 묘지 번호 29)

5월 19일 12 : 30, 금남로

 집을 나선 명기 일행은 시내 쪽을 향해 걷기 시작했다. 차도를 피하기로 하고, 일부러 산수동 시장통 길을 택했다. 오가는 사람은 많지 않았다. 길 양쪽에 다닥다닥 붙어 있는 점포들은 대부분 문을 열어두고 있다. 좌판을 벌여둔 채 상인들이 여기저기 모여서서 웅성거리고 있다. 대부분 어제오늘 시내에서 일어났던 일들에 관한 얘기들이다. 격앙된 목소리로 떠들어대는 사람. 불안과 호기심, 아무려면 설마 그렇게까지야 할까 하는 반신반의의 표정들. 그러면서도 그들은 무엇엔가 쫓기는 사람처럼 연신 주위를 불안스레 휘둘러보았다.
 굴다리 부근 청과물 가게 앞에 한 무리의 사람들이 누군가를 에워싸고 있었다. 가게 문턱에 아낙네 하나가 털썩 주저앉아 울고 있고, 남편인 듯싶은 중년의 사내가 허둥지둥 뛰어나왔다. 사람들이 길을 터주었다.
 "여, 여보. 나도 가께라우! 함께 가서 찾아댕기잔 말이라우."
 눈물 범벅이 된 아낙이 벌떡 일어났다. 자전거를 끌고 나서려던 사내가 돌아보며 빽 소리를 내질렀다.
 "이런 염병맞을 여편네야, 너까지 맞아죽고 싶어 환장했어? 울기는 왜 울어. 재수대가리 없이. 학수한테서 갑자기 연락이라도 오면 어쩔 테여."
 이미 허옇게 질린 낯빛의 사내가 자전거를 몰고 허둥지둥 큰길 쪽으로 달려가고 있었다.
 "와이고오, 이거이 무신 일이까이. 학수야아. 오메에, 이 자식아아."
 아낙이 와락 주저앉아 울음을 터뜨렸다.
 "학수 엄니. 너무 걱정허지 말어. 설마 무신 일이사 있을라고."
 "그래그래. 대학생도 아닌디, 설사 잽혀갔드래도 곧 풀려나오겄제."
 사람들이 여자를 달랬다.
 "무신 일이다요, 저 아줌니네 집에 뭔 사고가 생겼능갑네."
 "재수생 아들이 공수부대놈들헌테 잽혀갔갑서. 아침에 학원 간다고 나갔다는디, 조금 전에 즈그 친구헌테서 전화가 왔다여."
 "공수부대헌테라우? 아이구머, 저걸 으째사 쓰꼬……"
 명기 일행은 굴다리를 지나 골목길을 빠져나왔다. 골목 어귀에서 큰길 주변을 살폈다. 군복들의 모습은 보이지 않았다. 그러나 늘어선 목재소 야적장 앞을 지나 계림동 로터리 방향으로 걸음을 옮기던 그들은 주춤 멈춰서야 했다. 수십 명의 시민들이 그들 쪽으로 허둥지둥 뒷걸음 쳐오고 있었다. 저만치 로터리 광장 한가운데로 얼룩무늬들의 모습이 눈에 잡혔다.
"이 사람들아, 여기서 뭘 하고 서 있는 거여. 저놈들한테 잽히면 죽는단 말여!"
사십대 사내 하나가 그들에게 소리를 치며 지나갔다. 그 순간 슬금슬금 뒷걸음질을 치던 사람들이 우루루 도망치기 시작했다. 얼룩무늬들이 이쪽 길로 접어들어 바짝 다가오고 있었다. 명기 일행은 목재소 옆 골목으로 뛰어들었다. 한참 도망치다가 보니, 더 이상 쫓아오지 않는 듯싶었다. 셋은 가쁜 숨을 몰아쉬었다.
갑자기 머리 위에서 굉장한 소리가 쏟아졌다. 두두두두두. 엉겁결에 담벼락에 기댄 채 명기는 하늘을 올려다보았다. 머리 바로 위로 군용 헬리콥터 한 대가 낮게 떠서 비껴 날고 있었다. 얼핏 조종석에 군인 둘의 모습이 비친 듯하더니, 그것은 이내 맞은편 지붕 위를 가로질러 시내 중심가 방향으로 사라져버렸다. 그것의 엄청난 소리에 주변의 건물과 땅이 한꺼번에 흔들렸다.
"저거 봐! 연기다."
민태가 하늘 한쪽을 가리켰다. 검붉은 연기가 뭉게뭉게 피어오르고 있었다.
"도청 쪽 아냐?"
"아니. 문화방송 아니면 청산학원 근방 같은데."
"그쪽으로 가보자."
셋은 주택가 골목길을 택해 걸었다. 그 부근은 명기에겐 눈에 익었다. 국민학교 육 년 동안 줄곧 그 길을 지나다녔다. 좁고 복잡한 골목길을 따라가노라니, 전남여고 뒤편 벽돌담이 나타났다. 작은 하천을 가로지른 다리를 지나 학교 정문 앞으로 난 길을 따라가면 금남로로 이어지게 되어 있었다.

 그러나 다리에 이르러서 그들은 잠시 망설였다. 저만치 건너다뵈는, 전화국에서 중앙초등학교로 가는 건널목이 의외로 인적이 드물었다. 어쩌면 전화국 앞 도로를 공수부대가 차단하고 있을 거라는 생각이 들었으므로, 셋은 오른쪽으로 돌아 하천을 따라 내려가기로 했다.

 동문다리에 이르렀을 때, 그들은 한 무리의 군중들과 마주쳤다. 다리에서 대인동 시장으로 이어지는 도로 양쪽에 몰려서서 웅성거리고 있는 사람들의 틈을 셋은 비집고 들어갔다. 대인시장 쪽 도로에는 더 많은 사람들이 모여 있었다. 그들의 시선은 모두 시민관 앞 네거리 쪽으로 쏠려 있다.

 네거리는 일개 중대 병력 정도의 얼룩무늬들에 의해 길목 어귀마다 차단되어 있었다. 길바닥에 어수선하게 흩어져 있는 최루탄의 흰 분말. 그리고 자잘한 돌멩이와 벽돌 조각들. 거기도 이미 한바탕 충돌이 지나간 모양이다.

 얼룩무늬들과 군중과의 사이엔 삼사십여 미터의 공간. 그 공간 저편 한쪽에 또 한 무리의 사람들이 붙잡혀 있다. 하나같이 팬티만 걸친 반벌거숭이들. 스무 명 남짓 될까. 그들은 모두 머리를 아스팔트 바닥에 거꾸로 박은 채 엉덩이를 쳐들고 두 팔은 허리 뒤로 돌려 맞잡은 기묘한 자세를 취하고 있다. 그들을 에워싸고 얼룩무늬들이 진압봉과 발길질을 퍼부어댔다.

 "이 개새꺄. 손 안 올려. 칵, 대갈통을 쪼개버릴라!"

얼룩무늬들이 내씹는 욕설과 고함이 이쪽까지 또렷하게 들려왔다.

그것은 악몽의 한 장면처럼 기괴하고 을씨년스런 풍경이었다. 머리를 길바닥에 거꾸로 박은 채 한데 뒤엉켜 꿈틀거리고 있는 허연 살덩어리들. 대부분 청년들이었지만, 더러 삼사십대로 보이는 사람도 끼여 있는 듯했다.

"으으으."

이따금 그 살덩어리들이 토해내는 신음 소리.

"오메오메, 저놈들이 사람이까. 개백정이여. 짐승만도 못헌 놈들."

"어째사 쓰까이. 저러다가는 맞아서 병신 되겠네에. 아니, 누가 저 사람들 좀 어떻게 해봐!"

구경하는 사람들 틈에서 안타까운 비명이 연신 터져나왔다. 발을 동동 구르며 우는 소리를 내는 사람. 분에 겨워 서너 걸음 튀어나갔다가, 멈춰서서 허공에다가 주먹을 휘둘러대는 사내. 여자들은 울음을 터뜨리기도 했다.

"야, 저걸, 저 개자식들 하는 짓을 이대로 우리가 보고 있어야만 해?"

금방 울음을 터뜨릴 듯 민태가 이를 악문 채 혼자 뇌까렸다. 민태도 기섭이도 하얗게 질린 낯빛. 명기는 이를 악물었다. 하지만 지금 당장 무엇을 어떻게 한단 말인가. 목구멍으로 뜨거운 덩어리가 울컥 치밀어올랐다. 견디기 어려운 모멸감과 분노에 몸을 떨면서도 명기는 그 자리에 서 있어야 했다.

순간 군중 틈에서, 앗 하는 짧은 탄성이 거의 동시에 터져나왔다. 붙잡혀 있던 반벌거숭이 무리 속에서 누군가가 벌떡 일어나더니 이쪽을 향해 필사적으로 도망쳐오기 시작한다. 흰 팬티에 맨발. 절룩거리는 다리. 그러나 청년은 이내 몇 걸음을 내딛기도 전에 뒤쫓아온 얼룩무늬에게 간단히 붙잡혀버리고 말았다. 풀썩, 나뒹구는 살덩어리. 쓰러진 청년을 겨누고 검은 진압봉이 가차없이 떨어져내렸다. 퍽. 퍽. 퍽. 무엇인가 으깨어지는 듯한 둔탁한 타격음 세 번. 얼룩무늬의 진압봉은 정확히 청년의 정수리를 가격했다.

순간 명기는 똑똑히 보았다. 청년의 머리와 얼굴을 덮으며 분수처럼 좌악 솟구치는 핏물. 청년의 벌거벗은 두 다리가 바르르르 경련을 일으키다 멎었다. 개구리. 그랬다. 그건 껍질 벗겨진 한 마리 개구리처럼 보였다.

얼룩무늬가 청년의 머리채를 한 손으로 그러쥐더니 대열 쪽으로 끌고 가기 시작한다. 허수아비처럼 풀린 청년의 사지가 질질 끌려가고 있다. 아스팔트 바닥으로 길다랗게 그려지는 핏물의 흥건한 자국……

"이놈아아! 이 백정놈아아! 차라리 우리까장 다 쥑여라앗!"

"어쩌까, 어쩨사 쓰까! 저, 저 청년, 죽어부렀네! 아이고오."

군중들의 안타까운 비명이 한꺼번에 쏟아져나왔다. 여자들이 울었다. 발을 동동 구르며 질러대는 경악과 분노, 공포에 찬 목소리들. 살덩어리를 질질 끌고 가던 공수대원 둘이 갑자기 홱 돌아섰다.

이쪽 군중들을 바라보는 얼룩무늬의 검게 그을린 얼굴. 숯덩이. 불에 타 까맣게 변한 숯덩이처럼 보이는 기묘한 얼굴. 그 검은 얼굴 한쪽이 벌어지며 하얀 이빨이 얼핏 드러나는 걸 군중들은 보았다. 웃음. 얼룩무늬는 웃고 있는 것이다.

또 다른 얼룩무늬가 다가오더니, 쓰러진 살덩어리를 발로 두어 번 세차게 걷어찼다. 여길 잘 보라는 듯이. 그리고 다시 군중들을 돌아다보며 얼룩무늬들은 저희들끼리 낄낄거렸다. 웃음 소리. 드러난 흰 이빨들. 명기는 차마 눈을 돌려버렸다.
"저 개새끼들!"
갑자기 누군가 군중 속에서 튀어나갔다. 그것이 민태라는 걸 명기는 뒤늦게야 깨달았다. 이내 몇 명의 청년들이 튀어나갔다. 기섭이도 그들 속에 끼여 있었다. 하지만 명기는 주춤 망설였다. 두려워서가 아니었다. 얼결에 미처 어째야 할지 몰라 그 자리에 우두커니 서서 그들의 모습만 지켜보고 있었다. 우루루 달려나간 그들이 벽돌 조각을 집어들고 던지기 시작했다. 하지만 자잘한 몇 개의 돌멩이들은 얼룩무늬들에겐 훨씬 못 미친 길바닥으로 떨어져 힘없이 굴렀다.
그것이 신호였다. 순식간에 얼룩무늬의 대열이 흩어지며, 저마다 용수철처럼 튀어나오기 시작했다.
"야아아아앗!"
엄청나게 크고 위압적인 괴성. 두두두두두. 무서운 속도로 아스팔트 바닥을 두드리며 추격해오는 어지러운 군홧발 소리. 아아아. 군중들이 무너지기 시작했다.
"온다. 저놈들이 온다."
와르르 흩어지는 사람들 틈에 섞여 명기는 시장통으로 뛰었다. 아수라장으로 변한 시장통. 무엇엔가 발이 걸려 나뒹구는 사람. 한데 뒤엉켜 엎어졌다가 무릎으로 엉금엉금 기는 사람. 손수레 옆에 쭈그리고 앉아 악악 비명만 질러대는 여자들. 영문을 모른 채 길바닥에 멀거니 서 있는 어린아이.

정신없이 도망치던 명기는 시장 안 어느 옷가게 옆 골목에서 멈춰 숨을 헐떡였다. 그는 혼자였다. 민태와 기섭은 어디로 흩어졌는지 알 수 없었다. 저만치 시장통 입구에서 비명과 고함 소리가 터져나오고 있다. 우당탕우당탕. 얼룩무늬들이 뛰어들어 닥치는 대로 부수고 뒤집어엎고 있는 참이다.

"아이고 엄니잇. 이 사람들이 왜 이런다요옷."
"와이고오, 사람 죽네엣."

목구멍을 째는 듯한 여자들의 목소리. 울음 소리. 손수레가 뒤집히고 여기저기서 대야가 뒹굴었다. 느닷없이 들이닥친 얼룩무늬들 앞에서, 장보러 나온 여자들과 상인들이 한덩어리로 뒤엉킨 채 어쩔 줄 모르고 허둥거리고만 있다.

이윽고 소동이 멎었다. 얼룩무늬들은 더 이상 시장 안으로 들어오지 않고 물러난 모양이다. 명기는 조심스레 밖으로 나왔다. 홍수가 한바탕 지나간 뒤처럼 부근은 어수선했다. 시커먼 구정물로 질퍽이는 길바닥 여기저기에 채소며 과일, 깨진 그릇과 뒤집혀진 대야, 좌판대 따위가 제멋대로 널브러져 있었다. 뒤늦게 제자리를 찾아온 아낙네들이 그것들을 집어들고 넋 나간 표정을 하고 있었다.

"세상에, 저 개 같은 놈들이 대체 무신 짓들이랑가. 우리가 무신 죄가 있다고, 시장 바닥에서 장사해 묵고 사는 우리들까장 쥑이려고 든단 말여!"

발길에 짓이겨진 생선을 손으로 그러모으며 아낙이 악을 쓰고 있었다.

"아이고, 어쨰사 쓰꼬이. 어디로 갑디여? 우리 민자 아부지가 잡혀갔단 말이라우."

닭집 앞에서 아낙 하나가 뛰어다니며 울음을 터뜨렸다.
"으마, 그럼 아까 끌려가든 사람이 저 집 남자였등갑네. 아이고, 그런께 죽은 디끼 가만있제, 뭣 헐라고 겁 없이 그 짐승 같은 놈들헌테 대들 것이요이."
"아이고, 이러고만 있어서는 안 돼! 우리 광주 사람들 모다 저 놈들한테 몰살당할 때까장 당하고만 있어야 한단 말이여?"
흙으로 뒤범벅이 된 과일을 주워담다 말고 벌떡 일어나더니 한 여자가 악에 받친 고함을 내질렀다.
"쥑여야 돼. 우리도 인제는 칼이고 몽둥이고간에 찾아들고 저 놈들하고 죽기살기로 한번 붙어야 쓴당께."
여자는 발을 동동 굴러대며 미친 듯 악을 쓰고 있었다.
명기는 시장 입구로 걸어나왔다. 얼룩무늬들은 여전히 네거리 광장에 도열해 있다. 몇 대의 트럭이 나타났다. 붙잡힌 반벌거숭이들을 차례로 뒤칸에 태웠다. 머리에 두 손을 얹은 채 고개를 떨어뜨리고 엉금엉금 차에 오르고 있는 사람들. 그 중 몇은 아예 몸을 가누지 못했다. 얼룩무늬들이 달겨들어 팔다리를 잡아 일으키더니, 쓰레기를 던져올리듯 반벌거숭이 몸뚱이를 훌쩍 내던져 싣고 있는 모습이 보였다.
"미친놈들. 저놈들은 인간이 아녀. 사람새끼라면 저럴 수가 없어!"
"환각젠가 홍분젠가를 멕였답디다. 얼굴들 봤지라우? 피칠이라도 한 것맨키로 눈깔이랑 낯짝까지 아조 시뻘겋드란 말이오. 저놈들 눈에는 우리가 사람이 아니라 개새끼로나 보이는 모양이여."
어느 틈에 양쪽 인도엔 사람들이 다시 모여들기 시작하고 있었다. 명기는 차도를 건넜다. 민태와 기섭을 찾기 위해 한동안 근처를 돌아다녔다. 동문다리 옆 골목에서 민태와 기섭이 불쑥 나타났다.
"어디 있었냐? 우린 또 네가 잡혀간 줄 알았지 뭐냐."
"시장 안으로 피했어. 그 옷 꼴은 왜 그래? 다쳤냐?"
명기는 민태의 잠바가 온통 흙으로 더럽혀져 있는 걸 보고 놀랐다.
"말 마라. 공수새끼 둘이 나만 노리고 끝까지 쫓아오지 뭐냐. 하마터면 잡힐 뻔했다. 식당으로 뛰어들어가 그 집 뒷담을 넘어 숨었지. 그런데 기섭이가 좀 전에 그러잖아. 너 비슷해 뵈는 학생이 시장 안에서 끌려나오더라고 말이다."
"염려 마. 내 달리기 실력 몰라?"
셋은 피식 웃음을 터뜨렸다. 그러나 이내 그들은 하나같이 굳은 표정이 되었다. 뭔가 죄라도 짓고 있는 듯한 기분. 돌연 어디선가 어지러운 폭음이 연달아 들려왔다. 그들은 고개를 돌렸다. 금남로 근처인 듯싶었다. 검은 연기가 여전히 그쪽 어딘가로부터 솟구쳐오르고 있는 게 보였다.
"가톨릭센터 근방이 틀림없어. 한바탕 맞붙었는지도 몰라!"
"가보자. 빨랑!"
셋은 아까 왔던 길을 되밟아 올라갔다. 하천을 따라가는 도중에 몇 명의 청년들이 합류했다.
"어디서 붙었답디까."
"잘은 몰라요. 금남로 2가 쪽 같은데."
"그래요, 함께 갑시다. 이러고 구경만 하고 있어서는 안 되라우. 온 시민들이 한꺼번에 와아 하고 들고 일어나야 한단 말이라우."
"맞어라우. 이래 죽나 저래 죽나 어차피 죽기는 마찬가진께."

대학생으로 보이지는 않는 청년 한패가 자못 흥분해서 주고받으며 함께 걸었다. 수가 여럿이라는 사실 하나만으로도 그들은 저마다 용기를 얻은 듯했다.
 전남여고 담 모퉁이를 끼고 돌아 큰길 어귀에 이르렀다. 문화방송 건물 앞에 두 대의 승용차가 불에 그을린 채 흉한 몰골로 버려져 있었다. 불은 이미 꺼진 뒤였지만, 엔진과 내부의 덜 탄 의자로부터 검은 연기가 몽글몽글 피어올랐다. 매캐한 냄새가 주변으로 흩어지고 있었다.
"어떻게 된 거랍니까."
 사람들 틈에서 그걸 건너다보고 있던 민태가 낯선 청년에게 물었다.
"조금 전에 사람들이 석유통을 가져와 불을 지르고 갔답니다. 경상도 번호판이 붙은 차요. 둘 다."
"아니, 어째서요?"
"어째서라니! 지금 저 공수놈들이 모두 경상도 병력들이라지 않소. 일부러 그놈들만 뽑아서 내려보낸 전두환이놈들도 마찬가지고. 이 판에 우리 광주 사람들 씨를 아조 싸그리 말려버리라고 저 개새끼들한테 명령을 내렸답디다."
 이번엔 삼십대 사내 하나가 자전거에 엉덩이를 걸친 채 격앙된 목소리로 말했다.
"아까 오다가 보니께, 유동 삼거리 근방에도 트럭 한 대가 불에 타가꼬 나자빠져 있습디다. 그것도 경상도에서 온 차였는디, 운전수가 놀래가꼬 뒤도 안 돌아보고 어디로 내빼버렸다고 하드랑께."
 사내는 그 말을 남기고는 자전거를 몰고 장동 쪽으로 사라져버렸다.

셋은 뒤돌아서 청산학원 쪽으로 올라갔다. 민태가 말했다.
"괜한 짓이야. 저럴 필요까지는 없을 텐데……"
"정말일까? 일부러 경상도 출신 공수부대 병력만 내려보냈다는 게."
"설마. 그럴 리가 없어. 그런 부대가 세상에 어디 있겠냐. 어쩌다가 잘못 퍼진 소문이겠지."
 명기도 물론 그러리라고 믿었다. 하지만, 눈앞에서 벌어지고 있는 저 엄청난 일들을 고스란히 일방적으로 당하고 있어야만 하는 시민들로서는 뭔가 그럴 법한 이유만이라도 찾아내고 싶은 것인지도 모른다. 상식 밖의 그런 엉뚱한 소문조차도 오히려 그럴듯하게 여겨질 정도로, 지금, 바로 눈앞에서 벌어지고 있는 현실은 차라리 악몽이라고 부를 수밖에 없지 않는가 말이다. 정말, 이게 꿈이 아닐까. 어떻게 이런 일이 현실로 나타날 수 있는 걸까. 명기는 머리를 흔들었다.
 돌연 요란한 프로펠러 음이 머리 위를 찢어 가르며 저공 비행으로 지나갔다. 맞은편 건물 너머로 헬기의 동체가 빠르게 선회하며 사라졌다. 퍼퍼퍼퍼펑. 연달아 터지는 최루탄의 파열음. 가까운 금남로 쪽이었다. 셋은 달리기 시작했다. 청산학원을 돌아 전남일보 건물로 이르는 좁은 길은 놀랍게도 벌써 시민들로 가득 메워져 있다. 수백 명의 시민들이 우루루 뒤로 도망쳤다가 다시 금남로 쪽으로 되돌아가곤 했다. 셋은 군중을 헤치고 앞쪽으로 나갔다.
 도청 앞 광장으로부터 광주은행 앞까지 오백여 미터의 사차선 도로는 예상대로 대규모 군병력이 완전히 점령하고 있는 상태였다. 광장 후미엔 진압복 차림의 전투경찰대, 그리고 전방의 훨씬 넓은 지역을 얼룩무늬들이 차단하고 있었다. 광장 후미엔 삼, 사십 대는 족히 될 군용 트럭이 대기해 있고, 공중엔 두 대의 헬기가 빠른 속도로 어지럽게 선회한다. 퍼퍼퍼펑. 최루탄의 폭음이 그 동안에도 계속 터져나왔다. 충장로 입구, 아래편 광주은행 네거리, 그리고 그보다 훨씬 아래쪽 어딘가에서도 폭음이 들려왔다. 결국 금남로를 중심한 여러 개의 간선도로 어귀마다에서 시민들과 군병력이 대치해 있는 상황이다.

전경대 병력은 주로 도청 광장 부근을 막고 있을 뿐, 수백 명의 얼룩무늬들이 모든 차도를 휩쓸고 다니며 잔인한 진압 작전을 펼치고 있었다. 금남로를 중심으로 얼룩무늬들은 번갈아가며 간선도로를 급습해왔다가 다시 제자리로 잠시 물러나곤 했고, 그때마다 시민들은 우루루 뒤로 도망쳤다가 다시 금남로 쪽으로 모여들곤 하기를 되풀이하는 것이다.

거리는 온통 자욱한 최루탄 분말로 숨쉬기조차 힘들었다. 하나같이 눈도 제대로 뜨지 못하고 눈물 콧물을 줄줄 흘렸다. 그런데도 그들은 흩어졌다가 다시 고집스레 제자리로 되돌아오기를 되풀이하고 있는 거였다.

오히려 시민들의 수는 갈수록 불어나고 있는 느낌이었다. 길목마다 빽빽이 불어나 있는 시민들의 수는 이천 명쯤, 아니 보이지 않는 다른 길목까지를 합한다면 삼천 명도 더 넘을지 모른다. 그들과 한데 뒤섞여 명기와 민태, 기섭 역시 도망쳤다가 되돌아오기를 반복했다.

그 동안에도 사람들은 끊임없이 불어나고 있었다. 이들은 대체 어디서 이렇게 모여들고 있는 것일까. 명기는 놀랍기만 했다. 그리고 보니, 사람들의 표정도 분명히 어제하고는 어딘가 달랐다. 이 순간 그들의 눈빛과 얼굴엔 공포와 분노만은 아닌 또 다른 무엇인가가 있음을 명기는 깨달았다.

불씨. 그랬다. 그건 어쩌면 불씨 같은 것인지도 모른다. 소리 없이 그러나 은밀하고도 집요하게 이글거리며 저 가슴 밑바닥 어딘가에서 점점 뜨겁게 끓어오르기 시작하고 있는 저항의 불씨. 그 알 수 없는 불씨가 그들 모두에게 눈앞의 공포와 두려움을 잊게 만들고, 이 순간 그들 모두를 서로 한덩어리로 만들어놓고 있는 것이리라고 명기는 생각했다.

하지만 그 불씨의 의미는 과연 무엇일까. 이 힘없는 사람들, 손에 쥔 무기는커녕 제 목숨 하나 지켜줄 초라한 방패 하나 없는, 이 맨몸뚱이 무력한 사람들에게 지금 무엇이 저 알 수 없는 불씨를 피워올리고 있는 걸까……

땀과 눈물 콧물로 뒤범벅이 된 채 이리 뛰고 저리 달리면서, 명기는 몇 번이나 그런 의문을 떠올렸다. 최루탄 때문만은 아니었다. 그때마다 자꾸만 두 눈엔 까닭 없이 물기가 질컥이고 목구멍 안쪽에서 무엇인가 뜨겁고 끈끈한 덩어리가 울컥울컥 치밀어오르는 거였다.

금남로 1가에서 2가로, 다시 3가에서 4가로 셋은 뛰어다녔다. 시민들도 마찬가지였다. 위쪽에서 쫓겨났다가 다시 아래쪽으로, 그러다가 다시 도망쳐서 또 다른 길목으로 그들은 모였다가 흩어지고, 흩어졌다가 되돌아오기를 되풀이하고 있다.

쉴새없이 폭발하는 최루탄. 때로는 높게, 때로는 건물 꼭대기를 아슬아슬하게 스칠 듯 저공으로 선회하는 헬리콥터들. 프로펠러의 굉장한 회전음이 진동할 때마다 엄청난 회오리바람이 일어났고, 길바닥에 눈처럼 깔린 하얗고 노란 최루탄 분말들이 부옇게 소용돌이를 이루며 허공으로 솟구쳐오르곤 했다. 와와와와. 시민들이 토해내는 어지러운 함성과 야유, 비명 소리. 두두두두두. 사냥감을 쫓아 미친 듯 길바닥을 휩쓸며 진압봉과 소총을 치켜들고 이리저리 치달리는 수백 명의 얼룩무늬들. 그들의 군홧발 소리, 광기에 취한 듯 커다랗게 질러대는 그들의 괴성……

얼핏 금남로 일대는 완연한 사냥터였다. 광기에 눈이 뒤집힌 채 피를 찾아 쫓고 몰아대는 짐승의 사냥터였다. 이리 쫓고 저리 쫓기는 그 끔찍하고 혼란한 짐승몰이가 되풀이될 때마다, 시민들은 몇 명 혹은 몇십 명씩 풀썩풀썩 쓰러지고 또 끌려가기를 계속하고 있었다.

우성빌딩 어귀에서 명기는 주저앉고 말았다. 정신없이 쫓기다가, 바로 머리 위에서 터진 최루탄을 고스란히 뒤집어썼던 것이다. 목구멍이 터질 듯하고 숨이 막혔다. 유리 조각이라도 한 움큼 쑤셔박힌 듯 두 눈을 뜰 수가 없었다.

왁왁 구역질을 토해내는 명기를 민태와 기섭이 부축해 끌고 뛰었다. 현대예식장 맞은편 양복점 안에서 주인인 듯한 사내가 바께쓰에 물을 퍼담아 들고 나왔고, 사람들이 다투어 눈과 얼굴을 씻어냈다. 명기도 끼여들어 허둥지둥 손바닥으로 물을 받았다. 사내가 빈 물통을 들고 가게 안으로 들어가더니, 이내 물을 채워 돌아왔다.

"이걸 코 밑에 짜서 바르시오. 그러면 맵지가 않아라우."

누군가 명기의 손바닥에 뭔가를 짜주고는 뛰어갔다. 치약이었다. 명기는 간신히 눈을 뜨고 일어났다. 다시 엄청난 양의 최루탄이 비 오듯 터지기 시작했다.

가톨릭센터 앞 일대에선 한바탕 투석전이 벌어지고 있었다.

아스팔트 길 위에 가득히 깔린 돌멩이, 유리 조각, 최루탄의 파편. 얼룩무늬들이 잠시 저만치 물러난 자리를 시민들이 금세 겹겹이 채워들었다.

가톨릭센터 건물 앞 차도 한편에 붙잡힌 한 무리의 시민들이 보였다. 속옷 차림이거나 팬티 한 장만 걸친 채 한덩어리로 길바닥에 무릎 꿇려진 이십여 명의 젊은이들. 밧줄로 두 손이 등뒤로 묶여 길바닥에 머리를 처박고 뒤엉켜 있는 그들을 에워싸고 얼룩무늬들이 진압봉을 내리치고 군홧발로 짓이겼다.

"이 미친놈들아아! 이놈들, 이 천하에 금수보다 못한 백정놈들아아!"

명기 곁에서 잠바 차림의 중년 사내 하나가 발을 구르며 고함을 질러댄다.

"바리케이드를 칩시다. 저놈들하고 이제는 우리 광주 시민 모두가 죽기살기로 싸워야 해라우."

청년들 몇이 쉰 목소리로 외치며, 인도에 놓인 콘크리트 화분대를 끌어냈다. 사람들이 합세해서 대여섯 개의 화분대를 차도 한가운데로 끌어다 옮겨놓았다. 퍼퍼퍼퍼펑. 돌연 최루탄이 머리 위로 비 오듯 터지며 폭음이 귀청을 찢었다.

"아아앗. 온다."

순식간에 다시 군중은 와르르 흩어졌다. 명기의 바로 앞에서 사과탄 몇 개가 공처럼 튀어 굴렀다. 눈앞에서 도망치던 몇 명이 풀썩풀썩 넘어져 땅바닥에 뒹구는 것을 명기는 얼핏 보았다. 한참 도망치다 돌아보니, 얼룩무늬들이 넘어진 사람들을 질질 끌고 가며 닥치는 대로 몽둥이질을 퍼붓고 있었다.

얼룩무늬들이 이번엔 맞은편 제일은행 앞 인도에 모여 있는 군중들을 향해 돌진하기 시작했다. 우루루 흩어지는 군중들 틈에서 미처 피하지 못한 젊은 여자 둘이 눈에 들어왔다. 흰색과 노랑색의 원피스 차림. 순간 당황한 여자들은 엉뚱하게도 뒤돌아서 이쪽 차도를 건너 도망쳐오려고 했다. 순식간에 둘을 덮치는 얼룩무늬 서넛.

"이 씹할년들아!"

머리채를 휙 나꿔채자마자 진압봉이 퍽퍽 춤을 추었다. 풀썩 허물어져 길바닥에 나뒹구는 그들의 몸뚱이. 얼룩무늬들이 머리채를 잡아 질질 끌고 가기 시작했다.

관광호텔 앞 군용 트럭 네 대. 이미 붙잡혀 있던 수십 명의 반벌거숭이들이 트럭 뒤칸에 짐짝처럼 실리고 있다.

"아아, 엄마아아."

길바닥 위를 질질 끌려가는 여자들의 가늘고 흰 다리. 축 늘어져버린 작은 몸뚱이들. 트럭에 닿을 때까지 얼룩무늬들은 휘어잡은 여자들의 머리채를 끝내 놓지 않았다.

"이 나쁜 놈들아아. 그 사람들, 놔줘라. 이 백정놈들아아."

목이 터져라 사람들이 고함을 질렀다. 얼룩무늬들은 그 여자들의 팔다리를 양쪽에서 잡고 번쩍 들어올려 간단히 차 위로 훌쩍 던져넣었다. 얼룩무늬 몇이 트럭 위로 기어올라 진압봉을 닥치는 대로 휘두르기 시작했고, 이내 트럭은 도청 광장을 좌회전해서 어디론가 사라져버렸다.

그 모든 광경을 처음부터 끝까지 사람들은 똑똑히 지켜보아야 했다. 트럭에 실려 끌려간 사람들이 방금 전까지 머리를 처박고 붙잡혀 있던 길바닥엔 무엇인가 어수선하게 남겨져 있었다. 그들의 몸뚱이에서 벗겨져나온 옷가지와 구두, 허리띠, 가방……

그런 것들이었다.
"안 돼요, 여러부운! 우리가 이렇게 당하고만 있어서는 안 된단 말요옷!"
별안간 명기의 바로 곁에서 더벅머리 청년 하나가 고함을 쳤다. 청년은 울먹이고 있었다.
"우리도 무장을 해야 해! 무장을!"
"맞았소! 이러다간 너나없이 우리 광주 사람들 모두 저 공수놈들헌테 맞아죽게 생겼단 말이라우! 맨손으로는 안 돼요, 안 된단 말요!"
"그래요! 총이든 칼이든 무기가 될 것을 찾아들고, 전부 다 힘을 합해가꼬 저 백정놈들을 찢어죽여야 합니다. 무장을 합시다, 우리도 무장을!"
여기저기서 악에 받친 고함 소리가 터져나오기 시작했다.
건너편 충장로 파출소 부근 차도는 때마침 지하도 공사중이었다. 누군가 앞장을 서자 수십 명이 덩달아 우루루 그쪽으로 달려갔다. 몇은 용케 각목을 찾아내어 움켜쥐고 달려왔다. 빈손인 사람은 돌멩이며 벽돌 조각 따위를 집어들었다. 그러나 막상 몇 걸음도 더 나가지 못하고 주춤 멈춰섰다. 누군가 서너 걸음 앞으로 달려나가 돌을 던지자, 뒤이어 여러 개의 돌멩이들이 날아갔다.
정면에 포진해 있던 얼룩무늬의 대열이 다시 움직이기 시작했다. 얼룩무늬들은 서두르지도 달리지도 않았다. 아주 천천히, 그리고 규칙적인 보폭으로 밀고 내려오고 있었다.
"척척척척척……"
수백 개의 군홧발들이 만들어내는 무겁고 둔중한 발소리.
"삐잇 삐잇 삐잇……"

얼룩무늬 대열 후미에서 규칙적으로 불어대는 날카로운 금속성의 호루라기 소리.

시민들은 공포에 질린 채 일제히 뒤로 주춤주춤 밀려나기 시작했다. 그런 어느 순간. 삐이이이잇! 호루라기 소리가 길다랗게 울리자마자, 얼룩무늬 대열이 눈 깜짝할 찰나에 허물어지며 무서운 속도로 돌진해왔다.

"우와아아앗!"

얼룩무늬들이 한꺼번에 내지르는 엄청난 괴성. 사람들이 콩알처럼 흩어졌다. 비명. 비명 소리. 명기도 민태도 기섭도 필사적으로 뛰기 시작했다. 공포. 숨이 끊어져나갈 것만 같은 공포가 도망치는 그들의 눈앞을 까맣게 가로막았다.

명기는 중앙극장 앞까지 도망쳤다. 얼룩무늬들은 한국은행 사거리 부근에서 일단 정지한 듯했다. 숨넘어가게 쫓겨온 사람들도 허옇게 질린 낯빛으로 헐떡이며 하나둘 멈추어섰다. 그러나 그도 잠시. 이번엔 바로 등뒤에서 사람들의 다급한 비명 소리가 터져나왔다.

"우아앗! 온다! 장갑차다!"

정말 장갑차였다. 얼룩무늬로 도색된 장갑차 두 대가 바로 뒤 한일은행 앞 사거리를 빠른 속도로 질주해오고 있는 참이다. 명기는 자신들이 길목 양쪽으로부터 포위되어버리고 말았음을 깨달았다. 또다시 비 오듯 최루탄의 폭음이 터져나오기 시작했다. 잠시 뜸하던 헬리콥터가 이내 머리 위에서 엄청난 회오리바람을 뽑아올렸다. 부우옇게 솟구치는 바람의 기둥. 두두두두두. 퍼퍼퍼펑. 명기는 맞은편 골목을 향해 있는 힘을 다해 달렸다. 미처 빠져나갈 길을 찾지 못해 우왕좌왕 허둥거리는 사람들의 공포에 찬 비명과 울음 소리가 등뒤에서 한꺼번에 터져나왔다.
 명기는 충장로 5가 입구에 이르러서야 비로소 숨을 돌렸다. 민태와 기섭이 그를 발견하고 다가왔다. 그 다급한 순간에도 그들 셋은 용케 같은 방향으로 도망쳐왔던 것이다. 그들은 인도 가장자리에 차례로 주저앉았다. 사람들이 한일은행 쪽으로부터 허둥지둥 달려오고 있었다.
 "빨리빨리! 차, 차를 잡아야 돼! 병원, 병원으로!"
 "사람이 다쳤어! 장갑차가, 그 개새끼들이, 장갑차가, 사람을 깔아죽였어!"
 십여 명이 한데 뒤엉키듯 뛰어오고 있었다. 업혀 있는 사람의 두 팔이 펄렁펄렁 흔들렸다.
 "다리가 깔렸어."
 "공수놈들이, 장갑차로."
 뒤따르는 사람들이 소리치며 지나갔다. 명기는 벌떡 몸을 일으켰다.
 이내 또 다른 한패가 달려오고 있었다. 등에 업힌 사내. 온통 피범벅이 된 사내의 머리와 상반신. 그를 업은 청년의 저고리 역시 흥건하게 피로 젖어 있다.
 "공수부대가 골목에다 버리고 갔소. 가슴을 찔렸단 말요, 대검으로, 공수새끼들이."
 "벌써 몇이나 죽었는지 몰라라우. 수십 명을, 그 찢어죽일, 씨팔놈들이, 트럭에다 싣고 갔단 말요."
 누군가 악을 쓰듯, 헐떡이며 연신 그 말만을 되풀이했다.
 명기는 저도 모르게 그들의 뒤를 따라 달리고 있었다. 민태와 기섭도 함께였다. 현대극장 앞에서 때마침 우회하려는 택시 한

대를 세웠다. 사람들이 피투성이가 된 살덩이를 뒷자리에 실었다. 순간 명기는 억, 신음을 토해내며, 두 눈을 감고 외면해버리고 말았다. 얼핏 드러난 사내의 얼굴. 그 한가운데에 무엇인가 매달려 딜룽거리고 있었다. 탁구공처럼 둥글고 희멀건 빛깔의 그것은 사내의 튀어나온 눈알이었다.

택시가 급히 출발했다. 명기는 길가에 무너지듯 주저앉았다. 울컥 구역질이 치밀었다. 담벼락에 이마를 기댄 채 토하려고 애를 썼다. 하지만 목구멍을 넘어오는 건 아무것도 없었다. 끝내 명기는 흐윽, 울음을 터뜨리고 말았다.

"야 임마! 울긴 왜 울어, 병신같이! 저 개자식들한테 우리가, 이렇게, 이렇게…… 당하고만 있을 수는 없단 말야 임마!"

등뒤에서 민태가 울먹이며 그렇게 바락바락 악을 쓰고 있었다.

　　오, 야훼여! 우리를 가련히 여겨주소서. 우리는
　　당신만을 바라옵니다. 아침마다 우리의 팔이 되시
　　어 우리를 곤경에서 구해주소서. 당신께서 한번 호
　　령하시면 뭇백성은 허둥지둥 달아나고……
　　　　——「이사야」, 33

봄 날　141

5월 19일 13:00, 금남로 5가

장갑차가 서서히 병력의 후미로 빠지기 시작했다. 조금 전, 두 대의 장갑차가 금남로 3가까지 전속력으로 밀고 올라갔을 때 지역대 병력은 신속히 4가와 5가를 잇는 네거리로 진입, 일대를 점령했다.

썰물이 빠지듯 사방으로 흩어져 도망쳤던 시민들이 다시금 슬금슬금 인도로 모여들기 시작하는 게 보였다. 어디에 숨어 있다가 저렇게 또 기어나오는 건가. 병사들은 어이없다는 표정으로 주변을 훑어보았다. 뿔뿔이 흩어져서 이젠 다시 대항할 엄두도 못 내리라 여겼는데도, 잠시 후면 쥐새끼들처럼 골목이나 건물 어디선가로부터 하나둘 기어나와, 이내 한덩어리를 이루어 욕을 퍼붓거나 돌멩이를 던지곤 하는 거였다.

"부대, 제 위치로!"

대열 후미에서 최소령의 명령이 떨어졌다. 선 채로 잠시 쉬어 자세를 취하고 있던 4지역대 병력이 재빨리 제 위치로 돌아갔다.

"니기미 씨팔! 또 시작이구나. 어디 한바탕 좆나게 뛰어볼까나."

헬멧을 뒤집어쓰며 누군가 씨부렁거렸다. 이내 '앞엣봉' 자세. 최소령이 이번엔 대열의 선두로 걸어나왔다. 최소령 뒤에 항상 붙어다니는 무전병의 한쪽 뺨에 핏물이 흐르고 있었다. 조금 전, 앞에서 날아온 돌멩이에 재수 없이 한방 얻어맞은 모양이다. 무전기를 짊어진 채 그 병사는 잔뜩 얼굴을 찡그리고 있었다.

차도 한가운데 오열 횡대로 늘어선 대열. 명치네 4지역대에겐 금남로 4가 네거리에서 도청 방향의 길목이 맡겨졌다. 후미의 2,

3지역대는 각각 광주일고 방향과 공용터미널 방향의 길목을 차단하고 있었다.
　병사들의 헬멧은 짙은 은빛으로 기묘하게 번들거렸다. 멀리서 보면, 차도를 가로막고 늘어서 있는 그 둥글고 번들거리는 헬멧들은 흡사 수백 개의 해골들처럼 보이기도 했다. 어두운 녹색과 검정, 흙색이 뒤섞인 거친 얼룩무늬 군복 그리고 숯덩이처럼 시커먼 군화—— 그런 것들은 얼핏 정글 속에 산다는 거대한 독사나 도마뱀 따위의 파충류를 떠올리게 했다. 그들에게서 풍겨나오는 섬뜩한 살기, 그리고 설명하기 어려운 정체 불명의 비정하고 음산한 분위기는 어쩌면 바로 그들의 그런 제복과 헬멧으로부터 비롯되고 있는 것인지도 모른다.
　명령을 기다리며 병사들은 얼굴 위에 내려뜨린 철망 너머로 일제히 전방을 노려보았다. 밑바닥으로부터 지글지글 끓어오르기 시작하는 증오, 그리고 누적된 피로와 짜증으로 그들의 충혈된 눈빛은 이내 터질 듯 위험하게 번들거렸다.
　한일은행 앞까지는 백여 미터. 그쪽 네거리를 중심으로 다시금 서서히 모여들기 시작하고 있는 시위대의 모습을 비정하게 쏘아보며, 그들은 진압봉을 움켜쥔 손에 힘을 주었다. 어수선하게 모여서서 이쪽을 향해 뭐라고 야유를 퍼부어대는 놈. 뒤쪽에서 고개를 내밀고 구경하는 놈. 돌멩이를 쥔 손을 뒤에 감추고 슬금슬금 기회를 엿보는 놈들. 손수건으로 콧구멍을 틀어막으면서도 무슨 구경거리라도 되는 양 한사코 기웃거리는, 겁대가리 없는 여자들도 더러 끼여 있었다.
　병사들은 저마다 조금씩 지쳐가기 시작하고 있었다. 아침부터 지금까지 줄곧 단 십여 분도 제대로 휴식을 취해보지 못한 상태.

봄 날　143

쫓아가면 필사적으로 달아났다가, 이쪽에서 잠시 물러나는 기척만 보이면 또 어느 틈에 슬금슬금 몰려들고……

도대체 쉬이 끝나지 않고 있었다. 한 번에 각자 두 개씩 할당되는 최루탄을 벌써 서너 차례나 재보급을 받았지만, 이젠 그마저 대부분 바닥이 난 상태였다. 처음엔 방독면을 착용하기도 했으나, 뛰어다니기에 거추장스러워 이내 벗어버리고 말았다. 덕분에 매운 가스를 얼마나 퍼마셔야 했는지 모른다. 목구멍이 아예 굴뚝처럼 시커멓게 그을려버리고 말았는지, 가쁜 숨을 들이쉴 때마다 목구멍과 허파가 견딜 수 없도록 쓰리고 아팠다.

하지만 그건 별로 대수롭지 않은 일이었다. 병사들은 그들의 임무가 얼마 후면 끝나게 되리라는 걸 누구도 의심하지 않았다. 시민들은 오합지졸에 불과했다. 그들은 무기도 없었고, 용기도 힘도 없이 겁에 질려 이리저리 도망쳐다니느라 정신이 없는 겁쟁이들임을 병사들은 알고 있었다. 얼룩무늬 모습이 서넛만 보여도 먼저 슬금슬금 도망부터 치는 그들이 할 수 있는 짓이라고는 고작해야 인도에 웅성거리며 서 있다가 야유를 퍼부어대거나 돌멩이를 던지는 정도였다. 그들은 병사들에게 접근은커녕 차도로 내려오지도 못했다. 그러나 한 가지 모를 일은, 그들은 도망쳤다가도 어느새 다시금 제자리로 슬금슬금 되돌아오곤 한다는 사실이었다.

병사들을 화나고 짜증스럽게 만드는 것은 바로 그것이었다.

'우리가 누군가. 일당백의 특전부대 용사. 유사시에 일단 명령이 떨어졌다 하면, 불과 몇십 분 만에 적지 후방 깊숙한 곳에 공중 침투, 순식간에 적의 심장부와 중요 기지 시설을 파괴 점령하는 특공 작전의 명수, 신출귀몰의 정예 부대. 그 이름만 들어도

누구나 벌벌 떨게 만드는 대한민국 국군 최고의 핵심 부대가 바로 우리들이잖는가.'

따지고 보면, 그런 자신들의 부대가 전시도 아닌 지금, 고작 이런 후방의 조그만 도시에 투입되어, 오합지졸 비무장 민간인들에 대한 시위 진압 작전 따위에나 동원되었다는 사실 자체가 어쭙잖고 가소로운 일이기도 했다.

때문에 이 정도의 임무란 그야말로 식은죽 먹기였다. 오늘 새벽 이 도시에 도착, 서너 시간 남짓 시가지 진압 작전을 펼치는 동안까지도 누구 하나 그것을 의심하지 않았다.

과감하고 신속하게 행동하라.
다중의 공포심을 유발하도록 폭도 진압 및 검거는 최대한 적극적이고 과격하게 실행하라.
적극 가담자와 주동자는 최대한 가혹하게 궤멸시켜라.
다중의 시위 가담 의지를 초기에 꺾어놓는 과감한 진압 행동이야말로 가장 효과적인 수단이다.

아침 출동 직전, 여단장이 내린 훈시의 요지였다.
병사들은 지금껏 수없이 반복해온 훈련의 원칙대로 그것을 충실히 실행했다. 역시 군중은 무력하고 비겁해 보였다. 병사들의 무차별 진압 작전 앞에서 그들은 혼비백산 도망치느라 아우성이었다. 수많은 시민들이 체포되었다. 치명상을 입고 여기저기 길바닥에 피투성이로 나뒹구는 꼴을 지금껏 헤아릴 수 없을 만큼 다분히 의도적으로 목격시켜주었다.

역시 효과는 당장 나타났다. 역력히 공포에 질린 시민들의 낯빛과 위축된 행동이 증거였다. 아우성을 치며 흩어지는 군중을 추격하면서, 혹은 점찍었던 목표물들을 포획한 뒤 한바탕 실컷 분풀이를 퍼부어대는 순간, 병사들은 어쩔 수 없이 짜릿한 쾌감과 성취감 그리고 얼룩무늬 제복과 그 제복을 입은 자신들에 대한 우월감과 자부심으로 우쭐해지기도 했던 것이다.

그리고 이제 곧 다가올 작전의 종료, 한동안의 뒤치다꺼리를 마치면 마침내 기차에 실려 강원도의 자대로 향하게 될 복귀 명령, 오래도록 빼앗겨온 수면의 충분한 보상, 그리고 머잖아 베풀어지게 될 포상 휴가라든가 위로 휴가 따위를 그들은 저마다 머리에 떠올리기도 했다.

그런데, 벌써부터 엉뚱하게도 그런 예상은 조금씩 빗나가고 있는 느낌이었다. 한바탕 '돌격 앞으로' 명령이 떨어질 때마다 빗자루질을 해놓은 듯 말끔히 거리를 비우고 흩어졌던 시민들은 잠시 후면 어느 틈엔가 제자리로 되돌아와 있곤 하는 거였다. 흩어졌다가는 다시 모여들고, 모였다가는 또 흩어지고. 그때마다 수효가 줄어들기는커녕 어찌 된 셈인지 점점 더 늘어나고 있는 참이었다.

당연히 그것은 충성스러운 장교들의 자존심을 심각하게 일그러뜨렸고, 피곤에 지친 병사들로 하여금 견디기 힘든 짜증과 분노로 온통 지글지글 끓어오르도록 만들기에 충분했다. 그 망가진 자존심과 우월감, 짜증과 불만을 보상받으려는 듯 병사들의 행동은 눈에 띄게 더 난폭해져가고, 피투성이로 변해 길바닥에 나뒹구는 시민들의 숫자는 더더욱 늘어나기 시작하고 있었다. 그 동안에도 붙잡힌 부상자와 포로들은 병력 후미에 대기중인 트럭에 짐짝처럼 던져져 계속 실려나갔다.

두두두두두…… 헬리콥터의 검은 동체가 전방의 오층 건물 위로 갑자기 튀어나왔다. 네거리 광장의 상공을 헬기는 느린 속도로 선회하기 시작했다.

"시민 여러분. 돌아가시오. 불순분자들에게 휩쓸리지 말고 속히 귀가하시오. 경고합니다. 재차 경고합니다. 계엄군과 경찰의 작전에 협조해 주십시오. 여러분……"

선무 방송을 되풀이하던 헬기가 네거리 중앙으로 내려앉을 듯 바짝 고도를 낮추더니, 이내 굉장한 소용돌이 바람을 뽑아올렸다. 최루탄 분말을 핥아낸 그 바람은 엉뚱하게도 얼룩무늬들의 대열 정면으로 세차게 불어왔다.
"저런, 씨팔놈! 눈깔을 어따 씹어 처먹은 거야!"
"야, 이 개새끼야! 조종 똑바로 햇!"
선두의 장교들이 악을 썼다. 병사들도 일제히 몸을 비틀며 등으로 바람을 막았다. 눈을 뜰 수 없을 만치 세찬 바람과 함께 희부연 분말이 목구멍과 눈, 코, 입으로 쏟아져들어왔다. 와아아아. 인도에서 지켜보던 시민들이 좋아라 손뼉을 치며 함성을 질러댔다.
"저 쌍노므시키들을 그냥! 캭, 아가리를 찢어 쥐여뿌릴라!"
"오냐, 어디 그 자리에 그냥 고대로만 있어주라 마!"
야유를 보내고 있는 시민들을 노려보며 누군가 이를 갈았다. 헬기가 기우뚱 몸을 틀더니 곧 도청 쪽으로 날아가버렸다. 4지역 대장 최소령이 대열 앞으로 나와 우뚝 섰다.
"주목!"

최소령은 악을 쓰듯 빽 소릴 지른 다음, 짧은 순간 좌우의 부하들을 날카로운 시선으로 훑었다. 뭔가 단단히 화가 나 있는 듯 상기된 표정. 한쪽 눈 바로 위로 비스듬히 그어진 흉터가 잔뜩 일그러져 있었다.

"잘 들어, 이 쌍노므시키들아! 느이들, 꼭 이따위로밖에 못 하겠다 이거야? 도저히 눈 뜨고는 못 봐주겠어. 지금 무슨 깔치 끼고 공원에 놀러 나온 거야 뭐야!"

짐짓 과장된 표정으로 눈을 부라리며 욕을 퍼부어댄, 최소령은 이내 낮고 짧게 덧붙였다.

"지금 여단장님께서 직접 오셔서 2, 3지역대와 우리 대를 후미에서 지켜보고 계시는 참이다. 화끈하게 하란 말야, 화끈하게!"

그리고는 "좋아. 한번 두고 보겠어. 지휘관, 위치로" 하고 재빠르게 말했다.

여단장이 와 있다는 말에 병사들은 바짝 긴장한다. 최소령은 2, 3지역대의 지휘관들보다 고참이었지만, 불행히도 그들과는 달리 육사 출신이 아니었다. 최고참인 자신이 선임 지역대장이 되었어야 제대로 된 순서일 터인데 그렇지 못했고, 여러모로 보이지 않게 자신이 찬밥 신세라는 사실에 열등감을 느끼고 있었다. 때문에 그가 무엇보다도 다른 지역대와의 경쟁에서만은 기필코 이기려고 안달을 부려왔으며, 그때마다 부하인 자신들을 지금까지 줄곧 얼마나 혹독하게 몰아댔는가를 병사들은 익히 알고 있었다.

삐이이-뻿.

마침내 호루라기가 울렸다. 병사들은 일제히 전방을 향해 질서 정연하게 행진해나가기 시작했다.

척, 척, 척, 척, 척, 척……

요란한 군홧발 소리가 사방으로 울려퍼졌다. 규칙적인 반보(半步) 간격으로 느리게 그리고 꾸준하게 전진해나가는 대열. 그들은 일부러 무릎을 높이 들어올려 힘껏 아스팔트 바닥을 두드려 밟으며 기계처럼 일사불란하게 움직였다. 상대방에게 위압감을 주기 위한 다중 폭동 진압 훈련의 요령 중 하나.

삐잇, 삐잇, 삐잇…… 척, 척, 척, 척, 척……

그 음산한 소리는 삽시간에 엄청난 공포심을 불러일으키며 주변 건물의 벽과 유리창을 쩌렁쩌렁 흔들어대기 시작했다.

점점 좁혀지는 군중과의 간격. 네거리 길목 어귀마다 모여 있던 군중의 덩어리가 돌연 불안스레 흔들리기 시작한다. 주춤주춤 뒷걸음질 치는 사람들. 그들 중 한 무리가 차도로 뛰어내리더니, 일제히 돌을 던지기 시작했다. 후두두둑. 돌멩이들이 얼룩무늬 대열 앞쪽으로 어지러이 떨어져내렸다. 철모에 부딪히며 굴러떨어지는 돌. 어깨와 가슴, 무릎에 떨어지기도 하고, 더러는 얼굴을 가린 철망을 때리기도 했다. 누군가의 철망이 부서지며 뺨에서 핏물이 터져나왔다. 그러나 병사들은 조금도 피하지 않았다. 눈앞으로 날아드는 돌 따위는 보이지도 않는 듯, 그들은 하나같이 태연하고, 묵묵히, 군화 밑바닥을 강하게 두드리며, 척척척척, 앞으로 나아갔다.

점점 좁혀져오는 간격. 얼핏 그들 얼룩무늬의 무리는 수백 개의 자동 인형 혹은 정교한 로봇들의 행진처럼 보였다. 우우우. 온다. 저놈들이 온다. 겁에 질린 외침과 함께 군중의 대열이 일시에 허물어지기 시작했다. 그와 동시에, 규칙적으로 울리던 호루라기가 찢어질 듯 삐이이잇, 길다랗게 울려퍼졌다.

봄 날 149

"돌격 앞으로옷!"

마침내 명령이 떨어졌다. 순간 정연한 얼룩무늬들의 대오가 눈 깜짝할 사이에 무너졌다.

"야아아아앗!"

일제히 괴성을 터뜨리며 용수철처럼 튀어나가는 얼룩무늬들.

"으아아아. 엄마야아앗."

어수선하게 흩어져 도망치는 무력한 사냥감들의 무리. 네 가닥의 도로를 완전히 장악한 병사들은 놀라운 속도로 그것들을 추격했다. 아스팔트 바닥을 두드리는 어지러운 군홧발 소리. 사냥꾼들은 뿔뿔이 흩어져 도망치는 사냥감들을 닥치는 대로 찍어 넘어뜨렸다. 퍽퍽퍽. 바짝 쫓아가 정수리와 어깨·등짝을 내리치면 그 자리에 벌렁 나자빠져 뒹구는 사냥감들. 쓰러진 사냥감의 다리와 무릎을 정확히 겨냥해서, 병사들은 어김없이 진압봉을 내려치고 군홧발로 짓이겼다. 사냥감이 도망치거나 반항하지 못하도록 하기 위해 수없이 반복해온 훈련대로였다.

삽시간에 주위는 지옥으로 변했다. 수십 개의 살덩이들이 피투성이로 길바닥에 나뒹굴었다. 도로 양쪽의 건물과 점포에서 사람들이 끌려나와 차도에 내동댕이쳐졌다. 와장창. 여기저기서 부서지는 대형 진열장 유리. 비명 소리. 울음 소리. 쫓고 쫓기는 사냥꾼과 사냥감의 외침. 퍽퍽. 미친 듯 내리치는 진압봉의 둔탁한 타격음…… 아수라장으로 변한 거리를 얼룩무늬들은 이리저리 휩쓸고 다녔다.

그러기를 무려 십여 분. 철수를 알리는 호각 소리는 좀처럼 들려오지 않았다. 병사들은 이번처럼 오래, 그리고 이번처럼 넓은 지역까지 진출한 적은 아직 없었다. 차도를 완전히 쓸어버린 병사들은 이번엔 주변의 크고 작은 골목들을 이 잡듯 뒤졌다. 서너 명씩 조를 이루어 인근 가정집 대문을 박차고 들어가, 숨어 있던 사람들을 끌어내기 시작했다. 목구멍을 찢는 울부짖음과 비명 소리가 집집마다 터져나왔다.

명치는 충장로 5가의 어느 골목 입구에서 달리기를 멈추었다. 강상병과 임상병이 사내 셋을 붙잡아 끌고 오고 있다.

"두 놈은 놓치고 이것들만 잡았지 뭡니까, 반장님."

강상병이 헐떡이면서, 이를 드러내고 히죽 웃었다.

붙잡힌 셋 중 둘은 이십대, 다른 하나는 마흔 살쯤 되어 보였다. 피투성이가 된 청년 하나를 나머지 둘이 양옆에서 부축하고 있다. 간신히 몸뚱이를 지탱하고 있는 청년. 머리 위에서 흘러나오는 피로 얼굴과 목·가슴까지 이미 흥건히 젖어 있다. 도끼에 찍힌 것처럼 커다랗게 파인 정수리. 길게 벌어진 그 상처 안에서 무엇인가 비곗살 같은 흰 덩어리가 언뜻 눈에 띄었다. 그것이 골수라는 걸 명치는 깨달았다.

"어떻게 된 거야! 이거, 잘못하다가 죽는 것 아냐?"

"헤, 뒈지기는요. 이 새끼, 잘도 도망치던데 뭘. 이 자식 때문에 두 놈이나 놓쳤단 말입니다."

강상병이 청년의 옆구리를 또 한번 발로 내질러주며 말했다. 청년은 눈을 감고 있었다. 이미 의식을 잃은 듯했다. 그런 상태에서도 두 다리를 움직이고 있는 것이 신기했다. 그때 사십대의 사내가 갑자기 명치의 팔을 그러잡으며 울부짖었다.

"하, 하사님. 저, 저 좀 살려주십쇼! 억울합니다. 나는 아무것도 몰라라우. 데몰 한 적도 없는디, 지나가다가 느닷없이……"

"이 개새끼가 뒈질라고!"

봄 날 151

임상병이 사내의 등짝을 진압봉으로 세차게 찍었다.
"아구구."
비명을 내지르며 주저앉은 사내. 그래도 필사적으로 두 손을 삭삭 비벼대며 매달린다.
"아아, 하사님. 제발, 나를 살려주십시오 제발. 내 나이 마흔두 살입니다. 겨, 결혼해서 아이가 셋이나 되는 노동잡니다. 정말입니다. 데모라니요. 아이고, 참말로 억울하당께라우."
"이 병신자식, 이거 놔! 못 놔?"
울컥 짜증이 치민다. 명치는 사내의 가슴팍을 걷어찼다. 덩달아 강상병과 임상병이 사내의 몸뚱이를 짓이겼다. 그래도 사내는 억울합니다 소리만 되풀이하며 울부짖었다. 명치는 사내를 내려다보았다. 누더기 꼴로 변한 싸구려 잠바. 형편없이 비루하고 허약한 사내였다.
"이 사람, 보내줘. 강상병."
"아니 반장님. 이 새낄 왜 풀어줍니까?"
"지나가던 참이었다잖아."
"쌔끼가 구라치는 거라구요. 이런 자식들이 돌아서면 젤 먼저 돌멩이 던지고 도망친단 말입니다."
"풀어주라니까!"
명치는 짐짓 소리를 질러주고는 돌아섰다.
"에이 참, 나 또 별…… 이 새꺄, 빨리 꺼져."
강상병이 엉덩이를 걷어차자마자 사내는 벌떡 일어나 허둥지둥 달아나버렸다. 도망치는 사내는 맨발이었다.
명치는 앞장서 걷기 시작했다. 여기저기 골목을 빠져나오는 대원들의 모습이 보였다. 큰길 쪽으로 막 나서려 할 때였다. 무심코 고개를 쳐들었던 명치는 반사적으로 후닥닥 몸을 피했다. 퍽. 머리를 아슬아슬하게 비껴서 무엇인가 묵직한 물체가 바로 발치에 떨어졌다. 화분이었다. 얼른 쳐다보니, 머리 위 오층 건물의 유리창 너머로 머리 하나가 쑥 사라진다.
"저, 개자식이!"
순간 명치는 머릿속이 확 뒤집히는 것만 같았다. 엄청난 분노로 전신이 부르르 전율했다. 명치는 계단을 단숨에 뛰어올랐다. 방범 창살로 가로막힌 삼층 통로. 잠겨진 출입구를 미친 듯 걷어찼다. 서너 명의 대원들이 뒤따라 올라왔다. 낡은 합판 문짝이 와지끈 부서졌다. 안으로 뛰어들자마자 자지러지는 비명이 터져 나온다. 몇 대의 미싱과 의자, 어수선하게 흩어져 있는 천조각들. 봉제공장이었다.
한쪽 구석에 칠팔 명의 계집아이들이 떼거리로 엉킨 채 와들와들 떨고 있다. 위층으로 이어진 작은 층계가 보였다. 명치는 계단을 뛰어올랐다. 폭이 넓은 테이블들이 빼곡이 차 있는 실내는 텅 비어 있었다. 모퉁이에 문이 하나 보였다. 화장실. 몸을 날려 옆차기로 문짝을 걷어차자 간단히 무너졌다. 청년 둘이 변소 바닥에 주저앉아 있다가 엉금엉금 기어나왔다.
"개새끼! 네놈들 짓이지!"
"아, 아녀라우. 우리가 아……"
"이 쌍노므새끼들이, 누굴 죽일라고!"
고함을 지르며 명치는 미친 듯 진압봉을 휘두르기 시작했다. 퍽퍽퍽. 번데기처럼 허리를 웅크린 채 둘은 바닥을 벌벌 기어다녔다. 어깨·등·무릎·허벅지…… 닥치는 대로 명치는 내리치고 짓뭉개고 밟았다. 한 순간 눈에 아무것도 보이지 않았다.

'이 새끼들이 날 죽이려 했다. 내 머리통을 박살내려고 화분을 던졌어. 이 개자식들이!'
분노가, 증오심이 그의 팔을 정신없이 휘두르게 만들었다.
이윽고 명치는 숨을 몰아쉬며 동작을 멈추었다. 발 앞에 축 늘어져 있는 두 개의 몸뚱이가 비로소 시야에 들어왔다. 미동도 없이 늘어진 둘. 그 중 하나는 머리가 터져 피를 흘리고 있었다. 바르르르, 기이하게 경련하고 있는 그들의 팔다리. 꿈에서 깨어난 사람처럼 명치는 눈을 크게 떴다.
'죽었을까, 설마……'
가슴이 철렁 내려앉았다.
'내가 무슨 짓을 한 것인가. 이게, 이게 대체 어쩌다가……'
무릎에서 힘이 빠져나감을 느끼며 명치는 멍하니 그들을 내려다보았다.
"으으으. 아닙니다. 내가 아니라……니까……요."
쓰러진 두 개의 살덩이가 꿈틀거리기 시작한다.
'살아 있다. 죽은 게 아니야.'
명치는 작게 한숨을 토해내며 뒤로 물러섰다. 아아악. 엄마아. 아래층에서 여자들의 비명 소리가 들려왔다.
"이 새끼들. 엄살 떨지 말고 일어낫! 머리에 두 손 올려. 빨랑."
뒤따라온 임상병과 오일병이 둘을 일으켜 앞장을 세웠다. 둘은 계단 아래로 굴러떨어지듯 끌려내려가고 있었다. 명치는 맨 나중에야 천천히 계단을 내려왔다.
테이블 밑으로 기어들어가 한덩어리로 엉켜 있던 계집아이들이 서로 머리를 처박고 꿈틀거리고 있었다. 대부분 스무 살이 채 안 되었을 듯한 앳된 얼굴들. 하얗게 질린 낯빛으로 와들와들 떨고 있는 그녀들 중 하나와 명치의 눈이 마주쳤다.
"아아아, 엄마아. 엄마아."
 계집아이가 와락 몸을 웅크리며 가늘게 울음을 터뜨렸다. 어째서일까. 공포에 질린 계집아이의 눈망울 위로 명치는 얼핏 누군가의 얼굴을 떠올렸다.
 '어머니.'
 어린 시절, 고향 낙일도의 선창가 창고 담벼락에 등을 기댄 채 웅크리고 앉아 있던, 바로 어머니 귀단의 모습이었다. 명치는 문짝을 힘껏 걷어차고는 도망치듯 계단을 뛰어내려갔다.
 거리는 폐허로 변해 있었다. 행인들은 그림자도 보이지 않고, 셔터를 굳게 내려 닫은 주변의 상가 건물들은 유령의 집처럼 보였다. 부서진 유리 조각이며 휴지, 주인 잃은 신발과 소지품들이 최루탄 파편들과 함께 어지럽게 널려 있을 뿐이었다.
 네거리 쪽에서 호각 소리가 들려오고 있었다. 철수하라는 신호였다. 대부분의 대원들은 저만치 되돌아가고 있는 참이다. 명치는 서둘러 걸었다.
 "야, 한하사. 죽고 싶어 환장한 거야 뭐얏. 개별 행동 하지 말랬잖아, 쌔꺄!"
 허리에 두 손을 걸친 채 버티고 서 있던 중대장 변대위가 험악한 얼굴로 소릴 질렀다. 명치는 황황히 대열 속으로 섞여 들어갔다.
 차도 양쪽에 백여 명의 시민들이 잡혀와 있었다. 이십대 청년들이 대부분이었지만, 고등학생과 삼사십대의 사내들도 적지 않았다. 하나같이 팬티만 입혀진 반벌거숭이들.
 일단 붙잡혀온 사람들에겐 또 한차례 지독한 몽둥이질과 발길질이 무차별로 퍼부어지는 게 순서다. 이미 녹초가 되어 몸을 가누지 못하는 사람의 경우에도 예외가 없다. 다음엔 무조건 옷을 벗기고 팬티 한 장만 입게 한다. 그리고는 두 손목을 뒤로 돌려 각자 풀어낸 허리띠로 결박한 다음, 트럭 옆으로 끌고 간다. 거기서 한꺼번에 이삼십여 명씩 집합시킨 뒤, 본격적인 구타와 기합이 퍼부어지는 것이다.
"앞으로 취침. 뒤로 취침. 좌로 굴러. 우로 굴러. 앞사람의 목에 두 발을 걸어. 좌로 굴러. 우로 굴러. 삼백육십 도로 한 번 굴러. 두 번 굴러……"
벌거숭이들 사이를 뛰어다니며 병사들이 구령을 붙이고 있었다. 두 손을 등뒤로 묶인 채 아스팔트 바닥에 한사코 머리를 거꾸로 박으려고 버둥거리는 벌거숭이들. 그러다가 고꾸라지는 살덩이들을 병사는 군홧발로 짓이기며 욕을 퍼부어댄다. 서로의 목에 다리와 다리를 걸고 이리저리 길바닥을 굴러다니는 살덩어리들. 그것은 마치 꼬챙이에 줄줄이 꿰어진 채 불 위에서 빙글빙글 구워지고 있는 통닭 같기도 하고, 맹렬히 꿈틀거리는 한 무리의 벌레들 같기도 했다. 깨어진 머리에서 끊임없이 흘러나오는 피. 윤곽조차 알아보기 어려울 만큼 엉망으로 일그러지고 부어오른 얼굴들. 진압봉에 맞아 부러져서 기묘하게 흔들흔들 출렁거리는 팔다리…… 벌거숭이들은 이미 넋이 빠진 상태다. 여기저기 핏물이 흥건하게 고여 있는 아스팔트 바닥 위에서 그들은 데굴데굴 굴러다니고 있었다.
세 명의 여자도 있었다. 벌거숭이들과는 따로 떨어져서, 찢기고 더럽혀진 누더기를 걸친 채 길바닥에 엎드려 있는 그녀들은 이십대로 보인다. 그리고 스무 명 남짓한 또 한 무리의 사내들이 두 손을 뒤로 묶인 채 엎드려 있다. 그들은 팬티와 러닝 셔츠 차림이다. 병사 하나가 그들의 러닝 셔츠 등 위에 붉은 매직 펜으로 '극렬분자'라는 글씨를 휘갈기고 있었다.
"이 물건 말야. 우습게 봤더니, 그게 아니더라구. 이건 진짜 쇠뭉치야 쇠뭉치!"
"맞아. 기똥차더라! 머리통을 치려니까 한 놈이 턱 막는데 말야, 대번에 그 새끼 팔뚝이 뚝 부러지더라니깐."
"얌마, 팔뚝은 좆도 아니다. 뒤통수 한방 얻어맞고 눈알이 튀어 나온 놈도 있다더라."
"제재소에서 특별히 물푸레나무로 만들었다며?"
"얌마, 박달나무야. 그게 단단하기로는 쇠뭉치 이상이란 말씀야."
곁에서 대원들이 신통하다는 듯 진압봉을 들여다보며 그렇게 주고받았다.
"전체 일어섯! 빨리빨리!"
병사의 고함이 들렸고, 이내 벌거숭이들이 후드득 일어나 트럭 뒤편에 이열 종대로 늘어섰다.
"올라타! 두 놈씩 차례로!"
진압봉을 휘둘러대는 병사의 호통에 벌거숭이들이 허둥지둥 기어오르려 했다. 훈련된 병사들로서도 기어오르기가 쉽잖은 높이를 두 손이 묶인 그들로서는 어림없는 일이다. 끊임없이 퍼부어지는 발길질에 쫓겨 허둥거리는 앞사람의 엉덩이 밑으로 뒷사람이 머리를 디밀어 필사적으로 밀어올렸다. 그래도 미끄러져 나뒹굴면 트럭 위에 대기하고 있던 병사가 머리채를 그러잡아 뽑아 올려주고……

이내 석 대의 트럭 뒤칸이 빽빽이 채워졌다. 맨 마지막으로 여자들의 작은 몸뚱이를 병사들이 팔다리를 잡아 훌쩍 던져넣었다.
"대가리 박앗! 안 들렷! 이 빨갱이시키들앗!"
호송 임무를 맡은 통신병들이 진압봉을 사납게 휘둘러대며 차 위에서 고래고래 악을 썼다. 벌거숭이 몸뚱이를 닥치는 대로 짓밟으며 그들은 성큼성큼 걸어다녔다. 마침내 차량들이 움직이기 시작했다. 그것들은 이내 빠른 속도로 금남로를 벗어나 어디론가 달려가버렸다.
부대는 다시 정렬했다.
"일단 여기서 가까운 초등학교 운동장으로 철수, 중식을 마친 뒤, 차후 명령이 있을 때까지 거기서 대기한다."
최소령이 말했다.
수창초등학교 교정은 불과 몇백 미터의 거리였다. 오전까지의 작전은 일단 마감하게 되는 모양이었다. 어차피 현재로서는 더 이상의 시위 기미 같은 건 느껴지지 않는 상황이기도 했다. 거리는 폐허처럼 텅 비어 있었고, 행인들 역시 금남로 일대로는 접근을 꺼려하는 기색이 역력하기 때문이다. 소수의 경계 병력만을 남겨둔 채 그들은 대오를 지어 수창초등학교 교정을 향해 이동하기 시작했다.

> "북한의 남침에 따른 한반도 유사시, 오키나와에 주둔중인 미국 전술 공군기들은 매우 빠른 시간 내에 한국 전선으로 출동할 것이며, 한-미 공군은 여하한 북한의 공중공격도 격퇴시킬 능력을 보유하고 있다."
> ─ 80.5.19. 태평양지구 미공군사령관 제임스 휴즈 중장.

5월 19일 13:30, 수창초등학교

초등학교 교정에서 부대는 각 지역대별로 집합했다. 간략한 인원 점검을 마치자 짧은 휴식이 주어졌다. 휴식 명령이 떨어지자마자 병사들은 일제히 운동장 바닥에 주저앉았다. 이날 아침 이후 처음으로 가져보는 휴식이었다.

평소 수없이 반복해온 훈련으로 강인하게 단련되어 있는 병사들이었지만, 그들도 이젠 극도로 피곤해 있는 상태였다. 최루탄과 먼지 속을 뚫고 좌충우돌 미친 듯 뛰어다니는 동안 얼굴이며 목·팔뚝은 온통 땀과 얼룩으로 뒤범벅되었고, 군복의 등허리가 하나같이 물기로 거멓게 젖어 있었다. 소총과 진압봉을 땅바닥에 눕혀둔 채 병사들은 너나없이 담배를 뽑아물기 시작했다.

"흐이구, 연초 생각이 굴뚝 같은데 참느라고 미칠 뻔했지 뭐꼬."

"새꺄, 최루탄을 그렇게 퍼마시고도 부족해서 연초 타령야?"
"마, 그거하고 이거하고 똑같나. 어라, 근데 이거 사제 아니가? 니, 어디서 났노?"
"어디서 나긴, 짜샤. 새끼들 소지품 압수할 때 나온 거다. 잔말 말고 빨기나 해."
"그나저나 짠밥은 언제 줄라고 이러는 거야. 벌써 한 시간도 넘었는데."
"높은 놈 자식들, 즈이 쫄다구 새끼들 배고픈 줄 모르고, 개같이 빽빽 아가리만 내지르면 다 되는 줄 알어. 아침에 그 짠밥 좀 봐라. 그게 어디 사람 처먹는 음식이냐, 개밥이지. 그거 먹고 돌격 앞으로 두어 번 하고 났더니 금세 배창자가 꼬이지 뭐냐, 쓰발."
"보병부대 아새끼들은 맨날 그거 먹고 어찌 버티는지 몰라."
"하, 나는요, 이럴 때 짠밥말고 씨언한 맥주나 한 병 좆나게 빨았으믄 원이 없겠심더, 히힛."
"쌔꺄, 그래서 너, 아까 그 쌩맥주집 털라구 일부러 덮친 거구나. 내가 안 본 줄 알어 임마?"
"어따, 술집인 줄 첨에 우예 알았겠는교. 대학생 두 새끼가 그리로 토끼는 걸 봐뒀다가 덮쳤등마는, 허참, 그 통에도 기집아새끼 끼고 술 처묵는 놈들이 있더라꼬예. 쌍누므시키들, 밸이 뒤집혀서 작살을 내가꼬 끌고 나왔제. 기집아년은 울고불고 사정을 하는데, 썩 보이끼네, 거 쌕 한번 끝내주게 쓰겠데. 쌍년을 한 코 콱 쑤셔주고픈 맘이 굴뚝 같은데 그럴 수도 없고, 니기미, 주먹으로 쌍통을 갈겨주고 사내새끼들만 끌고 나와버렸지 뭡니꺼."
"병신새끼. 뭐가 어려워 임마. 속전속결도 몰라? 그냥 그 자리에서 밀어붙여놓고 벽치기로 한 코 뚫어주고 나오지 그랬냐, 흐흐흐."
 긴장이 다소 풀려 저마다 한마디씩 떠들어대고 있을 때, 2중대장 변대위가 나타났다. 조금 전, 각 중대 지휘관들을 따로 모아놓고 지역대장이 뭔가 지시를 하는 눈치였다. 변대위의 낯빛은 벌레 씹은 꼴이다.
 "야, 한명치. 2중대 집합시켜!"
 변대위가 명치에게 말했다.
 "무슨 일로 그러십니까, 중대장님."
 "새꺄, 말이 많아. 집합시키란 말야!"
 잡아먹을 듯 으르렁거리며 변대위가 고함을 질렀다. 2중대원들이 후닥닥 일어나 정렬했다.
 "니기미, 쥐약이라도 줏어묵었나. 저 기차 화통이 또 왜 저래."
 병사들은 낮게 시부렁거리며, 불안한 시선으로 지휘관을 응시했다.
 "이 쌍노므새끼들아, 니들 정말 누구 엿먹는 꼴 봐야겠다 이거야 뭐얏. 내가 지금 지역대장님한테 얼마나 지적을 당하고 왔는 줄 알아?"
 벌겋게 달아오른 얼굴로 변대위는 연신 식식거렸다.
 "도대체 니들 하고 다니는 꼬락서니가 뭐냐? 그걸 폭동 진압이라고 하고 자빠졌는 거야, 이 개 같은 자식들아. 누구랄 거 없이 다 마찬가지야. 완전히 군기가 빠졌단 말야. 니들 지금 하는 꼬락서니를 보면 저 밥통 같은 경찰 쪼다들하고 다를 바 없다. 이게 단순한 시위 진압인 줄 아냐? 이건 실전이야! 너희들은 지금 적하고 싸우고 있는 거란 말이다. 알아들어? 적을 제압할 땐 강

봄 날 161

력하게 하란 말야. 그것도 구타냐? 진압봉은 폼내라고 들고 다니는 거냐, 이 씨팔놈들아! 더 강하고 무자비하게 하란 말야. 그러다가 몇 놈쯤 죽여도 좋아. 염려 마. 내가 책임질 테니까! 니들 하는 짓들이 그 꼴이니까, 시위대가 공수부대를 물좆으로 보고 계속 대항하는 거란 말야! 알아?"

변대위는 숨도 쉬지 않고 바락바락 악을 썼다. 저만치 떨어져서 있는 지역대장과 다른 장교들의 귀에까지 들리라고 일부러 그러는 속셈이 역력하다.

"야, 유호섭. 너 이리 튀어나왓! 이 새끼랑 같은 조, 누구야! 다 튀어나왓!"

느닷없이 호명된 유이병이 후닥닥 튀어나가 막대기처럼 빳빳하게 부동 자세를 취했다. 같은 조원인 오하사와 김일병도 뛰어나갔다.

"너, 엎드렷!"

유이병이 엎드려뻗쳐 자세를 취하기도 전에, 변대위는 오하사의 손에서 진압봉을 빼앗아들고 손바닥에 툇, 침을 발랐다.

"이 고문관새끼! 공수부대 와가꼬 너 같은 머저리 병신은 첨 봤다. 보자보자 하니까, 이건 아주 졸졸 뒤만 따라다니며 구경만 하고 있다구. 이런 고문관시키가 어떻게 특전단에 왔는지 알다가도 모르겠어. 너 오늘 눈알이 튀어나오게 맛 좀 봐야 돼. 다리 벌려, 이 새꺄!"

변대위가 진압봉을 힘껏 처들더니, 유이병의 둔부를 세차게 내리치기 시작했다. 퍽. 퍽. 퍽……

"하낫, 두울, 세엣……"

몽둥이가 떨어져내릴 때마다 유이병의 복창 소리가 거의 울음으로 변해가고 있었다.

 참혹하게 일그러진 유이병의 얼굴을 병사들은 말없이 지켜보았다. 입을 다문 병사들의 표정마다 참담한 분노와 증오의 빛이 떠올랐다. 고된 훈련과 엄한 병영 생활에서 자주 일어나는 장교들과의 눈에 보이지 않는 갈등. 그러나 언제나 일방적으로 당하는 것은 병사들이었고, 때문에 피해자라는 억눌린 동질감은 그들 병사들을 전우애로 단단히 결속시키는 역할도 하고 있었다.

 이 순간, 병사들은 눈앞에서 참혹하게 구타당하고 있는 유이병에 대한 연민 그리고 진압봉을 휘두르고 있는 변대위에 대한 분노와 증오를 억누르며 묵묵히 그것을 지켜보고만 있었다.

 그리고 그 오래 누적된 불만과 분노는 이내 자신들의 적인 시위대들에 대한 견딜 수 없는 증오감과 적대감으로 자연스레 전이되고 있었다. 우리가 왜 이 낯선 도시까지 끌려내려와서 이 지긋지긋한 고생을 하고 있어야만 한단 말인가. 시건방진 장교놈들한테 수없이 더러운 욕설과 잔소리, 굴욕적인 대우를 받아가며 고생하고 있는 우리를 향해, 저 빌어먹을 민간인놈들은 끊임없이 욕설과 야유를 퍼붓고 돌멩이를 던지고……

 퍽. 퍽. 퍽……

 여더얼. 아호…… ㅂ. 여어얼.

 몽둥이가 멎었다. 유이병의 몸뚱이가 끝내 풀썩 내려앉았다.

 "일어나, 새꺄!"

 변대위의 군홧발이 유이병의 몸을 벌떡 일으켜세웠다. 핏기 없이 납빛으로 질린 유이병의 얼굴. 전신을 후들후들 떨고 있는 그의 옆모습을 지켜보다 말고 명치는 잇새로 찍, 침을 내쏘며 어금니를 악물었다.

봄 날

"오하사, 너. 진짜 당해얄 놈은 바로 너야! 쫄병 한 놈 제대로 교육시키지 못해가지고 우리 중대 전체가 창피를 당해야겠어? 새끼, 보자보자 하니까 좆도 맘에 안 들어. 야, 대학물 먹었다고 티내는 건가 본데, 웃기지 마 새꺄. 짜식이……"

변대위가 진압봉으로 오하사의 가슴을 쿡쿡 찌르며 한껏 눈을 부라린다. 오하사는 부동 자세로 빳빳하게 서 있다. 그런 오하사의 낯빛이 일순 벌겋게 상기되는 것을 명치는 보았다. 대학물 먹었다고…… 그것은 오하사가 가장 싫어하는 말임을 명치는 잘 알고 있었다.

"위치로 돌아갓."

진압봉을 오하사의 가슴에 획 던져주고는 변대위는 등을 돌려 가버렸다.

오하사와 유이병이 자리로 돌아왔다. 절뚝이며 돌아오는 유이병의 눈에 물기가 묻어 있었다.

"어디, 이쪽으로 돌아서봐."

임상병이 유이병을 돌려세웠다. 바지 양쪽 허벅지에 벌건 핏물이 배어 있었다.

"씹새끼, 여기까지 끌고 와서 제 쫄병을 이 지경으로 만들어놓다니. 치사한 새끼."

변대위 쪽을 쏘아보며 임상병이 씨부렁거렸다.

"군대 더럽다는 거 이제 알았냐. 그러기에 불쌍한 놈들이 쫄병이란다 임마."

"좆나게 땅바닥 기는 건 언제나 쫄병이고, 저 새끼들은 장교랍시고 목에 힘만 주고 있으면 단 줄 아나. 니기미, 이럴 줄 알았으면, 나도 밥풀때기 달고 입대할 걸 그랬지 뭐냐. 쓰발."

"야, 유이병. 그저 참아라 참아. 어쩌겠냐. 이게 다 남북 통일 안 된 탓이다 임마."
"아무리 그렇다고 저리 무지막지하게 팰 거까진 뭐 있노. 유이병 너, 다리 부러진 건 아니제?"
 늘상 고문관이라고 부르곤 하던 고참들이 유이병을 둘러싸고 안쓰러운 낯빛을 지었다. 유이병은 하얗게 질린 채 말이 없다. 누군가 유이병의 바지를 까내리고 상처를 살폈다. 짓물러터진 허벅지와 엉덩이의 살집에서 핏물이 질겅였다.
 명치는 오하사와 함께 대열 뒤쪽으로 나가 화단의 작은 바위에 등을 기대고 앉았다. 함께 담배를 피워물었다. 뜻밖에 오하사의 표정은 담담해 보였다.
"괜찮아? 유이병이 어쨌다고 중대장이 저 지랄이냐."
"몰라. 아까 쉬흔 살쯤 되어 뵈는 어른 둘을 잡아왔더라. 그런 사람들이 데몰 할 리도 없는데, 졸병들이 다짜고짜 쥐어패고 옷까지 벗기려는 걸 풀어줬어 내가. 중대장이 그걸 봤어. 그런데 엉뚱하게 유이병한테 화풀이 한 거지. 시범 케이스로. 물론 유호섭이가 시위 진압 때 소극적으로 행동하긴 했지만……"
"비겁한 자식. 아예 시위대를 눈에 띄는 족족 때려죽이라고 하지 그래."
"아까 그러잖든. 자기가 책임질 테니까 몇 놈 정도는 죽여도 좋다구."
"개자식. 제까짓 게 뭔데 책임을 져? 쫄다구 대위 주제에."
"그런데…… 어째 아무래도 낌새가 이상해. 그런 생각 안 들어, 한하사?"
 문득 오하사가 심상찮은 표정으로 물었다.

"뭐가?"
"우리가 처음부터 단순한 시위 진압을 위해 광주까지 투입된 게 아니라, 말하자면…… 아냐. 설마 그럴 리가…… 그만두자."
"무슨 얘기냐, 그건. 짜식, 싱겁기는……"
어째선지 오하사는 문득 입을 다물어버리고 만다.
명치는 담배꽁초를 군홧발로 짓이기고는 주위를 돌아보았다. 맞은편의 이층 붉은 벽돌 건물이 눈에 들어왔다. 본관인 듯싶은 그 낡은 건물을 명치는 기억하고 있다. 오학년 때였던가. 한동안 농구부에 뽑혀 뛴 적이 있었는데, 연습 경기를 하기 위해 이 학교에도 몇 번 왔던 것이다. 꽤 역사가 깊은 학교답게, 아담하지만 잘 정돈된 교정이었다. 무수히 많은 교실 유리창엔 사람 그림자 하나 어른거리지 않았다. 학생들은 일찍 집으로 돌려보낸 모양이다.
본관 앞 게양대 꼭대기에 걸려 있는 국기를 명치는 무심히 올려다보았다. 금방이라도 비를 뿌릴 듯 칙칙하게 흐린 하늘을 배경으로 그 헝겊 조각은 미동조차 없이 매달려 있었다. 얼핏 그것이 수면 위에 거꾸로 뒤집힌 채 떠올라 있는, 죽은 금붕어의 뱃가죽처럼 보인다고 명치는 생각했다.
"아아악."
갑자기 어디선가 숨넘어갈 듯한 비명 소리가 터져나왔다. 두 사람이 앉아 있는 바로 뒤편으로는 철제 울타리가 둘러쳐져 있고, 그 너머는 금남로다. 그 비명 소리는 울타리 바깥쪽 인도에서였다. 명치는 일어나 그쪽을 살폈다.
"저거, 깨곰보 아냐?"
"그렇군."

추상사가 웬 청년의 머리채를 그러쥔 채 텅 빈 차도 한가운데를 질러오고 있는 참이다. 추상사는 교문 앞에서 경계 근무중이었는데, 그 사이 지나가는 행인들이 재수 없게 붙잡힌 모양이다. 이십대의 더벅머리 청년은 심하게 한쪽 다리를 절룩이며 끌려오고 있었다. 단추가 뜯겨나간 회색 티셔츠. 아마 도망치려는 걸 추상사가 추격해 잡아오는 참인지, 사내의 얼굴은 벌써 피투성이다.
"쌔끼. 네까짓 게 튀어? 어디 또 한번 도망쳐봐라."
추상사가 사내를 질질 끌고 와 인도에 내려놓자마자 군홧발로 사내의 턱을 세차게 걷어찼다. 사내가 비명도 지르지 못하고 나자빠졌다. 분명 턱뼈가 바스라졌을 것이다. 인도엔 세 사람이 팬티 차림으로 이미 먼저 잡혀와 있다. 하나같이 아스팔트 바닥에 머리를 거꾸로 박은 원산폭격 자세.
"새꺄, 옷 벗어!"
이제 막 끌려온 사내의 머리채를 잡아 마구 흔들어대며 추상사가 명령했다. 사내가 허겁지겁 옷을 벗기 시작했다. 피 묻은 두 손이 믿어지지 않을 만큼 심하게 와들와들 떨리고 있다. 티셔츠와 러닝 셔츠를 벗었다. 바지를 내리다가 팬티까지 함께 흘러내렸다. 둘러싸고 선 병사들이 낄낄거렸다.
"이런 병신 봐라. 새꺄, 누가 니 좆몽뎅이 구경하자 캤나."
추상사가 히죽 웃음을 흘리며 사내의 엉덩이를 걷어찼고, 사내가 엉거주춤 팬티를 올렸다. 이내 네 명의 벌거숭이들이 땅바닥을 구르기 시작했다.
"우로 굴러. 좌로 굴러. 앞으로 포복. 뒤로 포복."
명령에 따라 필사적으로 길바닥에서 구르고 기어다니는 그들

봄 날

의 옆구리와 엉덩이에 병사들이 연신 발길질을 퍼부었다.
　차도 건너편 골목 어귀에 행인 수십여 명이 멈춰서서 이쪽을 건너다보고 있었다.
　"아이고메, 저런저런! 세상에 어쩌면 좋아, 죄 없는 젊은 사람들 다 죽네에."
　사람들 사이에서 안타까운 탄성이 들려나왔다.
　"야, 이 나쁜 놈들아. 물러가라. 경상도 공수부대 물러가라."
　사내 하나가 야유를 하고는 지레 놀라 반대편으로 후닥닥 도망쳤다.
　"저 쌍누므시키를 칵!"
　추상사가 휙 고개를 쳐들고 튀어나갈 듯 동작을 취했다가 이내 멈추었다. 순간 추상사의 검게 그을린 얼굴이 기묘하게 비틀리는 걸 명치는 똑똑히 보았다. 입술을 심하게 비틀며 소리없이 흘리는 웃음. 그것이 추상사 특유의 웃음이었다.
　추상사는 뭔가 몹시 재미있다는 듯, 눈앞에서 벌레처럼 뒹굴고 있는 벌거숭이들과 길 건너편의 구경꾼들을 잠시 번갈아 바라보았다. 그러더니 곁의 사병 하나를 불러 뭔가를 지시했다. 그리고 갑자기 벌거숭이들 중 하나의 머리채를 나꿔채자마자 인도 옆에 서 있는 전신주 쪽으로 질질 끌고 갔다.
　사내는 시키는 대로 전신주에 배를 대고 차려 자세를 취했다. 조금 전 맨 마지막에 끌려왔던 바로 그 청년이다. 사병이 트럭에서 뭔가를 찾아들고 와서 추상사의 손에 건네주었다. 한 묶음의 가느다란 밧줄. 추상사는 사병과 함께 그 밧줄을 청년의 가슴과 허리, 허벅지 둘레에 전신주와 함께 동여매기 시작한다. 청년의 몸뚱이는 이제 전신주와 한덩어리가 되어버렸다.

추상사는 일어나서 다시 한번 길 건너편 구경꾼들 쪽을 찬찬히 건너다보았다. 입술을 심하게 비틀며 그는 뭔가 자신만만한 웃음을 떠올렸다. 추상사가 곁의 병사에게 큰 소리로 말했다. 길 건너편에까지 또렷하게 들릴 만큼.
"저 쌔애키덜이 우리가 누군 줄 아직 모르는 모양인데, 어데 한번 시범을 보여줘보까아!"
말이 채 끝나기도 전, 돌연 휙 몸을 돌리며 추상사가 진압봉으로 청년의 등짝을 세차게 후려갈겼다. 퍽. 퍽. 퍽. 정확히 세 차례.
"아아악."
끔찍한 비명이 청년의 목구멍에서 터져나왔다. 추상사는 매질을 멈추고 다시 한번 길 건너편을 흘긋 건너다보았다. 공포에 질린 탄식과 비명이 차도를 건너왔다. 추상사의 입술이 또 기묘하게 비틀리기 시작했다.
퍽. 퍽. 퍽. 이번에도 정확하게 세 차례. 그리고 청년의 무서운 비명. 빈약한 등과 어깨, 허벅지에 굵은 줄이 죽죽 그어지며 살가죽이 팥죽처럼 시뻘겋게 부풀어올랐다. 추상사는 또 건너편의 소리치는 군중들을 바라보며 웃었다. 퍽. 퍽. 퍽.
"야, 이 빨갱이새꺄! 어디 한번 나 좀 살려달라꼬 악을 써봐! 저 쌔키들한테 빨랑 여기 와서 살려달라꼬 해보란 말이다! 김대중이한테 구해달라꼬 빌어보란 말이다, 씹거튼 이 빨갱이새끼덜아! 엉!"
추상사는 한껏 목청을 높여 소리쳤다. 길 건너편은 어느새 훨씬 많은 숫자로 불어나 있었다. 그는 노골적으로 구경꾼들의 반응을 즐기고 있었다. 청년의 몸뚱이는 이미 축 늘어진 채였다.

봄 날 169

피에 홍건히 젖어버린 등과 허리, 엉덩이, 허벅지.
"아아, 죽었다. 저 공수놈이 사람을 때려죽였다."
"야, 이 백정놈아아. 죽여라. 우리까지 몽땅 죽여부란 말이여엇."
바글거리는 건너편의 군중들. 일제히 악에 받친 고함 소리가 터져나왔다. 마침내 몇 개의 돌멩이가 길을 넘어 날아왔다. 그와 동시였다.
퍼퍼펑. 퍼펑. 펑.
요란한 파열음과 함께 몇 발의 최루탄이 군중의 머리 위에서 폭발했다. 삽시간에 와르르 허물어지며 도망치기 시작하는 군중. 칠팔 명의 병사들이 그들을 향해 용수철처럼 튀어나갔다. 그러나 그들은 곧 차도 끝에서 정지했다가 천천히 되돌아오고 있었다.
명치는 그 광경을 처음부터 끝까지 줄곧 지켜보고 있었다. 곁에서 오하사는 말없이 발 밑으로 시선을 깔고 있을 뿐이었다. 어째서일까. 불현듯 명치는 자신의 두 무릎이 후들후들 떨리고 있음을 깨달았다.
"부대, 헤쳐 모여."
전령이 고함을 치고 있었다.
흩어져 있던 병사들은 재빨리 지역대별로 집합했다. 운동장 한쪽에 정차중이던 삼십여 대의 수송 트럭들이 일제히 시동을 걸더니, 대열의 앞쪽에 차례로 멎었다. 전병력이 숙영지인 조선대학교로 일단 철수하기로 한 모양이었다.
"어찌 된 판국야?"
"중식은 거기 가서 할 거라잖냐."

"에이 쓰발, 배고파 죽겠구마는."

식사 배급을 기다리고 있던 병사들은 볼멘소리로 웅성이며, 트럭 위로 오르고 있었다.

그들을 태운 차량 행렬은 이내 금남로를 지나 조선대학교로 향했다. 뱀처럼 길게 꽁무니를 달고 질주해가는 차량 대열을 보자 인도의 시민들이 놀라 머뭇거렸다. 더러는 흘금흘금 뒷걸음질부터 치거나 지레 겁에 질려 우르르 흩어져 도망치기도 했다. 의외로 그 사이 행인들의 수효가 많이 늘어나 있는 듯했다.

도청 앞 광장 일대를 전투경찰 병력이 점령하고 있고, 그들과 약간의 거리를 둔 채 인도 곳곳에 꽤 많은 시민들이 모여 있는 참이었지만, 쉽사리 충돌이 일어날 것 같지는 않았다. 시민들은 여전히 겁을 집어먹고 있었다. 여기저기 골목 어귀나 큰 건물 앞에 수십 명씩 띄엄띄엄 운집해 있을 뿐 조직적인 시위대의 조짐 같은 건 아직 보이지 않는 것 같았다. 바로 그 때문에 지휘관들은 잠시 숙영지로 철수해도 좋으리라는 판단을 내렸을 것이다.

조선대학교 운동장에 도착했을 때, 잔류 병력들은 각 대별 식깡과 부식통을 준비해놓은 채 대기중이었다. 병사들은 소총과 장비를 풀어놓고 다투어 각자의 식기를 찾아들었다. 잔뜩 허기에 지쳐 있던 터라 모두 정신없이 먹어댔다. 밥은 이미 식어서 딱딱했고 국마저 맹물처럼 싱거웠지만 명치는 밥알 하나까지 말끔히 비워낸 다음 오하사와 함께 담배를 꺼내 물었다.

"왜, 더 먹지 않고?"

절반쯤 남긴 채 식기를 내려놓는 오하사의 표정이 여전히 어두웠다.

"별로 생각 없어."

"너, 자꾸 왜 그래. 어디 아픈 거 아냐?"
"아냐. 그냥 입맛이 써서 그래."
"짜식. 암만해도 요즘 너, 좀 이상해졌어. 안 그래?"
대답 대신 오하사는 잠자코 담배만 빨았다.
천막 우측의 운동장 한쪽에서 연신 고함 소리가 들려왔다. 한 무리의 벌거벗은 몸뚱이들이 서로 엉킨 채 땅바닥 위에서 끊임없이 꿈틀거리고 있다. 어느 사이에 부쩍 불어난 숫자였다. 삼사백 명 가량 되어 보였다. 오전에 벌어진 진압 작전 과정에서 시내 여기저기로부터 잡혀온 사람들이었다. 서너 패로 나누어진 그들을 좌우에서 둘러싸고 대원들은 잠시의 틈도 주지 않고 숨가쁘게 몰아대고 있었다. 그들에게 맡겨진 임무란 쉴새없는 구타와 욕설이 전부인 것처럼 보였다. 그러는 동안에도 이따금 체포된 사람들을 가득 실은 트럭이 나타나 수십 명씩 내려놓고 가곤 했다.

벌레들처럼 땅바닥을 구물구물 굴러다니는 벌거숭이들의 대열에서 병사들이 또 몇을 끌어내어 닥치는 대로 몽둥이질을 퍼부어대는 광경을 명치는 말없이 지켜보았다. 그것은 명치에게도 이젠 끔찍하고도 지긋지긋한 풍경이었다. 무엇인가 머릿속에서 펑 하고 터져버릴 것만 같은 느낌. 차라리 미친놈처럼 와아악, 비명이라도 질러대고 싶은 충동이 불쑥불쑥 치밀어올랐다.

'정말, 오하사의 말처럼 모두가 미쳐버리고 만 건가. 이러다가는 진짜로 온 세상이 깡그리 돌아버리고 마는 것은 아닌가.'

명치는 지난 몇 시간 동안 자신이 했던 행동들을 떠올리다 말고 황황히 고개를 내젓고 말았다.

'내가, 내가 어떻게 된 걸까. 어째서 내가……'

명치는 스스로를 믿기가 어려웠다. 가슴이 터질 듯 답답해오기 시작했다.

명치는 식기를 들고 일어나 걷기 시작했다. 오하사가 뒤따라 일어섰다. 세척장으로 가려면 벌거숭이들 옆을 지나야만 했다. 땀과 흙으로 범벅된 더러운 얼굴들. 공포에 질려 허둥거리는 눈알. 깨진 머리와 얼굴에서 아직도 줄줄 흘러내리는 피, 핏물. 그들은 이미 더 이상 인간의 모습으로는 보이지 않았다. 그것들은 더럽고 추한 짐승의 살덩이일 뿐이었다.

지긋지긋하고도 끔찍스런 신음과 비명을 토해내는 그들 옆을 막 몇 걸음 지났을 때, 명치는 저도 모르게 주춤했다. 대열의 후미에 네댓 개의 살덩어리가 따로 땅바닥에 눕혀져 있었던 것이다. 그 중 하나는 가마니로 덮여 있었다. 낡고 더러운 가마니 틈으로 비죽이 드러나 있는 맨발과 희멀건 종아리. 그 옆에 나란히 누워 있는 다른 사람들 역시 벌써 숨을 거두어가고 있다는 것을 명치는 첫눈에 알아보았다. 쉬파리들이 떼를 지어 웅웅거렸다.

명치는 수도꼭지 밑에 식기를 밀어넣었다. 불현듯 속이 메슥거려왔다. 수도꼭지에 입을 대고 물을 마셨다.

"이게, 이게 뭐냐. 우리가 지금 무슨 짓들을 하고 있는 거지? 응? 한하사……"

울먹이는 듯한 오하사의 목소리. 명치는 흠칫 고개를 세우고 오하사의 얼굴을 돌아보았다. 시선이 마주치자마자 얼른 하늘을 올려다보고 마는 오하사. 그의 충혈된 두 눈이 언뜻 물기에 젖어 있었다.

"전부대에 알린다! 즉시 출동 준비를 갖추고 연병장에 집합하라!"

본부 막사 앞에 임시 설치된 확성기를 통해 집합 명령이 하달되고 있었다. 명치는 오하사와 함께 식기를 움켜쥐고 숙영지를 향해 달리기 시작했다.

> 아아 우리들의 피와 살덩이를
> 삼키고 불어오는 바람이여
> 속절 없는 세월의 흐름이여
>
> 지금 우리들은 다만 쓰러지고 쓰러지고 울어야만
> 하는가
> 공포와 목숨 어떻게 숨을
> 쉬어야만 하는가
> ── 김준태, 「아아, 광주여」에서

5월 19일 14：00, 금남로 2가

공수부대가 철수한 직후, 금남로 일대는 잠시 평온을 되찾은 것처럼 보였다. 1가부터 5가까지의 전지역을 완전히 장악한 채 시종 공격 일변도의 과격한 시위 진압을 펼치는 얼룩무늬들의 엄청난 위세에 질려 시민들은 줄곧 이리저리 쫓겨다녀야만 했었다. 그들이 사라지고 잠시 최루탄의 폭음이 그친 거리로 시민들은 다시 하나둘 모여들기 시작했다.

금남로는 광주시의 중심부를 관통하고 있는, 도시의 가장 크고 중추적인 교통로다. 그 도로는 도청 앞 광장을 기점으로 남쪽에서 북쪽을 향해 거의 2킬로미터 남짓 길게 직선으로 뻗어 있다. 한편 금남로와 동일한 방향으로 거의 평행을 이루며 뻗어나간 충장로는 이 도시의 명실상부한 중심가이다. 광주시가 도시로서의 면모를 갖추기 훨씬 이전부터 충장로 일대는 '본정통'으로 불려왔고, 일제 시대 이후로부터 무려 팔십만의 인구로 불어난 1980년 현재에 이르러서도 충장로는 이 소비 도시의 가장 중요한 핵심 상권이자 또한 황금의 땅으로 불리고 있는 터였다.

때문에 물건을 사려고 하는 이 도시의 시민들은 거의 대부분 충장로를 찾게 마련이었다. 최신 유행하는 의류·가전 제품·일용 상품·가구 등속으로부터 호텔·극장·술집·유흥업소·식당·서점·사무실·은행·언론 기관 등등이 한꺼번에 몰려 있고, 별의별 종류의 도매상과 유통업체들 역시 칠팔 할 이상이 집중되어 있는 까닭이다. 당연히 대부분의 시내버스 노선들이 연결되어 있는 충장로와 금남로 일대는 주야를 막론하고 행인들의 왕래가 유난히 많은 곳이다. 그 중에서도 가장 붐비는 중심지가 바로 충장로 1가와 2가, 그리고 불과 삼사십 미터 정도의 거리로 인접해 있는 금남로 1, 2가 지역인 셈이었다.

시민들은 이날도 약속이나 한 것처럼 이 일대로 끊임없이 몰려들고 있었다. 전날과 이날 오전에 벌어진 공수부대의 무차별 진압 광경을 직접 목격하고 나서 분노와 호기심에 다시 집을 나선 사람들. 혹은 차마 믿어지지 않는 갖가지 끔찍한 소문을 직접 확인해보고 싶은 생각에 시내로 쏟아져나온 사람들. 그리고 나름대로의 용무를 보기 위해 우연히 근처를 지나가고 있던 사람들…… 그런 각양각색의 사람들이었다.

전날의 시위대는 대부분 젊은 대학생들이었다. 얼룩무늬들의 몽둥이에 수많은 젊은이들이 쓰러지고 잡혀가는 참혹한 광경을 지켜보며, 행인들은 분노에 찬 야유와 고함을 터뜨리긴 하면서도 막상 뛰어들어 적극적으로 행동하는 경우는 드물었던 것이다. 그러나 지금은 어딘가 달라 보였다. 젊은이들도 많았지만, 삼십대의 일반인, 사십대의 중년 남자도 많았다. 오전까지만 해도 보기 드물었던 부녀자들도 인파 속에 적잖게 섞여 있었다. 충장로 일대의 상가는 이미 대부분 철시했으므로 마땅히 들어가 있을 만한 장소도 없었다. 시내 각 공장이나 기업체들 가운데는 이날 오전부터 임시 휴업에 들어간 곳이 많았고, 더구나 상황의 악화를 우려한 대부분의 중고등학교가 정오 무렵부터 수업을 중단하고 학생들을 일찍 귀가시킨 참이기도 했다. 때문에 가방을 든 중고교 학생들, 노동자, 회사원들까지 상당수가 속속 시내로 밀려나오고 있었다. '살인마 공수부대는 철수하라.' '전두환은 물러가라.' 어느 틈에 준비했는지, 조잡한 피켓을 손에 들고 나온 사람들도 보였다.

시민들의 수효는 불과 십여 분 동안에 수천 명으로 불어났다. 그 동안에도 크고 작은 수많은 길목과 골목으로부터 사람들의 물결이 끊임없이 합류하고 있었다. 그 물결은 차츰 차도로 밀려나오기 시작하여, 마침내는 금남로 2가의 차도와 인도를 가득히 메우고 다시 3가 일대까지 확산되어가고 있었다.

인파는 거의 오천 명도 더 될 듯싶었다. 사람들은 주위를 돌아보고는 그 엄청난 규모에 스스로도 놀라고 있었다. 저마다 은근한 두려움과 불안감으로 조바심하고 있던 그들은 발디딜 틈도 없이 빽빽이 모여 있는 군중의 숲에 섞여 있는 자신들의 모습을 확인하게 되자 차츰 두려움과 불안을 떨쳐내기 시작했다. 이젠 혼자가 아니라는 사실, 그 엄청난 공포와 슬픔, 그러나 차마 대적하기엔 너무나 압도적이고 위압적인 상대 앞에서 어쩔 수 없이 억누르고 있어야만 했던 간절한 분노와 복수에의 소망——그것이 이젠 결코 몇 사람 소수의 것만은 아님을 확인했다는 사실. 바로 그것이 이 순간 그들 모두를 숙연하게 하고 감동하게 만들고 있었다.

　아주 짧은 동안, 알 수 없는 침묵이 주위를 감돌고 있었다. 잔잔하면서도 소리없이 끓어오르는 어떤 엄청난 힘을 아슬아슬하게 감추고 있는 듯한 그 침묵 속에서, 그들은 불현듯 저마다 이상한 감동을 경험하고 있었다.

　불씨.

　그것은 바로 불씨였다. 저마다의 가슴 밑바닥 어딘가에 지금껏 아스라하니 잊혀져 있던 한 오라기 자그맣고 희미한 불씨 하나가 이 순간 불현듯 깜박 하고 깨어나, 마침내 꿈틀 피어나기 시작하고 있었던 것이다. 그 이상한 불씨가 무엇인지, 그것을 맨처음 어디서, 언제, 누가 가져다준 것인지는 아무도 모른다. 그건 슬픔이나 아련한 그리움 같기도 하고, 혹은 뜨거운 분노 같기도 했다. 아니, 그 전부이거나 전혀 다른 그 무엇인지도 모른다. 하지만 그들은 자신들이 기억하지 못하는 훨씬 이전, 어쩌면 그들이 생명을 받아 이 세상에 태어나기 훨씬 이전부터 이미 자신들의 가슴 밑바닥 어딘가에 그 불씨가 심어져 있었다는 사실만

봄 날　177

은 알고 있었다. 그리하여, 저마다의 유년의 기억이라든가 어머니·고향 따위의 이름을 떠올리곤 할 때면, 지금껏 까맣게 잊어버리고 있었던 그 희미한 불씨의 존재를 문득문득 기억해내기도 했을 것이다.

 그런데 지금 이 순간, 놀랍게도 그 불씨가, 저마다의 가슴속에서 되살아나고 있었다. 그것은 어느 틈에 소리없이 그들의 어두운 가슴을 환히 밝히면서 전신을 따뜻한 온기로 채워가고 있었다. 울컥 목젖이 뜨거워짐을 느끼며, 그들은 저마다 등과 어깨를 마주하고 있는 주변의 낯선 얼굴들을 새삼스레 돌아다보기도 했다. 그러자 이름도 얼굴도 모르는 타인들이 불현듯 형언하기 어려운 애정과 슬픔으로 다가왔다. 이 도시에 함께 살고 있는 광주 사람이라는 것, 오직 맨주먹만으로 지금 이 자리에 자신과 함께 몸을 맞대고 서 있다는 것—바로 그 사실 하나만으로도 그들은 갑자기 서로에게서 형언키 어려운 신뢰감과 동질감을 확인하는 느낌이었다.

 계엄군은 도청 앞 광장을 중심으로 금남로 1가 전일빌딩과 관광호텔 앞까지의 차도를 점령한 채 포진해 있는 참이었다. 맨 앞엔 1개 대대 병력 규모의 전투경찰 기동대. 방석모·진압복·플라스틱 방패·가스탄·진압봉(약 50센티 정도 길이의 이 진압봉은 공수부대의 그것보다 훨씬 작았다) 따위로 단단히 무장한 그들의 후미엔 약 백여 명의 얼룩무늬들이 따로 대오를 지어 버티고 서 있었다. 경비 병력으로 남은 공수부대였다. 전경 기동대의 후미에선 교대로 점심을 먹느라 대원들이 식판을 들고 길바닥에 앉아 있는 모습이 보였다. 그들 공수부대·경찰기동대의 진영과 시민들 사이의 공간은 오십여 미터. 하지만 갈수록 인파가 불어나면서 그 공간도 차츰 좁혀져가고 있었다.
"공수부대가 철수했다아. 놈들이 사라졌다아!"
 갑자기 누군가 시민들의 대열 속에서 외쳤다. 그 외침이 짧은 동안의 침묵을 거세게 뒤흔들었다.
"공수놈들이 갔다여."
"트럭 수십 대를 타고 인제 금방 저쪽으로 빠져나가는 걸 봤소."
"참말, 그놈들이 안 보이네. 그 짐승 같은 놈들이······"
 군중이 술렁거리기 시작했다. 공수들이 없어졌다는 사실만으로도 군중은 부쩍 용기를 얻는 것 같았다. 그와 함께 억눌렸던 분노와 증오의 덩어리가 한꺼번에 터져나올 듯한 기세였다.
"여러부운! 공수놈들의 손에 무고한 시민들이 처참하게 죽어가는 것을 우리가 이대로 구경만 하고 있어야 하겠습니까아!"
"안 됩니다! 이대로 당하고만 있다가는 모두가 죽습니다! 우리 광주 시민은 남김없이 저놈들 손에 죽는단 말입니다! 우리들 생명은 우리 손으로 지킵시다아!"
"세상 천지에 이런 기막힌 일이 어디가 있단 말요. 김일성이 내려오지 못하도록 막으라고 국민들이 비싼 세금 줘서 만들어놓은 군대가, 공산당 대신 무고한 우리 시민들을 닥치는 대로 대검으로 찔러죽이고 있으니, 이런 법이 어디 있단 말요."
"저 백정놈 공수부대를 찢어죽입시다. 원수를, 저 철천지 원수놈들을 모조리 때려죽이잔 말이오!"
"옳소오!"
"이게 다 전두환인가 개새끼가 하는 그놈들 짓입니다. 허수아비 대통령 세워놓고, 저희들 몇 놈들이 우리나라를 통째로 먹어버릴라고 꾸민 짓이란 말요."

"우리 전라도 사람 몇천 명 정도는 죽여버려도 좋은께, 내려가자마자 싹 쓸어버리라고 명령을 내렸다지 않소. 그러나 우리라고 언제까지 당하고만 있을 수는 없잖습니까, 여러부운!"
"억울하게 죽은 시민들 숫자가 얼마나 되는지 짐작조차 할 수 없어라우. 그 사람들이 어째서 남입니까. 바로 여러분의 아들 딸, 형님 동생이나 마찬가지 아닙니까."
"일어납시다! 우리 온 광주 시민이 다 함께 일어나 공수놈들을 몰아내야 합니다!"
와르르르르.
"옳소오. 옳소오."
박수와 함성이 터져나왔다.
"공수놈들을 우리 손으로 쫓아냅시다."
"한 놈도 남기지 말고 찢어죽입시다아."
여기저기서 사람들이 불끈불끈 주먹을 흔들어대며 고함을 질렀다.
"어떻게 쫓아낸단 말이오. 우린 맨손이란 말요. 무기를 들어야제, 우리도."
"맞았소. 총이든 칼이든 무기를 듭시다. 하다못해 식칼을 들고 나서서라도 우리 팔십만 전시민이 한꺼번에 떨쳐 일어나기만 하면 저놈들을 몰아낼 수가 있단 말요."
그때 갑자기 누군가 목쉰 소리로 울부짖었다.
"여러부운. 내 동생이 잡혀갔어요. 전남대 공대 다니는 내 동생을, 도서관에 간다고 어저께 나갔는디, 공수놈들이 끌고 갔단 말입니다. 아아, 죽었는지 살았는지, 어디로 갔는지조차 우리 식구들은 아무도 몰라라우."

삼십대 여자가 미친 듯 발을 동동 굴러대며 울부짖고 있었다.
"조대 운동장에 수백 명이 잡혀 있답디다. 상무대에는 더 많이 끌려갔대요. 벌써 수십 명이 죽었단 말요. 골이 터지고 눈알이 빠져서 죽은 사람들을 공수놈들이 트럭 뒤칸에다가 가득가득 실어가꼬 어디론가 쉴새없이 계속 실어나르는디, 돌아올 때 보니께 트럭이 텅텅 비어 있더란 말요."
"전대병원 영안실에 시체가 넘쳐난답디다. 복도에까장 시체를 늘어놨대요. 기독병원이랑 적십자병원에도 시체들이 널려 있답디다."
"아이고, 조대병원은 더 말할 것도 없제. 공수놈들이 조대 운동장에 진을 치고 있는 판인디, 그놈들이 대검으로 찔러쥑인 시체들을, 조대 운동장에 한꺼번에 줄줄이 눕혀놓고서는, 얼굴을 못 알아보게 시체마다 얼굴에 뻘건 페인트를 칠해가꼬 계속 어디로 실어내간답디다."
"아이구우, 저 개 같은 놈들이. 죽은 사람이 수십 명이라제만, 다치고 병신된 사람들까장 남김없이 공수놈들이 끌고 갔으니, 그 사람들도 시방 어뜨케 되얐는지 누가 알겄소."
"신역 앞에서는 어저께 저녁에 임신부를 칼로 찔러쥑였다잖등갑소. 만삭이 된 젊은 새댁을 공수놈들이 다짜고짜 배를 쑤셔가꼬는, 그것도 모자라서 아직 펄떡펄떡 심장이 뛰고 있는 태아를 땅바닥에 패대기질을 치더라요, 세상에!"
"도청 앞에서는 여고생 젖가슴을 대검으로 도려냈답디다. 우리 옆집 점방 아줌마가 두 눈으로 똑똑히 보고 왔담서, 오늘 아침까장 속이 매스꺼와서 밥상 보기조차 싫다고 하드란 말요."
"오메오메. 이럴 수가 있다요. 저놈들이 짐승이지 사람새끼들은 절대로 아니란 말요. 대체 정부에서는 저놈들 안 잡고 뭣 허고 자빠졌다요."

"아이고, 내가 뭘 알 것인가라우. 그라제마는 이렇게 무고헌 사람들이 죽어가는 꼴을 언제까장 보고 있어야만 한단 말인가라우."

"당하기는 누가 당한단 말요. 인제는 너나없이 죽기살기로 저놈들한테 달겨들어가꼬 사생결단을 해야제."

"아믄요. 힘을 합하면 안 될 것이 없지라우. 세계 여론이 있고, 서울이랑 부산·인천 할 것 없이 이 진상이 알려지게 되면 국민들이 모두 벌떼같이 들고 일어날 거 아니겄소."

"그러다마다요. 대한민국이 민주 국간디, 우리 국민들이 절대로 가만 안 둘 것이제라우. 암, 아믄이라우······."

그때 누군가 큰 소리로 외쳤다.

"공수가 저기 있다아!"

순간 수천 개의 눈들이 일제히 맞은편 칠층 건물 위 한 점으로 쏠렸다. 가톨릭센터 건물이었다. 옥상 위에 몇 개의 철모가 보였다. 총을 멘 군인들. 그 중 하나는 무전기의 송수화기를 입에 댄 채 건물 아래쪽 군중을 내려다보고 있었다. 군인들의 뒤로는 높다란 철제 송신 안테나가 보였다. 옥상 바로 아래 칠층은 기독교 방송국이 세들어 있었던 것이다. 우우우. 군중 속에서 분노에 찬 함성이 끓어올랐다.

"저놈들이 무전을 보내고 있다! 우리들 동태를 낱낱이 연락해 주고 있는 거야!"

"죽여라! 공수놈들을 죽여야 해!"

"젊은 사람들은 따라나서시오! 저 안엔 몇 명밖에 없소. 갑시다!"

"잡아라! 잡아 죽여라앗!"

벌써 한 무리의 젊은이들이 건물 아래층 입구로 쏜살같이 뛰어들어가고 있었다. 이내 다시 백여 명은 될 듯싶은 사람들이 뒤를 이어 한꺼번에 뛰어들었다.

순식간에 그들은 칠층까지 계단을 뛰어올랐다. 칠층 사무실로 들어가 누군가 소화기를 집어들었다. 빈병·철제 파이프 따위 무기가 될 만한 것을 눈에 띄는 대로 집어들고, 그들은 한덩어리가 되어 옥상으로 뛰어올랐다. 철문을 박차고 나갔다.

옥상 한쪽에 여섯 명의 병사가 소총을 움켜쥔 채 한데 몰려 있었다. 하얗게 겁에 질린 얼굴. 의외로 형편없이 질려 와들와들 떨고 있는 병사들을 향해 수십 명의 청년들이 우루루 밀고 나아갔다.

"자, 잠깐만. 우, 우리는 공수가 아닙니다. 31사단 소속이오!"

맨 앞의 병사가 턱을 덜덜 떨어대며 하얗게 질려 소리쳤다. 병사들의 군복은 얼룩무늬가 아니었다. 하지만 흥분한 시민들의 눈엔 그것이 미처 보이지 않았다.

"거짓말 마, 이 새끼들아!"

"저, 정말요. 우리는 방송국을 경비할라고 파견된 31사단 소속이……"

그 말이 미처 끝나기도 전에 시민들은 한꺼번에 덮쳤다. 한 명당 시민 몇 명씩 달겨들어 닥치는 대로 차고 때리고 짓밟아대기 시작했다.

"이 새끼들아아! 내 친구 살려내라! 네놈들이 죽였지. 네놈들이."

봄 날 183

청년 하나가 소리치며, 움켜쥔 콜라병으로 병사의 머리를 후려쳤다. 누군가 소화기 핀을 뽑아 병사들의 얼굴을 향해 마구 난사했다. 병사들은 간단히 소총과 무전기를 빼앗겼다. 압도적인 숫자에 눌려 병사들은 저항할 기색조차 전혀 없어 보였다.

한동안의 어지러운 격투가 벌어진 뒤, 시민 두엇이 사람들을 제지했다.

"그만 해둡시다. 이자들은 공수가 아닌 것 같소. 31사단 병력이라고 안 하요?"

"거짓말야, 이 새끼들은 공수란 말이오."

"이 찢어죽일 놈들아. 네놈들이, 대관절, 우리하고 무슨 원수가 졌다고, 우리 광주 사람들을, 이 개새끼들아!"

맨 앞장을 섰던 청년 하나가 돌연 울음 섞인 목소리로 바락바락 고함을 질러댔다.

누군가 빼앗은 총을 껴안고 노리쇠를 후퇴시켜보았다. 실탄은 장전되어 있지 않았다. 다른 소총도 마찬가지였다. 몇 사람이 주저앉아 총을 분해했다.

"총알이 없어. 이봐, 너희들 실탄 어디다 감췄어?"

병사 하나가 힘없이 고개를 흔들었다. 부어터진 눈 언저리, 코피가 흐르고 있었다.

"실탄이 없으면 이까짓 거, 아무 쓸모가 없잖어."

청년 하나가 소총을 들여다보더니, 그것을 바닥에 내던진다. 다른 누군가가 그걸 집어들더니, 이내 옥상 가장자리로 달려갔다. 그리고 아래쪽 거리를 내려다보며 총을 번쩍 치켜든 채 커다랗게 몇 번 흔들어보였다.

"와아아아! 만세에!"

"이겼다! 우리가 이겼어! 공수놈들을 잡았어!"
 순간 엄청난 환호성과 박수 소리가 한꺼번에 터져나왔다. 수천 명의 시민들이 일제히 터뜨리는 환호성과 함성이 거리를 우렁우렁 흔들어대고 있었다. 덩달아 옥상 위의 다른 몇 사람도 빼앗은 총을 쳐든 채 가장자리로 달려가 자랑스레 건물 아래쪽을 내려다보았다.
 바로 그와 동시였다.
"으아아아앗."
 공포에 질린 엄청난 비명과 함께, 길 아래 군중의 대열 한쪽이 돌연 와르르 무너지기 시작하는 광경을 옥상 위의 사람들은 목격했다. 관광호텔 앞쪽으로부터 백여 명의 공수대원들이 전력 질주, 군중을 휩쓸어 내려오고 있는 게 보였다. 조금 전까지 도청 앞 광장에 대기해 있던 병력이었다. 그리고 그들의 후미에 바짝 붙어 추격해오고 있는 대규모 전투경찰 기동대 병력.
"아아아아아아."
 수천 마리의 개미떼처럼 뿔뿔이 흩어져 도망치는 군중들. 미친 듯 진압봉을 휘두르며 질주해오는 얼룩무늬들의 놀라운 속도. 눈 깜짝할 사이에 수십 명의 시민들이 벌써 길바닥에 풀썩풀썩 쓰러져 나뒹굴었다.
"아앗, 공수다! 공수가 온닷!"
"아아, 큰일났다. 어서 피해야 돼! 어서!"
 옥상 위의 사람들은 일순 새파랗게 질려버렸다. 이젠 건물 안에 갇혀버린 것이다. 잡히면 죽는다. 병사들을 남겨둔 채 그들은 한꺼번에 계단을 뛰어내려가기 시작했다. 좁은 계단에서 한덩어리로 뒤엉켜 구르고 넘어지면서 선두가 이층에 마악 닿았을 때,

현관으로 밀려들어오는 얼룩무늬들과 맞닥뜨렸다. 출구가 막히자 건물 후면의 이층 창문을 깨뜨리고 아래층 주차장 지붕으로 허둥지둥 뛰어내렸다. 삼층과 사층에서도 필사적으로 뛰어내렸다. 비닐 천막이 씌워진 지붕 위로 얼룩무늬들 역시 뛰어내렸다. 한 손에 진압봉 또 한 손엔 대검을 움켜쥔 채 얼룩무늬들은 닥치는 대로 후려치고 찔렀다. 어쩔 줄 몰라 우왕좌왕하던 청년 하나가 지붕 아래로 굴러떨어졌다. 밑에서 기다리고 있던 얼룩무늬가 쓰러지는 청년의 옆구리를 대검으로 정확히 찔렀다. 십여 명이 그 자리에서 붙잡혔다.

금남로는 아수라장이었다. 그 사이 조선대학교로 철수했던 공수부대 병력이 삼십여 대의 트럭에 실려 급파되었던 것이다. 대규모로 증원된 공수부대 병력은 닥치는 대로 거리를 휩쓸고 있었다. 군중의 상당수는 미처 도망칠 틈조차 없었다. 대규모 군중이 한꺼번에 빠져나가기엔 몇 개뿐인 길목이 너무 좁았다. 더구나 광주은행 네거리로부터 충장로파출소를 잇는 차도는 때마침 지하도 공사로 막혀 있었다. 미처 빠져나가지 못해 갈팡질팡하는 시민들은 손쉽게 얼룩무늬들의 표적이 되었다. 그들 사이를 마음껏 달려다니며 얼룩무늬들은 삼사 명씩 조를 이루어, 잡초를 베어나가듯 신속하고 효과적으로 군중을 궤멸시켜나가고 있었다.

단말마의 비명, 외침, 통곡 소리. 미친 듯 휘둘러대는 진압봉과 대검의 칼날. 아스팔트 바닥을 휩쓰는 어지러운 군홧발 소리……

이미 금남로 일대는 지옥의 거리로 변했다. 공수부대뿐이 아니었다. 경찰기동대 역시 진압봉을 가차없이 사용하고 있었다.

무수한 사람들이 쓰러져갔다. 길바닥 어디에나 쓰레기처럼 나뒹구는 피투성이 몸뚱이. 팬티만 남긴 반벌거숭이 꼴로 수십 명씩 한 무리로 엮어져 끌려가는 사람들. 트럭에 태워져 어디론가 실려가는 사람들. 피 흘리며 쓰러진 사람을 부둥켜안고 통곡하던 여자의 머리채를 잡아 질질 끌고 가는 병사…… 그 동안에도 머리 위에서는 두 대의 거대한 군용 헬리콥터가 끊임없이 선회하며 작전 지시를 내리고 있었다.

* 박성수(43세, 페인트공)씨는 도망치다가 가톨릭센터 뒤 미도주차장에서 공수대원에게 붙잡혔다. 공수들은 소총에 착검한 상태였다. 그의 곁에 꿇어앉은 어린 고등학생을 공수 하나가 무조건 끌어내더니, 학생의 등을 다짜고짜 대검으로 푹푹 찔러버렸다. 겁에 질린 나머지 박씨는 자신도 모르게 담배를 꺼내 피워물었다. 공수 하나가 그를 가리키며 오라고 하더니, 갑자기 진압봉으로 머리를 퍽퍽 내리치고 군홧발로 짓밟았다. 한동안 의식을 잃었던 박씨는 참혹하게 구타를 당한 다른 십오 명의 사람들과 함께 팬티만 입혀져 굴비처럼 줄줄이 엮인 채 군용 트럭에 실려 조선대학교 운동장으로 끌려갔다.
* 임경택(38세, 여관업)씨는 아내와 함께 시내에 볼일이 있어서 우연히 가톨릭센터 부근을 지나가던 참이었다. 공수들이 몰려오자 군중 속에서 어쩔 줄 모르고 허둥대고 있었다. 사람들이 많아 달릴 수도 없어서 아내의 손을 잡고 걷고 있는데, 공수 여섯 명이 나타났다. 사람들이 근처 창고 앞에서 몸을 피하려고 아우성을 치는 걸 지켜보면서 그들 부부는 서로 부둥켜안은 채 떨고 있었다. 공수들이 그들과 함께 떨고 있는 한

이십대 처녀를 향해 달겨드는 순간 그는 차마 눈을 돌리고 말았다. 처녀의 비명이 들리는 순간, 진압봉이 임씨의 머리를 강타했다. 정신이 몽롱해짐을 느끼며 비틀비틀 몇 걸음 내딛는 동안 얼굴 위로 뜨뜻한 액체가 쏟아졌고, 그는 길바닥에 쓰러져 의식을 잃었다. 얼핏 정신이 들어 보니, 아내가 그의 몸을 덮쳐 막고 있었고, 공수들이 쓰러진 그의 전신을 진압봉과 군홧발로 내리찍고 있었다. 통곡하며 필사적으로 사정하는 아내 덕분에 풀려난 임씨는 현대예식장 부근까지 아내에 의해 질질 끌려서 옮겨졌다. 어느 경찰관이 그를 보고, 어서 병원으로 옮기라고 말하면서, 주위의 학생들과 함께 마침 근처에 있던 봉고차에 태우려 했다. 순간 또 공수부대가 쫓아오자 봉고차는 달아나버렸으므로, 임씨는 부근 어느 식당의 문을 두드려 간신히 몸을 피한 다음 세 시간이나 방안에 누워 있다가 뒤늦게 병원으로 옮겨질 수 있었다.

　*김성수(25세, 회사원)씨는 금남로에서 진압봉과 군홧발로 무수히 구타당한 채 피투성이가 되어 간신히 도망쳤다. 머리의 부상이 심해 엄청난 피를 흘리며 인근 병원으로 들어가 막 몇 바늘을 꿰매고 있는데, 공수들이 병원 안으로 뛰어들어 기물을 부수기 시작했다. 사람들이 도망쳤고, 그는 미처 응급치료를 다 받기도 전에 다시 끌려갔다. 의식을 차리고 보니 군용 트럭에 실려 있었고, 그는 다른 사람들과 함께 조선대학교 운동장에 내려져 거기 수용되었다.

　*임병준(21세, 타일공)씨는 당시 어느 식당의 내부 수리 공사차 타일을 사기 위해 오토바이를 타고 나갔다. 물건을 싣고 돌아오는 길에 미처 피하지 못하고 진압봉에 머리를 맞아

정신을 잃었다. 깨어나 보니 군용 트럭 위였는데, 그가 몸을 꿈틀거리는 걸 발견한 공수가 '어, 저 새끼 살았네!' 하며 그를 금남로로 끌고 갔다. 잡혀온 시민들과 함께 팬티만 남긴 꼴로, 그는 피를 흘리며 잠시 후 31사단 연병장에 수용되었다.

* 최영옥(여, 18세, 재단사)씨는 옆방의 부부를 따라 시내 구경을 나갔다가 금남로에서 공수대원의 진압봉에 뒷머리를 맞고 쓰러졌다. 수많은 사람들이 땅바닥에 뒹굴고 있는 틈바구니에서, 그녀는 죽은 척하고 있으면 더 이상 맞지 않으리라 생각하고 엎드려 있었다. 그러자 '어, 이년이 죽은 척해' 하며 공수가 끌어내더니, 마구 짓밟고 때리기 시작했다. 반쯤 의식을 잃은 그녀의 머리채를 공수 하나가 나꿔채더니 질질 끌어다가 시민들이 모여 있는 쪽으로 내팽개쳐버렸다. 다시 정신을 잃은 그녀는 이튿날 한일정형외과에 누워 있는 자신을 발견했다.

* 최충용(29세, 오토바이 대리점 경영)씨는 물건을 사러 오토바이를 타고 소방서 부근으로 나갔다. 꽤 많은 시민들이 모여 있었고, 공수부대원들이 화염방사기를 들고 시민들의 해산을 종용하며 위협하고 있었다. 공수는 공중을 향해 높은 각도로 화염방사기를 발사했다. 총구에서 쏟아지는 굉장한 불길에 그는 기가 질렸다. 그때 돌연 최루탄을 터뜨리며 병사들이 공격해왔고, 얼결에 근처의 이발소로 도망쳤던 그는 오륙 명의 공수들에게 체포되어 심하게 구타를 당했다. 몸을 가누지 못할 정도의 그를 병사들은 질질 끌어다가 군용 트럭에 짐짝처럼 던져버렸고, 그는 곧 조선대학교 체육관으로 끌려갔다.
　　　　—『광주오월민중항쟁사료전집』의 증언록에서

한바탕 폭풍이 휩쓸고 지나간 금남로 일대는 이제 완전히 폐허로 변해 있었다. 삐이잇. 길게 호루라기 소리가 울리자 흩어졌던 얼룩무늬들은 일제히 1가 쪽으로 되돌아오기 시작했다.

체포된 사람들을 사오십 명씩 분리시켜 차도에 꿇어앉혔다. 적어도 오백 명은 되어 보이는 숫자였다. 하나같이 반벌거숭이가 된 몸뚱이들은 다시 한참 동안의 체벌과 기합을 받은 뒤, 차례로 트럭 뒤칸에 짐짝처럼 포개진 채 어디론가로 계속 실려나갔다. 이윽고 마지막 한 무리가 실려간 뒤, 부근 길 한쪽엔 그들이 벗어놓고 간 무수한 신발짝과 허리띠·가방·물건 꾸러미 따위가 수북이 쌓여 있었다.

얼룩무늬들은 이제야 모처럼 한숨을 돌릴 수 있게 되었노라고 여기는 표정들이었다. 그러나 그건 불과 잠시 동안이었다. 그들이 채 대오를 완전히 갖추기도 전, 어느새 시민들은 길목마다 새까맣게 다시 모여들기 시작하고 있었다.

'저럴 수가! 대체 어디 숨어 있다가 저렇게 금세 슬금슬금 기어나오고 있는 것인가.'

병사들은 기가 막힌 듯 한동안 멀거니 바라다보고 서 있었다. 한바탕 그렇게 지독스럽게 솎아냈는데도, 군중의 숫자는 조금도 줄어든 것 같지가 않다. 아니, 오히려 더 불어나고 있는 것만 같다. 도저히 믿기 어려운 일이 지금 눈앞에서 벌어지고 있는 것이다.

갑자기 군중 속에서 함성이 터져나왔다. 병사들의 바로 맞은편은 제일교회 신축 공사장이었다. 그 공사장으로부터 한 무리의 시민들이 무엇인가를 땅바닥에 굴리며 이쪽으로 다가오고 있었다. 두 개의 드럼통이었다. 누군가 라이터로 불을 붙이자마자 검은 연기가 확 솟구쳐올랐고, 이내 그들은 병사들 쪽을 향해 드럼통을 굴렸다.
"와아아아아!"
시민들이 일제히 함성을 내질렀다. 그와 거의 동시에, 이번엔 반대편 가톨릭센터 골목으로부터 불붙은 승용차 한 대를 밀고 시민들이 다가온다. 기독교방송이라고 씌어진 그 승용차의 엔진과 내부로부터 검은 연기가 피어오르고 있었다.
"공격 앞으로!"
명령이 떨어지자마자 얼룩무늬들은 야아아아앗, 괴성을 내지르며 또다시 튀어나갔다. 퍼퍼퍼퍼펑. 요란하게 터지는 최루탄의 폭음. 우르르 흩어지는 군중. 도망치려던 후미의 수십여 명이 풀썩풀썩 쓰러졌다.
붙잡은 반벌거숭이들을 끌고 병사들이 제자리로 돌아왔다. 그러나 흩어졌던 시민들 역시 재빨리 차도를 가득히 메우며 모여들기 시작하고 있었다.
"다시, 공격 앞으로!"
그렇게 밀고 밀리기를 몇 차례나 반복하는 사이, 시민들의 숫자는 오히려 갈수록 더 늘어가고 있음이 분명했다. 시민들은 갈수록 더 대담해지고 적극적으로 변해가고 있었다.
병사들은 눈앞의 광경이 차마 믿어지지 않았다. 어느덧 그들에겐 투척할 최루탄도 별로 남아 있지 않은 상태다. 벌써 몇 시간 동안 줄곧 쉴새없이 움직여야만 했던 까닭에 그들의 사지는 점점 무거워가고, 녹진한 피곤이 전신을 억누르기 시작하고 있었다. 다시금 또 한차례의 공격 명령이 하달되기 직전이었다.

병사들은 저마다 지치고 충혈된 눈을 하고 전방을 노려보았다. 끝없이 밀려들고 있는 군중들 앞에서 그들은 불현듯 처음으로 두려움을 느끼기 시작했다.

"이 땅의 밑거름이 되고자
스스로 불사른 꽃다운 혼
여기 고이 잠드소서."
── 고 김동수의 묘비명(망월동 묘지 번호 86)

5월 19일 16 : 00, 백운동 T고등학교

어깨동무를 하고 운동장을 서너 바퀴 돈 뒤, 학생들은 다시 교문 쪽으로 몰려갔다. 대열의 맨 앞은 대부분 삼학년 학생들이었고, 그 뒤에 이학년 그리고 일학년은 맨 후미였다.

교사들은 아까부터 심각한 얼굴로 교문 주위에 모여서서 줄곧 학생들의 시위 광경을 지켜보고 있었다. 교문으로 이르는 경사진 콘크리트 포장길로 대열이 내려서자마자 교사들이 우루루 앞으로 나서며 길을 막았다.

"제발 우리 말을 들어보란 말이다, 이 녀석들아!"

일학년 이반 담임인 박선생이 양팔을 벌려 가로막듯이 하며 외쳤다. 그의 목소리는 벌써 잔뜩 쉬어 있었다.
"막지 마세요, 선생님!"
"우리를 내보내주십시오. 우린 어린애가 아닙니다."
삼학년의 대표 격인 학생들이 안타깝게 소리쳤다. 그들도 쉰 목소리였다.
"알아. 너희들이 어린애가 아니라는 걸 안단 말이다. 그러니까, 어린애가 아니기 때문에, 이러지들 말고 먼저 냉정하게 판단해서 행동해야 한단 말이다. 그래도 내 말을 이해하지 못하겠나!"
박선생의 얼굴이 벌겋게 상기되어 있다. 허연 침방울이 입에서 튀어나왔다.
"선생님, 저희들의 판단은 냉정합니다. 비겁하게 살아서는 안 된다, 4·19 의거도 우리와 같은 고등학생들이 일어서서 이룩한 것이다, 라고 선생님께서도 늘상 수업할 때 말씀하시잖았습니까. 그런데……"
"선생님, 지금 밖에서는 무고한 시민들이 공수놈들의 대검에 수없이 희생당하고 있단 말입니다!"
삼학년 대표들이 완강히 버티었다. 그들의 음성은 잔뜩 들떠 있었다. 마치도 웅변을 하고 있는 것처럼 상기된 표정과 턱없이 격앙된 목소리. 그러나 어색하다거나 우스꽝스레 느끼기에는 분위기가 너무 심각했다. 교문 밖, 불과 몇십 미터 거리엔 무장한 군인들이 포진해 있었다. 교내에서 시위가 시작된 직후, 어떻게 알았는지 계엄군은 교문 앞을 포위했던 것이다.
교복 차림의 학생들은 스크럼을 풀지 않은 채 그 자리에 정지해 있었다. 누군가 구호를 외치자 모두들 따라 연호했다.

"그만! 그만! 나하고 한 번만 더 얘기를 해보자. 그리고 나서도 정 뛰어나가겠다면 우리도 막지 않겠다."
또 다른 교사가 앞으로 나섰다. 국사 담당인 정선생이었다. 박선생과 함께, 정선생은 학생들로부터 신뢰를 받는 몇 명의 교사들 중 한 사람이었다. 불과 몇 주 전 한차례 있었던 교내 시위도 사실은 재단측에서 그들 소위 문제 교사들을 몰아내려 한다는 소문이 발단이 되었다. 그들 몇몇 교사들이 삼학년 시험지 대금 부당 거출을 둘러싼 문제를 시정하도록 요구한 것이 빌미가 되었는데, 그보다는 그들이 오랫동안 재단과 학교 당국의 골칫거리였기 때문일 거라는 소문이 학생들 사이에 돌았던 것이다.
정선생은 목소리를 가라앉혀 애써 침착하게 말했다.
"우리는 여러분의 불타는 정의감과 사명감을 안다. 그리고 정말이지 너무나 뿌듯하고 자랑스럽다. 불의를 보고 그냥 지나치지 않으려는 용기 있는 여러분이 있는 한, 이 나라의 앞날엔 그래도 희망이 있는 것 같다."
학생들은 모두들 입을 다문 채, 그들이 존경하는 교사의 얼굴을 바라보며 서 있었다. 조금 전까지만 해도 더러는 키득키득 웃음을 흘리며 대열에 섞여 운동장을 뛰어 돌던 녀석들도 문득 진지한 눈빛이 되어 있었다.
"그러나, 지금 나간다면 헛된 개죽음이다. 지금 이 자리가 아니더라도 얼마든지 저들과 싸울 기회는 있다. 그런데도 나갈 테냐?"
정선생의 음성은 다급하게 떨리고 있었다. 비장감마저 감도는 시선으로 그는 눈앞에서 어깨동무를 하고 있는 천여 명 어린 제자들의 얼굴을 응시했다.
하나같이 민숭하니 밀어넘긴 머리, 답답하게 죄는 교복 칼라

위로 드러난 가늘고 여린 목, 솜털 사이로 여드름이 돋아난 앳된 얼굴, 얼굴들……

사춘기를 갓 벗어난 그 학생들을 각자 하나의 어엿한 인격체로 대해야 한다고 정선생은 늘 생각하면서도, 막상 그들은 그의 눈에 거의 언제나 아직 어린아이로만 여겨지곤 했다. 하지만 지금 이 순간, 정선생은 그들 모두가 어른스럽고 당당하게 느껴지는 것 같았다. 바로 그것이 그를 굉장한 두려움에 사로잡히게 만들었다. 저 순수하고 단순한 아이들이 다만 뜨거운 정의감만으로 지금 총구 앞으로 뛰어들겠다며 서두르고 있다. 그 결과는 뻔한 것이다. 그걸 막아야 한다. 그것이 교사의 임무였다.

"나가겠습니다. 여기서 이렇게 비겁하게 지켜보고만 있을 수는 없습니다!"

"학우 여러분! 나갑시다!"

예의 대표 격인 학생들이 다시 선동했다.

"좋다! 나가려면 우리들을 밟고 나가라!"

정선생이 땅바닥에 털썩 주저앉았다. 박선생과 또 다른 서너 명의 교사도 연달아 주저앉았다. 나머지 대부분의 교직원들은 교문 주위에 모여서서 잔뜩 긴장한 채 그들을 지켜보고 있었다.

학생들은 한동안 말없이 서 있었다. 땅바닥에 주저앉아 완강히 길을 막고 있는 교사들, 그리고 그 곁을 지키고 서 있는 다른 교사들의 잔뜩 질려 있는 표정들을 훔쳐보며, 그들 역시 새삼스레 놀라는 기색이었다.

그들은 교문 너머 저쪽에 포진해 있는 다섯 대의 군용 트럭, 그리고 이미 한길로 통하는 교문 진입로 입구를 완전히 차단한 채 대열을 갖추고 도열해 있는 일개 중대 가량의 계엄군 병사들을 겁먹은 눈으로 내려다보았다. 앞에총을 하고 이쪽을 향해 서 있는 그 낯선 병사들의 대열은 거대한 장벽처럼 보였다.
 학생들은 주춤거렸다. 누가 먼저랄 것도 없이 하나둘 스크럼을 풀었다. 주저앉아 앞길을 막고 있는 교사들이 아니더라도, 그들은 어느새 저마다 내심 뒷걸음질을 준비하고 있었다. 군중의 열기가 식어버리자 음산한 죽음의 공포가 비로소 보다 확실하게, 어린 그들의 겨드랑이 사이로 재빨리 기어들기 시작하고 있었다.
 "학우 여러분. 시내로 나갑시다."
 누군가 소리를 쳤다. 그러나 이미 힘이 빠진 그 목소리는 흔들리고 있었다.
 "갈 테면 밟고 넘어가란 말이다, 우리를."
 박선생이 외쳤다.
 "선생님."
 "선생니임……"
 누군가 흐윽 하고 울먹였다.
 "각자 교실로 돌아가라. 빨리."
 교사들이 앞으로 나서며 그들을 몰아댔다. 아이들은 하나둘 등을 돌려 저마다 교실을 찾아 느릿느릿 흩어졌다. 주저앉았던 교사들도 일어섰다. 마지막까지 남은 삼학년 학생들의 등을 두드려주며 걸음을 옮기는 교사들의 눈도 벌겋게 젖어 있었다.
 교실 유리창 너머로, 아이들이 흩어지는 것을 보고 수길은 제자리에 돌아와 앉았다. 수길은 아까부터 교실에 남아 있었던 것이다.
 아침에 등교해보니 분위기가 심상치 않았다. 전날 시내에서 벌어졌다는 믿기 어려운 일들이며 이날 아침 등교길에 보고 겪은 이야기로 교실은 온통 시끄러웠다. 전에 없이 지각생이 많았고, 아예 결석한 아이들도 넷이나 되었다. 수업을 시작하긴 했지만 금방 무슨 일이 일어날 것만 같이 어수선한 분위기였다. 아이들의 질문에 선생님들은 애써 대답을 피하는 기색이 역력했다.

마침내 점심 시간이 되자마자 아이들은 일제히 운동장으로 몰려나갔다. 4교시 직후 교무실의 종이 난타로 울리면 전교생은 운동장으로 모이라고, 삼학년 선배들이 쉬는 시간에 각 교실을 돌며 알렸던 것이다.

어깨동무를 한 채 운동장을 몇 바퀴 돈 다음, 연단을 중심으로 모였다. 삼학년 대표 학생 하나가 연단에 올라가 주먹을 흔들며 외쳤다.

"학우 여러분. 지금 금남로에서는 사랑하는 우리 부모 형제가 공수부대의 총칼과 몽둥이에 다 죽어가고 있습니다. 이런 상황에서 우리 고교생들이 이대로 앉아 있을 수만은 없습니다. 우리도 시내로 나가 공수놈들과 싸웁시다……"

그 사이 교문 밖엔 군용 트럭 다섯 대가 도착했고, 계엄군들은 총구를 교문 쪽으로 향한 채 대오를 갖추었다. 학생들은 한동안 운동장 안을 뛰어다니며 구호를 외치고 노래를 불렀다. 그런 어느 사이엔가 수길은 슬그머니 그 대열에서 빠져나와 교실로 들어와버렸던 것이다. 교실마다엔 합류하지 않은 삼분의 일 정도의 아이들이 남아 서성거리고 있었다.

나갔던 아이들이 교실 안으로 우루루 몰려들어오기 시작했다. 미처 먹지 못한 도시락을 일제히 풀고 젓가락질을 하면서, 저마다 열에 들떠 소리를 지르기도 하고, 난생 처음 대견한 일을 했다는 도취감에 히히덕거리기도 했다. 수길은 책상 앞에 앉아 수학책을 들여다보는 척 앉아 있었다.
"수길이 너, 안 나오고 여기 남아 있었구나. 비겁한 짜아식."
짝인 재성이가 의자를 당겨 앉으며 어깨를 쿡 쑤셨다. 수길은 못 들은 척했다.
"야, 너도 고등학생이냐 임마?"
"모르면 입 닫아. 나도 운동장 돌다 왔어."
"돌면 뭘 허냐? 짜식, 군바리들 나타나니까 겁먹고 내뺀 주제에……"
"이 자식이!"
수길은 책을 탁 덮고는 재성을 쏘아보았다. 녀석의 얼굴을 갈겨주고 싶었다. 담임선생이 나타난 건 바로 그때였다.
담임은 전에 없이 애써 우스갯소릴 하기도 했지만, 굳은 얼굴이었다. 오늘 수업은 더 이상 없으리라는 걸 아이들은 짐작했다. 그러나 담임은 좀처럼 종례 끝, 이라는 말을 하지 않고, 자주 창 밖으로 고개를 내밀어 교문 쪽을 내다보곤 했다. 문득 실내 방송을 통해 교감의 목소리가 흘러나왔고, 담임은 반장에게 자습을 시키게 하고는 서둘러 교무실로 내려갔다. 그러나 담임은 이내 모습을 나타냈다. 그리고 내일부터 당분간 무기한 가정 학습을 하게 되었다는 발표를 했다.
의외의 발표에 아이들은 놀랐다. 당분간 등교하지 않아도 된다는 사실에 은근히 좋아하는 아이들도 많았다. 그러나 뭔가 사태가 심각하게 돌아간다는 표시이기도 했다. 아이들은 저마다 불안스레 눈길을 마주쳤다.
그러는 사이, 난데없이 어른들이 복도 유리창을 기웃거리는 모습이 보였다. 담임선생이 일어나 나가더니, 이내 들어와 말했다.
"안호준, 이은채. 가방 들고 귀가해라. 부모님이 오셨다."
 아이들이 와르르 웃어댔다. 어느 틈에 교무실에서 가정마다 연락한 모양이었다. 불안감이 역력한 표정으로 나타난 학부모들의 손에 이끌려 더 많은 아이들이 불려나갔다. 삼십 분쯤, 그렇게 교실에 앉아 있으려니, 이윽고 담임은 나머지도 모두 귀가하라고 지시했다. 한눈 팔지 말고 곧장 집으로 가야 한다는 당부를 되풀이하면서.
 수길은 혼자 교실을 빠져나왔다. 복도 입구에서 정민이가 기다리고 있다가 히죽거리며 다가왔다.
"야, 너도 데모했지? 에이, 한번 교문 밖으로 밀고 나갔더라면 공수부대하고 신나게 붙었을 텐데, 김샜다야."
 정민은 무슨 병정놀이라도 하다 만 듯 수선을 떨었다. 둘은 교문을 나섰다. 어느 틈에 철수했는지, 입구를 막고 있던 계엄군의 트럭은 보이지 않았다. 문방구 모퉁이에 무전기를 등에 멘 사병 하나와 중사가 서 있을 뿐이었다.
 시내버스를 기다리는 아이들이 길가에 웅성이며 모여 있었다. 한참을 기다려도 버스가 나타나지 않았다. 많은 아이들이 기다리기를 단념하고 흩어지고 있었다. 수길과 정민은 집까지 걷기로 했다.
 남광주역 뒤쪽 비포장길을 지나 건널목에 이르렀을 때, 왼쪽 전남대병원 앞 로터리 쪽이 소란스러웠다. 얼룩무늬 병사들이 차도를 완전 차단하고 있고, 반대편 길목마다엔 그보다 훨씬 많은 숫자의 시민들이 모여 대치하고 있었다.
"수길아, 저기 한번 구경하고 가자. 공수부대가 틀림없지?"

봄 날 199

정민이 호기심에 찬 눈으로 말했다. 그러고 보니, 둘은 아직 가까이서 직접 공수부대를 구경해보지 못한 참이었다. 수길은 잠자코 집으로 가는 철길로 접어들었다.
"그냥 가자."
"얌마, 뭐가 무서워서 그러냐? 멀리서 구경하다가 토끼면 될 텐디."
"집에다 가방 놓고 나오면 되잖어."
"짜식, 겁도 되게 많네."
정민이 투덜대며 뒤를 따라왔다.
수길은 말없이 걷기만 했다. 겁 많은 놈이라는 소리가 싫었다. 하지만 아까는 왜 그랬을까. 대열에 휩쓸려 운동장을 돌며 구호를 외치고 노래를 부를 때까지만 해도 그렇지 않았다. 그러다 문득 교문 너머로 나타난 군인들의 모습을 보는 순간, 수길은 가슴이 덜컥 내려앉는 것 같았다. 그때 어째서 하필 외할아버지의 얼굴이 뇌리에 퍼뜩 떠올랐을까. 삼 년 전 그해 겨울, 낙일도 화포리 선창에서 총을 든 전경들에게 끌려가던 외갓집 어른들의 모습. 구경꾼들의 틈에 섞여 놀란 가슴을 콩닥이며 지켜보았던 그 무섭고 아픈 기억이 돌연 시야를 가렸고, 바로 그 순간 수길은 겁에 질리고 말았던 것이다.
수길은 집으로 향하며 줄곧 외할아버지와 외삼촌을 생각했다. 외할아버지가 계실 광주교도소는 그리 멀지 않은 거리다. 불현듯 외할아버지가 보고 싶었다. 이번 주말엔 수희누나를 졸라서 꼭 면회를 가보리라고 수길은 생각했다.
조선대학교 정문 부근에 공수부대원들의 모습이 얼핏 눈에 띄었다. 아침에 등교할 때 보았던 숫자보다 훨씬 더 늘어난 듯 보였다. 철길 주변의 주민들 몇이 연신 그쪽을 흘금거리며 골목 어귀에 모여 불안스레 수군거리고 있었다. 수길과 정민은 서둘러 철길을 건넜다.
　집은 조용했다. 안집의 목포댁은 어디로 나갔는지, 아이들만 마루 위에서 만화책을 뒤적이고 있을 뿐이다. 자취방 문을 따고 들어가 잠시 방바닥에 등을 붙인 채 쉬고 있을 때였다. 문득 골목 바깥에서 떠들썩한 기척이 들려왔다.
　"아줌니, 빨리 조까 나와보시요!"
　대문을 거칠게 밀어제치며 누군가 다급하게 소리를 질렀다. 수길이 고개를 내밀고 보니, 길 건너 구멍가게 남자였다.
　"왜 그러세요. 아줌마는 어디 나가신 모양인디……"
　"아이구, 어쩐다. 얼릉 좀 나가 찾어봐. 일났당께. 하씨가 다쳤능갑서!"
　"예에? 아저씨가요?"
　둘은 벌떡 일어나 밖으로 달려나갔다. 마침 골목 안으로 사람들이 하씨를 부축한 채 들어오고 있었다.
　"어서 안으로 데리고 들어가."
　"아이구머, 저 피 조까 봐!"
　"머리가 깨졌능갑서. 세상에, 어째사 쓸꼬이!"
　골목 아낙네들과 구멍가게 주인남자가 번갈아 소리를 지르며 하씨를 마루 위에 눕혔다. 정민은 목포댁을 찾으러 다시 뛰어나갔다.
　하씨의 몰골은 험악했다. 정수리가 깨어졌는지, 이마와 뺨으로 쉴새없이 피가 흘러내리고 있었다. 근무복인 하늘색 와이셔츠 역시 피로 얼룩져 있고, 단추가 뜯겨나간 채 한쪽 어깻죽지의

봄 날　201

셔츠 자락이 찢어져 너덜거렸다.
"와이구메, 그 개 같은 놈들이 나를……"
하씨는 피투성이가 된 채 마루에 누워 분에 겨운 듯 악을 썼다. 하씨의 손엔 피 묻은 손수건이 아직 쥐어져 있었다.
"솜 꺼내와. 솜이 없으면 타월이라도, 어서!"
"아까징끼나 옥도정기 같은 거 없소, 아저씨?"
여자들이 말했다. 수길은 안방으로 들어가 두리번거렸다. 어디에 무엇이 있는지 알 턱이 없었다. 얼핏 헌 타월이 못에 걸려 있기에 그걸 들고 나왔다. 구멍가게 남자가 타월로 하씨의 깨진 머리를 감쌌다.
"아까징끼, 아까징끼 없어?"
"그것보담은, 이렇게 머리 터진 디는 된장이 좋다는디."
"어따, 요즘 세상에 누가 된장을 다 처바른다요? 좋은 약 썼는디."
"아, 이러고 있어서는 안 되겄어. 병원으로 옮겨야제."
이러니저러니 하고 웅성대며 대충 하씨의 얼굴을 닦아주고 있으려니, 그제서야 목포댁이 허둥지둥 나타났다. 마침 미장원에서 머리를 지지고 있던 참인지, 머리에 터번같이 생긴 보자기를 뒤집어쓴 목포댁은 남편을 보자마자 와악, 울음부터 터뜨렸다.
"오메오메, 금자 아부지. 이것이 시방 무슨 일이다요!"
피투성이가 된 남편의 얼굴을 부둥켜안는 목포댁의 두 손이 와들와들 떨렸다.
"이 염병맞을 여편네가! 느이 서방이 뒈졌냐 어쨌냐? 왜 울고불고 지랄여!"
누워 끙끙대던 하씨가 그 통에도 고함을 질렀다.

"어쩌다가 이랬소? 사고가 난 거요?"

구멍가게 남자가 물었다. 하씨는 생각보다 쉽게 허리를 세워 앉았다.

"사고라니라우. 그 개만도 못헌 공수새끼가, 다짜고짜 총 개머리판으로, 머리를 갈기더란 말이오!"

택시를 몰고 소방서 앞을 지나다가 그랬다고 하씨는 말했다. 금남로가 막혀 멋모르고 그 길로 돌아오려는데, 때마침 소방서 앞에서 공수부대와 시민들이 한바탕 맞붙은 직후였다. 서둘러 차를 뒤로 빼려는데, 부상한 젊은이 하나를 시민들이 들쳐업고 달려와 뒷자리에 태우더라고 했다. 대검에 찔렸는지 옆구리로 피를 콸콸 쏟는데, 언뜻 보니 허연 창자 같은 것이 한 뼘 가량 삐죽이 기어나와 있었다. 벌써 낯빛이 허옇게 질린 채 반은 죽어가고 있는 청년을 싣고 정신없이 공용터미널 로터리를 돌아나오려는데, 공수들이 다짜고짜 차를 세우더니 몽둥이로 택시 옆유리를 박살내더라고 했다. 몸도 가누지 못하는 그 젊은이를 억지로 끌어내는 걸 보고, 그러지 말라고 사정을 하려는데, 대번에 정수리를 내갈기고 말더라는 거였다. 얼결에 차를 몰고 도망치듯 빠져나오는 참이라고 했다.

"허참, 집으로 오지 말고 먼저 병원으로 갔어야제, 이 사람아!"

구멍가게 주인이 말했다.

"어따, 속 모르는 소리 마시오. 온 시내가 시방 난리란 말요. 택시 기사들이 벌써 세 명이나 죽었다는 소문입디다. 개 같은 놈들, 우리 기사들이 무신 죄가 있어? 시위대고 뭣이고 가릴 것 없이 무조건 눈에 띄는 대로 푹푹 쑤셔대니라고 그놈들 눈이 뒤집혀 있는디, 이 꼴을 하고 가다가는 영락없이 잽혀 죽을 판이랑께. 옷이라도 갈아입고 병원으로 가야제. 가다가 맞아죽더라도 행방이나 알려놓고 죽을라고 집으로 왔단 말요. 아이고, 대가리가 박살이 났능갑네. 와이고오."

하씨가 머리를 싸쥐고 또 비명을 질러대기 시작했다.

"안 되겄소, 빨리 병원으로 옮깁시다! 피를 너무 많이 흘렸단 말요."

"내가 업을라요. 이봐, 학생들. 자네들도 따라와. 교대로 업어야제."

"아, 알았습니다."

구멍가게 주인이 하씨를 업었다. 수길과 정민도 급히 따라나섰다. 목포댁이 남편의 옷가지와 구두를 그러안은 채 허겁지겁 따라왔다. 영문도 모르는 아이들의 겁에 질린 울음 소리가 등뒤에서 터져나왔다.

전남대병원은 집에서 불과 십여 분도 채 되지 않는 거리였다. 골목을 돌아나가면 바로 병원의 뒷담이었다. 행인들이 걸음을 멈추고 그들을 쳐다보았다. 구멍가게 남자가 무거워 끙끙대자, 하씨는 걷겠다며 내려달라고 말했다. 비틀대는 하씨를 여럿이서 부축하면서 병원 건물로 들어섰다.

"응급실로 데려가시오. 복도를 돌아서 병동 오른쪽 모퉁이에 있소."

복도에서 마주친, 흰 가운 입은 사내가 손가락으로 대충 가리켜주고는 총총걸음으로 사라져버렸다. 복도를 한참이나 돌아가보니, 유난히 많은 사람들로 북적이는 방이 나타났다. 응급실이었다.

응급실 안은 이미 북새통이었다. 십여 개쯤 되는 침대마다 피투성이의 환자들이 비명을 질러대고 있었다. 침대가 부족해서 바닥에 깔개만 깔아놓고 누워 있는 사람들. 그리고 바깥 복도에도 더 많은 부상자들이 깔개나 긴 나무 의자에 눕혀져 있다. 시장 바닥처럼 어수선한 좁은 공간엔 흰 가운을 입은 의사와 간호사 그리고 환자의 보호자들이 한데 뒤섞여 법석이었다.
"이 환자, 안 되겠어. 빨리 중환자실로 옮겨."
"안 됩니다. 중환자실도 가득 찼어요."
"뭐라구? 그럼 어쩌란 얘기야?"
"할 수 없습니다. 여기 둬야죠."
"안 돼. 당장 수술 들어가야 한단 말야!"
"잠깐만요. 제가 갔다오죠."
수길의 바로 곁에서 젊은 의사 둘이 다급하게 주고받고 있었다. 수길은 출입구 옆 침대에 누워 있는 청년을 내려다보았다. 무엇에 깔려 짓뭉개져버린 것일까. 대학생 같아 보이는 더벅머리 청년의 얼굴은 믿어지지 않을 만큼 통통 부어 있었다. 그 곁의 또 다른 침상의 중년 사내는 이미 죽어 있는 게 아닌가 싶게 의식을 잃은 채 꼼짝도 하지 않고 누워 있었다. 벌거벗겨놓은 사내의 복부에 피 묻은 붕대가 친친 감겨 있었다.
"아아악. 어무니잇. 나 죽네. 나 죽어어!"
"참아! 참으란 말요. 안 그러면 당신 이대로 죽을지도 모른다구!"
맞은편 침상의 삼십대 남자가 고래고래 악을 써대기 시작했다. 의사와 간호사들이 서너 명씩 달겨들어 남자의 팔다리를 잡아 누르는 사이에, 또 다른 의사가 뭔가 가제 뭉치 같은 것을 한 움큼 집어들고 남자의 옆구리를 씻어내고 있었다.

"선생니임, 여기부텀 봐주시요! 예?"
목포댁이 안경 쓴 의사를 잡고 안타깝게 소리를 질렀다.
"기다려요, 아줌마. 우리가 지금 놀고 있습니까?"
"그러지 말고 우리 남편부터 봐주시랑께요. 골이 깨졌단 말이요!"
"아줌마, 벌써 봤어요. 그 정도는 지금 아무것도 아뇨. 눈이 있으면 한번 보쇼. 당장 죽어가는 사람이 수두룩한데, 기다리란 말요. 기다려!"
젊은 의사는 피로 흥건히 젖은 팔소매를 뿌리치며 고함을 쳤다. 모두가 제정신이 아니었다. 환자들도, 의사들도, 보호자들도, 하나같이 낯빛이 누렇게 질려 허둥대고 있었다.
그 사이 간호사가 하씨의 머리를 붕대로 감고 있다. 하씨는 머리를 맡긴 채 바닥에 주저앉아 눈만 멀뚱거리고 있었다. 비명 소리, 울음 소리, 어서 손을 써주지 않는다고 퍼부어대는 욕설 소리, 역한 피비린내와 부상자들의 온갖 끔찍한 몰골들…… 아수라장 같기만 한 응급실 안의 풍경에 하씨조차 질려버린 모양이었다. 그건 목포댁이나 구멍가게 주인도 마찬가지였다.
"당신들은 뭐야! 여기 구경하러 온 거요? 빨리 비켜주시오."
산소통을 허겁지겁 밀고 들어오던 직원 하나가 눈을 부라리는 바람에 수길과 정민은 급히 밖으로 쫓겨나왔다. 이내 대충 응급처치만 마친 하씨와 목포댁이 복도로 밀려나와 한쪽에 쪼그려앉았다.
"수길이 학생. 그만 집으로 돌아가서 우리 아그들 좀 봐주소. 절대로 집 밖으로는 한 발짝도 못 나가게 하고. 알았제?"
목포댁이 신신당부를 했다. 더 있어야 할 이유가 없었으므로,

둘은 구멍가게 주인과 함께 밖으로 나섰다. 그 동안에도 부상자들은 쉴새없이 밀려들어오고 있었다. 대부분 머리를 다치거나 팔다리가 부러진 것 같았다.

현관 계단을 내려서다가 수길은 헛구역질을 했다. 속이 매스꺼워 연신 침을 뱉어냈다. 돌아보니 정민 역시 낯빛이 창백하게 질려 있다.

수길은 방금 보았던 무서운 광경들이 차마 믿어지지 않았다. 어제와 오늘, 숱하게 들었던 그 끔찍한 소문들을 듣고 나서도 수길은 그다지 놀라지 않았었다. 교실에서 아이들의 입을 통해 쏟아져나온 갖가지 이야기에도, 그리고 어깨동무를 하고 운동장을 돌 때까지만 해도, 그저 막연히 어떤 전쟁 영화의 기억을 떠올렸을 뿐이었다.

수길은 자꾸만 두 무릎이 후들후들 떨려왔다. 목구멍으로 쓰디쓴 물이 올라왔다. 정민도 마찬가지였다. 아까까지만 해도 병정놀이라도 하듯 들떠 덤벙대던 녀석은 갑자기 겁에 질린 눈길을 연신 좌우로 보내며 종종걸음을 하고 있었다.

그들은 비로소 조금씩 깨닫기 시작했다. 지금 자신들의 눈앞에서 벌어지고 있는 이 충격적인 상황은 결코 소문 속의 흥미있는 이야기도 전쟁 영화도 아닌 것이 분명했다.

집으로 돌아와보니, 마침 소식을 듣고 길례가 와 있었다. 여고 삼학년인 길례는 목포댁의 동생이었다. 춘태여고 옆에서 자취를 하고 있어서 늘상 제집처럼 드나들던 터였다.

"우리, 시내로 구경 가자. 꼬마들은 저 뚱순이가 왔으니 맡겨놓고."

"괜찮을까? 공수부대가 쫙 깔렸다든디."

"그냥 뒤에서 구경만 하다가, 여차하면 토끼면 되지 뭐. 가자, 응?"

"좋아. 가보자."

정민의 말이 아니더라도 수길은 내심 그러고 싶던 참이었다. 운동화 끈을 단단히 조이고 나서 둘은 시내로 나섰다.

처음엔 샛길로만 찾아다녔다. 광주공고 부근부터는 큰길로 나섰다. 생각했던 것보다는 위험해 보이지 않는 것 같아서였다. 민간인 차량은 통행이 뜸했다. 이따금 화물 트럭이나 승용차 한두 대가 간간이 지나쳤다. 행인들은 많았다. 대부분 상황을 살피러 밖으로 나온 눈치였다. 사람들은 하나같이 불안하게 서두르는 걸음이었다. 연신 두리번거리면서, 어디선가 시위를 하는 듯한 소리가 들리면 그쪽으로 우루루 달려가곤 했다.

사람들 틈에 섞여 수길과 정민은 이곳저곳 돌아다녔다. 차츰 두려움이 사라지고 대담해졌다. 그런 자신들의 변화에 둘은 내심 스스로가 대견하게 여겨지기까지 했다.

노동청 네거리에 꽤 많은 시민들이 모여 도청 광장 쪽을 바라보고 있었다. 광장으로 이르는 차도를 전투경찰부대가 방패를 들고 차단하고 있었다. 공수부대는 광장 안쪽을 점령하고 있는 듯했다. 거기서 금남로는 보이지 않았다. 와아아, 하는 함성 소리와 콩 볶는 듯한 최루탄의 폭발음이 간헐적으로 들려왔다. 금남로 일대에선 여전히 밀고 밀리는 중이라고 사람들이 말했다.

"가톨릭센터 옥상에 숨어 있던 공수놈들을 시민들이 붙잡아서 두 놈을 죽여버렸다네. 도망치는 걸 그 자리에서 잡아가꼬 박살을 내버렸다여!"

"참말, 그랬답디다. 그 개새끼들을 그냥 갈가리 찢어서 죽여부렸다고 안 허요!"
 "대동고등학교랑 전남고 학생들까장 들고일어나가꼬 시내로 뛰어나왔다여."
 "허, 고등학생들까장 일어났으니, 인자 참말로 불이 붙었구마이. 젊은 혈기에 물불 안 가리고 달라들 텐디."
 "두고 보시요. 온 광주 시민이 몽땅 합심해서 들고일어나면, 공수놈들 아니라 전두환이도 끝장이 날 것잉께."
 어른들이 저마다 격앙된 목청으로 주고받고 있었다. 자기네 학교 이름을 들먹거리는 바람에 수길과 정민은 절로 어깨가 으쓱거려졌다. 그러나 거리로 뛰쳐나왔다는 건 사실이 아니었다. 그 때문에 수길과 정민은 아까 선생님들을 밀어내고 교문 밖으로 진짜로 뛰쳐나오지 못한 것이 새삼스레 억울한 생각마저 들 지경이었다.
 머리 위로 두 대의 헬기가 끊임없이 맴을 돌고 있었다.
 "시민 여러분, 집으로 돌아가십시오. 어서 집으로 돌아가십시오. 일부 불순분자들의 선동에 휩쓸리지 말고 어서 집으로……"
 프로펠러 소리와 함께 선무 방송을 반복하는 사내의 목소리가 들렸다.
 "야, 이 개새끼들아. 불순분자는 누가 불순분자야!"
 "누구 기관총 없나. 저놈의 헬기를 드르륵 갈겨버리면 속이 다 후련하겠구마는."
 사람들이 고개를 젖히고 주먹을 쳐들어보이며 욕을 퍼부어댔다.
 "야, 이 전두환이의 똥개들아! 우리가 무서워할 줄 알어?"
 정민이가 덩달아 주먹을 흔들며 외쳤다. 곁에 서 있던 중년 남

봄 날 209

자가 돌아보더니 빙긋 웃었다.
"공수부대다!"
별안간 누군가 고함을 질렀다. 조선대학교 쪽 로터리로 몇 대의 군용 트럭이 달려오고 있었다. 사람들이 일제히 흩어져 도망쳤다. 그러나 트럭은 노동청 앞에서 커브를 돌아 도청으로 사라졌다. 뒤칸에 탄 얼룩무늬 군복들 몇몇이 보였다. 뭔가를 실어나르는 보급 차량인 듯싶었다. 트럭이 멀어지자 이내 사람들이 차도를 다시 채웠다.
수길과 정민은 그곳을 떠나 청산학원 쪽으로 돌아갔다.
"금남로 쪽으로 가보자. 여기선 도청 앞 광장이 잘 보이지 않잖냐."
그러나 광주에 온 지 얼마 되지 않는 수길에겐 그 부근은 낯설었다.
"너, 길을 잘 아냐? 멋모르고 가다가 어쩌려고 그래?"
"염려 마, 촌놈. 내가 이 일대는 쫙 꿰고 있단 말이다. 나만 믿어."
장동 로터리를 돌아서던 둘은 전신전화국 앞에서 한바탕 충돌이 벌어지고 있음을 발견했다. 둘은 누가 먼저랄 것도 없이 그쪽으로 달리기 시작했다.
문화방송 앞 도로엔 불에 탄 승용차들이 내버려져 있었다. 시커멓게 그을린 흉한 몰골. 다섯 대 가운데 두 대에서는 아직도 매캐한 연기가 몽글몽글 피어올랐다. 그것들은 방송국의 차라고 했다. 이동 취재 차량이라고 씌어진 옆의 소형 버스는 온전하게 남아 있었다.
한 시간 전쯤 시민들이 방송국으로 몰려들었다고 했다. 건물을 지키고 있던 31사단 소속 병사 네 명이 셔터를 내리고 사격 자세를 취했다. 그들에겐 공포탄밖에 없다고 누군가 소리치자 사람들은 돌을 던지며 밀고 나갔다. 군인들은 과연 발포하지 못하고 붙잡혔다. 성난 시민들이 구타를 하고 철모와 총을 빼앗았는데, 그 틈에 셋은 달아나고 한 명만 다시 잡혔다고 했다.
"몇몇 사람들이 그놈을 죽여버려야 한다고 하잖겠어? 내가 나서서 한사코 말렸제. 공수부대가 나쁜 놈들이제, 이 군인들이야 영장받고 입대한 31사단 육군 졸병인디 무신 죄가 있겄느냐고 말이여. 그랬등마는, 모다들 총도 다시 돌려주고, 그 군인을 풀어주었제. 그러고 나서 이 차들을 차고에서 굴려내가꼬 불을 질러부린 것이여. 이 판국에 방송국이 엉터리 보도만 하고 있다고 말이지……"

연기를 피워내고 있는 그 고철 덩어리 옆에서 오십대의 사내가 지켜서서 구경꾼들에게 설명해주었다. 사내는 자신이 사람들을 설득한 일에 대해 자못 자랑스러워하고 있는 기색이 역력했다. 때문에 시위대가 다른 곳으로 옮겨간 뒤에도 그는 거기에 남아서 계속 똑같은 얘기를 되풀이해주고 있는 눈치였다.

또 다른 구경꾼들이 다가왔고, 사내가 아까 들었던 첫 대목을 다시 시작했으므로, 수길과 정민은 그곳을 빠져나왔다.

둘이서 전화국 건물 앞에 막 닿았을 때였다. 돌연 시민들이 와르르 흩어지며 사방으로 도망치기 시작했다. 진압봉을 닥치는 대로 휘두르며 무서운 속도로 내달려오는 얼룩무늬들이 얼핏 보였다. 수길은 정신없이 뛰었다. 눈앞에 아무것도 보이지 않았다. 공포에 질린 비명 소리만 고막을 터뜨릴 듯했다. 한참 뛰다가 멈춰보니, 전남여고 정문 부근이었다.

정민이가 보이지 않았다. 두리번거리고 있으려니, 어느 틈에 정민은 훨씬 더 멀리까지 달아나 있었다. 전남여고 옆 조그만 다리 위에서 둘은 숨을 헐떡이며 쪼그려앉았다.
"야, 완도 촌놈들이 용감한데?"
누군가 등을 툭 쳤다. 수길의 짝인 재성이가 끼득끼득 웃으며 서 있었다.
"너, 아직 집에 안 갔냐?"
그의 손에 책가방이 들려 있는 걸 보고 수길이 물었다.
"얌마, 나라가 망하느냐 마느냐 하는 이 판국에, 집에 가고 안 가고가 문제냐? 상황 파악차 시내 순찰중이다, 짜식아."
재성은 한껏 우쭐대며 말했다. 녀석은 평소에도 늘 그런 투였다.
"상황 파악 좋아하네. 도망쳐다니는 주제에 무슨."
"모르는 소리 마라, 너. 하마터면 골로 갈 뻔했다야. 금남로 중앙극장 앞에서 공수부대새끼한테 아차 했으면 잡혔을 거다. 봐라, 그 통에 내 가방끈까지 떨어졌다."
정말, 녀석은 끊어진 가방 한쪽 끈을 손가락으로 감아 어설프게 들고 있었다.
둘은 한참 동안 녀석의 무용담을 흥미진진하게 들어주었다.
재성은 광주공원 앞에서 시위대와 함께 싸웠다고 말했다. 녀석의 말에 의하면 시위대가 구호를 외치며 투석을 하자 공수들이 최루탄을 쏘며 덮쳤는데, 사람들이 흩어지지 않고 밀고 나가자 후퇴하던 공수 한 명이 다급한 김에 광주천 아래로 뛰어내려 도망쳤다. 시민들이 한꺼번에 쫓아가며 돌을 던져 공수를 쓰러뜨렸다. 곧 공수들이 쫓아와 쓰러진 녀석을 질질 끌고 갔는데,

돌멩이에 찍혀서 얼굴이 엉망으로 짓이겨졌으니, 틀림없이 죽었을 거라고 재성은 장담을 했다.
"양동 복개 상가 근처에서 여고생이 죽었다더라. 지나가는 여고생을 공수새끼들이 붙들어놓고는 저고리를 찢었대. 대검으로 가슴을 쿡쿡 쑤심서 킬킬대는 걸 보고 시민들이 욕을 했더니, 할머니를 발로 지근지근 밟아 반죽음을 만들어놓고는, 대번에 그 여고생의 가슴을 대검으로 푹 쑤셔버렸다지 뭐냐. 그 씹할놈들이!"
재성은 눈앞에 그 공수가 있기라도 하듯 이를 악물며 욕을 퍼부었다.
"그 새끼들을 그냥!"
수길은 전신이 화끈 달아옴을 느끼며 저도 모르게 주먹을 쥐었다. 누군지도 모르는 그 공수의 목에 칼을 찔러넣는 자신의 모습을 떠올리기까지 했다.
금남로로 나가기는 불가능했다. 전화국과 문화방송 사이의 도로는 이미 공수부대가 바리케이드를 쳐버렸고, 밀려난 시위대는 전남여고 후문의 좁은 도로 입구에 모여 있는 참이었다.
셋은 대인시장 쪽으로 이어지는 천변 길로 걸음을 옮겼다. 재성은 다시 금남로에서 보았다는 남자 시체에 대해 이야기했다. 도망치다 쓰러진 남자를 장갑차가 깔아 짓뭉개는 바람에 남자의 허리 아래가 마치 시루떡처럼 납작하니 으깨져 있더라며 연신 침을 뱉었다.
계림극장을 지나 파출소 근처에 왔을 때 재성이가 수길의 옆구리를 쿡 찔렀다.
"야, 느이들 만두 먹고 갈래? 배 안 고파?"

"만두?"
"그래. 저기서 시방 만두집이 우리를 부르고 있잖냐."
재성은 싱글싱글 웃으며 맞은편을 턱으로 가리켰다. 골목 어귀에 빵집이 보였다. 대부분의 점포가 문을 닫았는데, 그 작고 초라한 가게의 유리문은 열려 있었다.
"체, 상황 파악해야 한다더니 무슨 만두 타령이냐."
"짜아식, 데모도 먹어야 하는 거야 임마. 따라와. 내가 사줄게."
건들건들 앞장을 서는 녀석을 뒤따라 그들은 빵집으로 들어갔다. 여학생 둘이 먼저 자리를 차지하고 앉아 오물거리고 있다가 새침한 표정을 지어보였다.
만두를 시켜놓고 앉자마자, 재성은 계집애들에게 들리도록 큰 소리로 다시금 아까의 그 이야기를 늘어놓았다. 빵집 주인여자는 이따금 고개를 내밀어 바깥 거리를 기웃거리곤 했다.
미지근하게 식은 만두는 맛이 별로였지만, 정민과 재성은 그렇지 않은 눈치였다. 수길은 두 개만 먹고 그만두었다. 병원 응급실에서 보았던 끔찍한 광경들이 자꾸만 생각났기 때문이다. 게다가 장갑차에 깔려죽은 시체 이야기를 재성이가 또 되풀이하는 거였다.
그런 어느 순간, 갑자기 바깥이 소란스러웠다. 마침 접시를 비운 참이었으므로, 셋은 밖으로 나왔다. 재성이가 외쳤다.
"야, 장갑차다. 맞지?"
과연 예식장 앞 도로 한가운데에 장갑차 한 대가 멎어 있었다. 다른 군용 차량이나 병력도 보이지 않았다. 고장이라도 난 것일까. 어찌 된 셈인지 그것은 전혀 움직이지 않고 있다. 장갑차 주위로 벌써 꽤 많은 시민들이 모여들고 있었다. 셋은 그곳으로 달려갔다.

수백 명의 시민들이 장갑차를 완전히 에워쌌다. 광주고 쪽에서 이내 또 다른 수백 명이 와아 함성을 지르며 몰려왔다. 그쪽에서 시위를 하다가 소문을 듣고 달려온 모양이다. 그들은 더러 돌멩이나 각목을 쥐고 있었다.
"이거 빈 껍질 아닌가?"
"아뇨, 공수놈들이 안에 들어 있단 말요."
"모두 세 놈이 들어 있소."
"두 놈이라니까. 장교새끼도 있소."
"고장이 난 건가, 움쩍도 안 해."
"트럭 두 대가 앞으로 갔는디, 이놈만 고장이 났는지, 뒤처져가꼬 서부렀소."
"이 새끼들. 잘 만났다! 때려죽여뿌러야 해!"
"비키쇼, 비켜! 위험하단 말입니다!"
흥분한 청년 서넛이 돌멩이를 들고 대담하게 장갑차 앞으로 바싹 다가가더니, 앞면에 붙은 작은 유리창 같은 것을 향해 돌멩이를 던졌다. 그것은 좀처럼 깨지지 않았다. 더 많은 돌멩이들이 장갑차를 쿵쿵 두들겼다. 그래도 안에서는 아무 기척이 없다. 사람들은 더 대담해졌다. 각목으로 쾅쾅 내리찍기도 하고, 발로 차보기도 했다. 누군가 도로 옆의 콘크리트 화분을 길바닥에 부딪혀 깨뜨렸다. 사람들이 그 조각들을 집어들어 한바탕 맹렬히 차체를 두들겨댔다.
"이거 뭐 이렇게 멍청하게 생겼다냐. 꼭 거북이 등껍다구 같네!"
"북 뛰디리디끼 아무리 밖에서 때리고 찍어봤자 꿈쩍이나 할 줄 아쇼? 총알을 맞아도 끄떡없다는 장갑찬디!"
"거, 모다들 방위 출신인갑마."
"와따, 내가 물방위 출신인지 어찌 알아분다요. 쪽집게구마이."
 익살스레 주고받는 소리에 더러는 낄낄대고 따라 웃었다. 그 때 사람들을 헤치고 십여 명의 청년들이 나타났다. 어느 틈에 구했는지, 그들은 저마다 볏짚 무더기며 가마니·판자쪽 따위를 두 팔로 그러안거나 손에 들고 있다. 맞은편 대인시장에서 구했을 것이다. 사람들이 슬금슬금 물러나, 그 광경을 지켜보았다.
 청년들이 짚단에 불을 붙여 장갑차 앞쪽 바퀴 밑으로 밀어넣었다. 와아아. 사방에서 일제히 함성과 박수 소리가 터져나왔다.
"안 되겠어. 문 뚜껑을 열고 안에다가 짚단을 집어넣어야 한다니까."
 스물대여섯 살 가량의 청년이 앞으로 나서며 말했다. 그와 또 다른 청년 하나가 날렵하게 장갑차 위로 올라갔다. 뚜껑을 열려고 했으나 열리지 않자 불붙은 짚단 묶음을 뚜껑 위에 올려놓은 채 뛰어내리더니, 맞은편 인도로 후닥닥 건너갔다.
 연기를 빨아올리며 짚단이 화악 불꽃에 휩싸였다. 한 순간 모두의 긴장된 시선이 그 불더미로 쏠렸다. 그런 어느 순간이었다. 불붙은 짚더미가 삐긋 옆으로 밀려나는가 싶더니 뚜껑이 덜컥 열렸고, 무엇인가가 삐죽이 기어나오는 것을 수길은 언뜻 보았다. 총신이었다.
"탕. 타앙!"
 그와 동시에 허공을 찢어대는 요란한 총성이 터졌다. 아앗. 비명을 토하며 흩어지는 사람들. 수길은 반사적으로 사람들 뒤로 쭈그려앉았다.

"피하지 마! 저건 공포탄이야, 공포탄!"
 여기저기서 공포탄이라고 외쳤다. 도망치던 사람들이 머뭇거렸다. 하지만 수길은 덜컥 겁이 났다. 정민의 손을 잡아끌며 슬슬 걸음을 빨리했다. 순간 다시 쏟아지기 시작하는 총성. 파바밧…… 아스팔트 바닥에서 불꽃이 튕겨오르는 걸 수길은 똑똑히 보았다. 공포탄이 아니었다. 아우성을 지르며 사람들이 흩어지고 있었다.
 수길과 정민은 오른쪽 골목으로 도망쳤다. 얼핏 돌아보니 장갑차가 방향을 휙 꺾어 시내 쪽으로 빠르게 사라지고 있었다. 사람들이 다시 차도로 돌아왔다. 비명 소리가 터져나왔다.
"맞았다! 사람이 맞았어!"
"아이구, 저런!"
 누군가 배를 움켜쥔 채 쓰러져 있었다. 교복을 입은 고교생 같았다. 복부에 맞았는지 벌써 흥건한 피가 아스팔트 바닥으로 번지고 있었다. 사람들이 들쳐업고 계림파출소 쪽으로 허겁지겁 달려갔다. 또 한 사람이 있다는 소리가 들렸다. 반대쪽 같았지만, 몰려든 인파에 가려 볼 수가 없었다. 그리고 이번엔 훨씬 멀리 떨어진 로터리 부근이 왁자지껄했다. 또 다른 희생자였다.
"노인이다. 장갑차가 도망치다가 깔아버렸어!"
 그쪽에서 달려온 청년들이 구호를 외치듯 큰 소리로 말하며 달려 지나쳐갔다.
"개새끼들이, 진짜로 쏘다니! 진짜로!"
"어허, 이거이 뭔 일이란가. 인자는 기어코 발포를 시작했단 말이여!"
"이제야말로 진짜 난리가 터졌구마이! 어쩔꼬, 어째사 쓸꼬……"
　사람들의 낯빛이 허옇게 떠 있다. 그도 잠시, 다시금 주변은 아수라장으로 변하고 말았다. 로터리 방향에서 공수부대가 몰려오기 시작했던 것이다. 공포에 질린 군중들의 물살에 섞여 수길과 정민은 미친 듯 뛰고 또 뛰었다. 숨이 막혔다. 허파가 터질 것만 같았다. 광주고등학교 앞에서야 겨우 군중의 물살은 멈추었다. 수길이 돌아보니, 정민이 새파랗게 질려서 달려오고 있었다.
"크, 큰일났다. 재, 재성이가 잡혀갔어!"
"뭐야?"
"재성이가, 바로 내 뒤에, 이, 있었는데, 너, 넘어져가꼬 공수가…… 끌고 갔단 말이다!"
　숨넘어갈 듯 헐떡이는 정민의 말에 수길은 소스라쳐 고개를 돌렸다. 저만치 차도에서 얼룩무늬들이 몇 명을 연행해가고 있다. 그 속에서 두 손으로 머리를 감싸쥔 자세로 끌려가고 있는 검정색 교복의 뒷모습이 얼핏 보였다. 틀림없는 재성이었다.
　수길은 무릎이 무섭게 후들거리고 있음을 깨달았다. 곁에서 정민은 발을 구르며 허둥대고만 있었다. 둘은 누가 먼저랄 것도 없이 무턱대고 반대편 길로 걷기 시작했다. 무엇인가 머리 위로 후두두 떨어져내렸다. 비가 내리기 시작하고 있었다. 가랑비였다.
"어쩌냐, 수길아. 어쩌면 좋으냐."
"어쩔끄나. 하필이면 재성이를……"
"죽일지도 몰라. 소문, 너도 들었지? 트럭에 싣고 간 사람은 모조리 죽여가꼬, 아무도 모르게 암매장한다잖아."
　둘은 터벅터벅 걸었다. 어느새 어둠이 깔리기 시작하고 있었다. 그래도 거리엔 사람들이 몰려다녔다. 저마다 허둥지둥, 고개를 두리번거리며 웅성거리는 사람들. 어디선지 모르게 소란스런 소리가 끊임없이 들려왔다. 함성 소리 같기도 하고 최루탄 터지는 소리 같기도 한 소리는 도시 전체에 퍼져 있는 것 같았다.

얼마나 그렇게 정신없이 걸었을까. 공용터미널로 이르는 북동의 길모퉁이에서 수길과 정민은 학교 선생님들과 마주쳤다. 멸치라는 별명이 붙은 지리 선생님과 학생과장 선생님이었다.

"이 자식들, 죽고 싶어서 환장을 했구나. 느이들 일학년이지?"

오십대 초반의 지리 선생님은 놀란 표정으로 호통부터 쳤다. 순간 수길은 울음이 터져나올 뻔했다. 재성이가 잡혀갔다는 소식을 정민이 알렸다.

"아뿔싸, 이 철없는 자식들아. 어쩌면 좋으냐."

"안재성이라고 그랬지? 칠반이면, 오선생 담임반이구나. 알았다. 우리가 연락할 테니까, 너희 두 놈은 당장 집으로 돌아가서 처박혀 있으란 말이다."

"빨리 안 가고 뭘 해. 이 녀석들아."

둘은 인사를 하고 한길을 건넜다. 몇 걸음도 채 옮기기 전이었다. 별안간 등뒤에서 헤드라이트의 불빛이 폭포처럼 퍼붓더니 몇 대의 트럭이 급정거했고, 공수들이 튀어나와 미친 듯 휩쓸고 다니기 시작했다. 순식간의 일이었다. 둘은 정신없이 뛰기 시작했다. 한참 뛰다가 자동차 정비소 앞에서 걸음을 멈추고 뒤를 돌아다보았다. 선생님들이 걱정스러웠다.

어찌 된 셈일까. 가로등 불빛이 환한 모퉁이 그 자리에 두 분 선생님들은 아직 엉거주춤 서 있는 거였다. 공수 하나가 그쪽으로 달려가는 게 보였다. 당황한 두 사람이 뭐라고 입을 여는 순간, 공수의 주먹이 두 사람의 얼굴을 세차게 후려쳤고, 연거푸 서너 차례 발길질이 퍼부어졌다. 지리 선생님이 뒤로 풀썩 주저앉는 것 같았고, 공수는 그들을 버려두고 천천히 되돌아갔다. 이내 학생과장 선생님이 그를 부축한 채 허겁지겁 모퉁이로 사라지는 모습이 보였다.

"서, 선생님을, 저 새끼가……!"

정민의 목소리에 울음이 섞여 있었다. 그러나 그곳으로 되돌아갈 수는 없었다. 네거리 일대엔 이미 얼룩무늬들이 대오를 갖춘 채 이쪽으로 천천히 행진해오고 있었다. 척척척척척척…… 아스팔트 바닥을 일제히 두드리는 군홧발 소리가 거대한 기계의 톱니바퀴 소리처럼 울리기 시작했다.

수길은 정민과 함께 다시 도망치기 시작했다. 빗줄기가 얼굴을 때렸다. 수길은 뛰면서 자꾸만 주먹으로 눈물을 훔쳐냈다.

죽음이 창을 넘어 들어왔네. 궁전에까지 들어왔네. 거리에서 놀던 아이들을 모두 잡아갔다네. 장터에 거닐던 젊은이들을 모두 끌어갔다네. 시체들은 밭에 너저분히 널려 있는 거름더미와 같구나.
　　——「에레미야」, 9:20~21

5월 19일 20 : 00, 전남도청 앞 광장

헬멧의 짧은 차양을 타고 빗물이 줄줄 흘러내렸다. 기룡은 고개를 가볍게 까닥여 빗물을 털어낸다. 우의라도 있었으면 좋았을 텐데. 하지만 아침에 출동할 때 우의를 지참하라는 지시 같은 건 없었다. 그건 지금 내무반의 관물대에 얌전하게 접혀 있을 것이다.

하긴 이 판국에 우의 따위를 그리워하고 있다니…… 기룡은 스스로도 어이가 없다. 방패 위쪽 끄트머리를 잡고 있는 손바닥 안으로도 빗물이 주르르 흘러내리기 시작한다.

그는 힘없이 방패를 고쳐 잡았다. 몸에서 아직 마른 상태로 남아 있는 부분이라곤 고작해야 사타구니와 무릎 정강이뿐이다. 방패를 앞으로 비스듬히 눕혀 하체를 가린 채 오랫동안 그렇게 서 있었던 것이다. 조금 지나면 온몸은 완전히 젖어버리고 말 것이다.

비가 내리기 시작한 뒤 얼마쯤 지났을까. 두 시간쯤? 아니, 그렇게까지는 되지 않을지 모른다. 매시간마다 한차례씩 다음 조와 교대하기로 했었다. 그러나 어찌 된 셈인지, 이번 교대 간격은 한없이 길어지는 것 같다.

빗발은 여전히 그대로다. 더 굵어지지도 뜸해지지도 않고, 느리게 추적추적 내리고 있다. 밤새도록 비는 이런 식으로 계속될 것 같다. 처음 빗줄기를 느꼈을 때, 기룡은 반가웠다. 어쩌면 다른 대원들도 그랬을 것이다. 한바탕 세찬 비라도 쏟아진다면 제아무리 악에 받친 시민들일지라도 하나둘 거리를 비우기 시작할 것이고, 자연히 오늘 상황은 종료될 것이니까.

하지만 그 반대의 경우가 문제였다. 큰비가 아니라면 그것은 오히려 시위대를 크게 도와주는 격이 되기도 한다는 것을, 기룡은 그간의 숱한 진압 작전 경험으로 잘 알고 있는 것이다. 비가 내리면 최루탄이나 가스총은 거의 무용지물이 되어버려서, 시위대는 전혀 두려움 없이 근거리까지 접근하여 돌멩이 세례를 퍼부을 수가 있다. 그리고 바로 지금과 같은 이런 가랑비야말로 진압 작전시 자신들을 가장 골치 아프게 만드는 비였다. 때문에 기동대장은 아까부터 바짝 긴장해서 안절부절못했다.

"니기미, 미친년 오줌 갈기듯 비까지 구질구질하게 뿌리는구만. 올 테면 대가리 깨지게 한바탕 좍좍 퍼부어부리기나 하지. 쓰발!"

대열의 후미에서 누군가 시부렁거린다. 내무반장인 강일남 수경의 목소리 같다. 제대를 한 달 정도 남긴 처지라서, 출동하면 으레 슬금슬금 열외로 빠지곤 하던 강수경이지만, 어제오늘은 끽소리 못 하는 눈치다. 사태가 사태이니만큼, 고참병에 대한 그런 관례도 허용되지 않았다. 충돌시 덜 위험한 후미 자리를 줄곧 차지하고 있는 것만도 그나마 다행으로 여기고 있을지 모른다.

기룡은 후두두 어깨를 떤다. 이미 어깨며 등허리는 흥건히 젖어버렸다. 거추장스럽기 그지없는 방석복도 끊임없이 조금씩 스며들어오는 빗물엔 소용이 없는 것이다.

어느덧 사위는 완전히 어두워졌다. 가로등 불빛도 유난히 흐릿해 보인다. 기룡은 눈앞의 거리를 무심히 둘러본다. 시민들의 모습이 훨씬 뜸해진 게 분명하다. 도청으로 이어진 길을 그들 전경대 병력이 완전 봉쇄하고 있는 까닭에 시민들은 멀리 돌아서 다녀야 한다. 조금 전까지도 시민들은 기룡의 바로 몇 발짝 앞까지 다가왔다. 그들은 전혀 거리낌없이 가까이 다가와서, 그들 전경들의 얼굴을 빤히 들여다보기도 하고, 발뒤꿈치를 든 채 저만치 도청 앞 광장의 동태를 살펴보기도 했다.

시민들은 한결같이 격앙된 목소리로 공수부대를 욕하고 저주했다. 차마 믿어지지 않는 별의별 소문들이 입에서 입으로 옮겨 다니고 있었다. 그런 시민들의 목소리가 귀 안으로 흘러들어올 때마다 대원들은 은근히 겁에 질리곤 했다.

"어이, 전투경찰대 아저씨들. 뭣 헐라고 시방 여기서 길을 막고 있는 것이여? 당신들이야말로 지금 역적놈들을 도와주고 있다는 거 몰라? 어엉?"

"당장 옷 벗어던져불고 튀어나와서 시민들한테 합세해버려."

그렇게 회유하듯, 비꼬듯 던지는 야유.

"이거 봐, 당신들도 똑같은 젊은 사람으로서 양심이 있고 눈이 있다면 알겠제? 세상에 이런 법이 있는 거여? 말해봐. 대답해보랑께."

분에 겨워 식식거리며 항의하는 사람.

그런가 하면 또 더러는 동정해주는 투의 소리들도 있었다.

"그만들 해두시요. 이 전경들이사 무신 죄가 있소. 명령대로, 할 수 없이 끌려나와가꼬, 고생하고 있을 뿐인디. 찢어죽일 놈들은 공수부대놈들 아뇨?"

전 같으면 그런저런 야유 따위야 대수롭지 않게 받아넘길 수도 있었고, 대뜸 뛰어나가 위협을 해보이거나 가스탄을 풀어 분풀이를 할 수도 있었겠지만, 이번만은 사정이 달랐다. 대원들은 어느 사이엔가 완전히 풀이 죽어 있었다.

진압 작전의 명분도 대원들의 사기도 거의 사라져버린 느낌.

어떤 이유로 이렇듯 길거리에 내보내져서 거추장스러운 진압복과 방석모·방패·진압봉 따위를 줄레줄레 입고, 쓰고, 들고, 차고 서 있어야만 하는가조차도 점점 이해하기 어려워져가고 있는 상태였다.

어느덧 대원들은 지독한 무기력감과 함께 점점 알 수 없는 공포와 불안감의 포로가 되어가고 있다. 쉴새없이 하달되는 명령과 지시. 명령, 명령, 지시…… 도대체 그 지긋지긋한 명령과 지시는 어디서부터, 누구에게서부터 그처럼 끊임없이 만들어져서 하달되어오는 것일까. 그때마다 경찰 기동대원들은 쉬지 않고 뛰고, 달리고, 움직이고, 멈춰서기를 되풀이해야만 했다.

기룡은 매번 자신과 동료들이 한꺼번에 그 끔찍스런 명령과 명령, 지시와 지시의 거미줄에 걸린 벌거지떼들이라는 사실을 확인하는 기분이었다. 그칠 줄 모르고 이어지는 그 명령과 지시를 기룡은 한없이 증오하고, 그것들을 만들어내고 있는 인간들과 조직을 저주했다. 그리고 그것에 따라 허수아비처럼 이리저리 뛰고, 던지고, 터뜨리고 또 정지하기를 반복해야 하는, 바로 자기 자신이 무엇보다 참을 수 없도록 혐오스러웠다.

돌연 오른쪽 차도로 불빛이 나타났다. 기룡은 긴장한다. 멍하니 서 있던 경찰 기동대원들이 반사적으로 방패를 쥐며 고개를 돌렸다. 빠른 속도로 질주해오는 불빛들. 그쪽은 조선대학교로 통하는 길이다. 그것들은 눈앞을 지나 곧장 왼쪽으로 달려가기 시작했다. 군용 트럭이었다. 넷, 다섯, 여섯, 일곱 대. 뒤칸엔 모두 얼룩무늬 군복들이 탑승해 있다. 맞은편 주유소 앞 인도에서 서성거리고 있던 수십 명의 시민들이 지레 겁에 질려 황황히 흩어졌다. 어디선가 또 시위대와 맞붙은 것인가. 아니면 교체 병력일지도 모른다.

　군용 트럭들이 사라지고 나자 주위는 다시 조용해졌다. 흩어졌던 사람들의 그림자가 주유소 앞으로 모여들고 있었다. 가로등 불빛에 환하게 드러나는 그들의 모습은 얼핏 환영처럼 보인다. 고개를 기웃거리기도 하고, 팔짱을 낀 채 한동안 그 자리에 굳어 있기도 한다. 여자들도 보인다.

　저들에겐 두려움도 없어진 것인가. 어제오늘 그 끔찍한 광경들을 수없이 보고 겪었을 터인데도, 그들은 끊임없이 도로로 몰려나오곤 했다. 오늘부터는 통행 금지가 앞당겨져서 밤 아홉시부터 적용될 것이다. 눈에 띄게 줄어들긴 했지만, 그래도 아직껏 귀가하지 않고 있는 사람들이 많다.

　'무엇이 저 사람들을 저렇듯 서성거리게 만들고 있는 것인가. 그리고 우리는 또 어째서 지금 여기 서 있는 것인가. 무엇 때문에, 과연 누구를 위해서……?'

　기룡은 마치 꿈을 꾸듯이 몽롱하고 흐릿한 의식 속에서 그런 맥풀린 의문들을 멀거니 되새김질하며 서 있었다.

　주위에 낮은 수런거림이 일기 시작했다. 소대장이 대열의 앞으로 나섰다. 교대할 시간이 된 것이다.

　"2, 3소대와 교대한다. 전열부터 좌로 돌아서, 신속하게 앞으로 갓."

　경찰 기동대원들이 움직이기 시작했다. 검은 헬멧과 부풀어오른 방석복, 방패와 군화의 철벅이는 소리가 꿈틀거리며 살아나기 시작한다. 기룡은 이미 오래 전에 무감각해져버린 무릎과 발목의 관절을 질질 끌며 후미로 빠져나갔다. 이내 2, 3소대가 대오를 갖추어 전방의 차도를 길다랗게 차단했다.

봄 날　225

"소대 섯! 대오를 유지한 채 편히 쉬어. 담배는 피워도 좋다."
하지만 소대장의 명령 따윈 누구의 귀에도 들리지 않았다. 기룡의 소대는 노동청 담벼락 주위에 어수선하게 허물어졌다.
방패를 깔고 무너지듯 주저앉는 병사들의 입에서 한숨과 짧은 욕설이 잠시 터져나오다가 다시 가라앉는다. 기룡은 담벼락에 기대고 주저앉아, 방석복을 들치고 상의 호주머니를 더듬었다. 요행히 담배는 온전했다. 젖지 않도록 거꾸로 세워 담았던 것이다. 그것 역시 그 동안의 경험을 통해 터득한 요령이다.
"염병헐, 다 젖었네. 야, 서기룡. 담배 한 발 붙여가꼬 반납해."
강수경이 다리를 벌린 채 퍼질러앉아 말했다. 기룡은 라이터로 불을 붙인 뒤 엉거주춤 일어나 건네주고 다시 돌아왔다. 오만 상을 잔뜩 찌푸린 그 고참병은 이내 큰 소리로 시부렁거린다.
"좆겉이! 삼십일개월 내내 좆뺑이치다가 말년에 이게 무슨 개지랄이여. 야, 양삼수새꺄, 느이 고참 개구리복 입는 날 며칠 남았지?"
"예, 이십삼 일 남았슴다."
신참이 녹음기처럼 대답했다.
"잘 빠졌다, 새끼."
역시 각본대로 고참이 뇌까렸다. 여느 때와는 달리, 아무도 웃지 않았다. 묻는 고참도 대답하는 신참도 목소리에 맥이 없다. 쿨럭쿨럭. 누군가 기침을 했다. 빗발이 가늘어지는가 싶더니, 다시 그대로였다.
"……어어, 무궁화 둘. 무궁화 하나 나와라, 이상…… 광주공원은 진압 작전 완료. 시위대 모두 해산하고 얼룩소들이 일대 점령했음, 이상……"

"……아아, 여기는 무궁화 셋. 무궁화 본부 나와라 이상……
어어, 당소 무궁화 본부다. 그쪽 상황을 보고 바란다 이상……
아아, 지금 시외버스 터미널 일대 아직 상황 발효중. 시위대 약
천오백 정도. 얼룩소 1개 대대와 대치중이다, 이상……"

 무전기에서 흘러나오는 상황 보고. 스스쓰ㅡ쯔. 쉬시시ㅡ스스
쯔쯔. 매미 울음 소리 같은 잡음과 함께 무전기는 단 일이 분도
쉴 틈이 없이 울렸다. 시 경찰서 상황 본부와 시내 각 요소마다
배치되어 있는 기동대 및 지원 부대 사이의 통신망이 가동중이
다.

 통신병은 노동청 현관 계단 한쪽에 무전기를 내려놓고, 수화
기를 귀에 붙인 채 앉아 있다. 녀석의 어깨 역시 축 내려앉아 있
다. 통신병과 기룡은 입대 동기였다. 녀석의 옆으로 가볼까 하다
가 기룡은 그만두기로 했다. 이미 녹초가 되어버린 사지가 움직
여줄 것 같지 않다. 다만 쉬고 싶을 따름이다. 누구도 곁에 보이
지 않고 어떤 소리도 빛깔도 형체도 없는, 그런 텅 빈 허공 같은
어딘가에서, 그냥 죽은 듯 잠들고 싶다. 기룡은 딱딱한 콘크리트
담벼락에 등을 기댄 채 멀거니 앞을 바라본다.

 오열 횡대로 늘어서 있는 동료들의 뒷모습. 어둠 속에서 비를
맞으며 우두커니 붙박여 있는 그들의 얼굴은 거의 보이지 않는
다. 눈썹까지 내려오는 방석 헬멧 아래 그들의 얼굴은 묻혀 있
다.

 기룡은 불현듯 대원들이 한 순간 눈앞에서 어디론가 사라져버
린 게 아닌가 싶어진다. 그것은 얼핏 전혀 사람 같아 보이지 않
는다. 비에 젖은 검은 헬멧과 로봇의 쇠갑옷 같은 방석복·방
패·진압봉 그리고 군화조차 고스란히 벗어놓은 채, 그들은 별

안간 어디론가 증발해버렸는지도 모른다. 껍데기들만 남겨둔 채……

알 수 없는 일이었다. 한결같이 동일한 복장, 동일한 장비로 중무장한 채 시가지로 투입되어지는 다중 폭동 진압 작전시마다 기룡은 가끔씩 그런 묘한 착각을 일으키곤 했다. 진압복과 헬멧은 신통하게도 저마다의 얼굴을 감쪽같이 먹어치워버렸다. 신체적인 특징도 표식도 감쪽같이 지워졌다. 그것들이 사라진 자리엔 그들의 허물만 남았다. 숨쉴 여유조차 없이 하달되는 명령에 따라, 수백 개의 빈 껍데기들은 앞으로 나아갔다가 물러나고, 물러났다 다시 뛰어나가기를 반복하는 것이었다.

"……당소, 고속버스 터미널 부근이다. 시위대 일천여 명 가량 계속 난동중임…… 조금 전 대형 아치에 불을 질렀다. 현재 시각 십구시 사십삼분. 공중전화 부스 삼, 사 개, 도로 미화용 대형 화분대를 파괴해서 바리케이드를 치고 있음…… 화물 트럭 한 대를 방화했음. 경남 번호판이 부착된 차량이다, 이상……"

"……당소 무궁화 셋이다. 시외버스 정류장 앞인데, 오 분 전 상황 완료된 것으로 판단됨. 얼룩소와 기동대 합동의 강력한 진압 작전으로 시위대는 완전 분산되었다. 일부 시위대는 광주역 방향으로 도주하고 있는 중이나, 소규모로 추측된다, 이상……"

"……잘 알았다. 여기는 무궁화 하나. 계속 수고하기 바란다, 이상……"

무전기가 연신 바람 소리를 불어대고 있다. 소대장이 통신병에게 수화기를 건네주고 돌아서며 뭐라고 혼자 욕을 시부렁거렸다.

"터미널 쪽에서 한바탕 붙었는갑다. 불까지 질렀다고 그러지?"

"니기미, 이러다가 오늘밤 내내 이 지랄하는 거 아냐?"
"아이고, 오줌통 터질 것 같구마는……"
"새꺄, 저기 가서 갈겨버려. 누가 막냐."
이제나저제나 하고 철수 명령이 떨어지기를 기다리며 무전기 소리에 귀를 모으던 대원들이 투덜거리기 시작한다. 죽은 듯 잠잠하더니, 잠시 숨을 돌리고 나자 조금씩 되살아나는 모양이다.
기룡은 담뱃갑에 젖은 손을 가져가다 말고 문득 고개를 들었다. 저만치 하늘 한 귀퉁이가 훤해지더니, 이내 펑, 퍼엉, 폭음이 들려왔다. 몇 발의 조명탄이 포물선을 그리며 허공에서 천천히 낙하하고 있다. 고속버스 터미널 아니면 역 부근이리라고 기룡은 짐작한다. 역시 그쪽이 아직까지 시끄러운 게 틀림없다.
그러나 다행히 이곳은 아직 평온하다. 거의 온종일 도청 광장을 중심으로 이 일대의 상황이 가장 심각했었는데, 해가 지기 시작할 무렵부터 의외로 소강 상태였다. 필시 도청과 금남로 일대에 대규모의 공수부대 병력이 집중 투입된 때문일 것이다. 일곱 시경부터 내리기 시작한 가랑비와 어둠도 시민들을 거리로부터 불러들였을 터이고.
기룡은 담배 연기를 한 모금 길게 빨아들인다. 어제와 오늘, 불과 삼십여 시간 동안 겪었던 일들이 마치 악몽을 꾸고 있는 것만 같다. 정말, 그랬으면 얼마나 좋으랴. 눈을 뜨고 깨기만 하면 흔적도 없이 지워져버리는, 그런 악몽이라면 말이다.
바로 하루 전인 어제 18일 0시를 기해 계엄이 전국으로 확대되었다는 소식을 들었을 때만 해도, 그들은 그야말로 날아갈 듯한 기분이었다. 그 지긋지긋한 출동도 일단 마무리될 터이므로 당분간은 훨씬 편해질 거라는 확신 때문이었다.

그 동안 연일 계속되어온 시위 진압 훈련 및 실제 투입 작전으로 피로가 누적될 대로 누적되어 있는 처지였다. 해가 바뀌자마자 경찰도 훈련이 개시되더니, 4월부터는 각 대학의 시위와 함께 연일 출동 명령이 떨어졌고, 정기 휴가를 제외한 일체의 외출 외박이 금지되었다.

때문에 어제 아침, 그들은 저마다 들뜬 기분으로 구두에 솔질도 하고 외출복을 다리거나 손질하며 히히덕거리고 있었다. 그 동안 금지되었던 외출·외박이 실시될 거라는 약속을 기동대 소대장이 직접 전해주었던 것이다. 그러나 아침 식사 시간이 지난 아홉시쯤 비상벨이 요란스레 울렸고, 모든 꿈은 깨져버렸다. 그때 기룡은 한참 외출용 바지를 만지작거리고 있었다.

전남대로 향하던 차가 방향을 바꿔서 내려준 곳은 금남로 2가였고, 그때부터 시작이었다. 소규모의 시위대와 처음 마주쳤을 때만 해도 상황은 지나치게 쉬워 보였다. 대원들은 전에 없이 적극적으로 움직였다. 배반당한 휴식의 기대, 무산된 외출·외박에 대한 실망감은 자연스레 시위 대학생들에 대한 분노와 적대감으로 전이되었고, 그들은 사뭇 노골적으로 그 분풀이를 하고 싶었을 것이다.

그러나 시위대는 의외로 완강해서 가스탄에도 쉬이 물러서지 않았다. 마침내 공수부대가 출현했고, 모든 것은 그들의 출현과 함께 돌변해버렸던 것이다. 얼룩무늬 군복에 철모·M16 소총·대검, 엄청나게 큰 진압봉──그것만으로도 그들의 모습은 위압적이었다. 그들을 처음 본 순간, 기룡은 엄청난 두려움을 느꼈다. 그들의 눈빛, 동작, 걸음걸이 그 모든 것에는 표현하기 어려운, 공포심을 불러일으키는 섬뜩한 힘이 숨어 있었다. 살기. 그랬다. 그것이 바로 살기였다는 것을 기룡은 잠시 후에 깨달았다.
 실상 얼룩무늬의 갑작스런 출현은 경찰 기동대원들에게 처음엔 두려움과 함께 은근한 안도감을 주었다. 이젠 자신들의 임무 대부분을 그들이 대신해주리라는 기대 때문이었다.
 예상대로 공수부대는 그들의 역할을 즉각 대신해주는 듯싶었다. 백팔십여 명의 기동대 병력은 공수부대의 훨씬 후미로 밀려났고, 그때부터 그들에겐 다만 목격자로서의 역할만 주어졌다. 그러나 그것이 얼마나 고통스럽고 참기 어려운 일인가를 그들은 뒤늦게야 절감했다.
 그것은 짐승의 시간이었다. 몽둥이와 대검을 꼬나쥔 짐승들은 사냥감을 노리고 미친 듯 달려다녔다. 시민들은 길바닥에 나동그라져 짓밟히고 깨진 피투성이 짐승으로 변해 끊임없이 트럭에 실려나갔으며, 기동대원들 역시 그 해괴망측하고 무서운 광경들을 저만치서 짐승들처럼 두 눈 뜨고 지켜보고 있어야만 했다.
 기룡은 내내 온몸을 떨어야 했다. 방패를 들고 차렷 자세를 취한 채 금남로 아스팔트 길 한가운데에 통나무처럼 붙박인 경찰 기동대원들 모두의 낯빛도 허옇게 질려 있었다. 기룡은 그처럼 겁에 질린 동료들의 눈빛을 본 적이 없다. 얼마나 많은 사람들이 트럭에 속속 실려갔는지 모른다. 얼룩무늬 가죽을 걸친 짐승들의 광란을 지켜보면서, 기룡은 그들을 끝없이 증오하고 저주했다. 그리고 그 냉혹한 짐승들로부터 안전하게 도망치지 못하고 붙잡혀 짐승의 꼴로 변해버리고 마는 시민들이, 아니 오히려 그 짐승들의 손아귀를 향해 끝없이 밀려오기를 되풀이하는 사람들의 그 미련스러움과 답답함이 너무나 안타깝기도 했다.
 기룡은 모든 것을 도저히 이해할 수 없는 느낌이었다. 미쳐버린 짐승이라고밖엔 표현키 어려운 얼룩무늬들의 행동도 그랬고, 그처럼 수많은 희생자들을 지켜보면서도 그 미친 짐승들을 향해 대항을 포기하지 않는 시민들의 모습 또한 좀체 믿어지지가 않았다.

무모하리만치 끈질긴 시민들의 저항과 희생의 반복을 지켜보면서, 기룡은 다만 허수아비처럼 방패로 앞을 가린 채 와들와들 떨기만 했다. 아버지와 식구들의 얼굴이 자꾸만 떠올랐다. 친구들과 친척들 그리고 다른 수많은 얼굴들을 생각했다. 쓰러져 피 흘리는 사람들, 트럭 위에 함부로 내던져져 끌려가는 사람들, 길바닥 위에서 나뒹굴고 있는 벗겨진 신짝들을 볼 때마다 기룡은 그 속에서 낯익은 얼굴들이며 이름들을 확인하려 애쓰고 있는 자신을 발견해야 했다. 그러면서도, 기룡은 여전히 서 있었던 것이다. 흡사 스크린 위에 막 펼쳐지고 있는 한 편의 괴기 영화를 지켜보는 꼬락서니로, 전혀 무관한 방관자처럼 그렇게 눈앞의 광경들을 지켜보면서, 끝내 금남로 길바닥 한가운데서 방패를 들고 엉거주춤 내버려져 있었던 것이다……

기룡은 후드득 고개를 흔들었다.

'아아, 잊어버렸으면. 애당초 아무 일도 없었던 것처럼 깨끗이 잊어버리고 말았으면…… 지금 이 순간 이 자리에서 어디론가 증발해버릴 수만 있다면. 흔적도 없이, 깨끗하게.'

기룡은 두 눈을 질끈 감은 채 고개를 쳐들었다. 빗방울이 얼굴을 때렸다. 가슴이 터질 것만 같았다.

차량의 요란한 엔진 소리.

문화방송 쪽 로터리를 돌아오는 차량들의 헤드라이트 불빛이 나타나는가 싶더니, 이내 그것들은 굉장히 빠른 속도로 눈앞을 스쳐지나갔다. 시내 쪽에서 병력을 싣고 돌아오는 공수부대 병력 수송 차량들이다. 군가를 불러대는 차량도 지나간다. 아까 반대쪽으로부터 지나간 그 병력이거나 교체된 병력일 것이다. 바퀴의 굉음을 길게 끌며 그것들은 순식간에 공업고등학교 앞에서 꺾어져 조선대 정문을 향해 사라져버렸다.

그들이 남기고 간 군가 소리가 잠시 귓전에 머물러 있는 듯한 착각에 기룡은 문득 섬뜩해진다. 노래라기보다는 악에 받친 그 악스런 괴성만 같은 소리……

그들의 목소리에 숨어 있는 까닭 모를 분노와 증오의 대상은 과연 무엇인가. 그들에게 집단적으로 환각제를 먹게 한 다음 이 도시에 투입시켰다는 소문이 시민들 사이에 나돌고 있다는 말을 들었다. 터무니없는 유언비어라고 기룡도 여겼다.

하지만, 차라리 그 소문이 사실이었으면 백번 더 다행일지도 모른다고, 기룡은 다시 고쳐 생각한다. 만약 환각제에 취한 것도 아닌 맨정신이라고 한다면, 어제오늘 이 도시에서 벌어졌던 그들의 행위는 대체 무엇으로 설명해야 할 것인가……

갑자기 또 다른 헤드라이트의 강렬한 불빛이 기룡의 얼굴 위로 쏟아졌다. 그러나 이번엔 등뒤 쪽이었다.

"우리 차다! 철수다 철수!"

담벼락 밑에 쓰러져 있던 대원들이 지친 몸뚱이를 일으키기 시작했다. 정말, 수송용 트럭이었다.

"지금부터 귀대한다. 선임 소대부터 차례대로 탑승한다. 장비 점검 철저히 해!"

기동대장의 말이 떨어지자마자, 대열은 일제히 차량을 향해 움직이기 시작했다. 하나같이 흠뻑 젖은 채 다리를 질질 끌고 있었다.
트럭이 움직이기 시작했다.
기룡은 뒤칸 후미에 웅크리고 앉아 말없이 밖을 내다보았다. 도청 광장엔 아직 공수부대 병력이 상당수 남아 있다. 충장로 1가 입구 상가 처마 밑에서 비를 피하고 어수선하게 흩어져 있는 전투경찰 병력도 눈에 띄었다. 아마 다른 지역 부대에서 차출되어 올라온 병력일 것이다.
중심가를 벗어나면서부터 거리는 갑자기 텅 비어버린 느낌이다. 적십자병원 옆 도로가에 몇 명의 공수대원이 주저앉아 무엇인가를 먹고 있었다. 소주병 같은 것을 들고 있다가, 문득 트럭을 올려다보며 뭐라고 소리를 지르는 것 같았다.
"개새끼덜! 꼴 좋다."
뒤를 돌아다보며 차 안에서 누군가 말했다. 아무도 입을 열지 않았다. 대부분 벌써 방패에 이마를 기댄 채 눈을 붙이고 있었다. 광주천을 따라 부대가 위치한 돌고개 부근에 이를 때까지, 거리에선 시민들의 모습이 거의 눈에 띄지 않았다. 이따금 건물의 그늘에 의지해 집으로 돌아가던 남자들 몇이 후닥닥 골목으로 뛰어들어갔다.
부대에 도착하자마자 그들은 곧장 내무반으로 들어갔다. 세면장에서 대충 손발을 씻었고, 간단한 장비 점검과 인원 점검을 실시한 뒤, 별다른 점호 절차도 없이 이내 취침 지시가 내려졌다. 깐깐한 기동대장의 성미에 무척 이례적인 일이었다.
여느 날 같으면 한바탕 왁자지껄 소란스러웠을 내무반의 분위기도 오늘은 무덤 속처럼 무겁고 침울하기만 했다. 말없이 침구를 깔고 있는 그들은 반쯤 얼이 빠진 듯한 표정이다. 피곤 때문만은 아니었다. 소등을 하기도 전에, 그들은 입을 닫은 채 유령처럼 하나둘 저마다 담요를 머리 위까지 뒤집어쓰고 드러누웠다.

기룡은 첫번째 불침번 근무자였다. 형광등을 끈 다음 붉은색 꼬마 알전구를 켜주고 나서 행정반으로 들어갔다.

기동대장과 두 명의 소대장이 아직 남아 무엇인가 이야기를 주고받고 있었다. 그들 역시 오늘밤은 비상 대기중이다. 무전기의 송신음과 그들의 목소리가 뒤섞여 어수선하기만 했다. 통신병인 정일경은 한쪽 구석에서 책상 위에 무전기를 올려놓고 앉아 무엇인지 기록하고 있다. 비상 사태 발생시 무선을 통한 전체 상황을 항시 체크하는 건 통신병의 임무였다. 기룡이 다가가자 정일경은 심난한 표정을 하고 힐끔 올려다보았다.

"취침 안 하나? 소등했는데……"
"비상 대기하라잖냐. 두 시간 후에 김명수 일경과 교대야. 젠장, 취침 시간마저 제대로 못 찾아먹고 나만 죽어나지 뭐냐. 어깨랑 등짝이랑 무너질 것 같은데……"

정일경은 투덜거렸다. 아직 세수도 못 했는지, 얼굴이 거멓게 절어 있다.

"상황 끝난 거 아냐?"
"그랬으면 오죽 좋겠냐."
"아직도?"

기룡은 믿기지 않아 되물었다.

"이 무전기 소리 들어봐라. 시위대는 줄어든 모양인데, 이제부턴 산발적으로 흩어져서, 기습적으로 하는 모양이다. 벌써 파출소 서너 군데가 당했다."

"뭐야……"

생각했던 것보다 갈수록 사태가 훨씬 더 심각한 쪽으로 기울고 있음을 기룡은 직감한다. 시위대의 규모도 그렇지만 쌍방간의 충돌 빈도와 정도 역시 어제보다는 오늘이 더 심해진 게 확실했다.

그러나 쌍방간의 힘겨루기란 때가 되면 어차피 어느 한쪽이 다른 쪽의 위세에 꺾이게 마련이다. 공수부대의 투입 순간부터 힘의 우열은 의심할 여지가 없다고 기룡은 여겼었다. 의외로 이틀째인 오늘까지 시위대의 저항이 오히려 더 완강해진 느낌이긴 해도, 상대가 바로 공수부대─그것도 무려 2개 여단의─인 상황이라면 어차피 내일부터는 현저하게 풀이 꺾일 수밖에 없으리라는 건 누구나 쉽사리 예상할 수 있는 일이었다. 그랬는데, 의외로 어딘가 조짐이 심상찮게 변하고 있는 것이다.

정일경이 부지런히 적고 있는 상황 기록철의 내용을 기룡은 어깨 너머로 훑어보았다.

20:03, 임동 파출소. 방화로 현재 불타고 있음.
───, 광주고속 터미널 인근 청과물 시장 노상에서 번호 미상 화물 차량 1대, 학생·시민 백여 명 방화.
20:10, 시위대 60명 누문동 파출소 난입 점거중……

기룡은 잠시 잊고 있었던 식구들의 얼굴을 퍼뜩 떠올린다. 누문동 파출소는 기룡의 집과는 고작 백여 미터 거리에 지나지 않는다. 식구들이 걱정되었다. 하지만 정작 식구들은 기룡의 안부를 더 걱정하고 있을 게 뻔하다. 기룡은 전전긍긍 전화통 옆에서 조바심하고 있을 아버지를 생각한다. 아버지 서씨는 본디 겁이 많은 사람이었다.

그러나 집으로 전화를 하려면 기동대장과 소대장이 자리를 비울 때까지 기다려야 한다. 사적 용무의 통화는 일체 금지되어 있는 까닭이다. 그들은 아까부터 번갈아가며 전화통을 차지하고 있는 참이다.

"……아, 들어가긴 어떻게 들어간다고 그래. 이 판국에 단 일 분이라도 자리를 떴다간 어찌 되는 줄 몰라서 그런 소릴 하고 있나. 집에 별일 없지? 중흥동 큰집에도 전화했는데, 괜찮으시다더구만. 아이들 단속 잘해, 제발 좀. 임자도 쓰잘 데 없이 발발거림서 싸돌아다니지 말고…… 니미럴, 내 걱정은 말라니깐. 뭐, 태환이녀석이? 그 자식 옆에 있어? 당장 바꿔."

아내와 통화를 하는지, 기동대장이 큰 소리로 투덜거리고 있다. 한껏 짜증스런 기색이다.

"야, 임마. 어디를 쏘다니는 거야, 너. 아니긴, 느이 형수한테 들었는데 아니야? 구경이라니, 이 자식이 지금 뒈질라고 아주 환장을 했구나. 시방 시국이 어떤 판인데…… 뭐가 으째? 대학생이고 재수생이고 그놈들이 가리고 말고 허는 줄 아냐? 이 자식아, 이건 난리란 말이다, 난리! 폭동이 일어나면 발포를 해도 좋단 말이다. 발포! 알아들어? 아차하는 날엔 너나없이 개돼지같이 총맞아 죽어 자빠지게 된다니까! 이 시각부터 대문 밖으로 얼씬했다간 다리 몽뎅이를 콱 분질러버릴 테니까 알아서 해."

식식대며 한바탕 퍼부어대더니, 수화기를 거칠게 내려놓고 기동대장은 자리로 돌아갔다.

"미친 자식, 시방이 어느 땐데 구경한답시고 싸돌아다녀?"

"누군데요, 대장님."
"막내동생녀석인데, 재수한다고 내 집에 와 있다구. 골치 아파 죽겠네."
"아이구, 단속 잘하십쇼. 그만 때는 물불 안 가릴 나인데……"
2소대장이 말했다.
"그나저나 이거 갈수록 상황이 커지는 거 같은데, 어쩔려고들 저러지?"
"말로만 들었더니, 어휴, 공수부대자식들, 해도 너무합디다. 세상에, 그게 어디……"
"애당초 대학생아새끼들도 문제라구. 계엄령이 뭔 줄도 모르는 자식들이."
"병원마다 부상자들로 넘쳐난다잖습니까. 어제오늘 벌써 사망자만 해도 이십여 명이 넘었다는 소문이던데."
"확인된 정본가?"
"이 판국에 제대로 확인이 되겠어? 아까 작전과장 얘기로는 스무 명도 더 될지 모른다더라니까 그래."
"그러고도 남을걸. 아까 안 봤어? 우리 눈앞에서도 최소한 둘은 죽었을걸."
"연행자들 숫자는 엄청날 겁니다. 대체 그 많은 수를 어디다가 다 수용하지?"
"상무대 임시 막사도 오후부터 모두 꽉찼다더라구. 연병장에다가 아예 천막도 없이 처넣은 모양이야. 작전과장이 직접 봤는데, 연병장 땅바닥에 수백 명을 대가리박아 시켜놓았더라잖아. 쏟아지는 비를 쫄딱 맞고 추워서 바들바들 떨고 있는 꼴 보니까, 자기도 속으로는 열불이 끓어 미치겠더라나."

"거기뿐이겠어요? 31사단으로도 수도 없이 실어나르던데. 게다가 공수부대가 점령한 조선대학이랑 전남대학으로 잡혀들어간 것까지 따진다면, 어이구, 이거야말로 진짜 난리구만, 난리!"
"그러기에 대학생아이들이 멍청한 자식들이라니까요. 계엄령 내리기 벌써 일주일 전부터 군부대 연병장엔 몇천 명씩 잡아들일 수용 막사를 만들어놓았다기에, 내 이렇게 될 줄 미리 짐작했단 말입니다. 군에선 일찌감치 이런 상황을 빤히 대비하고 있었던 건데, 그것도 모르는 것들이…… 내, 참."
"다른 지역 상황은 어떻다던가요. 서울이나 부산 같은 데서도 여기랑 비슷한 상황인가 몰라?"
"그렇진 않은 모양야. 다른 덴 대체로 평온한데, 유독 광주만 그래. 언론 통제가 철저하니까, 이쪽 상황에 대한 소식도 현재까진 완전 차단된 상태라고들 하고……"
"그나저나 경찰국에선 앞으로 우리더러 어쩌란답니까 대장님."
"낸들 아나. 높은 양반들은 더 정신이 없는 눈치더라구. 아마 지금도 머리 싸매고 철야 대책 회의중일걸. 우리야 뭐 명령대로 박박 길 수밖에, 니미럴."
"참, 또 다른 공수부대 여단 병력이 추가 투입될 거라는 말 못 들었어요?"
"뭐야? 아이쿠, 이러다가 광주 시내 전체가 참말로 쑥밭 되는 거 아닌가?"
"그러게 말입니다. 아아, 내일부터가 더 문젠데, 어찌 될라는고."
"젠장, 어찌 되긴. 죽으면 순직 처리되는 것말고 더 있을라고……"

그들은 번갈아가며 팔 기지개를 펴는 시늉을 하다가, 하나둘 몸을 일으켜세운다. 기동대장이 먼저 문을 열고 나가며 말했다.

"자네들, 여기 더 있을 건가? 어차피 대기해얄 텐데, 당직 근무자실로 가서 한숨씩 붙이지."

"그러죠. 몇 시간이나 잘 수 있을지 모르지만."

비상 호출이 오면 즉시 연락하라는 지시를 남기고, 그들은 함께 나가버렸다.

기룡은 수화기를 들었다. 발신음이 울려도 받지 않는다. 재차 다이얼을 돌려봐도 마찬가지였다. 어떻게 된 걸까. 이 시각에 식구들이 모두 집을 비워놓을 리가 없다. 혹시? 아니, 고장인지도 몰라. 그러나 얼핏 뇌리를 스치는 불길한 예감. 기룡은 갑자기 초조해지기 시작한다.

내무반으로 통하는 출입문이 조심스레 열리더니, 누군가 안으로 들어섰다. 내무반장 강수경, 그리고 그 뒤로 내의 차림의 대원 네댓 명이 몰려들어온다.

"야, 서기룡. 대장님 퇴근하셨냐?"

"아뇨. 당직 근무자실로 올라가시던데요?"

"그래? 어따, 전화통 한번 차지하기 드릅게 힘드네."

강수경은 재빨리 수화기를 집어들고 다이얼을 돌리기 시작한다. 광주 출신인 그 역시 집으로 전화하려는 것이다. 나머지 다른 대원들도 전화기 앞으로 우루루 몰려들고 있었다.

기룡은 근무자용 완장을 어깨에 두르고는 내무반 안으로 들어섰다. 붉은 불빛이 흐릿하게 비치는 내무반 침상 한 귀퉁이에 대원들 십여 명이 모여앉아 수군거리고 있었다.

"기룡아, 나 왔다."

전투복 차림으로 그들과 섞여 있던 하나가 일어나 기룡의 어깨를 가볍게 쳤다.
"어, 양일경 아냐? 휴가중일 텐데, 어떻게 나타났지?"
"까짓거 반납했다 뭐."
껑충한 키의 양일경은 씨익 웃었다. 그는 기동대 내에서 몇 안 되는 기룡의 동기 중 하나였다.
"반납 좋아하네. 야, 이 등신 같은 자식이 계엄령 떨어졌다니까는 휴가가 자그마치 일주일씩이나 남았는데도 귀대했다지 뭐냐. 어이구, 충신 났다, 충신 났어!"
비닐 소주잔을 손에 든 채 고참이 이죽거린다.
"에라이, 쪼다! 계엄령이 뭐가 무섭냐. 니가 무슨 군인이냐? 얌마, 아무리 군대 대신 입대했어도 우린 엄연히 내무부 소속 경찰이다 임마. 어디 멀리 여행중이라고 하면 될걸, 그 황금 쪼가리 같은 휴가를 포기하고 또 좆뺑이칠란다고 기어들으와? 등치가 아깝다."
"누가 그걸 모릅니까. 고참들 고생하는데, 나 혼자 집에서 편히 놀고 있으려니 미안하더라구요, 흐흣."
"어따, 눈물난다. 짜식아, 한심해서 그러는 거야. 너가 시방 상황이 어뜨케 돌아가는지 몰라서 그런 한심한 소릴 하고 있단 말이다, 짜샤."
"야, 입 다물고 쇠주나 마시자. 이놈의 기동대 신세도 드럽고, 대한민국 나라 꼴도 드럽고, 세상 만사가 다 드럽고 드러워서 지긋지긋하다, 니기미."
"그럽시다. 안 그래도 살맛 안 나서 미치겠던 판에, 우리, 충신 덕분에 귀대 쇠주나 마셔뻐립시다!"

봄 날 241

저마다 주거니 받거니 잔을 비워내고 있었다. 기룡도 잔을 받았다. 생각은 자꾸만 식구들에게로 미쳐서 우울하기만 했다. 그러다가 문득, 모두들 갑자기 말을 삼킨 채 잠자코 앉아 있다. 전에 없이 무거운 표정들. 불빛에 온통 붉게만 보이는 지친 얼굴들이 저마다 조금씩 얼이 빠져버린 듯한 느낌이다.

"……으으, 으으으……"

악몽이라도 꾸는지, 등뒤에서 누군가의 엷은 신음이 들려왔다. 기룡은 천천히 뒤를 돌아다본다. 흐릿한 불빛 아래 사오십 개의 몸뚱이들이 나란히 눕혀져 있다. 쿠릿한 땀냄새와 먼지 냄새, 그리고 코고는 소리와 노곤한 숨소리만 좁고 어두운 실내를 가득히 채우고 있을 뿐.

어깨를 맞댄 채 나란히 누워 잠든 그들의 모습이 얼핏 지하 묘지의 미라들 같다.

이따금 불침번 근무시 내무반을 돌다 보면 기룡은 새삼스레 그들의 잠든 얼굴이 어린애처럼 여겨지곤 했다. 짧게 친 머리, 아직 사춘기의 여드름 자국이 남아 있는 볼과 깨끗한 이마, 더러 코 밑이며 턱에 솜털처럼 잘고 보송한 털이 돋아난 앳된 얼굴의 대원들도 많았다. 투박한 헬멧과 육중한 부피의 방석모를 벗으면, 믿어지지 않을 만큼 맑고 앳된 얼굴들이 드러나곤 하는 거였다.

기룡은 곤히 잠들어 있는 그들의 모습이 불현듯 한없이 애잔하게 느껴져온다. 그들은 온종일 하나같이 잔뜩 겁에 질린 채 그 아수라장의 거리 한복판에 말뚝처럼 버려져 있어야 했다.

'저들은 지금 왜 여기에 끌려와서, 저렇게 미라처럼 누워 있는 것인가. 그리고, 나는……?'

기룡은 한숨을 내쉬었다.
"……시외버스가 제대로 운행을 하지 않는 통에, 간신히 담양으로 멀리 돌아 시내에 도착했는데…… 공용터미널 주차장에서 우연히 그걸 봤어요. 버스 들어오는 입구에 차곡차곡 쌓여 있길래 무슨 옷 보따리인가 했더니, 시체들입니다. 아마 네댓 명쯤 되었을 겁니다. 맨 위에 젊은 남자 시체가 엎어져 있었는데, 세상에…… 대검 자국이었습니다, 틀림없이……"

양일경의 음성이 가늘게 떨리고 있었다. 한동안 누구도 입을 열지 않았다. 기룡은 손에 들고 있던 잔을 단숨에 비웠다. 누군가 길게 한숨을 내쉬었다.

"니기미…… 이럴 줄 알았으면 보병으로 입대하는 건데…… 니기미."

기룡은 몸을 일으켜 내무반을 걸어나왔다. 행정반엔 강수경과 통신병 정일경만 남아 있었다.

기룡은 다이얼을 돌렸다. 전화를 받은 건 뜻밖에도 봉배형이었다.

"어떻게 된 거야. 왜 봉배형이 거기 있어요?"

"아이구, 기룡이 이 자식아. 왜 이제사 전화를 하는 거냐. 아줌마가 너 찾아내라고 나만 얼마나 들볶았는디."

봉배의 음성이 들떠 있었다.

"왜, 무슨 일이 있었어, 형? 누문동 파출소가 불탔다던데, 참말이야?"

"그, 그것이 문제가 아니고, 주인 아저씨가 다쳤단 말이다. 낮에 대인시장 가다가, 공수놈들한테 잽혀가꼬, 그 개새끼들이 몽둥이로 머리를……"

봄 날 243

"뭐, 뭐요? 아버지가요?"
기룡은 떨리는 손으로 간신히 수화기를 내려놓았다.
"무슨 일야. 느이 아버지가 어떻게 되셨대?"
"야, 기룡아. 왜 그래, 응?"
강수경과 정일경이 다가와 어깨를 흔들었다.
"아냐, 다치신 모양인데…… 조금."
기룡은 행정반 출입문을 밀고 혼자 막사 밖으로 나섰다. 자갈 깔린 통로를 지나 뒤편으로 나서자 눈앞으로 탁 트인 시가지의 전경이 나타났다. 기동대 막사는 돌고개 옆 도톰한 등성이에 위치해 있어서 낮에는 시내의 조망이 한눈에 들어왔다. 그러나 오늘밤의 도시는 칠흑같이 어둡게만 보였다.

기룡은 걸음을 멈추고 잠시 서 있었다. 전남대병원으로 옮겨진 아버지는 봉배가 거기 다녀올 때까지도 의식이 없더라고 했다. 머리를 수십 바늘이나 꿰매고……

기룡은 풀밭 위로 털썩 주저앉았다. 순간 참았던 울음이 터져나왔다.

"이 개새끼들을 그냥! 으흐으……"

기룡은 악을 썼다.

> 한 사람이 죽었는데 아무 일도 없었다.
> 두 사람이 죽었을 때도 아무 일도 없었다.
> 열 사람이 죽었을 때도 마찬가지였다.
> 세상 어디에서도 어둠이 지나고 아침이 되었지만
> ── 박주관,「몇 사람이 없어도」에서

5월 19일 22 : 00, 광주고등학교 앞

한동안 뜸해진 듯싶던 빗발이 다시금 추적추적 흩뿌리기 시작했다. 초저녁부터 쏟아지기 시작한 비는 이제 가랑비로 변해 있었다.

"야, 대장 찦이다. 일어낫, 짜샤!"

인도 가장자리, 공중전화 부스 쪽에서 누군가 짧게 외치는 소리. 삼층 건물의 현관 셔터에 등을 기댄 채 앉아 있던 명치는 퍼뜩 눈을 떴다. 전화 부스 안에 쪼그려앉았던 유이병이 헬멧을 뒤집어쓰며 후닥닥 몸을 일으키고 있는 게 보였다.

로터리 쪽으로부터 지프 한 대가 나타나더니, 빠른 속도로 눈앞을 스쳐지나가고 있었다. 전조등의 두 가닥 강렬한 불빛이 포도 위의 번들거리는 물기를 난폭하게 그물질해대며 중심가 방향으로 질주해 가버렸다. 도로 경계 근무를 맡은 유이병과 최일병이 뒤늦게야 차도로 걸어나가고 있었다.

"니기미! 상황 끝났으면 철수나 시킬 거지, 뭐 개 좆 빠졌다고 저리 들락날락하고 있는 거야?"
"배고파 미치겠네. 야식이라도 안 나오나?"
"헛소리 마, 임마. 아까 혼자 두 봉지나 까서 처먹은 새끼가……"
"어따, 강상병님. 그까짓 전투 식량 열 봉지 먹어봤자 어디 그게 사람 처먹는 음식입니까? 개밥에 맹물 말아놓은 것만도 못한 걸 가지구서……"
"시끄러워, 쌔캬. 워커 속까지 젖어서 신경질나는 참인데, 쯧."

칵 가래를 뱉으며 씨부렁거리는 강상병의 목소리. 명치는 고개를 들었다. 비를 피해 바로 옆 약국의 처마 밑에 대원들 서너명이 주저앉아 있다. 강상병이 젖은 군화 한 짝을 벗어 거꾸로 치켜들고 계단 모서리에 툭툭 치고 있다. 가로등 불빛에 희미하게 드러나는 그들의 거뭇한 모습이 물에 젖은 몇 마리의 까마귀들처럼 보였다. 명치는 어깨를 웅크렸다. 한기에 몸이 오슬오슬 떨려왔다. 어깨와 등, 무릎 아래쪽은 이미 축축하게 젖어서 살갗에 찰싹 들러붙어 있었다.

그들은 그곳 광주고등학교 앞 로터리 일대에서 벌써 서너 시간 동안 줄곧 대기중이었다. 도청 앞 광장에서 시민들과 대치중이던 명치네 지역대가 그곳으로 급히 출동해온 것은 오후 다섯시쯤이었다. 여단본부의 주둔지인 조선대로 복귀중이던 A. P. C. 장갑차 한 대가 시위대에 포위되어 있다는 무전 연락을 받았던 것이다.

현장에 도착하기 직전, 명치는 트럭 위에서 총성을 들었다. 시위대가 장갑차를 에워싸고 차량 밑에 불을 질렀다고 했다. 그걸로 안 되겠던지 장갑차 위쪽의 해치 위에 불을 놓았는데, 위기를 느낀 작전장교가 군중을 향해 소총을 난사했다는 것이다. 그들이 도착했을 때는 이미 군중은 흩어지고 있었고, 별다른 충돌 없이 상황은 끝난 셈이었다. 시위대 몇이 총에 맞은 모양이었다. 고등학생 하나는 절명한 것으로 보인다는 보고가 들어왔으나 확실하진 않았다.

 곁에 앉은 오하사가 담배를 입에 물고 라이터를 몇 번 짤각짤각 눌러보더니, 물에 젖어버린 담배를 길바닥에 내던졌다.
"한 대 줄까?"
 명치는 깔고 앉은 철모 속에서 담배를 꺼내어 오하사와 하나씩 나누어 물었다. 둘은 한동안 말없이 눈앞의 텅 빈 도로를 응시했다.
"이러다가 진짜로 오늘밤은 길바닥에서 새우는 거 아냐?"
 명치는 이빨 사이로 침을 찍 쏘아냈다.
"그러게……"
"씨팔, 이게 무슨 지랄이냐. 춥고 배고파서 죽을 지경인데, 잠조차 재워주지 않다니. 길바닥에서 거지떼같이 벌벌 떨게 될 줄이야 누가 알았나."
 니기미, 더러워서 원. 명치는 울컥 치밀어오르는 분노를 짓씹으며 씨부렁거렸다. 오하사는 잠자코 담배만 빨고 있다. 그런 오하사의 옆모습을 명치는 짜증스레 흘겨본다.
'이게 무슨 꼴인가. 특수전 훈련장도 아니고, 손바닥 뒤집듯 빤하게 눈에 익은 광주 시내 한가운데서 이렇게 초라하고 볼품없는 꼬락서니로 밤을 새워야 하다니.'
 명치는 부글부글 속이 끓어올라 견딜 수가 없다. 출동할 때만 해도 길어야 이틀이면 끝날 줄 믿었는데, 사흘째가 되도록 잠 한 숨 자보지 못한 것이다. 쉬파리떼처럼 와르르 흩어졌다가도 금세 모여드는 시위대도 그렇고, 목구멍에서 쓴물이 솟구치도록 지쳐빠져 있는데도 끝없이 막무가내로 몰아대는 지휘관들도 죽이고 싶도록 미웠다.
"쓰발, 이렇게 좆뺑이치는 것도 이제 몇 시간 안 남았으니까 참아야지 어쩝니까."
강상병이 소총 개머리판으로 계단 모서리를 쿵쿵 내리치며 말했다.
"짜샤, 네가 그걸 어떻게 알아?."
명치가 신경질적으로 쏘아주었다.
"3여단 병력이 투입될 거라잖습니까. 아까 중대장님이 그러든데. 아마 지금쯤 벌써 이쪽으로 이동중일지도 모르죠."
"병신시키, 그게 반가워할 일인 줄 아나? 우리 손으로 해결 못하고 3여단 자식들까지 끌고 내려오게 만들었으니, 우리 여단장이 얼마나 뿔따구가 나 있을 줄 몰라서 그래? 보나마나 이번 작전 끝나고 자대로 복귀하면 여단장 꼬라지에 우리를 반쯤 죽여 놓을 거다."
"그렇게 치자면, 진짜 죽어날 놈들은 7여단 애들이잖습니까 반장님. 그 자식들이 확실하게 초전에 박살을 내버리기만 했으면, 우리 여단까지 광주에 뭣 하러 출동했겠수. 그 쪼다 겉은 새끼들 땜에, 쓰발."
"임마, 7여단이나 우리나 결과적으로는 피장파장야."
"허참, 하여간 전라도새끼들 독종은 틀림없다구. 그렇게 박살을 내도 죽기살기로 달겨드는 것 좀 보쇼. 그런 빨갱이새끼들은 사그리 총살을 시켜뻐려야 하는 건데."
"이 새끼, 아가리를 쫙 찢어버려!"
"아참, 그, 그게 아니라…… 반장님."
 명치가 발딱 일어서더니 강상병의 무릎을 세차게 걷어찼다. 어이쿠, 비명을 지르며 강상병은 황급히 두 팔로 얼굴을 감싸는 시늉을 했다. 이곳이 명치의 고향이란 사실을 깜박했을 것이다. 강상병은 엉거주춤 일어나더니 약국 앞의 동료들 쪽으로 건너가버렸다.
"씹새끼! 전라도놈이 어째? 이 개새끼, 앞으로 내 앞에서 아가리 조심해. 대검으로 배때기를 쑤셔버릴 테니까!"
 명치는 우두둑 이빨을 짓씹으며 악을 쓰듯 으르렁거렸다. 주위의 병사들이 일순 조용해진다. 명치는 씨근덕대며 다시 털썩 주저앉았다. 어색해진 주위의 분위기를 느낀 오하사가 명치에게 한마디 던졌다.
"뭘 그래, 한하사. 화가 나서 해본 소릴 갖구."
"임마, 너희들은 내 심정 몰라. 한번 입장을 바꿔놓고 생각해보란 말야. 누구는 좋아서 이 염병 개지랄치고 있는 줄 아냐, 새끼들아…… 좆같은 군대만 아니라면…… 쓰발."
"참아, 너답지 않게 왜 이러는 거야?"
 오하사가 등을 두드려주었다. 명치는 담배를 뽑아물고 화풀이하듯 뻑뻑 연기를 들이마셨다. 명치는 스스로도 제 자신을 이해할 수가 없었다. 홧김에 마구 아무렇게나 내뱉긴 했지만, 자신의 감정을 어떻게 추스려야 할지 모를 지경이었다. 그저 모든 게 온통 뒤죽박죽 엉망진창으로 뒤집히고 헝클어져버린 것만 같다. 명치는 갑자기 울고 싶은 심정이다.

봄 날

"미쳤어…… 너나없이, 모두들 제정신이 아니야……"

오하사가 중얼거리며 가늘게 한숨을 내쉬었다.

명치는 몸을 웅크리고 앉은 채 한동안 아스팔트 바닥 위로 흐르는 빗물을 말없이 응시한다. 그러나 아무런 생각도 느낌도 또렷하게 잡히지 않는다. 백치가 되어버린 건가. 머릿속이 온통 뜨겁게 달아올라 금방이라도 터져버릴 듯했다. 미친 듯 악이라도 고래고래 내질렀으면 시원할 것만 같다.

명치는 공수부대에 자원 입대한 것을 처음으로 후회했다. 지난 삼 년 동안 혹독하기로 이름난 훈련을 수없이 견뎌왔지만, 그런 생각을 해본 적은 별로 없었다.

맨 처음 낙하 훈련 때의 당혹감과 공포를 명치는 떠올린다. 전신에 피명이 들도록 수없이 지상 훈련을 반복한 뒤 수송기에 오르긴 했어도, 막상 발판 위에 서서 밑을 내려다보는 순간엔 눈앞이 캄캄해오던 거였다. 낙하 고도 4백 미터. 발 밑에 펼쳐져 있는 산과 들녘이 지옥의 풍경처럼 아득하고 깊어 보였다. 착지까지 걸리는 시간은 약 57초. 착지 충격은 삼층 건물에서 추락하는 정도와 거의 비슷하다. 각자 휴대한 군장은 50킬로그램이 넘는다. 개인 화기, 두 개의 낙하산과 비상 식량 그리고 실탄을 앞뒤로 주렁주렁 매단 상태. 낙하시엔 4초 사이에 십여 명이 거의 동시에 허공으로 빨려나가듯 한꺼번에 뛰어내려야 한다.

두 눈을 질끈 감고 뛰어내리는 순간 명치는 저도 모르게 미친 듯 어머니를 불렀었다. 순간 줄 끊어진 추처럼 몸뚱이가 허공으로 부웅 자맥질해 내리꽂히는 느낌. 일만, 이만, 삼만…… 두 눈을 질끈 감은 채 그는 발악하듯 그렇게 고함만 내질렀다. 꿈을 꾸는 것만 같았다. 지옥으로, 지옥으로 추락해내리는 악몽. 아무 생각도 공포도 느낄 여유가 없었다. 지상 만 피트 지점. 낙하 4초 후 낙하산이 개방되고, 비상시엔 가슴 앞쪽에 휴대한 예비 낙하산 끈을 당겨 펼쳐야 한다. 주 낙하산이 고장일 경우 예비 낙하산을 펴는 행동 사이엔 불과 4초의 여유밖에 없다. 바로 그날, 그의 동기 중 하나가 사고를 당했다. 재수 없이 팔이 엉키는 바람에 예비 낙하산을 펼 수가 없었던 것이다. 녀석의 몸뚱이는 자갈 깔린 야산 천변에 추락해 형체도 분간할 수 없게 짓뭉개져 부서져버리고 말았다.

그 첫번째 낙하 훈련을 마친 직후, 명치는 교관에게 따로 불려나가 지독한 기합을 당해야 했다. 낙하 직전, 겁에 질린 채 머뭇거렸기 때문이었다. 명치에겐 고소공포증이 있었다. 그것은 공수대원에겐 치명적인 결함이었다. 이를 악물고 재차 낙하를 시도했다. 두려움은 조금도 줄어들지 않았다. 그래도 그는 그악스레 삼차, 사차…… 반복했다.

'나는 죽고 싶다. 지금 난 죽으러 가는 것이다. 난 죽어야 한다. 죽을 것이다……'

낙하 지점을 향해 날아가는 형편없이 낡아빠진 기체 안에서, 명치는 언제나 그렇게 혼자 주문을 외우듯 되뇌곤 했다. 죽음이 두려운 게 아니라 오히려 죽기 위해 뛰어내린다는 자기 최면이 오히려 마음을 편안하게 만들었던 것이다. 아니 어쩌면 명치는 정말로 죽기를 바랐던 것인지도 모른다. 낡아빠진 프로펠러의 회전음과 함께 문득문득 식구들의 얼굴이 눈앞을 스치곤 했다. 그랬다. 철들기 시작한 유년기부터 성인이 된 지금까지 그는 가족 모두를 증오하며 살아왔다. 아버지 한원구의 음울하게 찌들린 얼굴, 미쳐버린 어머니의 처절하고 추한 얼굴, 그리고 고향

바닷가 절벽에서 떨어져 죽은 어린 동생의 얼굴까지도…… 그러나 그 누구보다도 명치는 바로 자기 자신을 가장 증오했다.

'아아, 난 동생을 죽게 만든 놈이다. 내가 죽인 거나 마찬가지야. 난 동생을 죽였어. 내가 죽였어!'

발 밑에 아스라히 펼쳐진 지상을 향해 뛰어내릴 때마다 명치는 그렇게 혼자 고함을 내지르며 자포자기식으로 몸을 날리곤 했다. 그런 자포자기식의 결단을 내리고 나면 매번 이상스럽게도 두려움이 훨씬 줄어드는 것 같았다.

명치는 언제부터인가 자신이 세상에 잘못 태어난 존재라고 여기고 있었다. 아버지란 다만 혐오와 공포의 대상이었을 뿐, 단 한 번도 따뜻한 애정 따위를 받아본 기억이 없었다. 철들기도 전에 집을 나갔다는 어머니의 빈자리는 어린 그에겐 한동안 가슴 저리는 그리움과 막연한 동경으로 채워졌었다.

그러나 열 살 때였던가. 초여름 어느 날 아침, 등교길에서 처음으로 어머니와 마주쳤었다. 이웃 마을 수협 창고 처마 밑에서 쥐약 먹은 개처럼 혼자 웅크리고 앉아 있던 그 낯선 여자의 더럽고 추한 꼬락서니를 보는 순간, 어린 그는 본능적으로 그녀가 어머니라는 사실을 깨달았다. 그러나 믿을 수가 없었다. 구정물로 얼룽진 더러운 얼굴과 손, 까치집처럼 헝클어진 머리며 철 지난 털 스웨터를 꾸역꾸역 겹으로 두른 그 추악하고 흉측한 여자가 어머니일 리가 없었다. 아니 절대로 그래서는 안 되었다. 그 더러운 여자가 비칠비칠 몸을 일으키더니, 뭐라고 중얼거리며 이쪽으로 다가왔다.

"아가, 우리 아가로구나. 아가야."

여자가 더럽고 냄새나는 두 손바닥을 활짝 펼친 채 다가왔을 때, 명치는 부들부들 몸을 떨기 시작했다. 참을 수 없는 분노와 슬픔, 그리고 절망과 공포가 엄습해왔고, 그는 갑자기 와악 울음을 터뜨리며 커다란 돌멩이를 움켜쥐고 악을 썼던 것이다.
"가! 이 미친년아, 가란 말여! 빨리 꺼져부란께! 당장에 칵 때려쥑여불 텐께!"
미친 여자는 비칠비칠 뒷걸음질을 치고 있었다. 겁에 질린 여자의 더러운 얼굴에 순간 떠오르던 그 이상한 표정. 형 무석이 다급하게 달려들며 제지하려 했을 때, 명치는 돌멩이를 던졌다. 여자가 옆구리를 움켜쥔 채 비명을 질러대며 도망치기 시작했다. 아아, 아흐흐…… 썩은 걸레 뭉치 같은 몰골로 여자는 선창으로 내달리기 시작했고, 명치는 또 다른 돌멩이를 찾아 움켜쥔 채 와악 울음을 터뜨리며 여자를 뒤쫓았던 것이다.
"가! 가란 말여! 이 미친년아. 칵 죽여불 거여! 다시는 눈앞에 나타나지 말란 말이여……"
그날 이후, 어머니라는 이름을 명치는 기억 속에서 영영 지워버리려 애썼다. 그러나 그 두렵고 고통스런 이름은 언제나 그의 가슴 밑바닥 캄캄한 어둠 저편에 똬리를 튼 채 숨어 있다가, 이따금씩 고름처럼 솟구쳐 흘러나오곤 했던 것이다. 그때마다 그의 영혼은 추악한 벌레처럼 몸을 뒤틀며 발작을 일으켜야 했다.
그는 자신의 핏속에 더러운 피가 흐르고 있다고 생각했다. 제 몸 속을 흐르고 있는 그 추악하고 끔찍한 피가 바로 동생 명수를 절벽에서 떨어져 죽게 만들었음에 틀림없다고 믿었다. 그것은 악마의 피일 터였다. 나이가 들어가면서, 그런 생각은 점점 의심할 나위 없는 강박관념으로 끈질기게 그를 괴롭히기 시작했다. 그 때문에 명치는 스스로에 대한 엄청난 공포와 혐오감에 짓눌려 허우적거려야만 했다.

그 감당할 수 없는 공포와 두려움 때문에 명치는 일찌감치 문제아가 되어버렸는지도 모른다. 초등학교 때부터 시작한 수차례의 가출, 도벽. 중학교와 고등학교 시절에는 엇비슷한 부류의 문제아들과 어울리면서 숱한 폭력 사건과 비행에 가담하였다. 건방진 상급반 선배의 등에 칼을 꽂기도 하고, 여름 방학 피서지에서는 낯 모르는 여학생 하나를 다섯 명이 윤간도 했다. 밤늦은 하교길의 야간학교 아이들을 상대로 돈을 빼앗는 것 정도는 심심풀이였고, 체육 시간에 뺨을 때린 체육 선생을 밤중에 그의 집 앞에서 패거리들을 시켜 실컷 두들겨패준 적까지 있는 명치였다. 당연히 몇 차례 정학을 당하기도 하고, 서너 번이나 경찰서 문턱을 들락거리기도 했다.

그러나 명치는 가슴 밑바닥 어둠 속에 숨어 있는 그 공포와 혐오감으로부터 영영 벗어날 수가 없었다. 고등학교를 마치자마자, 입대 영장도 나오기 전에 일부러 공수부대를 자원한 것도 그 때문이었다. 그것은 지독한 자기 학대와 자기 파괴의 욕구였다. 그는 스스로를 철저하게 파괴하고 싶다는 욕망으로 허둥거렸다. 그러지 않으면 끝내 미쳐버리고 말 것 같았다. 인간의 한계를 거의 넘어설 정도라는 공수특전단의 혹독한 훈련과 극한의 상황들을 지금껏 수없이 견뎌낼 수 있었던 것도 어쩌면 바로 그 때문이었는지도 모를 일이다.

그런데, 이상한 일이었다. 비상계엄령 조치로 통행 금지가 내려진 이 도시의 텅 빈 거리 한구석에서 비를 맞으며 앉아 있는 이 순간, 명치는 까닭 모를 허탈감과 절망감을 털어버릴 수가 없었다. 마치도 발을 헛디뎌 어떤 밑 모를 거대한 어둠의 구덩이

속으로 굴러떨어져버리고 만 듯한 까마득한 절망과 공포가 전신을 짓누르고 있는 것이다.

빗발이 더욱 굵어져 있었다. 맞은편 고등학교의 육중하게 닫혀진 철문 너머로 커다란 소나무가 무성한 가지를 아래로 내려뜨린 채 흔들리고 있는 게 보였다. 가로등 불빛 속으로 어지러운 빗발이 비스듬히 내리꽂히고 있을 뿐, 거리는 거짓말처럼 조용했다. 아홉시로 앞당겨진 통행 금지 때문에 거리엔 인적이 뚝 끊어져버린 것이다. 굳게 문을 닫아건 도로 양쪽의 점포며 낮게 엎드린 주택가의 지붕들 틈으로 불빛이 보였지만, 빗소리에 묻혀 아무 소리도 들리지 않았다. 필시 사람들은 저마다 방안에 모여 앉아, 불안과 두려움에 질린 표정으로 숨을 죽이고 있을 것이다.

명치는 그 돌연한 정적이 얼른 믿기지 않았다. 불과 반시간 전까지만 해도 아수라장의 전쟁터를 연상케 하던 거리가 갑자기 폐허의 점령지처럼 잠잠해진 것이다. 명치는 얼핏 꿈을 꾸고 있는 듯한 착각마저 들었다.

'정말이지, 어제오늘 겪었던 일들이 모두 꿈이라면, 그저 허황된 악몽일 뿐이라면 얼마나 좋을까……'

하나같이 홍건하게 젖은 채 건물 모퉁이마다 걸레 뭉치마냥 웅크리고 앉아 있는 대원들의 초라한 몰골을 돌아다보며, 명치는 중얼거렸다.

번쩍. 돌연 헤드라이트 불빛이 비쳤다. 빗속을 뚫고 중심가 쪽으로부터 군용 트럭 두 대가 나타났다.

"정지!"

도로 한가운데로 대원 서넛이 잽싸게 뛰어나가며 길을 막았다. 명치는 반사적으로 몸을 일으켜 인도로 내려갔다. 강상병이

봄 날 255

뭔가 확인하는 듯, 선임 탑승 장교와 몇 마디 주고받더니 그대로 통과시켰다. 덮개를 씌운 트럭 뒤칸에서 병사 몇이 고개를 삐죽 내밀고 두리번거리고 있었다.

"야, 뭐야?"

"31사단 차량이랍니다. 관공서 예비군용 무기를 사단으로 옮기는 중이래요."

강상병이 건너편에서 고함을 질렀다. 명치는 돌아서서 계단 위로 올라섰다. 조금 전에도 31사단 트럭 한 대가 지나갔었다. 역시 시 외곽의 예비군 무기고에 보관중이던 무기와 탄약을 사단으로 수송중인 차량이었다. 시위대의 손에 그 무기들이 넘어가지 않도록 미리 조치를 취하는 것이리라. 그만큼 사태가 심각해지고 있다는 증거였다.

철모를 깔고 막 주저앉으려던 명치는 허리를 세웠다. 때마침 여단장의 지프가 빠른 속도로 달려와 눈앞에 멎었다. 앞자리에 4지역대장 최소령이 앉아 고개만 삐죽 내밀었다. 장교들이 부리나케 달려나가 부동 자세를 취했다. 잠시 후 지역대장을 태운 지프는 오던 길로 사라져버렸다.

"집합해, 빨랑."

2중대장 변대위가 소리치자, 주변에 흩어져 있던 대원들이 서둘러 모였다. 변대위는 지시 사항을 전달했다. 현위치를 중심으로 오십 미터 간격을 두고 3명 씩 조별로 경계 지역을 할당했다.

"현재 시각, 시내 전역에서 시위대의 난동은 일단 끝났다는 보고를 받았다. 조금 전까지 서너 군데의 파출소가 습격을 받고, 외곽 지역 몇 군데에 폭도들이 출현했으나 모두 진압되었다는 보고다."

"중대장님, 그라문 이제 철수하는 깁니꺼?"
 뒤편에서 누군가 볼멘소리로 말했다. 추상사의 목소리였다.
"무슨 소릴 하는 거야! 지금 상황이 끝난 줄 아나? 지금은 계엄령이 발효중이야. 국가 비상 사태란 말야. 우린 지금 전쟁터에 와 있는 거라구. 폭도들은 아직도 시내 곳곳에 숨어서, 우리 동태를 살피고 있다. 틈만 보이면 몰려나와 언제 기습해올지 모른다. 지금부터 각 조별로 흩어져서 철저히 경계 태세를 취하도록! 눈에 띄는 놈은 무조건 체포해! 알았나!"
 변대위의 철모 끝으로 빗물이 줄줄 흘러내리고 있었다. 모여 선 대원들은 말이 없었다. 누군가의 입에서 불만스런 한숨이 흘러나왔다. 흐린 가로등 불빛 아래 엉거주춤 서 있는 대원들의 지친 모습을 잠시 둘러보더니, 변대위는 갑자기 꽥 고함을 쳤다.
"야, 이 쌔키들아! 지금 니들만 지치고 힘든 줄 아나? 이 꼴들이 뭐얏. 너희들만 좆빵이친다고 억울해할지 모르지만, 이 새끼들아, 우리 공수특전대가 무너지면 대한민국이 무너진단 말야. 대한민국이 빨갱이놈들한테 적화되느냐 마느냐는 바로 우리 어깨에 달려 있단 말야! 알겠나!"
"아으읏, 알겠습니다앗!"
 병사들이 악을 쓰듯 복창했다. 변대위는 흡족한 듯, 목소리를 낮췄다.
"제군들, 나도 알고 있다. 춥고, 배고프고, 지칠 대로 지쳐 있다는 걸 누가 모르겠나. 그러나 우린 명령에 죽는 군인이야. 자, 조금만 참고 견디자. 내일쯤은 휴식이 주어질 것이다. 지금 3특전여단 병력이 이곳 광주로 이동중이라는 보고를 받았다. 3여단은 우리 여단과 교체 투입될 것이다. 자, 힘을 내! 각자 위치로!"

대원들은 조별로 나뉘어, 할당된 지점으로 흩어지기 시작했다.
명치는 임상병과 유이병을 데리고 계림파출소 방향으로 이동했다. 계림동 오거리로 통하는 골목 입구를 중심으로 일단 주변을 훑었다. 아무도 눈에 띄지 않았으므로, 문이 닫혀진 서점 처마 밑에서 잠시 비를 피하고 서 있었다. 졸음이 쏟아지기 시작했다.
십여 분쯤 지났을까. 맞은편 목욕탕 골목에서 오토바이 한 대가 불쑥 나타났다. 사내 하나가 전조등도 켜지 안은 채 슬금슬금 다가오더니, 명치 일행을 발견하고 멈칫했다.
"야, 정지!"
임상병의 고함과 함께 셋은 반사적으로 튀어나갔다. 순간 사내가 오토바이를 휙 돌리더니 돌연 광주고등학교 방향을 향해 전속력으로 내빼기 시작했다.
"도주한다! 정지! 저 새끼 잡아랏!"
셋이 외치며 추격하자, 그쪽 길목을 지키고 있던 대원들이 우루루 튀어나와 앞을 가로막는 게 보였다. 순간 쿵 하는 충돌 소리가 났고, 대원 하나가 맥없이 나가떨어졌다. 충돌한 사내 역시 오토바이와 함께 길바닥에 나동그라졌다.
"야, 최재기! 정신차려!"
명치네 조가 달려갔을 때, 엎어진 최일병을 부둥켜안고 오하사가 소리치고 있었다. 그 사이, 추상사와 강상병이 사내를 붙잡아 무차별 몽둥이 세례를 퍼부었다. 사내의 몸뚱이는 이내 길바닥에 축 늘어져버렸다.
"정신차려, 최일병! 괜찮아? 다친 데 없어?"

"다리…… 아이쿠, 미치겠네."
 최일병이 허벅지를 움켜쥐더니 푹 주저앉았다. 바지 한쪽이 찢겨나가, 드러난 허벅지에서 피가 흐르고 있었다. 생각보다 큰 부상은 아닌 듯싶었다. 오하사와 정일병이 최일병을 부축해 일으켰다.
 "아이고오, 사, 살려주시요. 제, 제발."
 비명을 내지르는 사내를 추상사와 강상병이 미친 듯 총대로 내갈기고 군홧발로 걷어찼다. 사내는 필사적으로 추상사의 발을 그러안았다.
 "개새끼! 죽이삐라! 이 씨펄새끼가 누굴!"
 추상사의 진압봉이 휙 원을 그리더니, 퍽 소리와 함께 사내의 정수리에 정확히 박혔다. 사내의 작은 몸뚱이가 픽 고꾸라지며 길바닥에 축 늘어졌다. 추상사가 재차 군홧발로 걷어찼지만, 사내는 전혀 반응이 없다.
 "어, 이 새끼, 뒈진 거 아냐?"
 발길질을 멈추고 강상병이 소리쳤다. 순간, 축 늘어진 사내의 하체가 별안간 기묘하게 경련을 일으키기 시작하는 걸 명치는 보았다. 개구리. 여름날 막대기에 맞아 논바닥에서 사지를 쭉 뻗고 죽어가는 개구리처럼, 두 다리가 감전된 듯 무섭게 바르르 떨고 있었다.
 "이 새끼, 엄살 떨고 있는 기라! 놔!"
 군홧발로 다시 걷어차려는 추상사의 어깨를 누군가 뒤에서 꽉 그러안았다. 오하사였다.
 "그만 해두시죠. 이렇게까지 할 필요는 없잖습니까!"
 "놔! 새꺄. 이런 새낀 즉결 처분해야 돼! 새끼들아, 니들은 전

봄 날 259

우애도 읎나?
 이 개새끼가 우릴 깔아뭉개 죽일라 캤단 말이다!"
 "보십쇼, 추상사님. 이 사람 진짜 죽었는지도 모릅니다. 추상사님이 책임지실 겁니까."
 오하사가 사내를 들여다보며 말했다.
 "책임지는 거 좋아헌다. 야, 이런 놈 뒈진다고 누가 뭐라 칼 끼고!"
 추상사가 투덜거리면서도 뒤로 물러섰다.
 "병원으로 옮겨야 해. 저 길 모퉁이에 병원 같은 게 있더라. 너희 둘은 최일병을 맡고, 누가 이 사람 좀 내 등에 업혀줘. 어서."
 등을 내미는 오하사에게 사내를 업혀준 다음 명치는 유이병과 셋이서 걷기 시작했다. 부상당한 최일병은 임상병이 맡았다.
 "바, 반장님. 진짜로 죽은 거 아입니꺼
 이 사람요."
 잰걸음으로 오하사 뒤를 쫓아가며 유이병이 겁먹은 표정으로 헐떡였다. 명치는 사내의 목을 한 손으로 받친 채 잰걸음을 쳤다. 움푹 파인 사내의 정수리에서 피가 벌컥벌컥 솟구쳐나온다. 오하사의 등허리는 이미 핏물로 흥건히 젖어 있었다. 명치는 손가락 사이로 줄줄 흘러내리는 진득한 핏물의 감촉과 비릿한 피 내음에 울컥 구역질이 일었다.
 길 모퉁이에 '소아과' 간판이 보였다. 두꺼운 유리문은 닫혀 있었지만, 유리창으로 전등 불빛이 흐릿하게 내비치고 있었다.
 "야, 문 열어! 문 열란 말야!"
 먼저 도착한 강상병이 유리문을 세차게 걷어차고 있었다. 한참 후에야 진료실 바깥 창문이 빼꼼 열리더니, 안경 쓴 사내 하나가 주저주저 얼굴을 내밀었다.

"왜 그러십니까. 지금은 환자를 받을 수 없습니다만……"
"당장 문 열란 말야. 부상자가 안 보여?"
"다른 병원으로 어서 옮기도록 하세요……여긴 소, 소아과라서……"
"야, 이 씨팔놈아! 너, 죽을라고 환장을 했다 이거지? 소아과고 뭐고 여긴 병원 아니야? 당장 못 열어!"
 창문이 닫히고, 이내 안경 쓴 사내가 허둥지둥 달려나와 현관 유리문을 열어주었다. 진료실 안엔 뜻밖에 대여섯 명의 시민들이 있었다. 침대에 둘, 긴 나무 의자에 드러누운 사내까지 합해 셋 다 부상자였다.
 침대에 누운 청년 하나는 얼굴이 온통 시퍼렇게 부어오른 꼴로 머리를 붕대로 감은 채 누워 있고, 나머지 둘은 팔이 부러진 듯 어설프게 부목을 댄 모습. 그 중 삼십대의 사내는 웃통이 벗겨진 채 옆구리까지 피에 젖은 붕대를 휘감고 있었다. 대검에라도 찔린 것 같았다. 그들은 하나같이 하얗게 공포에 질린 채, 느닷없이 들이닥친 병사들을 멍하니 주시하고 있었다. 업고 온 사내를 오하사가 책상 위에 내려놓았다.
"다리를 움직여보세요…… 골절은 아닌 것 같은데. 우선 지혈을 해드릴 테니까, 다음에 따로 치료를 받으시죠."
 최일병의 다리를 살펴보며 의사가 말했다. 한쪽 구석에서 벌벌 떨고 있던 간호사가 그제서야 다가와 최일병의 상처에 약을 바르고 붕대를 감기 시작했다. 가벼운 찰과상인 모양이었다. 의사가 책상 앞으로 다가와 눕혀진 사내를 보고는, 눈을 크게 떴다.
"세상에, 어쩌다가 이 지경이 됐습니까. 어이쿠, 큰일났군. 이

봄 날 261

거, 출혈이 지독하네! 미스 장, 서둘러요!"
"아아, 어쩌면 좋아. 세상에…… 세상에……"
주근깨투성이의 앳된 간호사는 사내를 보자마자 훌쩍훌쩍 울음을 터뜨리며 안쪽 문으로 달려들어갔다. 힘없이 축 늘어진 사내는 눈을 감은 채 거칠게 숨을 헐떡이고 있었다. 숨을 몰아쉴 때마다 엄지손가락 두 개 넓이의 움푹 파인 정수리 함몰 부분으로부터 검붉은 피가 벌컥벌컥 솟구쳐올랐다.
명치는 저도 모르게 눈을 돌려버렸다. 스물다섯 살쯤의 낯선 청년. 그러나 어디선가 만났음직도 한 평범한 얼굴.
'귀가하던 길이었을까. 왜 하필이면 그쪽 길을 택했단 말인가. 정지했으면 이렇게까지 되진 않았을 텐데, 바보처럼 어째서 달아났을까. 바보같이……'
명치는 어금니를 물었다.
"심각한 상탭니까? 이 사람 말요."
오하사가 물었다.
"심각한 상태냐고요? 그걸 말이라고 합니까? 눈으로 보면 몰라요? 세상에…… 어떻게 이럴 수가…… 허참."
의사는 분을 억누르려 애쓰고 있었다. 명치는 말없이 오하사를 쳐다보았다. 둘의 눈길이 마주쳤다. 강상병과 유이병은 우두커니 굳어 있었다. 그때, 으으 하는 신음 소리가 사내의 입에서 흘러나왔다. 놀랍게도 사내가 눈을 뜨더니 상체를 엉거주춤 일으켜세우려는 시늉을 했다.
"이것 보세요! 정신을 차렸소!"
오하사가 와락 사내의 팔을 움켜잡았다. 잠깐 어리둥절해 있던 사내의 눈빛이 별안간 엄청난 공포로 변한 건 그 순간이었다.

"아아, 살려주십시오! 살려주십시오!"

사내가 소리를 지르며, 온몸을 부들부들 떨기 시작했다.

"안 돼, 움직이지 말어! 가만 있으란 말요! 이 사람이 왜 이래!"

의사가 다급하게 사내의 머리를 내리눌렀다. 그리고 오하사를 뒤로 밀쳐내며 말했다.

"저리 비켜요! 이 사람 죽는 걸 볼라고 그러는 거요?"

"이거 왜 이래? 우리도 사람이라구, 이 양반아!"

강상병이 눈을 부라리며 끼여들었다.

"뭐요! 사람을 이 지경으로 만들어놓고도 그런 말이 나옵니까?"

"뭐가 어째? 네까짓 게 뭘 안다고 지랄야?"

"그만둬, 강상병. 그만두라니깐, 이 자식이……"

주먹질이라도 할 듯 다가서는 강상병을 오하사가 재빨리 제지하며 눈을 부라렸다. 강상병이 슬며시 물러났다. 의사의 낯빛이 하얗게 질려 있었다. 간호사와 부상당해 누워 있던 사내들은 숨을 죽인 채 떨고 있다. 명치와 오하사의 시선이 짧게 마주쳤다. 붉게 충혈된 오하사의 두 눈에 얼핏 파란 불꽃 같은 것이 번지는 것을 명치는 보았다.

"가자."

오하사가 휙 몸을 돌리더니, 문을 열고 걸어나갔다. 그들은 뒤따라 병원을 빠져나왔다. 비는 여전히 추적추적 뿌리고 있었다. 길 모퉁이를 돌아섰을 때 돌연 누군가의 고함 소리가 들렸다.

"뭐, 안 팔아? 야, 이 썹곁은 새꺄. 아가리 한번 더 벌려봐. 우린 사람 아니가? 우리가 지금 누구 때문에 이 고생을 하고 있는

봄 날

데, 니들까지 우리 특전대를 좆으로 취급한다 이거제? 이 쌍누므 전라도 빨갱이시키가!"
와장창. 무엇인가 깨지는 소리.
구멍가게였다. 반쯤 열린 함석문 틈으로 추상사의 뒷모습이 보였다.
"아이고메, 군인 아저씨이. 참으시요야. 우리 아저씨가 수, 술이 취해서 아무상도 모르고 헌 소리란 말요. 아, 팔지라우! 팔고 말고라우. 이 빗속에서 이리 고생하시는 군인 아저씨들한테 우리가 그럴 리가 있겠소. 참으시요야. 예에?"
주인여자가 추상사와 남편 사이를 가로막고 쩔쩔맨다. 강상병이 급히 가게 안으로 달려들어갔다.
"무슨 일입니까, 인사계님."
"야, 저 좆겉은 새끼가 우리한테는 암껏도 안 팔겠다 안 카나?"
"아이고오, 누가 안 판다고 그래라우. 문 닫고 잠자고 있는 참인디, 느닷없이 발로 문짝을 참서 열라고 한께로, 놀래서 말이 잘못 나왔다고 안 허요."
"내버려둬."
그쪽으로 돌아서려는 명치의 팔을 오하사가 잡아 끌며 낮게 말했다.
명치는 오하사, 유이병과 함께 처음 위치로 돌아와, 비를 피해 건물 처마 밑으로 기어들었다. 한동안 아무도 입을 열지 않았다. 피로보다도 견디기 어려운 허탈감이 전신을 무겁게 짓누르고 있었다.
명치는 차도 건너 주택가의 골목 어귀에 서 있는 가로등의 희부연 불빛을 멀거니 바라보았다. 그 부근은 명치에게는 훤히 눈에 익은 동네였다. 광주고등학교 뒤편엔 성당이 있고, 바로 그 너머 멀지 않은 곳에 그의 집이 있다. 지금쯤 식구들은 잠이 들었을까. 불현듯 식구들의 얼굴이 떠올랐다. 십여 분도 채 걸리지 않는 지척에 지금 그가 와 있다는 사실을 식구들은 전혀 모르고 있을 것이다. 입대하기 전까지 썼던 이층 내 방은 누가 쓰고 있을까.

명치는 문득 집이 그리워졌다. 따스한 아랫목에 피곤한 몸을 눕히고, 죽은 듯 정신없이 잠에 곯아떨어지고 싶었다. 늘상 벗어나려고 발버둥을 치던 그 지긋지긋한 집이 그리워지다니…… 명치는 혼자 쓴웃음을 지었다.

"3여단하고 교체된다믄, 우리 여단은 내일쯤에는 그만 철수하게 될까예."

계단 귀퉁이에 쪼그려앉은 유이병이 힘없이 입을 열었다.

"글쎄…… 상황이 어떻게 전개되는가에 달렸겠지. 오히려 내일부터 더욱 악화될지도 모르지. 이미 사망자가 생긴 데다가, 이젠 어쨌건 발포까지 한 셈이니까 문제는 커졌어."

오하사의 음성은 힘이 없었다. 유이병이 일어나더니, 건물 벽에 붙은 홈통 앞에 쭈그려앉았다. 그리고 손에 물을 묻혀 연신 바지춤을 문지르고 있었다.

"뭘 해?"

"피가…… 묻어서요."

그 말에 명치 역시 흠칫 놀라, 피 묻은 제 손바닥을 내려다보았다. 아까 그 청년의 피였다. 손뿐만 아니었다. 앞가슴과 소매에도 핏물이 묻어 있다. 명치는 전신에 피범벅을 뒤집어쓰고 있는 듯한 기분이다. 울컥 구역질이 치밀었다. 아수라장의 거리.

쫓고 쫓기는 사냥터. 비명 소리. 피. 피…… 명치는 저도 모르게 고개를 내저었다. 미친 짐승처럼 몽둥이를 휘두르며 거리를 달리고 있는 자신의 모습이 보였다.
'그래, 미쳤어. 오하사의 말처럼, 미쳐버렸어. 사그리 미쳐버린 거야.'
가슴이 터질 것처럼 답답해왔다. 그때 누군가 후닥닥 계단을 뛰어올라오고 있었다.
"반장님, 여기 기똥찬 거 가져왔심다. 기분도 좆겉은데, 이거라도 마시고 속이나 확 풀어보자구요, 쓰발."
강상병이 비닐봉지에서 소주병과 빵, 과자 따위를 풀어내며 히히덕거렸다. 명치는 소주병 뚜껑을 이빨로 물어뜯자마자 단숨에 들이마셨다. 어느새 다른 대원들까지 몰려들어 술병과 빵을 돌리기 시작하고 있었다.
명치는 반쯤 남은 술병을 오하사에게 건네었다. 목구멍과 가슴을 타고 더운 기운이 전신으로 퍼지자 오히려 몸이 후들후들 떨려왔다.
"이러다가 중대장한테 작살나는 거 아닌가."
"염려 붙들어매, 짜샤. 벌써 그쪽에도 넣어주고 왔응께."
"어허, 이제야 살 것 같네."
피로를 잊은 듯, 저마다 말들이 많아졌다. 얼근히 취기가 오른 추상사가 낄낄거리며 말했다.
"하, 월남에서 좆뺑이치던 시절 생각이 난데이. 내사 그때 비싼 미제 양주 같은 거사 맹물 마시듯 원없이 퍼마셔봤제만도, 이 쐬주 맛에는 못 당한다 아이가? 한국놈 배때기에사 무조껀 쐬주가 최곤기라."

"인사계님요, 월남 깔치들 고것 맛도 끝내주게 보셨다면서요? 그 얘기 좀 해보십쇼. 히힛."

추상사의 십팔번인 월남 이야기가 또 시작될 참이었다. 명치는 일어나 계단을 내려왔다. 다리가 약간 휘청거렸다. 담벼락에 오줌을 내갈기는 그의 등뒤에서 추상사의 목소리가 들려왔다.

"……내 손으로 죽인 베트콩 아이들만도 줄잡아 오십 명은 될 끼다. 와, 거짓말 같나? 새꺄, 을지무공훈장을 고스톱 쳐서 딴 게 아니란 말씸야. 여기 왜 파편 맞은 줄 모르제? 월남 콩까이 한 년을 안 묵었나. 야간 매복을 나갔는데, 고참 둘이 살그메이 날 부르등마는 콩까이 맛 한번 뵈준다카데. 게 가보이, 동굴 안에다가 갓난애 업은 동네 유부녀 하나를 몰래 붙잡아다 놓았는 기라. 헤, 고거 참, 쫄깃쫄깃한 기 영 끝내주데. 그때까지 묵은 월남년 중에 최곤기라. 셋이서 두세 코씩 하다 보이 아, 쌍년이 한참 쌕을 쓰디이마는 갑자기 영 까무라쳐뿌리데. 우짜긴? 그럴 때는 대갈통에 M16 한 방 갈기뿌리는 기 에프엠 코슨 기라. 긴데, 막 나올라 카는데, 땅바닥에 자빠져 있든 그 아새끼가 뒈진 즈이 에미 젖퉁이를 쪼몰락그리며 계에쪽 앵앵 울고 있는기라…… 야, 고참들이 시키는데, 싫어도 우야겠노? 눈 딱 감고 또 한 방 갈기삐랬데이. 담날 아침에 남편시키하고 동네 늙은이가 나타났제. 여자가 행방불명됐다고 찾으러 왔드만. 헤, 암만 그래봤자 뭐 하노. 그런 일이사 월남에서는 아주 쌔꼬쌔삔 일이데이. 하, 긴데, 겔국에는 그기 재수 없었던기라. 그날 철수할 때 묘하게 나 혼자만 부비추랩 밟아가꼬, 헤, 하마트믄 죽다 살아났지 뭐꼬……"

갑자기 명치는 울컥 구역질을 느끼며 허리를 굽혔다.

> 봄밤의 이상한 평화가 다시 황량한 풍경 위에
> 흰옷 조각 같은 목련 꽃잎을 걸치고 있다
> 이제는 거룩하고 암울한 저녁 미사를 준비할 시간
> —— 임동확,「저물 무렵」에서.

5월 20일 01 : 00, 육군 31사단 의무대

예비군 막사를 나선 영준은 의무대 쪽으로 걷기 시작했다. 장교 숙소로 되돌아갈까 했으나, 차라리 의무대에서 눈치껏 한숨 자는 편이 나을 듯싶었다. 전부대에 출동 대기령이 내려진 터라 어느 때 불려나갈지 모를 형편이기 때문이다. 조금 전만 해도, 숙소에서 막 잠이 들었다가 당직중인 의무병의 전화를 받고 예비군 막사로 나왔다. 동원 예비군 하나가 취침중에 갑자기 복통을 일으켰다기에 살펴보니, 가벼운 위경련 같았다. 약을 복용케 하고 돌려보낸 다음 막사를 나선 참이었다.

1대대 본부 입구에서 초병이 불쑥 튀어나오더니, 이내 총을 거두고 경례를 했다. 영준은 의무대가 있는 언덕길로 접어들었다. 연병장으로 향하는 한 무리의 초병들이 지친 걸음걸이로 지나갔다. 비상경계령 때문에 사병들 역시 녹초가 되어 있었다. 평시보다 두 배로 불어난 경계 근무로 그들은 벌써 사흘째 밤잠을 제대로 자지 못한 상태였다.

"정지! 손 들엇!"

의무대 막사 입구로 들어섰을 때, 갑자기 병사 둘이 불쑥 튀어나왔다. 철커덕. 총알까지 장전하는 소리에 영준은 깜짝 놀라 손을 저었다.

"나야. 짜식들, 간 떨어지겠다."

초병 두 녀석이 그제서야 총을 내리고 엉거주춤 일어섰다. 어둠 속에서도 그들이 전에 없이 잔뜩 긴장해 있음을 느끼며, 영준은 의무대 막사로 들어섰다. 책상에 이마를 박은 채 졸고 있던 박상병이 후닥닥 일어나 어색한 웃음을 흘렸다.

"웬일이십니까. 숙소에 계신 줄 알았는데요."

"나, 오늘 여기서 잘 거다. 연락 온 거 없었나?"

"아까 관리대서 찾으시길래 비오큐에 계실 거라고 알려줬습니다."

"거기서 오는 참이야. 그럼 수고하라구."

영준은 책상 위에 모자를 던져놓고는 진료실로 사용하는 자신의 방으로 들어갔다. 군화를 신은 채 야전용 침대 위로 벌렁 드러누워버렸다. 무너져내릴 듯한 지독한 피로가 전신에 퍼져왔다. 눈을 감고 잠을 청하려던 그의 눈에 책상 위의 전화기가 보였다. 그는 몸을 일으켜 수화기를 집어들고 교환병에게 외부 통화를 요청했다.

"오메오메, 이 자석아! 지발 좀 에미 애간장 그만 녹여라이. 어쩌자고 인제사 연락을 하냐······"

신호음이 끊기자마자 대뜸 어머니의 격한 음성이 튀어나왔다. 영준은 가슴이 철렁해서, 집에 무슨 일이 있느냐고 물었다.

"우리 식구야 다 무사허다. 혜순이는 휴교령이 내려서 학교에

봄 날 269

안 가고 집에 있다마는, 느이 아버지는 이 난리통에도 출근을 하셔야 된다지 뭐냐. 도청 근방이 젤로 시끄럽다는디, 행여 느이 아부지한테 무슨 일이 생길까 싶어 나는 불안해 죽겠다."

영준은 겨우 마음을 놓았다. 안 그래도, 도청 공무원인 아버지 걱정을 했던 것이다.

"네 목소리를 들으니 이제사 살 것 같구나. 오메, 온 시내가 발칵 뒤집혀져서 벼라별 끔찍스런 소문이 다 들리는디, 영준이 너 걱정하니라고 어저께 밤부터 잠 한숨 못 잤단 말이다. 느이 아버지가 넌 의무장교라서 괜찮을 거라고 하더라만, 너도 시내서 데모 막아야 하는 건 아니냐?"

"염려 마세요. 아무 일도 없으니까."

"그렇다면야 맘을 놓겠다만, 그나저나 세상에 대관절 이거이 무신 난리다냐? 군인들이 닥치는 대로 시민들을 개 잡디끼 뚜드려패고 칼로 찔러죽인다는 소문이 쫙 퍼졌단 말여. 벌써 수십 명이 죽었다더라. 영준아이, 그런디 참말로 그 공수부댄가 뭔가 하는 놈들이 진짜 우리나라 군인이 맞긴 허냐? 이북에서 공비들이 변장해서 내려왔다는 소문도 있든디……"

공비라니, 영준은 어이가 없어 쓴웃음을 지었다. 이어 아버지의 쉰 음성이 들렸다. 선잠에서 깨어난 듯, 아버지는 몇 번이나 몸 조심하라는 당부를 되풀이했다. 부대 전화라서 그만 끊겠노라고 했더니, 이번엔 다시 어머니가 수화기를 들고 말했다.

"그라고 참, 조금 전에 느이 외가에서 전화가 왔더라. 명기 그 녀석이 낮에 시내로 나가갖고 아직까장 소식이 없다지 뭐냐. 아이고, 그 철딱서니 없는 자식이 죽을 둥 살 둥 모르고…… 온 식구가 발만 동동 구르고 있는 모양인디, 어쩌사 쓸까 모르겠다이."

"명기가요? 설마 무슨 일이야 있을라구요. 소식이 오겠죠."
 수화기를 내려놓고 영준은 침대에 걸터앉았다. 식구들의 겁먹은 목소리가 조금은 우습기도 하면서, 시내에서 벌어지고 있는 상황이 그만큼 심각한 모양이라는 생각이 들었다. 명기의 얼굴이 떠올랐다. 명기는 외사촌 형제들 중에서 비교적 영준과 허물없이 가까운 사이였다.
 영준은 외가를 생각할 때마다 늘 마음이 편치 않았다. 외숙인 한원구씨도 그렇고, 사촌형인 무석 그리고 자신과는 동갑내기인 명치조차도 영준은 어쩐지 별로 정이 가지 않았다. 외갓집 식구들의 얼굴엔 언제나 무겁고 음산한 그늘이 져 있었다. 얼음처럼 냉랭하고 음울한 그 집의 분위기가 영준은 어려서부터 싫었다. 한식구라기엔 차라리 전혀 남남끼리 억지로 모여 살고 있다고나 해야 할 정도로, 그들 사이는 어떤 보이지 않는 적의랄까 비정함의 띠 같은 것으로 묶여 있는 것 같기도 했다. 그 때문에 영준은 외갓집에 드리워져 있는 그 이상한 그늘의 비밀이 늘 궁금했었다.
 그러다가 나이가 들어가면서 외가의 불행한 내력을 차츰 알게 되자, 조금씩 그 음산한 그늘의 베일을 이해할 수 있을 것도 같았다. 전쟁중에 고향 섬에서 일어났던 외할아버지 한조합장의 참혹한 죽음, 외숙모인 귀단의 실성과 행방불명…… 어른들의 입에서 조심스레 흘러나오는 외가의 그런 비참하고 음울한 내력들을 통해, 어렴풋이나마 영준은 외가 식구들의 얼굴에 드리워져 있는 어둠의 정체를 짐작해낼 수 있었던 것이다.
 그래서일까, 영준은 외숙 한원구씨를 마주 대할 때면 언제나 『폭풍의 언덕』의 주인공 히스클리프를 떠올리곤 했었다. 그 지굿지굿하고 끔찍한 소설의 주인공처럼, 외숙의 한없이 음울하고 고통에 찌들린 얼굴엔 항상 어두운 그림자가 드리워져 있었다.
'명기녀석이 어딜 갔을까. 전화조차 아직까지 없는 모양인데……'
걱정하고 있을 외숙에게 전화를 걸까 하다가 내일 아침으로 미루기로 했다. 너무 늦은 시각이었다. 그러다가 영준은 문득 명치 생각이 났다. 강원도 화천의 공수부대에 있다는 말이 맞다면, 명치는 필시 지금 광주에 내려와 있을 거였다. 대학생들 틈에 섞여 도망치는 명기의 뒤를, 진압봉을 꼬나쥔 채 추격하는 한 무리의 공수부대 병사들, 그리고 명치…… 그런 엉뚱한 상상이 떠오르자 영준은 입맛이 썼다.
군화를 벗어놓고 군복을 입은 채로 영준은 야전용 침대에 드러누웠다. 막 눈을 붙이려는데, 노크 소리와 함께 누군가 안으로 불쑥 들어섰다. 작전장교 최기성 대위였다.
"어, 자는 걸 깨웠나? 내가 괜한 걸음을 했군."
최대위는 문을 열고 도로 나가려는 시늉을 했다.
"아닙니다, 선배님. 들어오십시오."
영준은 얼른 일어나 앉으며 웃었다. 최대위는 의자에 털썩 주저앉더니, 모자를 벗어 창가의 책상 위에 놓았다. 무척 피곤해 보였다.
"웬일이십니까, 이렇게 늦게…… 당직 근무중이신가 보죠?"
"이 친구, 속 모르는 소리 말게. 이틀째 잠 한숨 못 자고 비상대기중이라구. 눈꺼풀이 뻑뻑해서 이젠 잘 감기지조차 않는다니까. 빌어먹을."
"참, 그렇군요. 피곤하실 텐데, 여기서 주무시겠습니까. 의무실에 남은 침상이 있을 테니까, 저는 그걸 쓰면 됩니다만."

영준은 침대에서 몸을 일으키며 말했다. 최대위가 손을 저었다.

"아냐. 숙소로 내려가는 참인데, 불이 켜져 있어서 들렀을 뿐야. 어차피 시피에서 금세 호출할 테고, 공연히 왔다갔다 피곤하기만 할걸 뭐. 혹시 술 같은 거 있나, 조대위?"

최대위는 몸을 비스듬히 등받이에 기댄 채 돌아보았다.

"마침 남은 게 어디 있을 겁니다."

영준은 캐비닛 문을 열어 술병과 물컵 두 개를 꺼내왔다. 한 달 전 박상병이 특별 휴가를 마치고 귀대하면서 사다준 위스키였다. 엊그제 당직 근무를 마치고 혼자 한두 모금 마시다가 남겨놓은 것이다. 최대위는 컵을 단숨에 비워냈다.

"안주가 없어서 안됐군요."

"천만에, 이게 더 좋아. 불시에 찾아와도 양주 대접을 받을 수 있다니, 역시 의무장교라 다르구만. 이거, 박대통령이 총 맞을 때 마셨다는 그 술이로군."

최대위는 술병을 들여다보며 웃었다. 그는 영준의 고등학교 이 년 선배였다. 교정에 광주학생운동기념탑이 서 있는 그 학교에 입학한 해 학생회 간부였던 최기성을 영준은 기억하고 있었다. 교내 시위가 벌어질 때마다 맨 앞에 나가 열변을 터뜨리곤 하던 그를 영준은 이 부대에 부임해서 다시 만났다.

동문이라는 사실 때문에 둘은 쉽사리 가까워졌고, 곧잘 술자리도 함께했다. 고교 시절 수재로 알려졌던 그가 육군사관학교에 진학했다는 사실이 영준에게는 의외였다.

"참, 동원 중대에 환자가 생겼다는 보고가 들어왔던 거 같은

봄 날 273

데?"

"좀 전에 보고 왔습니다. 가벼운 복통 환자더군요."
"예비군들 분위기는 어때? 동요하고 있는 건 아니던가?"
"글쎄요. 아직은 그다지……"

최대위의 찡그린 이마를 영준은 건너다보았다. 공교롭게도 오늘은 예비군 동원 소집 훈련이 시작된 첫날이었다. 입소자 전원이 광주 지역 대원들이어서, 어제오늘 시내에서 벌어진 소요 사태 때문에 행여 무슨 동요라도 생길까 싶어 사단장 이하 장교들은 각별히 신경을 곤두세우고 있는 참이었다. 때문에 이날은 인원 점검을 마친 뒤, 막사 안에서 한 시간 동안 정신 교육만 실시했을 뿐이었다.

"그나저나 상황이 어떻게 돌아가고 있는 겁니까, 선배님."

영준이 물었다. 최대위는 제 손으로 술을 따라 한입에 털어넣고 있었다.

"나도 몰라."
"작전장교가 모른다면 누가 압니까? 오늘은 어제보다 사태가 훨씬 심각한 모양이던데요. 상무대 연병장에 끌려온 시민들만 해도 얼핏 오백 명은 넘겠더군요."
"상무대에 갔었나?"

아까 오후에 영준은 앰뷸런스를 인솔해서 상무대에 잠시 들렀었다. 그곳 담당 의무장교가 한 달째 공석중이어서, 그 동안 임시로 파견 근무를 겸하고 있었기 때문이다.

역전 광장을 거쳐 유동 삼거리를 지날 때까지만 해도 영준은 사태의 심각성을 별로 느끼지 못했다. 차량 통행이 끊어진 시가지는 거의 폐허처럼 느껴졌고, 진압봉을 든 공수부대 병사들이 도로를 군데군데 차단하고 있긴 했지만, 막상 군대와 시민간의 충돌 현장을 만나지는 못했던 것이다.
 그러나 상무대 연병장에 도착했을 때 영준은 눈을 의심했다. 넓은 연병장 안에 한덩어리로 엉켜 구물거리고 있는 한 무리의 살덩어리들. 그것은 사람이 아니라 짐승의 무리처럼 보였다. 쏟아지는 빗줄기를 고스란히 두들겨맞으며 진흙탕을 기고 구르는 그들의 대부분은 놀랍게도 팬티만 걸친 알몸뚱이들이었다. 사오백 명이나 될까. 몽둥이와 소총, 군홧발에 걷어차이며 공처럼 굴러다니는 그들은 대개 젊은이들이었다. 전혀 대학생 같지 않은 삼십대, 혹은 사십대도 끼여 있었다.
 영준은 운전병에게 일부러 그들 가까이 차를 몰도록 지시했다. 어느 틈에 설치해놓았는지, 연병장 외곽을 빙 둘러서 두어가닥의 밧줄이 어설프게 쳐져 있었다. 연병장 귀퉁이에서 십여 명의 젊은 여자들이 무릎을 꿇고 앉은 광경을 영준은 보았다. 흠뻑 젖어 살갗에 찰싹 들러붙은 옷, 맨발에 흙투성이가 된 종아리, 치렁한 머리채 밑으로 드러난 처녀들의 창백하고 가느다란 목…… 모두가 하나같이 공포와 추위에 전신을 오들오들 떨어대고 있었다.
 순간 영준은 전신의 피가 머리 꼭대기로 치솟는 느낌이었다. 견딜 수 없는 분노와 증오, 그리고 연민으로 턱이 덜덜 떨려오기 시작했다. 그 순간부터 영준은 제정신이 아니었다. 어떻게 상무대를 빠져나왔는지 모른다. 내내 악몽 속을 헤매고 있는 기분이었다.
 "바보 같은 자식들! 대학생들이란 게 어찌 그리 바보들이냔 말야. 손바닥 들여다보듯 빤히 보이는 걸 모르다니. 내참, 올가미를 등뒤에 감추고서 때려잡을 기회만 노리고 있는 판에, 제 발로 얼씨구나 기어들어온 셈이지 뭐냐구. 에이, 니미럴!"

최대위가 분에 겨워 씨근덕거리며 훌쩍 잔을 비웠다.

"그럼, 선배님은 이런 사태가 올 줄을 이미 알고 계셨다는 말입니까?"

"그걸 말이라고 하나? 이봐. 이건 모두 계획된 각본이라구. 저 자들은 쿠데타를 일으킨 장본인들야. 김재규도 치고, 정승화도 쳤어. 최전방에 배치된 9사단 탱크까지 몰고 서울로 쳐내려온 자들이라구. 하룻밤새에 별이 수십 개씩 우수수 떨어지고 천지개벽이 일어난 거야. 그짓을 저질렀으니, 저자들은 이제 막다른 골목에 몰린 처지 아닌가. 뒤로 한 발짝만 밀리면 끝장이라는 걸 왜 모르겠어? 지금은 군 내부에서도 저마다 목 움츠리고 정세를 관망하고 있는 판이지만, 여차하면 벌떼같이 일어날 텐데. 그야말로 역 쿠데타가 터지는 건 시간 문제 아니냔 말야. 그러니, 쿠데타의 주역들로서는 죽느냐 사느냐, 절대절명의 도박을 할 수밖에 없다구. 문제는 어떻게 그 기회를 잡느냐였는데, 바로 대학생녀석들이 자진해서 기회를 제공해준 거란 말야. 그걸 저들 쿠데타 세력이 놓칠 거 같아? 결국 시나리오대로 가고 있는 거라구. 씨팔, 이런 꼴 보기 전에 군복 벗어버리는 건데, 후회 막급이군."

최대위는 잔뜩 흥분해서 지껄였다. 그는 본디 거침이 없고 직설적인 사람이었다. 육군사관학교 출신인 그는 늘상 군대 생활엔 더 이상 미련이 없다고 말하곤 했다. 사실 그에겐 전망이 없어 보였다. 동기생들 대부분은 소령 진급을 했다는데, 그는 아직 대위였다. 전방에서 중대장 재직 시절 사병 하나가 무장한 채 탈영해서 인질극을 벌인 사고 때문이라지만, 그보다는 지나치게 직설적이고 타협할 줄 모르는 성격이 결정적으로 불리하게 작용한 것이라고 그는 믿고 있는 눈치였다.
"난 이미 글렀네. 사관학교를 택할 때만 해도, 가난한 시골 출신인 나로서는 꿈이 있었지. 외할아버지처럼 독립 운동은 못 하더라도 조국을 지키는 장군으로 출세하고 싶었으니까. 웃기는 소리지? 난 그야말로 완전한 개꿈을 꾸었던 거라구. 허허허."
그는 술이 취하면 그렇게 자조 섞인 웃음을 흘리곤 했다. 그럴 때의 최대위는 이미 군인이 아니었다. 군복에 대한 일체의 미련도 애착도 남아 있지 않은 듯했다. 차라리 전혀 군인답지 않은 군인임을 과장하기를 조금은 즐기고 있는 듯했다. 그러나 그런 그의 모습에서 영준은 어떤 자유인의 여유라든가 홀가분함보다는 짙은 쓸쓸함 같은 것을 어쩔 수 없이 엿보곤 했다.
이방인이라는 점에선 영준 역시 마찬가지일 터였다. 영준은 지금껏 단 한 번도 스스로를 군인이라고 여겨본 적이 없다. 자신은 의사였다. 지금은 다만 어쩔 수 없이 군대에 끌려와 복무 기간을 채우고 있을 뿐, 차이라면 고작 의사와 의무장교라는 명칭 정도라고 여기고 있었다. 그나마도 반년 후면 제대였다. 군대 시절 따윈 기억에서조차 깡그리 지워버리고, 자신은 평생을 의사로 살아갈 것이었다.
"아까 귀대하는 길에 통합병원에 들러 제 동기를 만났는데, 이미 시민들 중에 사상자가 상당수 발생했다는 소문이 있다더군요. 사실입니까?"
"그 소문은 들었어. 하지만 정확한 건 나도 몰라. 보안대 쪽에서 흘러나온 얘기로는 최소한 십 명 내외가 아닐까 추측하는 모양이든데, 우리로서는 도대체 모든 정보가 차단된 상태니 알 수

봄 날 277

가 있어야지. 3개 종합병원에만 부상자가 대충 백여 명이 넘는다지, 아마.. 이건 아예 전투라구, 전투."

"명색이 향토사단인데, 시피에서 그만한 정보도 파악할 수 없단 말입니까. 선배님은 작전장교시잖아요."

영준은 새삼 어이가 없었다. 계엄령하인 현재 광주 시내에 배치된 공수 7여단과 11여단은 원칙적으로 당연히 향토사단인 31사단에 배속되어 있었다. 그러나 그건 형식일 뿐 실질적으로 공수여단은 전혀 통제 밖에 있었다. 그들은 31사단뿐 아니라 전투교육사령부에 그들의 작전 상황 보고조차 하지 않고 있는 실정이었다. 그런 사실을 영준은 조금 전에야 알았던 것이다.

불과 두 시간 전쯤인, 밤 열한시에 사단장인 정소장의 지시로 비상 작전회의가 열렸었다. 사단 예하 대대장급 이상 전지휘관을 소집시킨 그 자리에 영준도 참석했다. 계급은 대위에 불과했지만 관례상 의무부대장은 독립된 단위 부대의 지휘관으로 분류되기 때문이다.

사단장은 전에 없이 굳은 표정으로 왠지 허둥대고 있는 기색이 역력했다. 형식상 자신의 통제하에 있어야 할 공수부대로부터 노골적으로 소외당한 까닭에, 시내 전역의 상황을 제대로 파악하지 못하고 있는 사단장은 엉뚱하게 부하들에게 질책을 퍼부었다. 하지만 거기 모인 지휘관들 역시 아무것도 모르기는 마찬가지였다. 공수부대는 완전히 독자적으로 행동하고 있었고, 일반 보병부대인 자신들은 노골적인 무시를 당하고 있다는 사실만 확인했을 뿐이다.

사단장은 당혹감으로 잔뜩 낯빛이 굳어 있었다. 그는 이날 오후 전교사 사령부에서 열린 대책회의에 참석하고 돌아왔노라고 말했다. 소위 군·관·민 방위협의회를 중심으로 한 모임이었는데, 전남도지사, 광주시장, 교육감, 지검장, 고검장, 각 종교 단체 대표들, 그리고 군측에서는 전교사 사령관, 31사단장, 또 공수여단장들을 비롯한 각급 부대 주요 지휘관들까지 한자리에 모인 대책회의였다고 했다.
"거기서 솔직히 내가 군복을 입고 있다는 사실이 부끄러울 정도로 믿어지지 않는 얘기를 들었소. 그러잖아도 18일 오후부터 여기저기 친지들한테서 전화로 벼라별 얘기를 다 들었는데, 그 정도로 우리 군의 과잉 진압 상태가 심각한 줄은 그때까지는 미처 알지 못했지. 그런데 거기서 기관장들이 모여서 저마다 입에 담을 수도 없고 믿을 수도 없는 얘기들을 우리한테 하는 거야. 뭐라고 했는 줄 알겠소? 도대체 이게 어느 나라 군대냐, 왜 국민을 상대로 이렇게 과격한 진압을 하는 거냐, 그 의도를 아무리 생각해도 상식적으로 납득이 안 간다, 시민들을 개 패듯 두들겨 패고, 여대생들을 발가벗겨서 네거리 한가운데다가 무릎 꿇려놓지를 않나, 길 가는 사람을 남녀노소 안 가리고 몽둥이로 피곤죽을 만들어 끌고 가질 않나, 이게 어디 우리나라 군인이냐. 심지어는, 이 지역에서는 6·25 당시에도 이런 지독한 참상은 겪어보지 않았다는 말까지 들었으니까…… 교육감은 이러더군. 문제는 당장만이 아니라, 앞으로가 더 문제다. 시내에서 백주에 벌어지고 있는 그 광경을 중고등학생뿐만 아니고 어린 초등학생, 유치원 아이들까지 직접 목격하고 있는 판인데, 대체 앞으로 국군에 대한 교육을 어떻게 시켜야 되는 거냐고 말야. 시민들이 그런다는군. 뼈빠지게 세금 내서 국토 방위 해달랬더니, 오히려 국민들을 때려잡는다. 이게 어찌 대한민국 군대고, 국민의 군대냐……

심지어는 기관장들한테서 이런 건의까지 나왔지. 공수부대를 당장 시내에서 완전히 철수시켜달라, 만약에 정 철수가 안 된다면 공수부대 군복을 일반 부대 작업복으로 갈아입혀라도 달라, 그런 정도였다니까……"

그러고 나서, 사단장은 지휘관들에게 유혈 진압을 금지하는 지시를 내렸다.

"……광주 시내에서 발생중인 시위 진압은 강경 진압으로부터 무혈 진압으로 전환한다. 절대 피 흘리는 작전은 하지 마라. 대검 사용 절대 금지. 진압봉에 의한 과격 진압도 금지한다…… 시위대 분산에 주력하고, 절대 연행하지 말라…… 이후 사단장 명령을 어긴 자는 군법회의에 회부한다……"

그러나 그 명령이 공수부대에게 먹혀들 것이라고 믿는 사람은 지휘관들 중 누구도 없었다. 곤혹스러움이 역력한 표정의 사단장 역시 그 사실을 모를 리 없을 터였다. 평범한 농부의 인상을 가진 사단장을 바라보며 영준은 까닭 모를 참담함과 무력감을 느껴야 했다.

영준이 알고 있는 한, 사단장 역시 다른 장성들과 특별히 다른 인물은 아니었다. 별을 달기까지 평생을 군대라는 획일적인 체제와 규율 안에서 살아오는 동안 자연스레 만들어지게 되었을, 전형적인 군인의 사고 방식이나 면모를 그 또한 갖추고 있는 인물 같았다.

그런 그의 입에서 군복이 부끄럽다는 투의 표현이 튀어나온 것이 영준으로서는 의외였다. 사태가 그만큼 심각하다는 얘기이기도 하겠지만, 그보다는 사단장이 사태 수습 후의 결과를 무엇보다 우려하고 있기 때문일 거라고 영준은 짐작했다. 투입된 공수부대야 철수하면 그만이겠으나, 시민들로부터 당연히 예상되어지는 그 이후의 엄청난 불만과 적대감, 또 엉뚱하게도 그로부터 빚어질 갖가지 후유증을 고스란히 떠맡게 될 군부대는 정작 이 지역을 관할 구역으로 하고 있는, 바로 자기 휘하의 31사단이기 때문이었다.

회의실내의 분위기는 어둡고 무거웠다. 잔뜩 굳은 얼굴로 테이블의 중앙에 앉아 있는 사단장의 모습조차 어딘가 초라하고 허약하게만 보였다. 그건 거기 모인 나머지 장교들 역시 마찬가지였다.

자신들의 관할 지역내에서 지금 당장 벌어지고 있는 이 심각한 사태에 대해 그들은 정작 거의 아무런 영향력도 힘도 가지고 있지 못했다. 합법적인 지휘 계통상 이루어지는 최소한의 명령체계나 정보조차도 차단당한 상태로, 자신들의 부대가 완전히 무시당하고 소외당해 있다는 사실을 그들은 알고 있었다. 그들은 허수아비나 마찬가지였다. 회의는 자정 무렵에 끝났고, 참담한 무력감과 당혹감을 안은 채 그들은 말없이 사단장실을 빠져 나왔다.

실제로, 광주시 외곽에 위치한 31사단은 소규모의 후방 사단에 불과했다. 대부분의 후방 부대의 경우와 마찬가지로 편제상으로는 3개 여단과 직할대로 편성되어 있긴 하지만, 실제 병력은 전방에 배치된 정규 사단의 3분의 1에도 미치지 못하는 3,000여 명에 불과한 실정이었다.

그나마도 그 인원의 90퍼센트는 현역이 아닌 보충역인 방위병으로 구성되어 있었다. 즉 1개 여단은 3개 대대와 1개 관리대대로 구성되는데, 31사단의 경우 3개 대대는 전원 예비군으로만 구성된 임시 편성 부대였다. 부대에 상주하는 현역병이라고는 예비군 교육 훈련을 전담하는 1개 관리대대내의 몇십 명 정도에 불과하고, 나머지는 출퇴근하는 방위병들로 구성된 1개 중대가 전부였다. 게다가 그 병력의 상당수는 전남 각 군 단위의 관리대대에 파견 근무를 나가 있는 까닭에, 막상 광주시에 위치한 사단본부내에 잔류해 있는 병력은 그야말로 소수에 불과한 실정이었다. 때문에 예비군 동원 훈련 기간을 제외하고는 부대내의 수많은 막사들이 텅텅 비게 된다. 방위병들마저 퇴근해버리고 나면, 드넓은 병영이 마치 거대한 폐허처럼 휑하니 느껴지곤 했다.

그런 부대 운용상 특성 때문에, 현재 31사단은 보유 병력 전원을 자신들 부대 울타리 안의 경계 근무로 한정시켜둔 상태였다. 시내의 심각한 소요 진압 상황에 투입하기는커녕, 부대 외곽을 빙 둘러서 경계 근무를 세울 병력조차도 절대적으로 부족했다. 계엄령 발효 첫날엔 시내의 주요 관공서 및 시설물 보호를 목적으로 몇 군데에 소수 병력을 배치하기도 했으나, 상황이 긴박해진 이날 대부분 철수해버린 상태였다. 결국 현재 광주 시내를 완전 장악하고 있는 진압 병력은 전원 공수부대인 셈이었다.

"무혈 진압 좋아하네. 염병헐! 우리 사단 지휘관들한테만 아무리 그래 봐야 무슨 소용이 있나? 공수부대 녀석들은 엿먹어라고 코방귀나 뀌고 있을걸. 그놈들은 우리 사단장쯤은 안중에도 없다구. 말이 지역사령관이지, 허수아비에 불과할 뿐야. 물바지 최규하 대통령 신세라구."

"그렇다면 공수부대는 지금 대관절 누구 명령을 받고 있는 거죠?"

"빤한 거 아냐? 전교사 작전장교가 그러더군. 공수특전사 정호용 사령관이 거기 아예 상주하고 있으면서, 끊임없이 서울로 교신을 주고받으면서 작전 명령을 하달하고 있다는 거야. 물론 전교사 쪽도 우리 사단과 마찬가지로 정확한 상황 파악조차 철저히 차단당한 상태이고."

"서울이라면……?"

"두말하면 잔소리지. 특수부대인 공수부대를 독자적으로 장악, 지휘할 수 있는 자들이라면 누구겠나? 12·12 쿠데타를 주도한 쪽 아니겠어? 하기야, 참모총장 이하 새로 임명된 장성들이라 해봤자 내막은 깡그리 전두환 소장의 손안에 있는 작자들이니 그게 그거겠지만 말야."

영준은 이즈음 한참 세간의 주목을 받고 있는 보안사령관의 얼굴을 떠올렸다. 날카로운 눈매와 심하게 벗겨진 대머리의 장군. 사무라이. 텔레비전에 비친 얼굴에서 받은 첫 느낌이 왠지 섬뜩했다. 거의 동물적인 비정한 본능과 단순함으로만 형성된 듯한 인상. 그런 특이한 느낌을 주는 인상은 처음이었다. 얼핏 악마극 속에 등장하는 탈바가지를 연상시킬 정도였다. 정면을 노려볼 때의 대담한 눈초리, 말할 때의 어색하게 앙다문 입 모양이 특히 인상적이었다. 그는 지금 보안사령관과 합동수사본부장이라는 막강한 권력을 휘어잡고 있다. 바야흐로 폭풍 같은 정국의 핵심이 그였다. 그가 김재규를 가리켜 '아비를 죽인 패륜아'로 표현했으며, 죽은 박대통령이 그를 양아들로 삼았었다는 소문도 있었다. 육사 11기인 그가 '하나회'라는 비밀 사조직의 실질적인 리더라는 사실은 오래 전부터 군내에 공공연한 비밀이었노라고 언젠가 최대위는 말했다.

공수부대에서 잔뼈가 굵은 '특전용사,' 월남전에서 기습과 돌파로 정평을 얻은 '특수전의 대가.' 12·12 사태를 성공시킨 장본인도 바로 그를 핵심으로 한 하나회 소장파 장성들이었다. 수도권 지역의 사단장들, 공수부대 여단장, 청와대를 경비하는 수경사 경비단장들. 지금 그 일단의 군인들에 의해 이 나라 권력의 심장부는 장악되어 있는 것이었다. 그 같은 내용을 영준에게 들려준 사람은 최대위였다. 고위 장교들 외에는 접근키 어려운 내밀한 정보까지도 알아내는 비상한 재주가 최대위에겐 있는 성싶었다.
"앞으로 어떻게 될 거 같습니까, 선배님 생각엔."
"소요 사태야 어차피 오래가지는 못하겠지. 상대는 공수부대야. 진압봉에 대검까지 사용하고 있어. 맨손뿐인 오합지졸로 아무리 대항해봤자 결과는 빤한 거 아냐? 문제는 더 이상 피해가 확대되어선 안 될 텐데, 아무래도 상황이 더 심각해질 가능성이 많아. 이미 공수특전사 3여단까지 추가로 투입 명령이 떨어졌다는 정보를 조금 전에 받았어."
"아니, 또 추가 투입된다구요?"
영준은 놀라 외쳤다.
"3여단이라면, 공수부대 중에서도 최정예 부대야. 아예 초전에 박살을 내버리겠다는 거겠지."
"대체 어쩌려고 이러는 거죠? 시내는 아수라장이고 시민들은 극도로 동요해 있는 판인데, 철수는 고사하고 공수부대를 더 투입시킨다는 건 불에 기름을 붓는 격이잖습니까. 뭔가 상황을 완전히 오판하고 있는 겁니다."
최대위는 잠자코 잔에 술을 채우더니, 한 모금 마셨다. 그리고는 한동안 말없이 담배를 피워물었다. 병엔 술이 채 절반도 남아 있지 않았다.
"오판이라구? 천만의 말씀야. 내 판단으로는, 오히려 정확히 각본대로 되어가는 거라구."
"각본이라구요?"
"그렇지. 자네 말대로 그들은 지금 일부러 불에 기름을 붓고 있는 거야. 아니, 처음부터 그 같은 계획하에 치밀하게 의도된 것이었는지도 모른다구. 물론 이건 어디까지나 내 추측이긴 하지만 말일세."
영준은 어리둥절해서 최대위를 똑바로 쳐다보았다..
"조대위, 공수부대가 어떤 부댄 줄 아나? 집권자로서는 가장 써먹기 좋은 게 공수부대지. 기동성이 뛰어나고 전투력은 또 일당백 아닌가. 무엇보다 일선 부대를 빼낼 때와는 달리, 미군의 통제를 받지 않고 독자적으로 운용할 수 있는 유일한 병력이야."
최대위는 중위 시절에 육개월 간 공수부대에서 파견 근무를 해본 적이 있어서 그들의 생리를 잘 알고 있다고 말했다. 5·16과 12·12 사태에서 보듯이 정치적 격변기마다 군사 정권은 특전사를 언제나 친위부대로 써먹었고, 그 때문에 특전사는 지휘관, 장교에서부터 사병에 이르기까지 대단한 우월감과 자부심을 가지고 있다는 것이다. 영준 역시 소문으로나마, 공수부대의 엄한 군기라든가 상상할 수 없을 정도로 혹독한 훈련 따위에 대해서 들은 적이 있기는 했다.
"비상시엔 맨 먼저 적의 후방에 투입, 속전속결의 게릴라전을 전개하는 것이 임무라구. 지속적인 특수 훈련을 통해 공수대원들은 행동과 사고가 자동화, 본능화, 조건 반사화되어지지. 거의 기계화된 인간 병기 같다고나 할까. 그렇게 조련된 병사들이 과격한 시위대와 부딪쳤을 때 즉각적으로 어떤 행동을 보일지 뻔하잖나. 지난번 부마 사태가 그 증거야."

영준은 문득 친구 이용필을 떠올렸다. 의과대학 동창생인 이용필은 함께 입대했으나, 훈련을 마친 뒤 공수부대로 배치를 받았었다. 하필이면 그 악명 높은 부대로 가게 되었다는 사실 때문에, 억세게도 재수 없는 녀석이라고 동료들은 하나같이 동정을 보냈었다. 명령지를 받아쥐자마자 얼굴빛이 대번에 노래지던 녀석이 어쩌면 지금쯤 광주에 내려와 있을지도 모른다는 생각이 들었다.

"설사 그렇다더라도, 전 좀체 이해가 안 갑니다 선배님. 대검까지 뽑아들고 마치 백병전 하는 꼴이었어요. 이건 전시도 아니고, 상대는 비무장 민간인들이잖습니까."

아까 상무대에서 귀대하는 도중, 앰뷸런스가 유동 삼거리 부근을 지날 때였다. 한 무리의 시민들을 소대 병력의 얼룩무늬들이 짐승몰이 하듯 진압하는 광경을 영준은 목격했었다. 그들의 손엔 틀림없이 대검이 쥐어져 있었다.

"의사 나으리답게 순진하시구만. 이봐. 공수부대한테 그까짓 게 문제될 거 같나? 내가 보기엔, 그들은 지금 실제로 전투를 하고 있는 거라구. 거기가 광주 시내건 평양이건 별차이가 없어. 마치 적진에서 적을 상대하듯 행동하고 있는 거야. 모르겠어?"

"아무려면 설마……"

"아직도 이해를 못 하는구만. 애당초 공수부대 투입을 결정한 자들은 이런 결과를 빤히 예상하고 있었을 거야. 아니, 사실은 처음부터 치밀하게 의도한 것일 수도 있지."

"대관절 무엇 때문에 말입니까. 사태를 의도적으로 악화시켜서 무엇을 얻을 수 있다는 거죠?"
 영준은 갈수록 머릿속이 혼란해지는 느낌이었다. 아무리 장교들간에 '타고난 반골'이라는 별명이 붙은 최대위라고 해도, 이건 논리의 비약이 좀 심한 게 아닌가 싶었다. 직업 군인답지 않게 대단히 해박하고 비판적인 성향의 그 선배를 영준은 평소 좋아했다. 하지만 여기는 군대였고, 바로 그런 점에서 선배는 이단자로 찍힐 수밖에 없는 인물이었던 것이다.
 "이봐. 현상을 역으로 되짚어가보자구. 계엄령 내리자마자 공수부대가 투입된 지역이 어딘 줄 아나. 서울, 광주, 대전, 전주야. 그 중에서 서울과 광주에 특히 집중 투입시켰어. 수개월 동안 다른 교육은 전폐하고 비밀리에 오직 시위 진압 훈련만 실시해오다가 말야. 그 이유가 뭐겠나?"
 그 대목에서 최대위가 갑자기 목소리를 낮췄다.
 "서울 그리고 광주가 바로 신군부의 주요 공격 목표라는 얘기 아냐? 서울은 그렇다 치고, 왜 하필 광주였을까."
 최대위가 문득 입을 다물고 영준을 빤히 건너다보았다. 저도 모르게 영준은 훅 숨을 들이마셨다.

 1. 호남 지역은 일반적으로 김대중을 우상시하는 경향이 있으므로 계엄군은 시민을 자극하지 않도록 특별히 유념하고 〔……〕 3. 광주 소요 사태는 배후 조종 세력이 지역 감정을 자극, 유발시키는 유언비어를 날조, 유포시키고 있으니 역대책(전단 공중 살포 등)을 강구하여 선무할 것……

 그것은 아까 사단장회의 때 전달받은 협조 지시문 내용이었다. 이날 아침 계엄사령부로부터 하달된 것이라고 했다. 무심히 넘겼던 그 지시 내용을 영준은 퍼뜩 기억해냈다.

'12·12 사태로 권력을 잡은 신군부 세력이 아직 완전한 기반을 잡지 못하고 있다는 소문은 이즈음 부대 장교들 사이에서조차 은밀히 나돌고 있잖은가. 군 내부에도 불만을 가진 지휘관들이 상당수 남아 있는 상태인 데다가, 때마침 대규모 학생 시위로 위기 의식을 느낀 그들로서는 어떤 결정적인 모험을 시도할 필요가 있었을 터. 바로 비상계엄령이 그것이었을 테고, 김대중을 비롯한 정치 세력들을 전격 체포한 것도 그래서였으리라는 점 역시 충분히 설득력 있는 가설이다.

서울과 광주가 그들의 주요 공격 목표라는 표현 또한 일리가 있다. 김대중 제거 발표가 몰고 올 호남 지역 전체의 반발 때문이겠지. 하지만 김영삼의 정치적 고향인 영남 지역이 남아 있잖은가. 물론 김영삼의 경우 김대중과는 달리 체포 구속까지는 가지 않았다는 점, 그리고 무엇보다 지난번 부마 사태 때 이미 충분하게 반발 세력을 꺾어놓았다고 판단했기 때문인지도 모른다.'

"애당초 서울과 광주가 신군부의 공격 목표였다는 선배님 말은, 이를테면 예상되는 반발 지역을 미리 선제 공격해서 무력화시키기 위한 작전이라는 말 아닙니까. 그렇다면 현재 상황으로서는 그 작전은 일단 실패한 셈이겠군요."

"어째서?"

"결과적으로는 무력화시킨 게 아니라, 거꾸로 공수부대 투입 자체가 상황을 확대 악화시키고 있잖습니까."

"흐흠, 그럴까……"

최대위가 작게 코웃음을 쳤다. 그는 병을 거꾸로 세워 잔을 마저 채우고 있었다. 영준은 담배를 피워물었다. 멀리서 사이렌 소리가 희미하게 들려왔다. 시내 방향이었다.
"그게 아닌가요? 그럼 지금 저 밖에서 벌어지고 있는 공수부대의 행동들을 어떻게 설명하죠? 도저히 상식적으로 납득이 가지 않는 행동이잖습니까."
최대위가 잔을 들어 훌쩍 들이마셨다. 마지막 남은 술이었다.
"맞아. 상식적으로라고 말했지? 바로 거기에 답이 있을 거라고 난 생각하네. 왜 상식적으로 납득이 안 가는 짓을 그들이 하고 있을까. 오합지졸도 아닌, 대한민국 국군의 최정예 부대, 명령에 죽고 명령에 산다는 일당백의 특전용사들이 말일세. 자, 그 답은 빤히 하나밖에 없잖겠나? 명령을 내린 자가 있고, 병사들은 지금 그 명령에 충실히 복종하고 있을 뿐이야."
"무슨 얘긴지, 저는……"
"저들은 의도적으로 사태를 악화시키고 있는 중인지도 모른다는 얘기지. 공수부대를 투입시킨 자들의 진짜 목적은, 의도적으로 시민들의 격한 반발과 저항을 야기시키려는 데 있는 건 아닐까."
"아니, 그렇게 해서 뭘 노린다는 겁니까?"
"자네, 시범 케이스라는 말 알지. 아니, 더 쉬운 예로 '위력 시위'라는 게 좋겠군. 공수부대가 즐겨 사용하는 다중 진압 전술 중 하나지. 시내에 진입할 때, 전병력이 소총에 착검한 채로 트럭을 타고, 무시무시한 분위기를 연출하며 정신없이 시가지를 질주해 돌아다니는 거야. 상대에게 공포심을 일으키는 데 의외로 효과적이거든. 일벌백계랄까. 가령, 점령지를 장악한 직후 주민 소수를 처형시켜 다중 환시리에 전시하는 전략도 있겠구만."

영준은 최대위의 입을 주시했다. 갑자기 등골에 한기가 솟는 것 같았다.
"설마……"
"물론, 이건 어디까지나 하나의 가정에 지나지 않아. 분명한 사실은 저들이 지금 도박을 하고 있다는 거야. 생명을 건 절대절명의 도박. 알겠나?"
"도박이라면……"
"저들은 계엄령과 함께 정치적 장애물들을 제거하는 데는 일단 성공했어. 그러나 국민들의 엄청난 반발을 제거해야 하는 일이 남았지. 최근의 학생 시위 열기가 당장 전국적인 시위 사태로 발전하는 사태를 방지하기 위해서는 뭔가 가장 확실한 대안이 필요했어. 동시에 자기들의 계획을 방해하는 어떠한 세력의 저항이라도 가차없이 분쇄하겠다는 강력한 의지와 능력을 과시해야 할 필요도 물론 있었겠지…… 어느 밀실에 모여 머리를 짠 결과, 마침내 그들은 그 일거양득의 효과적인 대안을 찾아낸 거야. 그게 뭘까. 바로 희생양이지! 제단에 올려질 희생양. 제단 아래 엎드린 군중들에게 그것의 피는 공포심과 함께 저항 의지를 포기하게 만드는 아주 놀라운 신통력을 가지고 있지. 바로 그 제물이 될 양 한 마리가 필요했어. 김대중의 정치적 고향이자 최대의 저항 예상 지역…… 결국 그들에게 선택된 거야, 광주가."
영준은 한동안 멀거니 그를 쳐다보기만 했다. 머릿속이 텅 빈 듯 멍멍했다. 그때 최대위가 갑자기 크게 웃음을 터뜨렸다.
"어떤가, 조대위. 내 가상 시나리오가?"
"악몽 같군요. 아무리 가상이라지만, 생각만 해도 끔찍합니다. 그 시나리오가 사실이라고 치고, 그렇다면 그처럼 위험한 도박을 감행하면서까지 그들이 노리고 있는 목표란 게 대관절 무엇이죠?"
"혹시 그자들은 대야망을 꿈꾸고 있는지도 모르잖나. 저 높은 곳을 향하여! 왕후장상이 어디 씨가 있단 말이냐. 안 그래?."
최대위가 갑자기 껄껄껄 웃음을 터뜨렸다.
"그럼, 전두환이란 자가 대통령을 꿈꾸고 있단 말예요? 에이 설마, 그럴 리야 있겠습니까. 백치나 과대망상증 환자가 아닌 바에야."
"그렇지만, 난 자꾸만 불길한 예감이 든단 말야. 이보게, 지금 이 순간에도 공수 3여단이 이곳 광주를 향해 달려오고 있다구. 이러다간 공수부대 전병력이 광주에 집결할 판이야. 틀림없어. 상황은 걷잡을 수 없이 확대될 게 뻔해."
"전 뭐가 뭔지 모르겠습니다. 행여 다른 자리에서는 그런 말씀 절대로 하지 마십시오, 선배님."
영준은 고개를 절레절레 흔들었다.
"염려 말라구. 이 지겨운 군복 벗을 날도 며칠 안 남았는데, 몸 조심해야잖겠나. 허허."
"옷을 벗는다뇨?."
"사실은 지난 주에 벌써 전역 신청서를 제출했네. 촌놈 주제에 사관학교 졸업할 때만 해도 한껏 의기양양했었지. 장군이 되겠다고 말야. 웃기는 얘기지. 난 애당초 군바리 체질이 못 돼. 벌써 오래 전에 결정은 했지. 티끌만큼도 미련 따윈 없어. 정말이라구. 이봐, 의사 양반. 사회에 나가면 날 모르는 사람 취급하지 말게나. 허허."
최대위는 커다랗게 웃음을 터뜨렸다. 어딘지 쓸쓸하고 허전한 웃음이었다. 그때 노크 소리가 들렸다. 불침번 근무자였다. 시피에서 작전장교를 찾는 전화를 받았다고 말했다.
"참모한테서 호출이로구만. 제기랄, 또 무슨 전통이나 떨어진 모양이지. 자, 한숨 자두게나, 조대위."
최대위가 투덜거리며 일어났다.
영준은 그를 보내고 나서 혼자 방으로 돌아왔다. 침대에 쓰러져 누웠지만 잠이 쉬 올 것 같지 않았다. 머릿속이 잔뜩 어수선하기만 했다. 낮에 상무대 연병장에서 보았던 광경들이 떠오르곤 했다.
억수처럼 쏟아지는 빗발, 진흙탕을 짐승처럼 뒹굴던 수많은 벌거숭이들, 공포와 추위에 떨고 있던 얼굴들, 그리고 몽둥이와 대검을 움켜쥔 채 거리를 몰려다니는 얼룩무늬 군복들…… 그러다가 영준은 퍼뜩 눈을 떴다.
'희생양? 희생양이라고?'
영준은 저도 모르게 중얼거린다.
'크롬웰. 그래, 크롬웰이었지 아마……'
잠이 퍼뜩 달아나버렸다. 영준은 침대에서 벌떡 일어나 앉는다. 맞았어. 크롬웰이 그랬었다지.
어째서 이 순간 느닷없이 크롬웰을 떠올리게 된 것인지 모를 일이었다. 그 책을 읽은 것은 아마 의예과 이학년 때였을 것이다. 심리학 과목의 학기말 리포트를 작성하던 중 우연히 도서관에서 찾아낸 책이었다. 그 안에 들어 있던 한 논문의 제목이「유언비어의 정치적 조작」인가 그랬다.

　　……공포 정치의 목적은 파괴에 있는 게 아니라 정치적 지

배를 용이하게 하기 위한 공포 분위기의 조성에 있다. 그리하여 누구나 감시받고 있으며 어떠한 적대 행위도 즉각 보복을 받게 된다는 인상을 주지시키기 위한 시도가 행해진다. 〔……〕그를 위해 독재자는 종종 어떤 상황을 위한 사건을 조작하고, 이 경우 유언비어는 효과적인 역할을 수행한다.

그 대표적인 예.

영국 청교도 혁명 기간 동안 크롬웰은 대단히 난처한 입장에 처해 있었다. 스코틀랜드와 이미 전쟁을 치르고 있는 상황에서, 때마침 아일랜드에서도 반란이 일어난 것이다. 크롬웰은 싸우지 않고도 아일랜드를 평정하는 묘책을 궁리. 마침내 군대를 보내 아일랜드의 두 도시를 선택, 무차별 대학살을 명령한다.

수많은 마을이 대상지로 선택되고, 그 끔찍한 학살극으로 아일랜드에선 노인, 아녀자 가릴 것 없이 닥치는 대로 4천 명 이상이 살해되었으나, 크롬웰은 한편으로 그 와중에서 반란군 상당수를 일부러 무사히 도망치도록 조처해두었다. 예상대로, 그들은 아일랜드 전역으로 도망쳐서, 자신들이 목격한 끔찍한 잔혹 행위와 사망자의 수를 과장하여 설명, 널리 전파시키게 된다.

그 결과, 적은 공포에 질려 전의를 상실, 스스로 완전히 붕괴해버리고 말았다. 이내 영국군 군대가 들어가자 많은 아일랜드군부대는 자진해서 해산해버리고, 마침내 불과 9개월 만에 아일랜드 전지역은 영국군의 지배하에 들어가게 되었다……

영준은 연신 몸을 뒤척였다.

"그럴 리야 없겠지. 설마, 아무려면…… 광주를 선택했다고? 그자들이?"

영준은 뇌까린다. 그러나 자꾸 불길한 예감이 목덜미에 붙어 지워지지 않는다. 실내는 눅눅한 습기로 가득 차 있었다. 살갗이 끈적거려 불쾌했다. 낮에 보았던 영상들이 자꾸만 시야를 어지럽혔다.

시가지 어디선가 날카로운 소음이 짧게 울리다 사라졌다. 총성 같기도 하고 폭음 같기도 했다. 또 하나의 공수부대가 오늘 밤 추가 투입될 거라고 했지. 어쩌자는 걸까. 도대체…… 영준은 눈을 감았다. 이내 폭포처럼 잠이 쏟아지기 시작했다. 영준은 악몽을 꾸었다.

"고난받는 자들 속에 함께하시는 주여.
저희가 이들 속에서 부활의 나팔을 불어
온 인류가 죽음의 잠을 깨게 하소서."
── 고 김천배의 묘비명(망월동 묘지 번호 67)

5월 20일 06 : 00, K동 천주교회

'어억, 안 돼!'

정베드로 신부는 다급하게 신음을 토하며 잠에서 깨어났다. 허공을 휘젓는 자신의 팔 무게에 놀랐던 것이다.

맞은편 벽에 걸린 나무 십자고상이 맨 먼저 시야에 들어왔다. 침대 위에서 정신부는 한동안 멍하니 눈만 껌벅거렸다. 그리고 눈에 익은 방안의 사물들을 새삼스레 빙 둘러보았다. 꿈을 꾸었구나.

'오, 주님……'

정신부는 천천히 성호를 긋고 나서 한숨을 내쉬었다. 침대 머리맡의 탁상시계가 여섯시를 가리키고 있다.

'가만! 미사 시간이 넘었잖은가.'

깜짝 놀라 이불을 후닥닥 밀어제치던 그는 고개를 내저었다.

'참, 내 정신 좀 봐. 새벽 미사는 당분간 중단하기로 해놓고서……'

그는 다시 침대 위에 드러누웠다.

평소 같으면 화요일은 새벽 미사가 있는 날이다. 하지만 어제 오후, 신자들의 안전을 위해 당분간 평일의 새벽 미사와 저녁 미사는 갖지 않기로 결정했었다. 그리고 그 같은 사항을 보좌 신부와 사무장 요한 씨가 어제 오후 각 신자들에게 일일이 전화로 알렸던 것이다.

입 안이 소태처럼 썼다. 간밤에 연거푸 피워댄 담배 때문일 것이다. 그는 누운 채 이마를 손바닥으로 훔쳐냈다. 땀이 진득하니 묻어났다. 좀 전에 꾸었던 악몽의 잔상이 아직도 망막에 어른거리고 있었다.
 끔찍스럽게 흉흉한 꿈이었다. 깊은 산속 같았는데, 그는 무엇 때문인지 한 무리의 사냥꾼들에게 줄곧 숨이 넘어갈 정도로 쫓겨다녀야 했다. 사냥꾼들의 모습은 보이지 않고 다만 사방에서 쉿쉿 하는 기묘한 소리만 들렸다. 그것은 키를 덮을 듯 우거진 갈대풀 잎사귀를 헤치며 다가오는 추적자들의 발소리 같기도 하고, 누군가 날카로운 칼날을 끊임없이 숫돌에 갈아대는 소리 같기도 했다. 마침내 그 검은 풀덤불 사이로 엄청난 크기의 그림자가 불쑥 눈앞을 가로막았을 때, 그는 비명을 지르며 깨어났던 것이다.
 정신부는 다시 한번 시계를 확인하고는 의아한 표정을 지었다. 여느 날보다 무려 한 시간이나 더 늦잠을 잔 셈이다. 여섯시부터 시작되는 새벽 미사는 보좌 신부가 집전하는 경우가 많았다. 그런 날도 정신부는 신자들의 입당송이 창 너머로 들려오기 전에 매일 아침 어김없이 잠을 깨곤 했던 것이다.
 그러고 보니 온몸이 마치 물먹은 솜뭉치처럼 무겁다. 아무래도 몸살기가 도지려는가 보다. 불현듯 어제와 그제, 이틀 동안 겪었던 일들이 뇌리에서 어수선하게 되살아났다.
 계엄령이 전국으로 확대되리라는 정보를 정신부는 그것이 방송을 통해 발표되기 직전에 먼저 알았다. 17일 밤 늦은 시각, 예고도 없이 불쑥 사제관을 찾아든 몇 명의 방문객들을 통해서였다.
 시인인 사십대 중반의 김선생은 전부터 이 지역의 민주화 운동 단체들과 관련된 이런저런 모임이나 행사를 통해 정신부와는 얼굴을 익힌 처지였다. 그와 함께 찾아온 네 명의 젊은이들 가운데 두 사람 역시 전에 한두 번 인사를 나눈 기억이 있었다.
"계엄령이라구요. 그게 확실한 정보입니까?"
우려하던 상황이 기어코 터졌단 말인가. 정신부는 가슴이 철렁해옴을 느끼며 반신반의 그렇게 되물었다.
"신부님, 틀림없습니다. 이화여대에서 회의중이던 학생 대표들이 불시에 계엄사로 연행되었다고 합니다. 저도 조금 전에야, 이 학생들한테 들었습니다."
김선생이 젊은이들을 가리키며 말했다.
"우리 대학 총학생회 간부들이 서울로 전화를 걸어 확인한 사실입니다. 광주에서도 저들 내부에선 이미 검거령이 내려졌을 겁니다. 놈들이 벌써부터 검속자 명단을 작성해놓고 대기중이었으니까요."
"한 시간 전에 전남대 총학생회 간부들은 이미 몸을 피했습니다. 제가 직접 그 전화를 받았으니까요. 다급한 마음에 우선 김선생님께 알려드렸습니다."
그들은 잔뜩 긴장한 낯빛이었다. 정신부는 그들의 돌연한 방문 목적을 곧 알아차렸다. 그들은 쫓기고 있고, 어딘가 몸을 숨길 만한 장소가 필요하다. 계엄령이 내려지면 당장 그들은 연행될 게 뻔하다. 그나마 성당이라면 다른 곳보다는 조금은 안전한 은신처일 거라고 그들은 판단했을 것이다.
정신부는 한동안 숙고한 끝에, 그들의 요청에 일단 동의했다. 그러나 문제가 있었다. 정신부 자신 역시 오래 전부터 당국의 눈총을 받아온 처지였다. 그는 젊고 활동적인 사제였다. 가톨릭농민회 일을 맡아 적극적으로 일해온 경력뿐만 아니라, 전남 지역 재야 세력들로부터 적지 않은 신임을 얻고 있다. 반정부 운동 단체들의 초청으로 여러 행사에 참석하기도 했다. 미사 때마다 신자들 앞에서 시국에 대한 비판이나 민주화의 열망을 열띤 어조로 토해냈고, 그 때문에 정보기관원이 사제관까지 찾아오거나 협박성 전화를 걸어오기도 했던 것이다.

그런 사정을 정신부에게서 듣고 난 그들의 표정은 어두웠다. 결국 성당 역시 적당한 은신처가 아니라는 결론이 내려졌다. 그들은 일어섰다.

"도움을 드리지 못해 죄송합니다만, 제게 한 가지 생각이 있습니다. 나주군에서 가까운 후배 신부가 사목 활동을 하고 있습니다. 제가 미리 전화로 부탁을 해두면 어떻겠습니까."

하지만 그 제안 역시 불안하다고 여긴 모양이었다. 고맙지만 자기들끼리 다른 방도를 찾아보겠다면서, 김선생은 학생들과 함께 급히 사제관을 빠져나갔다.

"김선생님. 부디 무사하시기를 주님께 기도하겠습니다."

"신부님께서도 몸 조심하십시오. 그럼."

그들을 보내고 부랴부랴 방으로 돌아와 라디오를 켜보니, 과연 확대계엄령 조항을 읽어내려가는 계엄사령관의 육성이 중계되고 있는 참이었다.

정작 18일 아침은 평온하게만 보였다. 주일인 그날은 마침 예수 승천 대축일이기도 했다. 오전 열시 미사를 봉헌할 때만 해도 별다른 소식을 듣지 못했다. 계엄령이 내려진 직후라 어딘가 무거운 분위기이긴 했지만, 신자들에게서 특별한 동요의 기미 같은 건 달리 느껴지지 않았다.

그날, 정신부는 오후 한시쯤 승용차로 곧장 승주를 향해 출발했다. 가까운 신자의 어머니 회갑연에 참석하기 위해서였다. 서품을 받자마자 첫 부임했던 그곳 성당에서 자신에게 여러 가지로 많은 도움을 주었던 이의 간곡한 부탁인지라 차마 거절할 수가 없었던 것이다.

승주에서 광주로 돌아온 것은 저녁 무렵이었다. 늦은 점심에다가 모처럼 몇 잔 마신 동동주 탓으로, 돌아오는 자동차 안에서 그는 내내 졸았다. 동광주 진입로 부근에서 얼룩무늬 군복에 소총을 든 계엄군의 모습을 처음 보았을 때만 해도 정신부는 그다지 놀라지 않았다.

그런데 성당에 도착해보니 시내가 발칵 뒤집혔다는 소문이었다.

'설마 그렇게까지야 했을라구.'

사도회 몇몇 간부들이 흥분해서 들려주는 얘기를 들으면서도, 정신부는 내심 대수롭지 않게 여겼다. 급작스런 계엄령 확대 조치에 따른 학생들의 항의 시위야 어차피 어느 정도 예상했던 게 아닌가 싶어서였다. 다만 학생들의 피해가 늘어나지 않기를 바랐다. 그는 피곤한 몸을 잠시 눕히려고 사제관으로 들어갔다. 오현주라는 여학생이 계엄군에게 변을 당했다는 소식을 전해들은 것은 바로 그때였다.

"신부님! 어쩌면 좋아요. 도미니카가 그놈들한테 맞아 병원으로 실려갔대요."

사제관으로 헐레벌떡 뛰어들어온 안젤라 수녀의 낯빛이 하얗게 질려 있었다. 그놈들이라니. 평소 얌전하고 말수가 적은 안젤라 수녀의 입에서 엉뚱한 말이 튀어나왔다.

"무슨 일인데 그러세요, 수녀님. 황도미니카 씨 말씀인가요?"

"아뇨, 신부님. 오현주 도미니카라고, 여고 일학년이에요. 신부님께서도 아마 아실 텐데요. 그 착한 애가, 공수부대한테 부상을 당해 어디론가 실려갔답니다. 온몸이 피투성이가 된 채로 말예요, 신부님."

 젊은 수녀는 말을 마치기도 전에 눈물부터 쏟았다. 무슨 얘긴가 싶어 멍해 있는데, 이번엔 사무장 요한 씨가 누군가의 손을 끌고 들어왔다. 정신부는 그 아이를 곧 알아보았다. 한명옥이라고, 산수동 오거리 부근에 사는 레지나 씨의 딸이 틀림없었다. 그 아이를 보는 순간 정신부는 오도미니카의 얼굴을 비로소 떠올릴 수 있었다. 쌍둥이처럼 늘상 함께 붙어다니던 그 두 소녀는 작년 봄에 정신부에게서 영세를 받았다.

 반쯤 넋이 나가 있는 명옥의 모습을 보자마자 정신부는 무척 놀랐다. 헝클어진 머리카락과 옷매무새. 공포에 하얗게 질린 채 소녀는 연신 엉엉 울기만 했다. 진정시키려고 야윈 두 어깨를 손으로 감싸 잡았을 때, 정신부는 소녀가 무섭게 몸을 떨고 있음을 깨달았다.

 "너, 한스텔라 맞지? 자자. 울지 말고 신부님한테 차근차근 얘길 해봐. 도미니카가 어쨌다고?"

 "혀, 현주가, 보이지 않았어요. 나, 나는 손을 노, 놓치지 않으려고 했는데…… 피가, 머리에서 피가…… 어형…… 주, 죽었을지도 몰라요, 현주가…… 어허헝. 신부니임."

 명옥은 다시 발작적으로 울음을 토해내기 시작했다. 두 소녀는 안젤라 수녀에게 줄 생일 선물과 꽃다발을 사들고 성당을 향해 오던 길이었다고 했다. 광주고등학교 앞이라면, 성당에서 불과 십 분 정도의 거리다. 현주는 바로 조금 전에 머리와 얼굴까지 온통 피범벅이 된 채 택시에 실려갔다는 것이다. 안젤라 수녀는 그렇게 된 게 자기 때문이라며 명옥을 잡고 눈물을 흘리고 있었다. 정신부는 차마 믿기지가 않았다. 열여섯 살, 유난히도 희고 가녀린 목을 가진 현주의 수줍은 웃음을 그는 기억했다. 그 가냘픈 소녀의 머리를 향해 어떻게 진압봉을 내리칠 수가 있단 말인가. 그들도 제정신을 가진 인간일까.

우선 현주의 어머니인 강마리아 씨에게 사무장이 급히 전화를 했다. 하지만 어째선지 통화가 쉽게 되지 않았다. 그녀가 조그만 스낵 코너를 차려 장사를 하고 있다는 그 빌딩은 충장로 학생회관 부근이라고 했다. 공수부대 때문에 시내 중심가 쪽은 아수라장이라는 소문이던데, 필시 그 바람에 강마리아 씨도 가게문을 닫아걸고 어디로 몸을 피한 게 아닌가 싶었다. 한참 후에야 가까스로 강마리아 씨와 통화를 했다.

십 분쯤 후에 그녀는 반쯤 실성한 여자처럼 성당으로 달려왔다.

"어디로 갔을까요. 아아 어디에 있을까요, 우리 현주는."

그녀는 발을 동동 굴러대며 안타깝게 울었다. 그 동안 정신부와 사무장은 급한 대로 종합병원 몇 군데에 전화를 걸어 현주의 행방을 찾으려고 애를 썼다. 하지만 아무런 소득도 없었다. 어디나 줄곧 통화중이었고, 어렵사리 연결된 전화로는 응급실 환자에 대한 신원 파악은 더더구나 어려웠다. 결국 강마리아 씨는 직접 시내 병원들을 뒤져봐야겠다면서 허겁지겁 뛰어나갔고, 그 뒤를 사무장이 따라나섰다. 안젤라 수녀는 사도회의 한 간부와 함께 명옥을 집까지 데려다주고 돌아왔다.

그 후 정신부는 아직까지 오현주 도미니카의 행방에 대해 아는 바가 없었다. 사무장의 얘기로는 그 아이의 어머니는 실성한 여자처럼 온 시내의 병원을 찾아다니고 있다더라고 했다.

어제 19일은 새벽 미사가 없는 날이었다. 여느 날 같으면 모처럼 달게 늦잠을 잤을 것이다. 신자 숫자 사천 명이 넘는 규모의 본당에서 사목 활동을 한다는 건 정신없이 바쁘고 힘겨운 노릇이어서, 휴식 시간조차 빼앗긴 채 늘상 쫓겨다니다시피 지내야 했다. 때문에, 새벽 미사가 없는 월요일과 금요일 아침만은 모처럼 그 동안 빼앗겼던 잠을 보충하곤 했던 것이다. 그러나 이날은 이른 새벽부터 전화벨이 쉴새없이 울려댔다. 대부분 귀에 익은 신자들의 음성이었지만, 더러 전혀 모르는 일반 시민들도 있었다.

"아이구, 신부님. 무사하시구만요. 전 또, 신부님한테 무슨 일이 생기지 않았나 해서 걱정했습니다. 말씀 마세요. 몽둥이 정도가 아니라, 그놈들은 아주 광주 사람들을 모조리 죽일라고 작정을 한 게 분명합니다. 대검을 쥐고 닥치는 대로 찔러대는 광경을 제 눈으로 직접 목격했다니까요……"

"신부님. 레지오 단원인 장도마 씨 아시지라우? 아, 예예. 계림 파출소 앞에서 서점하는 도마 씨 말입니다. 그 사람 처남이 공수 놈들한테 머리를 맞아서 전대병원에 데리고 갔다는데, 너무 피를 많이 흘려서 가망이 없다지 뭡니까……"

"신부님이십니까. 저는 기독교가 뭣인지도 모르는 무신론자요만, 하도 억울하고 분통이 터져서 이렇게 전화를 했습니다. 세상에 이런 법이 있습니까. 김일성이가 보낸 것도 아니고, 멀쩡한 우리 대한민국 군대가 죄없는 민간인을 상대로 이런 짓을 자행할 수가 있나 말입니다. 이럴 때 종교인들이라도 일어나서 뭣인가 해결할 방도를 찾아야제, 그냥 그렇게 팔짱끼고 구경만 하고 있어야 되겠소? 내 말이 틀렸냔 말요……"
　시민들의 그런 질책과 안타까운 하소연 앞에서 정신부는 당혹스럽고 난감했다. 그들의 음성에 묻어 있는 다급함과 분노에서 그는 사태의 심각성을 새삼 확인했다. 급히 몇 군데 성당에 전화를 해보았더니, 다른 동료 신부들 역시 사정은 마찬가지였다. 하나같이 사태의 흐름을 정확히 짚어내지 못한 채 허둥대고 있는 기색이었다.
　정신부는 문득 대주교를 만나야 한다는 생각이 들었다. 교구청에 전화를 해보니, 마침 대주교께서는 이날 서울 출장이 잡혀 있는데, 출발 전 가톨릭센터에 잠시 들러가실 예정이라고 했다. 정신부는 우선 연락이 닿는 대로 몇몇 신부들과 가톨릭센터에서 만나기로 약속을 했다. 그러나 급히 처리해야 할 몇 가지 일 때문에 예정보다 다소 늦게야 서둘러 혼자 성당을 나섰다.
　금남로 가톨릭센터까지는 도보로 삼십여 분 거리였다. 그곳까지 가는 사이에 정신부는 비로소 그 수많은 소문들이 사실임을 생생하게 체험했다. 그것은 흡사 점령군의 진압 작전을 연상케 했다. 얼룩무늬 공수부대원들은 칠팔 명씩 총검을 든 채 거리를 누비고 있었고, 시민들은 그물에 걸린 고기떼처럼 공포에 질려 이리저리 쫓겨다녔다.
　도망치는 시민들 틈에 섞여 골목길만을 택해 시내로 향하던 그는 대인시장 옆 동문다리 근처에서 끔찍한 광경을 목격하고 말았다. 공수부대 병사 십여 명이 때마침 지나가던 시내버스 앞을 가로막더니, 젊은 남자 대여섯 명을 끌어내렸다. 그리고는 다짜고짜 그들의 머리와 몸뚱이를 퍽퍽퍽 내리치기 시작했다. 검문에 필요한 최소한의 요식 행위는커녕 단 한마디의 질문도 확

봄 날　303

인도 없었다. 끌려내려온 사람들은 짚단처럼 푹석푹석 길바닥에 허물어졌다.
정신부는 눈을 의심했다.
'이건 아니다. 인간이 인간에게 저럴 수는 없다. 저것은 살인 행위다.'
야유하는 시민들 틈에서 그는 주먹을 쥐고 몸을 떨었다. 그런 어느 순간 얼룩무늬들은 홱 몸을 돌이켜 미친 듯 이쪽으로 달려들기 시작했다. 정신부는 얼결에 와르르 흩어지는 사람들에 섞여 허둥지둥 달아났다. 잠시 후, 정신부는 어느 골목 모퉁이에 멈춰서서 부끄러움과 죄책감으로 입술을 깨물었다. 로만 칼라를 목에 두르고 있는 자신의 몰골이 한없이 부끄럽고 죄스러웠다.
시내 중심가에 위치한 가톨릭센터에 도착해보니, 그곳도 이미 한바탕 소동을 겪고 난 참이었다. 건물 옆과 뒤의 골목으로 시민들이 갈팡질팡 몰려다니고 있었고, 길 건너 맞은편 충장로와 도청 방향의 차도엔 백여 명의 얼룩무늬 병사들이 마침 한 지점으로 정렬하고 있는 참이었다.
정신부는 그 틈에 간신히 가톨릭센터 현관으로 들어섰다. 현관은 물론 건물 내부가 아예 난장판이었다. 일층 복도에서부터 이, 삼층까지의 유리창은 모조리 박살나고, 출입구와 사무실의 문짝이 심하게 부서져 있었다. 계단을 통해 육층 사무실로 들어서니, 센터의 이신부와 직원들 그리고 장신부, 강신부의 얼굴이 보였다.
"아, 정신부님께서 오셨군요."
"이게 어찌 된 겁니까. 공수부대가 여기까지 들어왔습니까?"
"그게 아니라, 시민들이 뭘 잘못 오해를 하고 이리로 몰려들어왔었습니다. 31사단 군인 몇 명이 칠층 기독교방송국을 지킨다고 파견나와 있었는데, 그 사람들을 공수부대로 오인한 모양입니다. 미처 해명을 할 틈도 없었지 뭡니까."
 사목국장 이신부가 침통한 표정으로 설명했다. 장신부가 걱정스레 덧붙였다.
 "우리 센터의 입장이 좀 난처해졌지 뭡니까. 여기 오다가 들었는데, 가톨릭센터측이 공수부대인 줄 알고도 옥상 배치를 묵인했다는 엉뚱한 소문이 나돌고 있는 모양입니다."
 "대주교님은 어디 계십니까."
 정신부는 물었다.
 "저쪽 방에서 전화를 걸고 계십니다."
 "제 생각엔 서울 가시는 대로 대주교님께서 추기경님을 만나주셨으면 좋겠는데요. 교회에서도 뭔가 적극적인 대책을 세워야 하지 않겠습니까?"
 정신부의 말에 이신부 역시 심각한 표정으로 고개를 끄덕였다.
 "안 그래도 대주교님께서도 어제오늘 시내에서 벌어진 사태 때문에 무척 걱정하고 계십니다. 추기경님께 당장 상의를 드려야겠다고 하시던데, 상황이 상황인지라 어떻게 될지 저희들이야 알겠습니까."
 "아니, 저, 저놈들 보게나!"
 바로 그 순간 창가에 서 있던 장신부가 소리를 질렀다. 모두들 급히 창가로 몰려갔다. 사무실이 육층이라 금남로 거리가 눈 아래 빤히 내려다보였다.
 어느 틈에 모여든 것일까. 금남로를 중심으로 실핏줄처럼 퍼져나간 양쪽 골목 어귀마다 수많은 시민들이 도로를 향해 점점 밀려들기 시작하고 있었다. 그러자 왼쪽 관광호텔 앞에 정렬해 있던 얼룩무늬 병력이 돌연 슬금슬금 이쪽으로 움직여왔다.

그런데도 상업은행과 제일은행 사이의 인도 위로 시민들의 숫자는 점차 불어나는 중이었다. 그 반대쪽은 중앙로로 이어진 네거리였고, 그곳은 얼마 전부터 지하도 공사중이라 도로가 온통 파헤쳐진 상태였다. 시민들과 얼룩무늬들의 간격이 조금씩 좁혀지고 있는 광경을 정신부는 조마조마 지켜보고 있었다.

마침내 선두의 얼룩무늬 대여섯이 인도 위에서 머뭇거리고 있던 한 청년을 향해 진압봉을 휘두르며 별안간 우루루 내달리기 시작했다. 군중들이 와와 소리를 지르며 흩어졌다. 그러나 시민들은 다시 되돌아왔다. 쫓아가면 흩어지고, 물러나면 다시 되돌아오고……

그 사이, 어느 틈에 시민들의 뒤편인 금남로 4가 방향에 또 다른 얼룩무늬 병력이 나타났다. 시민들은 포위되었다. 공포에 질린 군중들이 사방으로 우르르 흩어지자, 그것을 신호로 공수부대가 양방향에서 일제히 고함을 내지르며 내닫기 시작했다. 와아아. 아아아아앗. 사지를 마구 허우적거리며 도망치는 사람. 어쩔 줄 몰라 갈팡질팡하다가 넘어져 뒹구는 사람. 넘어졌다가 얼결에 두 무릎으로 엉금엉금 기어가는 사람. 돌멩이가 날아오고, 빈 병이 날아왔다. 얼룩무늬 하나가 돌에 맞았는지, 푹 주저앉았다. 그를 부축하던 병사 둘이 뭐라고 악을 썼다. 병사들의 몸놀림이 갑자기 빨라졌다. 삽시간에 눈앞은 아수라장으로 바뀌었다. 소리, 소리, 소리……

정신부는 악몽을 꾸고 있는 것 같았다. 이미 거리는 얼룩무늬들의 사냥터로 변했다. 도망치던 시민들이 여기저기 푹푹 고꾸라졌다. 장발의 청년 둘이 머리채를 잡힌 채 질질 끌려갔다. 피를 뒤집어쓴 얼굴들. 쓰러진 몸뚱이 위로 군홧발과 몽둥이가 쏟아져내렸다. 정신부는 저도 모르게 창틀을 두 손으로 꽈악 움켜쥔 채 전신을 부들부들 떨고 있었다.

"저런, 저 짐승 같은 놈들!"
"저걸 어째! 아이구, 저걸 어쩌면 좋아!"

곁에서 동료 신부들의 비통한 고함 소리들이 연신 터져나왔다. 하지만 정신부는 차마 비명조차 지를 수가 없었다. 눈앞이 캄캄해왔고, 두 다리가 지푸라기처럼 후들후들 떨렸다.

'아아, 하느님. 이럴 수가! 이럴 수가 있습니까.'

그는 낭떠러지 끝에 매달린 사람처럼 두 손으로 창틀을 움켜쥔 채, 발 아래서 벌어지고 있는 그 지옥의 풍경에서 눈을 뗄 수가 없었다.

잠시 후, 거리는 잠잠해졌다. 시민들은 양쪽 좁은 샛길로 흩어져 물러나고, 넓은 금남로엔 얼룩무늬들만 어수선하게 제 위치로 돌아오고 있었다. 창가에 붙어 있던 신부들도 하나둘 소파로 되돌아와 앉았다. 저마다 한동안 흥분을 가라앉히려 애쓰는 참이었다.

"아아, 하느님! 저걸 어째! 어쩌면 좋아······"

창가에서 찻잔을 준비하고 있던 요안나 수녀가 별안간 울음을 터뜨렸다. 신부들은 우르르 창쪽으로 달려갔다. 건물 바로 앞이었다. 서른 명이나 될까. 어느샌가 한 무리의 시민들이 붙잡혀와 일제히 아스팔트 바닥에 주저앉혀지고 있었다. 알몸. 대부분 팬티만 걸친 알몸뚱이들. 네댓 줄로 나란히 꿇어앉혀진 그들은 모두 젊은이들이었다.

"오, 하느님. 저럴 수가!"

신부들의 입에서 비명과 탄식이 터져나왔다. 정신부는 눈을 의심했다. 잘못 본 것이기를. 헛것을 보았기를, 제발. 줄 앞쪽은 남자들이었고…… 뒤편의 네댓 명은 분명 여자였다. 긴 머리를 풀어헤친 처녀. 두 손으로 얼굴을 가린 채 길바닥에 엎드려 있는 여자……

얼룩무늬 하나가 서로 부둥켜안고 와들와들 떨어대는 가장자리의 두 여자를 군홧발로 내질렀다. 아아악. 엄마아. 나동그라진 두 여자는 벌레들처럼 전신을 웅크리며 버둥거렸다. 대학생들 같지는 않았다. 무심히 지나가다가, 아니면 인근 상가에서 끌려나온 처녀들인지도 모른다. 그들 옆 차도 한쪽에 무엇인가 걸레뭉치처럼 흩어져 있었다. 벗은 옷과 신발, 핸드백, 쇼핑백들. 그들 주위를 열 명 가량의 얼룩무늬들이 에워싸고 있었다.

그 중 하나가 진압봉을 흔들며 맨 앞에서 구령을 반복했다.

"엎드려. 뒤로 누워. 좌로 굴러. 쭈그리고 앉아. 일어서. 앉아. 일어서……"

구령에 맞춰 길바닥의 벌거숭이들이 꿈틀거렸다.

"이 새끼! 똑바로 안 해!"

병사들이 쉴새없이 발길질을 퍼부었다. 후미의 여자들은 제대로 움직이지도 못했다.

"엎드려. 뒤로 누워……"

병사들은 그 참혹한 꿈틀거림을 분명 즐기고 있었다.

'아아. 총. 총이 있었으면! 저 악마 같은 놈들을 모조리 쏘아 죽여버리고 말았으면!'

일순간 정신부는 눈앞에 아무것도 보이지 않았다. 창밖으로 고개를 내밀고 그는 목이 터져라 고함을 질렀다.
"이 짐승 같은 놈들아! 그만두지 못해! 당장 그 사람들을 풀어주란 말이다!"
"야, 이놈들아! 그만 해! 그만!"
다른 신부들도 여기저기서 고함을 쳤다. 그 소리에 병사들이 휙 몸을 돌려 이쪽을 올려다보았다. 뭐라고 욕을 퍼붓더니, 돌연 몇이 일층 현관 쪽으로 우루루 달려오기 시작하는 게 보인다.
"아, 안 돼요. 참으세요, 신부님. 저놈들이 쫓아와요!"
수녀들과 신부들이 만류하며 그들을 창가에서 떼어내었다. 정신부는 소파에 주저앉았다. 울컥 울음이 터져나왔다.
쾅당쾅당……
"이런 씹할놈들이……"
일층 셔터문을 마구 거칠게 두드려대는 소리. 그러다가 잠시 후 얼룩무늬들은 제자리로 돌아갔다.
누군가 정신부의 어깨를 어루만졌다. 대주교가 침통한 얼굴로 그를 내려다보고 있었다. 정신부는 손등으로 황황히 눈물을 지웠다. 부끄러웠다. 죽음 앞에서도 의연해야 할 사제의 신분으로, 너무 부끄러운 꼴을 보여드렸다는 생각에 그는 고개를 숙였다. 한동안 모두들 아무 말도 하지 않았다.
요안나 수녀가 충혈된 눈으로 커피잔을 탁자 위에 하나씩 놓았다. 수녀의 손끝이 바르르 떨리고 있었다.
"이럴 수가…… 어떻게, 무고한 여자들에게까지……"
누군가 탄식했다. 신부들은 한동안 침통하게 서로의 얼굴을 바로 보지 못한 채, 그렇게 앉아 있기만 했다.

이윽고 대주교가 서울로 떠날 시간이 되었을 때, 그들은 기도를 올렸다. 한없이 무겁고 비통한 기도였다.

그러고 나서, 정신부는 언제 어떻게 성당으로 돌아왔는지조차 잘 기억이 나지 않는다. 사제관에 들어서자마자 그는 혼자 마구 소리를 질러대기도 하고, 이 방 저 방을 오가며 주먹을 흔들기도 했다. 젊은 보좌 신부와 때마침 찾아온 신자들 앞에서 고함을 지르고 욕을 퍼부어대며 격하게 울분을 터뜨리기도 했다. 마침내는 밤늦게까지 전화통을 붙잡고 서울, 부산, 대전, 전주 등 다른 지역의 동료, 선후배 신부들과 친구들에게 마구 하소연을 했다. 그러다가는 주방에서 반쯤 남은 위스키를 혼자 비우고 나서야 겨우 잠에 빠져들었던 것이다.

"참, 오늘쯤이면 뭔가 달라진 게 있을지 모르겠군."

정신부는 문득 뉴스를 들어봐야겠다는 생각에, 일어나 책상 위의 소형 라디오를 끄집어내렸다. 그리고 벽에 등을 기대고 앉아 스위치를 켰다. 짜라잔 짜아…… 경쾌한 템포의 경음악이 갑자기 튀어나왔다. 채널 스위치를 다른 곳으로 돌렸다.

"……글쎄요. 김희범씨 얘기도 일리는 있는 것 같은데 말예요. 요즘 젊은 여성들이 모두 그렇게 생각하는 건 아닐걸요? 안 그래요?"

"아아, 천만에요. 제가 언제 모두 그렇다고 했습니까. 그렇게 볼 수도 있다아, 이 말씀이죠오. 하하."

"그게 그 얘기 아닌가요. 물론 미스코리아에 뽑힌다면 싫어할 여자가 누가 있을라구요. 하지만 여성의 가치를 오로지 용모로만 저울질하려는 이 시대 남성들한테 진짜 문제가 더 있지 않는가, 제가 주장하는 바는 그거라구요. 아셨어요? 호호."

"아, 알다마다요. 아이구, 이러다간 방송하다 싸움나겠구만. 자아, 열도 식힐 겸 경쾌한 음악 한 곡 보내드립니다아……"
 짜자자안 짜아라리리…… 이내 음악이 흘러나온다.
 "썩어빠진 녀석들 같으니라구. 지금이 어떤 판국인데!"
 정신부는 참다 못해 혼자 욕을 퍼부어댔다. 세상에, 이럴 수도 있는가. 벌써 이틀째 여기선 이렇게 엄청난 일들이 벌어지고 있는데도, 서울에선 히히덕거리며 고작 미스코리아가 어떻고 날씨가 어떻고 씨부렁거리고 자빠져 있다니.
 "개 같은 자식들. 에이, 고약한!"
 울컥 치미는 분노를 참다 못해, 정신부는 한동안 채널 스위치를 거칠게 돌려보다 말고 라디오를 침대 위에 내던지고 말았다. 그건 어제도 그제도 마찬가지였다. 행여 광주 상황에 관한 보도가 나오지 않을까 싶어 틈만 나면 라디오를 켜보곤 했지만, 어디에서고 단 한마디 언급조차 들을 수가 없었던 것이다.
 그가 확인하고 싶은 것은 광주 상황에 대한 보도뿐만은 아니다. 지금 시내에서 벌어지고 있는 저 기막힌 만행들이 과연 광주 지역에만 국한된 것인가. 아니면 서울이나 부산 같은 다른 도시에서도 그와 비슷한 사태가 역시 벌어지고 있는 것인가. 무엇보다 그 사실이 궁금한 것이다.
 정신부는 담배를 찾아 불을 붙였다. 담배를 비교적 즐겨하는 편이긴 해도, 이른 아침엔 결코 입에 대는 법이 없는 정신부였다.
 "나쁜 놈들. 에이, 이 한심한 나라의 한심한 백성들 같으니라구."
 누구에게랄 것도 없이 공연한 욕을 해대며 그는 연기를 뻑뻑 피워낸다.

'하기야, 당연한 일이기도 하겠지. 저들이 맨 먼저 방송과 신문부터 철저히 입 단속을 했을 테니까……'

정신부는 불현듯 부끄러운 생각에 쓴웃음을 짓는다. 그제 18일 저녁, 사제관에서 텔레비전을 들여다보며 쳐라, 쳐, 하고 흥분했던 자신의 모습을 기억해냈기 때문이다. 그날은 마침 박찬희 선수의 세계 타이틀전 권투 시합 중계가 있었다. 그때까지만 해도 그는 이토록 사태가 악화될 줄은 상상도 못 했던 것이다.

그때 누군가 현관문을 밀치고 급히 들어왔다. 보좌 신부였다. 지난해 부제 서품을 받은 보좌 신부는 무엇 때문인지 몹시 당황한 낯빛이다.

"신부님, 죄송합니다. 급한 일이라서……"

"무슨 일인가요."

정신부는 지레 가슴이 철렁해져서, 겨우 스물아홉 나이에 앞이마가 반쯤 벗겨져가고 있는 보좌 신부를 바라보았다.

"신부님. 지금 우리 성당 안에 학생들이 도망쳐와서 숨어 있습니다. 전남대 학생들이라는데, 주택가에 유인물을 돌리다가 공수부대에게 쫓겨왔다는군요."

"그래요? 몇 사람이나."

"넷인데, 한 명은 부상이 꽤 심한 모양입니다. 머리에서 피가……"

"지금 어디에 있소?"

"회당 안에 있는 걸 발견하고는, 우선 지하실 방으로 옮기라고 해놓고 달려왔습니다."

"가봅시다."

정신부는 급히 옷을 걸쳐입고 보좌 신부의 뒤를 따라나섰다. 혹시나 싶어 일부러 사제관 후문을 통해 뜰을 질러갔다. 날은 이미 밝았지만 빗발은 여전히 추적추적 흩뿌리고 있었다. 성당 지하실, 희미한 전등 불빛 아래 웅크리고 앉아 있던 젊은이들이 몸을 일으켰다.
"걱정 말아요. 난 본당 신부 되는 사람이오. 어디 좀 봅시다."
"머리를 맞았습니다. 뒤에서 진압봉으로……"
곁에서 일행 중 하나가 말했다. 정신부는 바닥에 누워 있는 청년의 상태부터 살폈다. 청년은 눈을 감은 채 으으, 작게 신음 소리를 냈다. 머리를 동여맨 속내의는 이미 검붉은 핏빛이다. 얼굴, 목, 저고리 앞쪽까지 피에 젖어 있다. 이 정도 출혈이면 심각하다. 정신부는 다급해졌다.
"이봐요, 학생. 내 말 들려요?"
청년이 간신히 눈을 뜨고 고개를 끄덕여보였다.
"무, 물 좀 주세요. 아저씨…… 물."
피가 엉겨붙은 입술을 혀로 핥으며, 청년이 중얼거린다. 그러더니 갑자기 욱욱, 헛구역질을 하기 시작했다.
"아니, 안 되겠어. 병원으로 당장 옮겨야겠는걸."
급히 일어서는 정신부의 팔을 보좌 신부가 붙잡았다.
"신부님, 잠깐만요. 제가 성당 앞을 살펴보고 오겠습니다."
그러나 이내 돌아온 보좌 신부는 성당 맞은편 길목에 공수부대 서넛이 버티고 서 있다고 말했다. 난감한 일이다. 이 상태로 나갔다간 틀림없이 그들에게 붙잡히고 말 것이다.
"어쩐다? 당장 응급 치료부터 하지 않으면 위험할 것 같은데."
"조원장님한테 연락해볼까요?"

"조원장? 참, 그게 좋겠군. 내가 해보지."

정신부는 사제관으로 달려갔다. 그의 고등학교 동창생 하나가 마침 얼마 전 성당 인근에 정형외과를 개업중이었다.

식사중인지, 조원장은 입을 우물거리며 전화를 받았다. 정신부는 대충 사정을 알린 뒤, 곧 오겠다는 말을 듣고는 지하실로 돌아갔다. 십 분쯤 지났을 때, 조원장이 간호사와 함께 도착했다. 공수부대 병사 하나가 검문하기에, 성당에서 일하는 사람이라고 둘러댔노라고 했다.

"이만하기가 천만다행인 줄 알게. 상처가 조금만 깊었으면 치명적이었을 텐데."

"출혈이 심한 것 같은데, 괜찮겠나?"

"그보다 우선 급한 대로 봉합부터 해야겠는걸."

원장은 가방에서 소독약과 기구들을 꺼내며 말했다. 그들이 응급 조치를 하는 동안 정신부는 비로소 일어나서 담배를 피워 물었다. 여전히 긴장해서 쭈뼛거리고 앉아 있는 다른 세 청년들에게 그는 담배를 하나씩 건넸다.

"자네들, 대학생들인가?"

"예."

약간 마른 몸집의 청년이 슬몃 고개를 숙이며 대답한다. 어디선가 본 기억이 있는 듯한 얼굴이라고 정신부는 생각했다. 그들 셋은 전남대 학생이고, 부상당한 쪽은 그들 중 한 명과 친구 사이라고 했다. 그들은 학동 어디선가 만들어낸 유인물을 밤사이 주택가에 뿌리고 다녔는데, 새벽녘에 광주고등학교 부근 골목에서 군인들과 마주쳤다는 것이다. 그들 외에 친구 둘이 더 있었는데, 도망쳐오는 도중에 헤어지고 말았다고 했다. 그 둘의 행방에 대해 그들은 걱정하고 있었다.
"유인물이라…… 그것인가?"
바닥에 놓인 종이 뭉치를 가리키자 청년 하나가 한 장을 집어 정신부에게 내밀었다.

호소문

애국 시민 여러분! 이것이 웬 말입니까? 웬 날벼락이란 말입니까? 죄없는 학생들을 칼로 찔러죽이고 몽둥이로 두들겨 트럭으로 실어가며, 부녀자를 발가벗겨 총칼로 찌르는 놈들이 누구란 말입니까? 이들이 공산당과 다를 바가 무엇이 있겠습니까?

이제 우리가 살 길은 전시민이 하나로 뭉쳐 청년 학생들을 보호하고, 유신 잔당과 극악무도한 살인마 전두환 일파의 공수특전단놈들을 한 놈도 남김없이 쳐부수는 길뿐입니다.

우리는 이제 다 보았습니다. 다 알게 되었습니다. 왜 학생들이 그토록 소리 높이 외쳤는가를. 우리의 적은 경찰도 군대도 아닙니다. 우리의 적은 전국민을 공포의 도가니로 몰아넣고 있는 바로 유신 잔당과 전두환 일파, 그자들입니다.

죄없는 학생들과 시민이 수없이 죽었으며 지금도 계속 연행당하고 있습니다. 이자들이 있는 한 동포의 죽음은 계속될 것입니다.

지금 서울을 비롯하여 도처에서 애국 시민의 궐기가 계속되고 있습니다.

광주 시민 여러분! 우리가 하나로 단결하여 유신 잔당과 전두환 일파를 이 땅 위에서 영원히 추방할 때까지 싸웁시다. 최후의 일각까지 단결하여 싸웁시다. 그러기 위해 5월 20일 정오부터 계속해서 광주 금남로로 총집결합시다.

1980년 5월 19일
광주시민민주투쟁회

 그것을 읽어내려가는 정신부의 목 안이 불현듯 뜨거웠다. 청년들의 용기와 혈기가 더없이 대견하고 고마웠다.
 "부끄럽네. 젊은 사람들은 이렇듯 목숨을 걸고 뛰어다니는데……"
 정신부의 말에, 유인물을 건네준 청년은 말없이 고개를 숙였다. 그제서야 정신부는 그 낯익은 청년을 기억해내었다.
 "가만, 자네 혹시 얼마 전에 내게 예비자 교리를 받지 않았었나?"
 "예. 신부님."
 청년이 더욱 난처해하며 고개를 꾸벅한다.
 "자네 이름이 뭐였더라."
 "한명기입니다."
 '맞았어. 지난 겨울, 예비자 교리반에 등록해서 몇 주일 다니다가 슬그머니 그만둔 친구가 틀림없다. 산수동 오거리의 레지나 씨가 자기 아들이라면서 직접 사제관으로 데리고 와서 인사를 시켰던 기억이 난다. 참, 그러고 보니 그저께 현주 도미니카가 변을 당했다는 사실을 찾아와 알렸던 바로 그 여학생의 오빠가 아닌가.'
 정신부는 청년에게 명옥의 안부를 물었다.
 "여동생은 어떤가? 친구 때문에 충격이 무척 컸을 텐데."

"예, 하루종일 울고만 있는 모양입니다. 그런데, 현주는 어떻게 되었습니까, 신부님. 찾았나요?"
"글쎄, 아직 행방조차 확인하지 못하고 있다는군. 우리도 백방으로 알아보곤 있네만."
"예에……"
청년은 어두운 표정으로 고개를 끄덕였다.
정신부는 빗물에 흠뻑 젖어 있는 그 유인물을 다시금 읽어보았다. 종이 한쪽 귀퉁이엔 핏자국이 엷게 번져 있었다.

〔3권에 계속〕